（第十一辑）

文学地理学

主编
曾大兴 夏汉宁
郑 伟

中国社会科学出版社

图书在版编目（CIP）数据

文学地理学. 第 11 辑/曾大兴，夏汉宁，郑伟主编. —北京：中国社会科学出版社，2023.6
ISBN 978-7-5227-1205-5

Ⅰ.①文… Ⅱ.①曾…②夏…③郑… Ⅲ.①中国文学—地理学—文集 Ⅳ.①I206-53

中国国家版本馆 CIP 数据核字（2023）第 022007 号

出 版 人	赵剑英
责任编辑	郭晓鸿
特约编辑	杜若佳
责任校对	师敏革
责任印制	戴 宽

出　　版	中国社会科学出版社
社　　址	北京鼓楼西大街甲 158 号
邮　　编	100720
网　　址	http://www.csspw.cn
发 行 部	010-84083685
门 市 部	010-84029450
经　　销	新华书店及其他书店

印　　刷	北京明恒达印务有限公司
装　　订	廊坊市广阳区广增装订厂
版　　次	2023 年 6 月第 1 版
印　　次	2023 年 6 月第 1 次印刷

开　　本	710×1000　1/16
印　　张	22.25
插　　页	2
字　　数	319 千字
定　　价	118.00 元

凡购买中国社会科学出版社图书，如有质量问题请与本社营销中心联系调换
电话：010-84083683
版权所有　侵权必究

目　录

文学地理学理论与方法研究

文学地理学对地理学的贡献 ·················· 曾大兴(3)
文学地理学视野下传统诗学与性灵说的碰撞
　　——以清中期山左诗人对性灵说的态度为例 ·········· 石　玲(18)
试论中国文学地理学研究的五个学术发展空间 ············ 殷虹刚(29)
文学地理与文化传播
　　——兼谈少数民族文学地理 ··················· 李　莉(42)

地理、空间与文学研究

"双城记"与"两都赋"：张恨水笔下北京与南京的时空体 ········ 王　谦(57)
边缘人的北京
　　——简论徐则臣的"底层北京"书写 ·············· 王德领(72)
论唐传奇微观地理空间叙事 ·················· 侯晓晨(83)

文学意象与景观研究

记忆中的元上都
　　——《滦京杂咏》《元宫词百章》对元上都的三重书写 ········ 武　君(97)
政治地理学视野下唐代诗歌中西域地名意象的生成 ·········· 田　峰(112)
街：作为唐宋城市转型空间意象的文学书写 ············ 蔡　燕(129)

论宋代四明文学景观中的"众乐"书写 ………………………… 林晓娜(142)

区域文学地理研究

元代偰氏文化家族形成与北庭人文环境的内在联系 ………… 高人雄(161)
文体、知识、信仰:西南宣讲小说及其劝善唱叙 ……………… 杨宗红(172)
论清代山西阳城诗人群的文学生态与文化品格 ……………… 蔺文龙(189)
社会变革视野下的南宋文学地志化
——地名百咏自觉的地志书写 ……………………………… 秦 蓁(204)

文人流布、作品流播与文学研究

"乘危远迈,杖策孤征"
——玄奘西行与唐代"丝绸之路" ………………………… 高建新(221)
元代诗人的流布与文学格局的新变 …………………………… 张建伟(236)
论运河行旅与"诚斋体"的形成 ………………………………… 赵豫云(253)
欧阳修作品在高丽王朝的传播与影响 ………………………… 刘 震(275)

硕博论坛

古希腊神话的地理叙事 ………………………………………… 丁 萌(297)
弹性、延展与异变
——论郭璞《游仙诗》创构神仙世界的时空特征 …………… 詹晓悦(311)

会议综述

不立樊墙天广大,议论精微穷理窟:文学地理学研究迈向新境界
——"中国文学地理学会第十一届年会暨第六届硕博
论坛"综述 ……………………………………………… 黎 清(329)
走向成熟的文学地理学
——"中国文学地理学会十周年·江西高端
论坛"综述 …………………………………… 刘双琴 刘 震(342)

文学地理学
理论与
方法研究

文学地理学对地理学的贡献

曾大兴[*]

文学地理学借鉴地理学的"人地关系"理论,建立了一个以"文地关系"为逻辑起点的新的分支学科,这是事实;需要指出的是,文学地理学在理论上对地理学也是有贡献的,这也是事实。我这里只讲三点。

一 为地理学贡献了一个新的分支学科

很早以前,人们就注意到地理环境对文学是有影响的,就中国而言,有春秋时"国风"的搜集整理者,如吴公子季札,还有汉代的司马迁和班固,南朝梁代的刘勰,唐代的魏征,南宋的朱熹、王象之、祝穆,元代的元好问,明代的胡应麟、王世贞、王骥德、李东阳,清代的厉鹗、黄定文、曹溶、郑方坤,近现代的梁启超、刘师培、王国维、王葆心、顾颉刚、汪辟疆等;就国外而言,有法国的孟德斯鸠、玛蒙台尔、斯达尔夫人和丹纳,有德国的康德、赫尔德、黑格尔,但是这些学者都不可能有文学地理学的学科意识,虽然康德最早使用了"文学地理学"这个术语,但是他所讲的"文学地理学"实际上相当于后来的人文地理学,并非真正的文学地

---

[*] 曾大兴,广州大学人文学院教授、中国文学地理学会会长、中国地理学会文化地理专业委员会委员。

理学。①

20世纪40年代以来，法国的A.迪布依、A.费雷、歇乐·科洛、波特兰·维斯特法尔，英国的迈克·克朗、希拉·霍内斯，美国的罗伯特·塔利、艾瑞克·普瑞托、斯坦·帕兹·莫斯兰德、弗朗蒂，日本的久松潜一、杉浦芳夫、前田爱、小田匡保，韩国的许世旭、赵东一等学者有过一些文学地理学方面的或者与文学地理学有关的研究，但是他们也未曾提出过要建立一个文学地理学学科。

把文学地理学作为一个学科来建设，是中国学者的首创。中国学者自20世纪90年代开始构建文学地理学的学科理论，从本体论和方法论等维度，探讨和明确文学地理学的定义、研究对象、学科定位、价值、意义、研究内容、研究方法与批评原则等，经过20多年的努力，这个学科在中国本土基本建成。成都理工大学外国语学院院长刘永志教授指出："中国学者在国内外首次从本体论、方法论等维度原创性地建立了文学地理学的学科理论体系。这一理论体系集中反映了中国文学地理学研究所取得的最新理论成果，它显著地区别于以英国希拉·霍内斯（Sheila Hones）为代表的学者所倡导的文学地理学研究（literary geographies）——通过文学地理学研究实现人文地理学和社会学的研究目标，也有别于以美国罗伯特·塔利（Robert Tally）为代表的学者所说的文学空间研究（spatial literary studies），从而解决了西方文论未能解决的诸如文学发生学、文学传播学、文学区域变迁和演化等一系列重大问题。"②

文学地理学虽然强调文学本位的立场，但它仍然可以成为地理学的一个分支学科，它的贡献体现在两个方面：一是对文学的贡献，二是对地理学的贡献。也许还有少数学者不承认文学地理学是地理学的一个分支学科，但是

---

① [德]伊曼努尔·康德：《自然地理学》，李秋零主编《康德著作全集第9卷：逻辑学、自然地理学、教育学》，中国人民大学出版社2010年版，第162页。

② 刘永志：《文学地理学的空间概念及相关问题》，《中国文学地理学会十周年·江西高端论坛论文集》，南昌，2021年5月22日。

难以否认文学地理学对地理学的贡献，因为已有大量的研究成果广为人知。

事实上，中国的文化地理学者一直是非常支持和认可文学地理学的，他们早已把文学地理学当作文化地理学的一个分支，例如在周尚意等主编的《文化地理学》这本书里，就专门辟有"文学地理学"这一节。①

需要指出的是，许多学者（包括《文化地理学》的编著者）习惯于把文学地理学与音乐地理学、美术地理学、书法地理学、电影地理学等相提并论，但是事实上，音乐地理学、美术地理学、书法地理学、电影地理学等，都没有自己的一套学科理论，没有自己的概念体系和话语体系，它们还远没有成为一个学科。

地理学是一个覆盖面非常广的基础性学科，在所有的学科中，只有历史学可以和它相比，因为任何学科都有历史（时间）维度，也都有地理（空间）维度。每个学科都有它的历史，每个学科也都有它的地理。但是在文学、音乐、美术、书法、电影等主观性较强的领域，要想建立一门相应的地理学分支，难度是很大的，因为地理学的客观性是很强的，如何才能找到客观的地理学与主观的文学、音乐、美术、书法、电影等学科之间的联系呢？换句话说，地理环境通过什么途径、什么机制来影响文学、音乐、美术、书法和电影等呢？如果不能找到地理环境影响文学、音乐、美术、书法、电影等的途径和机制，那么地理环境对它们各自的影响就是"或然的"，或者有，或者没有，而在"或然性"的基础上是不可能建立一个学科的。文学地理学这个学科之所以能够成立，一个最根本的原因，就是找到了地理环境影响文学的途径和机制，而设想中的音乐地理学、美术地理学、书法地理学、电影地理学等则迄今并没有找到地理环境影响音乐、美术、书法和电影等的途径和机制。

二 找到了地理环境影响文学的途径和机制

地理环境通过什么途径和机制来影响文学？这是古今中外的地理学者从

---

① 周尚意、朱竑、孔翔主编：《文化地理学》，高等教育出版社2011年版。

未提及的问题，更谈不上解决。这个问题是由文学地理学提出并解决的。

地理环境是一种物质现象，文学是一种精神现象，地理环境通过什么来影响文学？当然只能是通过文学家。文学家有物质的一面，也有精神的一面，地理环境通过文学家的哪个层面来影响文学？当然只能是通过其精神层面。这个精神层面，就是文学家的生命意识。①

(一) 地理环境影响文学的途径——文学家的生命意识

说到文学家的生命意识，首先得讲一讲什么是生命意识。所谓生命意识，是指人类对于生命所产生的一种自觉的情感体验和理性思考，它包含两个层面的内容：一是对生命本身的感悟和认识，例如对生命的起源、历程、形式的探寻，对时序的感觉，对死亡的看法，对命运的思索，等等，可以称为"生命本体论"；二是对生命价值的判断和把握，例如对人生的目的、意义、价值的不同看法，可以称为"生命价值论"。

人的生命意识的形成，是与人的时间意识同步的。时间是无限的，人的生命却是有限的。如果说时间是一条流淌不息的长河，那么人的生命则是长河中的一朵转瞬即逝的浪花。人面临的最大问题，就是无法摆脱时间对生命的限制，无法获得生命的真正自由，所谓"感性命之不永，惧凋落之无期"，② 人在内心深处是既无奈，又不甘的。面对有限生命和无限时间的矛盾，人们采取了各种各样的应对方式，建立了各种各样的思想和学说，形成了各种各样的"生命本体论"和"生命价值论"。所以人的生命意识问题，从本质上来讲，乃是一个时间问题。

生命意识并不是多么玄乎的东西，只要是一个思维健全的人，有一定自我意识的人，都会有自己的生命意识，只是不同的人，对生命有着不同的感

---

① 曾按：地理学中的"人地关系论"认为，心理因素是人地关系的媒介。参见刘敏、方如康主编《现代地理科学词典》"人地关系论"，科学出版社2009年版，第3页。
② （西晋）石崇：《金谷诗序》，《全上古三代秦汉三国六朝文》（四），河北教育出版社1997年版，第346页。

受、思考和体认罢了。文学家的生命意识之所以值得关注，是因为文学家对时间、对生命的感受更敏锐，更强烈，更细腻，也更丰富。文学家能够把自己的生命意识通过生动的文学形象表现出来，而一般人则做不到。

文学是一种生命现象。文学作品所描写的对象，无论是人，还是动、植物，都是生命；文学作品所描写的事件，都是以生命个体为中心的事件；文学作品所描写的社会，都是以生命个体为元素的社会。这些对象、事件、社会等，无不反映了生命的种种状态，无不体现了文学家对于生命状态的种种感受、体验、观察、思考和评价。古往今来，没有哪一部文学作品是与生命无关的。文学家的生命意识，就包含在他们对所有生命状态的种种感受、体验、观察、思考和评价之中。区别只在于，有些作品的生命意识要强烈一些，明确一些，有些作品的生命意识则要平和一些，含蓄一些。正因为文学家的生命意识如此重要，所以无论是自然地理环境对文学的影响，还是人文地理环境对文学的影响，都要通过文学家的生命意识这一途径才能实现。

（二）触发文学家生命意识的媒介——地理物象与地理事象

时间的流逝是悄无声息的。一般人对时间的流逝过程，通常是浑然不觉的。在多数情况下，人们之所以能够意识到时间的流逝，之所以会有某种时间上的紧迫感或危机感，进而触发其生命意识，是因为受到某些生命现象的启示或警惕。这些生命现象主要包括两个方面：一是人类自身的生老病死，[1] 二是环绕在人类周围的某些地理现象。[2] 这些地理现象具体是什么呢？一是地理物象，二是地理事象。正是这两种地理现象，成为触发文学家的时间感进而触发其生命意识的媒介。

---

[1] 索甲仁波切云："接近死亡可以带来真正的觉醒和生命观的改变。"索甲仁波切：《西藏生死书》，郑振煌译，浙江大学出版社2011年版，第35页。
[2] 弗雷泽指出："在自然界全年的现象中，表达死亡与复活的观念，再没有比草木的秋谢春生表达得更明显了。"见［英］詹·乔·弗雷泽《金枝》，徐育新、汪培基等译，大众文艺出版社1998年版，第489页。

所谓地理物象，简要地讲，就是出现在地表上的地理形象，有自然类的，也有人文类的。自然类的如山、水、动物、植物等，人文类的如路、桥、房屋、水库等。所谓地理事象，简要地讲，就是地表上发生的事情或者事件，也有自然类和人文类之分，自然类的如动物的觅食、迁徙、繁殖、死亡，植物的发芽、抽青、开花、结果、落叶等；人文类的如种植、垦殖、渔猎、狩猎、采伐、采矿、修路、架桥、建房、衣食住行、婚丧嫁娶等。总之，地理物象，是指地表上的实物；地理事象，是指在地表上进行的实事，两者都不能离开地表，两者都是接地气的。

因地理物象和地理事象而触发生命意识，在文学家来讲，既是一种思维习惯，更是一个审美传统。陆机《文赋》云：

遵四时以叹逝，瞻万物而思纷。悲落叶于劲秋，喜柔条于芳春。①

这几句话的意思，就是讲文学家因春夏秋冬四季的更替而感叹时光的流逝，而思绪万纷，而或"悲"或"喜"，这不就是生命意识吗？那么，触发这种生命意识的具体媒介是什么呢？就是秋天的"落叶"和春天的"柔条"，这是两种很典型的物候，也是两种常见的地理物象。

刘勰《文心雕龙·物色》云：

若乃山林皋壤，实文思之奥府；略语则阙，详说则繁。然屈平所以能洞监风骚之情者，抑亦江山之助乎？②

刘勰所讲的"江山之助"，其实就是地理环境之助，说得具体一点，就是地理物象的触发和启示。

---

① （晋）陆机：《文赋》，郭绍虞主编《中国历代文论选》（第1册），上海古籍出版社1979年版，第170页。
② （南朝梁）刘勰著，詹锳义证：《文心雕龙义证》，上海古籍出版社1989年版，第1761页。

中国古代诗人和诗评家把诗的书写传统归纳为"赋""比""兴"三种，他们对"赋""比""兴"的解释，尤其是对"比"和"兴"的解释，都离不开一个"物"字。如朱熹云："赋者，敷陈其事而直言之者也。""比者，以彼物比此物也。""兴者，先言他物以引起所咏之情也。"① 他认为除了"赋"可以不假于"物"而直陈其事、直言其情之外，"比"和"兴"都离不开"物"。而李仲蒙则云："叙物以言情，谓之赋，情物尽者也；索物以托情，谓之比，情附物者也；触物以起情，谓之兴，物动情者也。"② 他认为无论是"赋"，还是"比"或"兴"，都离不开"物"，都必须借助"物"来书写或表达。这个物在多数时候就是自然景物，或曰"物色"，用文学地理学的术语来讲，就是地理物象，有时候也指地理事象。

(三) 地理环境影响文学的机制——应物斯感与缘事而发

那么，地理物象或地理事象、文学家的生命意识和文学作品这三者之间如何互动呢？这就涉及它们的生成机制问题了。

事实上，它们的生成机制也是存在的。中国古代文论中有两个很重要的概念，一个叫"应物斯感"，另一个叫"缘事而发"。这两个概念，适好用来概括地理物象或地理事象、文学家的生命意识和文学作品这三者之间的两种生成机制。

我们先看"应物斯感"这个概念的出处及其内涵：

人禀七情，应物斯感。感物吟志，莫非自然。

——刘勰《文心雕龙·明诗》③

---

① （南宋）朱熹：《诗集传》，上海古籍出版社1980年版，第3、4、1页。
② 引自（宋）胡寅《斐然集·崇正辩》，岳麓书社2009年版。
③ （南朝梁）刘勰：《文心雕龙·明诗》，见范文澜注《文心雕龙注》，人民文学出版社1958年版，第65页。

所谓"七情",即《礼记·礼运》所云"喜怒哀惧爱恶欲"也。①《礼记·乐记》又云:"凡音之起,由人心生也。人心之动,物使之然也。感于物而动,故形于声。……乐者,音之所由生也。其本在人心之感于物也。……夫民有血气心知之性,而无哀乐喜怒之常,应感起物而动,然后心术形焉。"②《礼记》这几句话,可以说是刘勰所本。

所谓"民有血气心知之性",是说人都是有血气、有感觉、有知觉的,这是人的本性,是先天的;"而无哀乐喜怒之常",是说哀乐喜怒并非人的常态。人之所以会有"哀乐喜怒",是受了"物"的刺激或触发,所谓"应感起物而动"。音乐就是这样生成的。正常的人都会发出声音,但声音并不是音乐。只有当人的内心受到某种"物"的刺激或触发,有所感动,才会发出具有"哀乐喜怒"的声音。人们把这种具有"哀乐喜怒"的声音配上节奏和旋律,于是音乐就生成了。"人心"是生命意识,"物"是媒介,"乐"是生成结果,"感于物"是生成机制。

按照刘勰的观点,文学也是这样生成的。人的"七情"是生命意识,"物"是媒介,"应物斯感"是生成机制,"感物吟志"的结果是文学作品。

再看"缘事而发"这个概念的出处和内涵:

> 自孝武立乐府而采歌谣,于是有代赵之讴,秦楚之风,皆感于哀乐,缘事而发,亦可以观风俗,知薄厚云。
>
> ——班固《汉书·艺文志》③

"感于哀乐,缘事而发"这八个字,可以说是很完整地揭示了文学作品的生成过程。在这个过程中,情感(哀乐)是生命意识,"事"是媒介,"缘事而发"是生成机制,"歌谣"(代、赵之讴,秦、楚之风)是生成结

---

① 《礼记·礼运》,阮元刻《十三经注疏》(三),中华书局2009年版,第3080页。
② 《礼记·乐记》,阮元刻《十三经注疏》(三),中华书局2009年版,第3310、3311、3327页。
③ (汉)班固:《汉书·艺文志》,《汉书》,浙江古籍出版社2000年版,第596页。

果，即文学作品。

需要说明的是，文学家的生命意识虽然具有时间属性，但是触发文学家生命意识的地理物象和地理事象却具有空间属性，正是通过"应物斯感"和"缘事而发"这样的生成机制，才使文学作品具有了双重性质：既具有时间上的普遍性，又具有空间上的差异性，即地域性。

如果两个或两个以上的文学家在同一时令或季节来到同一地域，受到同样的地理物象和地理事象的触发，而他们的生命意识又具有某种普遍性，在这种情况下，他们的作品风格会不会出现雷同呢？事实证明是不会的。因为还有文学家的气质、人格等个人因素在起作用。

文学地理学者考察地理物象与地理事象对文学家生命意识的触发作用，考察文学家生命意识在地理环境与文学之间的中介作用，考察"应物斯感"与"缘事而发"这两种运行机制，等等，但是并不忽视文学家的气质、人格等个人因素。可以说，正是地理环境（地理物象、地理事象）、文学家的生命意识、文学家的个人气质与人格、文学作品这四大要素，构成了地理环境影响文学的完整序列。图示如下：

地理环境（地理物象、地理事象）

文学家的生命意识

文学家的个人气质与人格

文学作品

地理环境影响文学之完整示意图

三　把"文学景观"作为重要的研究内容

文学地理学对地理学的第三个重要贡献，就是界定了"文学景观"的内涵与外延，划分了它的类型，提出了它的识别标准，多方面探讨了它的意义和价值，并进行了大量的个案研究。

（一）对地理学的"景观"与"文化景观"概念的修正

文学景观的全称就是"文学地理景观"。英国地理学家迈克·克朗较早使用"文学地理景观"这个概念,①但是他并没有对这个概念的内涵和外延予以界定。"文学景观"是由"景观"和"文化景观"这两个概念延伸而来的,文学地理学者在对"文学景观"这个概念予以界定之前,修正了西方地理学者关于"景观"和"文化景观"的界定。

地理学对"景观"的研究是很多的,在西方地理学家中,甚至还有一个"景观学派"。在他们的著作中,"'景观'一词似乎取代了'地理'一词,景观似乎包含了窗外所有的事物,包括了环境整体。把'地理'换成'景观',这是景观学派的一个习惯做法"②。

"文化景观"这个概念最早是由德国地理学家O. 施吕特尔提出的,他在1906年提出了文化景观与自然景观的区别,并要求把文化景观当作从自然景观演化来的现象加以研究。美国地理学家C. O. 索尔则是文化景观论的积极倡导者,并被公认为文化景观学派的创立者。他在1925年发表的《景观的形态》一文中,把文化景观定义为由于人类活动添加在自然景观上的形态,认为人文地理学的核心是解释文化景观。1927年,他又发表了《文化地理的新近发展》一文,提出了关于文化景观的经典定义,即文化景观是附加在自然景观上的人类活动形态。

美国学者H. J. 德伯里所著《人文地理——文化、社会与空间》是一本讲文化景观的书,他把文化景观分为"物质文化景观"和"非物质文化景观"。所谓"物质文化景观",是指那些有形的、可见的景观,其中"最重要的构成要素是建筑,包括公共的、家庭的、商业的、宗教的和纪念性的建筑等",另外还有"农田、畜栏、篱笆、公墓以及大量其他要素(包括人的装饰品)"③;所谓"非物质文化景观",是指那些"不可见的",但是"其他感官也能感觉到"的景观,例如音乐,还有"戏剧、舞蹈、表演和曲艺、

---

① 参见[英]迈克·克朗《文化地理学》,杨淑华等译,南京大学出版社2005年版,第39—53页。
② 唐晓峰:《文化地理学释义》,学苑出版社2012年版,第199—200页。
③ [美]H. J. 德伯里:《人文地理——文化、社会与空间》,王民等译,北京师范大学出版社1988年版,第8页。

艺术（绘画）、饮食习惯、嗜好和禁忌、法律制度以及语言和宗教等"①。H. J. 德伯里这一观点的实质，就是把"文化景观"和"文化特征"等同起来了。

　　文学地理学学者讲"景观"和"文化景观"，虽然借鉴西方的某些成果，但是更多的是汲取了中国智慧。第一，文学地理学学者所讲的景观不同于西方"景观学派"所讲的景观，即不把"窗外所有的事物"都当作景观，只把土地以及土地上的那些具有形象性或可观赏性的物体当作景观；第二，由于强调景观的形象性或可观赏性，因此不认同 H. J. 德伯里所谓的在景观中还有"不可见的""非物质文化景观"这一说法。诚然，"有些文化特征是不可见的，既不能出现在照片上，也不能显示在一般的地图上"，例如"音乐及音乐爱好"，但这只是一种文化特征，并非一种文化景观。文化景观是由各种文化特征集合在一起构成的，它本身并不等同于文化特征。有些文化特征是可见的，有些文化特征是不可见的。不可见的文化特征怎么能称为景观呢？在汉语里，景观这个词是由"景"和"观"这两个单字组成的。中国学者陶礼天曾对景观一词的来龙去脉做过一番细致的梳理，他指出："我国'景观'这个概念，在'成词'前，是密切与风景的'景'和观看的'观'联系在一起的，汉语'景观'一词，从来就包含了'观看'的意思。"② 景观既然包含了"观看"的意思，就表明它必须具备可见性，这是它的一个最根本的特点。因此，不可见的文化特征是不能称为文化景观的。

　　文学地理学学者认为，无论是讲景观还是讲文化景观，都不可能不参考西方学者的有关表述，但是要注意避免两种倾向：一是把"景观"等同于"地理"，二是把"文化景观"等同于"文化特征"。

---

① ［美］H. J. 德伯里：《人文地理——文化、社会与空间》，王民等译，北京师范大学出版社 1988 年版，第 168 页。
② 陶礼天：《试论文学地理学的过去、现在和未来》，《中国文论研究丛稿》，学苑出版社 2011 年版，第 152 页。

（二）"文学景观"的定义、分类与识别标准

文学地理学学者给"文学景观"下的定义是："所谓文学景观，就是指那些与文学密切相关的景观，它属于景观的一种，却又比普通的景观多一层文学的色彩，多一份文学的内涵。简而言之，所谓文学景观，就是指那些具有文学属性和文学功能的自然或人文景观。"①

文学地理学学者不仅首次界定了"文学景观"的内涵和外延，还首次对它进行了分类。认为文学景观就其存在形态来讲，可以分为两种：一种是虚拟性文学景观；另一种是实体性文学景观。所谓虚拟性文学景观，是指文学家在作品中所描写的景观，大到一山一水，小到一亭一阁，甚至一草一木。虚拟性文学景观有植物类、动物类、地理类，也有人文类。总之，大凡能够让文学作品中的人物看得见、摸得着，具有可视性和形象性的土地上的景、物和建筑，都可以称为虚拟性文学景观，简称虚拟景观，也可以称为文学内部景观。所谓实体性文学景观，是指文学家在现实生活中留下的景观，包括他们光临题咏过的山、水、石、泉，亭、台、楼、阁，他们的故居，后人为他们修建的墓地、纪念馆，等等。总之，大凡能够让现实中人看得见、摸得着，与文学家的生活、学习、工作、写作、文学活动密切相关，且具有一定观赏价值的自然景观和人文景观，都可以称为实体性文学景观，简称实体景观，也可以称为文学外部景观。

实体性文学景观是地理环境与文学相互作用的结果，是文学的一种地理呈现，是刻写在大地上的文学。实体性文学景观可以分为三种类型：一是人文类文学景观，这类景观大多是以历史建筑为载体的，如文学家的故居，墓地，曾经就读过的学校，曾经工作过的场所，曾经品题赋咏过的亭、台、楼、阁和其他建筑物，等等；二是自然类文学景观，这类景观大多是以自然风景为载体的，但是都经过文学家的品题赋咏；三是综合性文学景观，这类

---

① 曾大兴：《文学地理学概论》第六章"文学景观"，商务印书馆2017年版。

景观既有自然风景，又有历史建筑，是上述两种景观的综合体。

文学地理学学者还首次提出了实体性文学景观的识别标准：第一，是否经过著名文学家的书写？包括诗、词、文、赋、联、题字等多种形式。第二，是否留下一件以上脍炙人口的文学作品，或者至少一个流传久远的文学掌故？第三，是否具有较丰富的文化内涵或普遍意义？第四，是否具有一定的观赏性，一定的审美价值或艺术价值？第五，是否在古今游人或读者中拥有比较广泛的影响？第六，在遭到自然或人为的损毁之后，是否还具有重建的必要？

（三）"文学景观"的多重意义与多重价值

文学地理学者认为，文学景观既是一个客观的物质存在，又是一个具有多义性的象征系统。在当今世界，纯粹的自然景观已经很少了，凡是人迹能至的自然景观，都留下了人类活动的印痕，都成了大大小小各色各样的人文景观，都被赋予了人文意义。不同的人，由于个人感受、情感、思想、文化积淀、生活经历、价值观念、审美趣味等方面的差异，以及时代、民族、地域、宗教信仰等方面的差异，往往会赋予景观以不同的意义；甚至同一个人，由于观景的时间（时令）、角度、方式和心境的不同，也会赋予景观以不同的意义。

在所有的文化景观中，又以文学景观的意义最为丰富，因为文学景观是可以不断地被重写、被改写的。越是历史悠久的文学景观，越是著名的文学景观，其被赋予的意义越丰富。尤其是那些著名的文学景观，可以说是人类思想的一个记忆库。文学地理学学者把文学景观研究作为一项重要内容，就是提倡从不同的层面、不同的角度去审视、去观照、去解读、去开采、去丰富这座人类思想与意义的富矿。由于文学景观的意义是由不同的作家和读者（含研究者）在不同的时间和环境所赋予、所累积的，因而也是难以穷尽的。

北宋庆历年间的岳州知州滕宗谅（字子京）在《与范经略求记书》中讲过这样一段话：

> 窃以为天下郡国，非有山水瑰异者不为胜；山水非有楼观登览者不为显，楼观非有文字称记者不为久，文字非出于雄才巨卿者不成著。①

这段话的意思是：一个郡国（地方），如果没有瑰丽奇异的山水，则不能称为胜地（风景优异之地），这是讲自然景观；有胜地，如果没有楼观（亭台楼阁）供人登览，则不能彰显（为人所知），这是讲人文景观；有楼观，如果没有文字（诗、词、文、赋、联）称颂和记载，则不能传之久远，这是讲文学景观；有文字，如果不是出自雄才巨卿（大家、名家）之手，则不能成著（天下闻名），这是讲著名文学景观。

这段话表明，景观可以分为四个层级：一是自然景观，即"山水瑰异者"；二是人文景观，即"有楼观登览者"；三是文学景观，即"有文字称记者"；四是著名文学景观，即文字"出于雄才巨卿"者。四个层级的景观，一个比一个高级。只有自然山水而没有人文内涵的景观，是初级水平的景观；有人文内涵而没有文学内涵的景观，是中级水平的景观；既有自然山水，又有人文内涵，更有文学内涵的景观，才是高级水平的景观；既有自然山水，又有人文和文学内涵，更有优质的文学内涵，则是最高级的文学景观。

景观具有多个层级，因而具有多重价值。有地理的价值，历史的价值，以及哲学的、宗教的、民俗的、建筑的、雕塑的、绘画的、书法的价值，有的甚至还有音乐的价值，如江西湖口县的石钟山。但是这些价值都不及文学的价值。如果没有文学的价值，景观往往无由彰显。这是因为文学的形象性、多义性和感染力，不仅超过了地理、历史、哲学、宗教和民俗，也超过了建筑、雕塑、绘画、书法和音乐。一个著名的文学景观，其价值往往是多方面的，但其最重要的价值还是文学的价值。

凡是著名的文学景观，都有很大的旅游价值和经济价值。它既是人们的

---

① （北宋）滕子京：《与范经略求记书》，载《湖南通志》第34卷《地理志》，清光绪十一年刻本。

一个登临游览之所、一个引发思古之幽情的地方、一个激发文学的灵感与才情的地方，也是一个吸引旅游开发和投资的地方。

文学地理学学者还认为，文学景观是地方文化的一个重要标识，是人们怀念故国、寄托乡愁的一个重要媒介和载体。通过文学景观，人们可以找回在全球化、城市化的浪潮中迷失的自己，可以找到回家的路。

文学景观研究是文学地理学的一项重要内容，它的意义主要体现在两个方面：一是为传统的文学研究开辟了一个全新的领域，使文学研究在路径、方法、运用上与地理学学科有了更好的交流、对话的通道，成为最快被地理学界认可的领域；二是为文化地理学的研究开辟了一个全新的领域，它所挖掘出的大量的文学地理资源，是各地历史文化遗存中最有魅力的部分，其成果不仅被文化地理学、旅游地理学借鉴，也引起了各地政府和旅游企业的高度重视。

结　语

文学地理学虽然是地理学的一个分支学科，但是它在本质上和地理学还是有区别的。这种区别不仅体现在本体论上，也体现在方法论上。本文只是在本体论上讲了文学地理学对地理学的贡献，至于在方法论上对地理学的贡献，留待以后有机会时再讲。未当之处，敬请批评。

文学地理学视野下传统诗学与性灵说的碰撞

——以清中期山左诗人对性灵说的态度为例

石 玲*

  文学地理学聚焦文学与地理环境之间的关系。不同自然地理环境和人文地理环境的作家具有不同的价值观念和审美追求。清中叶乾隆时期,江南地区如火如荼的性灵思想以挑战传统的呼啸凌厉之势,标举个性,张扬自我;而在长江以北的山左地区,以高密诗派为代表的诗人,恪守儒家"穷则独善其身"的古训,追求严格的人格修养与道德完善。以袁枚为代表的性灵派与以"三李"为代表的高密诗派虽然处于同一时代,却因地域空间的不同,显示出迥然不同的诗学理念。

  清代中期,山左诗坛在走过清初顺治、康熙两朝"甲于天下"的极度辉煌之后逐渐衰微,江南地区的性灵诗说则呈风起云涌之势,蔚为大观。性灵说在孔孟之乡齐鲁地区影响几乎没有产生什么影响,影响所及大多为宦游南方的山左诗人,但即便在这样一个群体中,抵触也远大于认同。

  清代乾隆时期的山左籍士人大多出于宦游等原因而接触到袁枚及其性灵诗说,直接的或间接的,像德州的卢见曾、长清的曾尚增、高密的李宪乔、文登的陶悔庵等。其中与袁枚交往特别密切的当数德州的卢见曾和高密的李

---

* 石玲,山东师范大学文学院教授,博士生导师。

宪乔。

卢见曾长于袁枚二十六岁,在山左籍诗人中,他与袁枚交往最密切。《随园诗话》中多处涉及卢见曾。袁枚与卢见曾的交往是在卢复调两淮盐运使之后,他们之间诗作唱和、书信往来。

卢见曾(1690—1768),字抱孙,号澹园,别号雅雨山人,山东德州人。康熙六十年(1721)二甲二十二名中进士,因身材矮小被称为"矮卢"。诗学王渔洋,有诗名,爱才好客。乾隆元年(1736)擢升两淮盐运使,乾隆五年(1740)被革职充军发配塞外。乾隆十八年(1753)复调两淮盐运使赴任扬州。乾隆三十三年(1768)两淮盐引案发,致仕已久的卢见曾被拘系,未几即病死于扬州狱中。

卢见曾以两淮盐运使身份主持扬州风雅,大有海内宗匠之风。李斗《扬州画舫录》谓:"公两经转运,座中皆天下士。而贫而工诗者,无不折节下交。"[1] 袁枚《随园诗话》载:"戊寅,卢雅雨先生转运扬州,以渔洋山人自命,尝赋《红桥修禊》四章;一时和者千余人。"[2] 红桥修禊事发生在乾隆二十二年(1757),卢见曾在《雅雨堂诗遗集》卷下《红桥修禊》序中有明确记载,"岁次丁丑"[3]。袁枚虽然没有参加这次红桥修禊活动,他还是作了《红桥修禊》四首和之。

据我们所掌握的文献资料,山左籍诗人对于性灵说总体上看抵触远多于认同。其中高密诗派的李怀民抵触的态度最为鲜明,他斥责袁枚的诗格"粗鄙村率"[4]。高密派虽然不满于王士禛神韵诗说,他们甚至是以纠神韵说弊端而崛起的,认为神韵说的流弊在于"涂饰柔腻",但即便如此,李怀民仍认为渔洋的诗格要比袁枚不知高出多少:"吾乡渔洋先生诗驰名海内特兴风韵一派。然其流弊遂成涂饰柔腻,故身后声名日减。南人沈确士力矫渔洋

---

[1] (清)李斗:《扬州画舫录》,中华书局1960年版,第229页。
[2] (清)袁枚著,顾学颉校点:《随园诗话》,人民文学出版社1960年版,第405页。
[3] (清)卢见曾:《雅雨堂诗遗集》,《山东文献集成》第1辑第37册,山东大学出版社2006年版,第674页。
[4] (清)李怀民等:《高密三李诗话底稿》,山东省博物馆藏清稿本。

习气，今袁子才亦痛诋渔洋，所恶于渔洋者，为其涂饰柔腻也。若子才之诗格未必高于渔洋，而粗鄙村率，不值渔洋一笑云。"还有，李怀民本来对"渔洋好名多为人延誉"的做法不满，但将其与袁枚相比，渔洋还是要好得多："然其延誉也，必于谒者著述择取佳妙，逢人说项，是以俗士苟有吟哦，经渔洋点定不失雅洁。"能对拜谒者的作品认真阅读选择，夸到诗作妙处。更为不同的是，渔洋"非独好名实心此道"，既享其名又务其实："其在扬州及官京师，案头堆积，朋友诗集如山，手批口诵日不暇给"；而袁枚就不同了，"今子才所至拜往酬应忙扰已极，有闻名投呈诗稿者卒不暇细检，使其丽人随意滥加圈点以悦作者"，忙于拜往酬应，由其女弟子随意圈点，不过是敷衍而已①。

需要指出的是，李怀民对袁枚的这一指责带有一定的片面性，他所了解的只是袁枚六十九岁游广西时的情形，从《随园诗话》中可以见出，袁枚并非一贯如此敷衍的；李怀民对袁枚食求美味、行由丽人相伴、所至投谒权贵、索取财物的行为非常看不惯："子才游历江山所至投谒大吏，以名猎取财贿，衣冠饮食穷奢极靡耄而好色。"而对于诗文创作则"矜才傲物"，沉不下心来："其于诗文尝鉴矜才傲物都乏静气，非真正读书人本色。心窃疑之，及读其文集，盖少年时才华自喜者也。后又寄来赠子乔诗及游桂林近稿一本，言益芜杂。"②从李怀民的这些话足以见出，他对袁枚从诗品到人品都给予了否定。

齐鲁诗人对袁枚的记载还见于王守训的《彩衣楼诗话》。《彩衣楼诗话》成书于清代光绪年间，距离李怀民生活的时代过去了大约百年，其评价也就显得客观平和了许多："袁子才以诗鸣乾嘉间，一时英俊少年 皆从风而靡。身后訾议纷起，颇蒙指责。平心而论，其诗不少隽逸之句，而芸杂之失实不能免。洪稚存评其诗如通天老狐醉即见尾未为苛论。"③ 既肯定袁枚诗

---

① （清）李怀民等：《高密三李诗话底稿》，山东省博物馆藏清稿本。
② （清）李怀民等：《高密三李诗话底稿》，山东省博物馆藏清稿本。
③ （清）王守训：《彩衣楼诗话》，山东省博物馆藏清稿本。

歌的成就和影响，也指出了芜杂的不足。

在上述与袁枚有交往的山左诗人中，据笔者所看到的文献资料，讨论诗歌问题最为集中的当数李宪乔——高密诗派中坚人物之一。李宪乔（1747—1796），字子乔，一字义堂，号少鹤，李怀民之弟。乾隆四十一年（1776）举人，官至归顺知州。著有《少鹤内集》《鹤再南飞集》《龙城集》《宾山续集》等。

关于李宪乔与袁枚的交往，袁枚《随园诗话》《小仓山房诗集》《小仓山房尺牍》，《高密三李诗话底稿》中的李怀民《论袁子才诗》、李宪乔《凝寒斋诗话·与袁子才论诗教》等处都有记载。《随园诗话》卷十云：

> 李怀民与弟宪乔选《唐人主客图》，以张水部、贾长江两派为主，余人为客，遂号所咏为《二客吟》。怀民《赠人盆桂》云："送花如嫁女，相看出门时。手为拂朝露，心愁摇远枝。"《送张明府》云："在县常无事，还家只有身。随行一舟月，出送满城人。"宪乔《咏鹤》云："纵教就平立，总有欲高心。""不辞临水久，只觉近人难。"《历下厅》云："马餐侵皂雪，吏扫过阶风。"《送流人》云："再逢归梦是，数语此生分。"二人果有贾、张风味。①

《随园诗话》卷六记录了袁枚乾隆四十九年（1784）与李宪乔的交往：

> 余在粤，自东而西，常告人曰："吾此行，得山西一人，山东一人。"山西者，普宁令折君遇兰，字霁山；山东者，岑溪令李君宪乔，字义堂。二人诗有风格，学有根柢；皆风尘中之麟凤也。……李君于余起行时，道送不及，到泉州后寄诗云："岸边双树林，来对兀沉沉。挂席去已远，别醑空自斟。烟寒过客少，江色暮楼深。谁识此时际，寥寥

---

① （清）袁枚著，顾学颉校点：《随园诗话》，人民文学出版社1960年版，第355—356页。

千载心。"《湘上》云:"孤月无人处,扁舟先雁来。"皆高淡可喜。①

此外,袁枚为李宪乔父亲撰写的《巡视台湾监察御史李公墓志铭》中也提到了这段交往:"乾隆甲辰,余游广西,公第四子宪乔为岑溪令。读余文曰:'班、马俦也。愿以先人之状私于执事。'余重宪乔学行,而于公由为同馆后辈贞石之文,所不敢辞。"②《小仓山房诗集》中有《岑溪令李君义堂猥蒙佳赠兼索和章,舟中却寄》一诗,是他与李宪乔的唱和之作。从两人的关系看,李宪乔对袁枚深怀敬仰之情,袁枚对宪乔也很赏识。但即便是这样,他们于诗歌持论还是颇为不同。我们从《高密三李诗话底稿》中李怀民的《论袁子才诗》,李宪乔的《凝寒斋诗话·与袁子才论诗教》和袁枚《小仓山房尺牍》卷八、卷十所收的《答李少鹤书》《再答李少鹤》等处看到的更多的是分歧与争论。

对于李宪乔于诗歌取法杜甫、韩愈二家,袁枚很不以为然,认为"足下用力于杜、韩二家,以为取法乎上,仅得其中,此外可一切决舍。此是学究常谈,不可奉为定论。……今夫山泰岳居五岳之首,一登可以小天下矣。然有人焉,终其身结茅蓬于泰山之顶,而其余武夷山之幽深,罗浮之奥妙,至死不知,其得谓之善游山者乎?仆道取法者,师之之意也。《尚书》云:'德无常师,主善为师。'"③ 以"德无常师,主善为师"否定了高密诗派对杜甫、韩愈的偏执;李宪乔不喜康熙、雍正年间的著名诗人查慎行,认为他山开卑靡之习,袁枚却说"此言又误":"足下不喜查他山,以为卑靡之习,自他山开之,此言又误矣!夫他山以前诗之卑靡者,无万万数,不过不传于世,故足下未见耳,非自他山滥觞。他山是白描高手,一片性灵,痛洗阮亭敷衍之病,此境谈何容易!"④ 袁枚则对查慎行推崇备至,他在《仿元遗山

---

① (清)袁枚著,顾学颉校点:《随园诗话》,人民文学出版社1960年版,第194页。
② (清)袁枚:《小仓山房续文集》卷25,《袁枚全集》(贰),江苏古籍出版社1992年版。
③ (清)袁枚:《小仓山房尺牍》卷8,《袁枚全集》(伍),江苏古籍出版社1992年版。
④ (清)袁枚:《小仓山房尺牍》卷8,《袁枚全集》(伍),江苏古籍出版社1992年版。

论诗》中写道："他山书史腹便便，每到吟诗尽弃捐。一味白描神话现，画中谁似李龙眠？"

虽然袁枚与李宪乔的这些分歧看上去似乎只是具体的问题，但实际上却体现了诗歌观念的不同，进而为价值观念的不同。袁枚性灵说的核心是抒写性情，"诗者，人之性情也"①，而且是"先天真性情"②"各人之性情"③。从袁枚对"性情"的层层界定中我们不难发现，他更强调的是一个"真"字，强调未经理智与道德过滤的性情的本然状态，因为这种状态是真实的，而真实的东西不一定是合乎规范的。换言之，它并不是有意识地靠拢道德规范，而是展现自己的真实情感状态。这与晚明时期士人对圣人人格的怀疑与挑战、以标榜自己不完美甚至堕落为胜事的做法是一致的。同时，袁枚所标榜的"性情"又因着真实而充满个性的色彩与生命的流动，"灵"追求的就是活跃的思维状态与表现上的灵动活脱。

显而易见，袁枚的性灵诗说的自我意识非常强烈，"诗，以言我之情也，故我欲为之则为之，我不欲为则不为"④，"我"是中心，"我"是诗歌表现的对象，"我"有享受生活的权利。几乎所有的一切都归结为："我"怎样才活得好，怎样才活得更好。从这个意义上说，性灵说具有向内关注个体生命的鲜明的自我指向。文学创作要"著我"，营造随园要"有我"，日常生活要"适我"，处处体现着鲜明的自我意识。与此相联系，他在个人生活上非常讲究，"凡事不宜苟且而于饮食尤甚"⑤，追求舒适的物质生活，就像李宪乔二兄李怀民所批评的那样，"投谒大吏，以名猎取财贿，衣冠饮食穷奢极靡"。七十老翁出游时还"伴行以年少丽人"。《小仓山房诗集》中的《接大司马庆树斋手书及貂冠等物赋诗报谢》《谢奇方伯赐裘》《除夕前一日蒙东浦方伯馈米、酒等物》等诗题，都是很好的例证。这种强烈的个性思

---

① （清）袁枚著，顾学颉校点：《随园诗话》，人民文学出版社1960年版，第196页。
② （清）袁枚：《小仓山房尺牍》卷8，《袁枚全集》（伍），江苏古籍出版社1992年版。
③ （清）袁枚：《小仓山房文集》卷17，《袁枚全集》（贰），江苏古籍出版社1992年版。
④ （清）袁枚著，顾学颉校点：《随园诗话》，人民文学出版社1960年版，第73页。
⑤ （清）袁枚：《随园食单》，《袁枚全集》（伍），江苏古籍出版社1992年版。

想，以及对物质生活的自觉追求，正是江南商品经济与商品意识浸染与影响的结果。价值观念的不同，直接导致行为的不同。袁枚的辞官归隐、教导儿子不必应科考、建园林、好美食等，无不与江南商品经济与商品意识的盛行有关。也正是由于对自我的充分肯定，造就了袁枚恃才傲物的才子之气：我写我性情，我行我本素，我秀我才华！

自康熙六年（1667）玄烨亲政以来，清廷即采取了一系列休养生息的措施，社会经济得到迅速发展，为18世纪中国资本主义萌芽的恢复与生长提供了必要的土壤和条件，这在江浙一带的丝织业中表现得尤其典型。早在明代中叶，江南一带的织造"机户"即争相崛起，仅苏州一地从事丝织业的人数就有近万名之多。在明清之际的动荡与战乱中，江浙地区的手工业遭受了重创。而自康熙中期以来，经过一段时期的喘息与恢复，商品经济再度活跃。袁枚的精神活动正是在这样一种特定的经济、文化背景下展开的。这种文化心态与个性精神导致了人生价值观念的改变。在中国传统文化中，存有一种对群体人格的强调和认同倾向，自我意识的觉醒带有一种新的时代因素。

与此相对照，高密派则强调诗人的社会责任，在强调个人的人格修养的前提下，更着眼于士人在社会体系中的作用，维护的是道德规范。哪怕身为一介布衣，处于"穷"的境地，没有兼济天下的机会和能力，但最起码要做到独善其身，也要担当一份神圣的社会责任。他们之所以尊崇中晚唐时期的张籍、贾岛，是因为"窃见张、贾门下诸贤，微论其才识高远，要之气骨棱棱，俱有不可一世壁立万仞之概"；"愿世之观吾主客图者，先求为古之豪杰，举凡世俗逢迎、诏佞悭吝、鄙啬龌龊种种之见一洗而空之，然后博为风诗以变浇风"[①]，推重的是张、贾"才识高远""气骨棱棱"，是"古之豪杰"。高密派的诗人"一夕不饿死，气与衡华高"（李宪乔《贫士咏》），不讲究物质生活，志气却无论如何也不能丢！在诗歌创作上，他们推举杜

---

① （清）李怀民等：《高密三李诗话底稿》，山东省博物馆藏清稿本。

甫、韩愈（他们直接标举的诗人是张籍和贾岛），也是出于一种维护正统的责任。就像李宪乔《再赠书田翁》一诗中所言："大雅久衰歇，顽艳日袭盗。"诗坛大雅衰歇，自己责无旁贷去纠正之。物质生活再贫寒，也必须坚守古直的人格。李怀民有《子乔自县中来，言单书田先生贫至食木叶，邀叔白各赋一篇为赠》诗："食尽门前树，先生空忍饥。只应到死日，始是不贫时。古性原无怨，高情独有诗。即今三日雪，坚卧又谁知？"① 贫寒到了吃尽门前树叶的地步，仍然"高情独有诗"。山左高密诗派极力倡导苦吟，恪守风雅传统，推崇朴实、平易、本色而不假雕饰的张籍，欣赏清寂冷落中带有几分傲骨的贾岛，以沉实苦吟来对抗诗坛"蹈空无著""涂饰柔腻"的风气，这本身就体现了鲁儒的执着与认真。他们"获一奇字辄咨询，考一纪元必分剖"（袁枚《岑溪令李君义堂猥蒙佳赠兼索和章，舟中却寄》），在诗歌创作上注重的是后天的修养和功夫，推崇贾岛式的苦吟推敲，走的是杜甫"语不惊人死不休"的路子，只有用心苦吟方能达到别人不能达到的冷僻之境，戒除人云亦云的熟俗。对此，袁枚也看得很清楚，他在《岑溪令李君义堂猥蒙佳赠兼索和章，舟中却寄》一诗中称李宪乔："裁骇杜陵闯入座，旋惊退之笑窥牖。""自言追古如追敌，誓不生擒不放手！"而袁枚更强调"诗写性情，惟吾所适"②，"村童牧竖，一言一笑，皆吾之师，善取之，皆成佳句"③，强调的是表现真实的性情，并不主张在遣词造句、布局谋篇上格外用心。高密派诗人追求人格上的自律与完善，于诗歌创作则严守格律，措意遥深，创作态度非常严肃，很少游戏之笔，行为上恪守传统的道德伦理。李怀民《回帆集·自叙》有这样一番话：

> 怀民居岑五载，始地奉母北还，既喜还乡，又幸吾母年八十游万里炎荒，康强以归。于是心怀颇广，于路历山川名胜，船窗开览，兴发慨

---

① （清）李怀民等：《李氏三先生诗钞》，清光绪刻本。
② （清）袁枚著，顾学颉校点：《随园诗话》，人民文学出版社1960年版，第3页。
③ （清）袁枚著，顾学颉校点：《随园诗话》，人民文学出版社1960年版，第34页。

然。怀民之南游，以奉母也，母志在南，故不可以游而必游。母未厌南中，故不可以久而必久。其在途亦然。凡吾母所过则过之，所止则止之。否则虽名山胜迹不问也。是以过桂林未观栖霞洞，过永州未访西山南涧，衡州不登祝融峰，洞庭不上岳阳楼，过黄州不游赤壁，九江不寻匡庐。此数胜者皆非不凝情迟注，吾母不乐留，则亦不往观耳。在舟侍母之暇，必设几砚，即目所寓，靡不有诗。①

这段话叙述了自己陪同母亲从宪乔做官的岑溪居住五年后奉母北还的情形。他自己对山川名胜不能说不倾心向往，但其行为皆服从于母亲的意志，把对母亲的孝顺放在游览名胜之前，并以此自我标榜，他特别在意的是"我"应该怎么做。

袁枚则更多地表现为"我"想怎么做、"我"要怎么做。我们不妨看看他的爱好，他曾坦言自己"解爱长卿色，亦营陶朱财"（《秋夜杂诗》），"好色不必讳"（《答杨笠湖》）。在《所好轩记》一文中，他索性对自己的爱好做了个汇总："袁子好味，好色，好葺屋，好游，好友，好花竹泉石……"好味自然是讲求美食，他本人是一个不折不扣的美食家；好色不用多做解释；说到好葺屋，最为突出的就是建造了连乾隆皇帝都有耳闻的随园；他一生好游，深得江山之助。他的远行壮游主要集中在辞官以后，尤其在六十三岁生了儿子阿迟之后，一年中几乎有半年出游在外。黄山、庐山、天台、雁荡、衡山、武夷、九华、石钟山、广州、桂林、彭泽、仙霞、禹穴、兰亭、太湖、黄鹤楼、岳阳楼、滕王阁、百花洲……足迹踏遍东南山水之佳处。而这些爱好皆出于自我意志的驱动。江南才子袁枚与高密派相比，差别是非常明显的。在这里所表现的，绝不仅是个性的差异。两相比较，袁枚的性灵诗说更强调自我，尊重个性；"三李"则更注重儒家传统观念，讲求耿介傲岸的人格及其外化于诗歌的"气骨"。②

---

① （清）李怀民等：《李氏三先生诗钞》，清光绪刻本。
② （清）黄立世：《柱山诗话》，山东省博物馆藏清钞本。

同时期值得注意的还有黄立世。黄立世字卓峰，号柱山，生卒年不详，山东即墨人。乾隆十九年（1754）会试副榜，官潮阳知县。著有《课馀录》、《扬舲集》、《岭南集》及《四中阁诗钞》。薛辅世在《柱山诗话》之《叙》中云："柱山先生以诗名久矣……先生诗原本性情，刊尽浮华，其所以沁人心脾而移神志者，无论知与不知，固皆流连往复而不能已。"由此可见他在当时的影响。

《柱山诗话》传世本，笔者所见为山东省博物馆藏清钞本辨蟬居高氏写本《齐鲁遗书》卷十八所收录之本，署"即墨黄立世柱山"一卷，三十五则。薛辅世的《叙》作于乾隆庚子（1780），据此大致可以推断诗话问世的时间。

黄立世与袁枚从时间上是有交集的，《柱山诗话》问世于袁枚性灵说大行其道的时代，当时袁枚六十多岁。黄立世在广东做官，潮阳虽不是江南地区，但毕竟属于南方。但我们并没有发现黄立世与袁枚之间有直接关系的证据，整部《柱山诗话》没有一处涉及袁枚。《柱山诗话》一再使用"性灵""性情"这样的字眼，我们反复研读《柱山诗话》后发现，这些概念被打上齐鲁文化深深的烙印，传统诗学的成分更多一些。

其一，《柱山诗话》第一则开宗明义即说道："诗以写情，而情本乎性，所谓喜怒哀乐之本也。作诗者必先淑其性情而后清明广大，无背理伤道之言。"既强调性情在诗歌创作中的重要作用，又强调"止乎礼"，"作诗者必先淑其性情""无背理伤道之言"，对性情进行一层道德的过滤，明显带有儒家诗教的色彩。

其二，《柱山诗话》标举表现性情的同时又强调"涵养""道理""踏实"。如第二则云："今人作诗往往不如古人，非尽天资之劣，总缘涵养未深，道理不熟耳。"第十一则云："诗中须有人在，诗外尚有事在，旨哉言乎。"而从对"妙悟"的阐发上也可以看出，黄立世所主张的是踏实基础上的羽化："沧浪说诗最重妙悟，即秋谷'要知秋色分明处，只在空山落照中'亦是此意。然尚嫌其语太玄虚，不便初学，不如步步踏实，久之自能羽化也。"这些更多体现了正统的传统诗学。

从乾隆诗坛诗人构成情况来看，袁枚与高密诗派同属中下级官吏诗人群，高密派中寒士的成分更大。由于所处地域空间的不同，两相比较，人生态度、价值观念、生活方式皆有巨大的差异。

总体而言，袁枚与高密诗派都生活在儒家思想居主流的文化生态中，正如袁枚在《答李少鹤书》中所言："我辈坠地后，舍周、孔何归？"读的都是圣贤之书。所不同的是，山左诗人恪守传统或曰正统态度，守成，中规中矩，甚至亦步亦趋，依傍圣人训示仰慕圣人人格并忠实地身体力行。袁枚则充满怀疑精神，他在《答李少鹤书》中说："古来归周、孔者，荀、孟、程、朱俱有流弊，有习气，我不以为然。……至于佛、老二家，何尝无可取处？乃其习气更重，流弊更多，故不得不淡漠视之。"① 对儒、释、道三家，尤其是对传释者有所辨析，有所取有所不取，表现出一种无所依傍的独立思考精神。也正是这种独立思考的精神，使袁枚发出"绝地通天一枝笔，请看依傍是何人"（《卓笔峰》）的宣言，在诗歌上不专主一家一派或一种风格。相对而言，山左士人缺少这种怀疑精神，这直接导致了他们在清代后期文化与文学上的几乎无所作为。

高密派在诗歌上讲究"体格"，寻找固定的效仿对象，"专学杜、韩精进有得"，对此，袁枚明确提出了批评："从古诗家，原无一定体格。""足下论诗讲'体格'二字固佳；仆意'神韵'二字尤为要紧，体格是后天空架子，可仿而能；神韵是先天真性情，不可强而至。"② 确然，高密派十分重视后天的功夫，提倡贾岛式的苦吟，在遣词造句上呕心沥血，而袁枚最强调的则是"先天真性情"。同时，袁枚是不主张效法某家某派的："名家诗俱可诵读，独取精华"③，与这种兼收并蓄的态度相比，高密派就显得过于迂谨了。

---

① （清）袁枚：《小仓山房尺牍》卷8，《袁枚全集》（伍），江苏古籍出版社1992年版。
② （清）袁枚：《小仓山房尺牍》卷10，《袁枚全集》（伍），江苏古籍出版社1992年版。
③ （清）袁枚：《小仓山房尺牍》卷10，《袁枚全集》（伍），江苏古籍出版社1992年版。

试论中国文学地理学研究的五个学术发展空间

殷虹刚*

中国文学地理学作为一门初建学科，正蓬勃发展，涌现的论著数量繁多。以笔者拙见，中国文学地理学研究在五个方面仍存在较大的学术发展空间，现不揣浅陋，撰文提出，亟待学界同人批评指正。

一 对文学作品的系地研究

"系地法"是文学地理学研究的一个最基本的方法[1]。所谓"系地"包括以人系地和以文系地，但目前的系地法研究普遍偏重以人系地，甚至有学者认为"建立文学地理学最为原点的术语首先是文学家地理"[2]。学界如此重视以人系地研究，主要原因有以下三个。

首先是受到人文地理学以"人地关系"为核心的研究传统的影响。人地关系"为人文地理学重要基础理论和研究的中心课题"[3]，受其影响，学者或指出文学地理学研究应"借鉴地理学的'人地关系'理论，研究文学

---

* 殷虹刚，文学博士、江苏联合职业技术学院苏州旅游与财经分院副教授。
[1] 曾大兴：《文学地理学概论》，商务印书馆2017年版，第306页。
[2] 余意：《文学家地理：文学地理学学科的原点》，《文艺报》2006年7月8日第3版。
[3] 刘敏、方如康：《现代地理科学词典》，科学出版社2009年版，第6页。

家的地理分布与迁徙，探讨文学作品的地域特点与地域差异，揭示文学与地理环境之间的关系"①，或认为"'人地关系'（Man-land relationship）已经被认可为文学地理学研究的科学基础和立论前提"②，或强调"文学地理的核心关系是文学家与地理的关系"③，或表示"人地关系也应该是文学史的一个认知维度"④。

其次是受到学界前辈研究著作的影响。1913年王国维《宋元戏曲史》之"元剧之时地"部分率先通过对元杂剧作家籍贯的考证与统计，揭示了元杂剧中心由北往南的转移现象。其阐述虽比较简略，但这种基于籍贯地理的研究方法逐渐引起后来者的重视。陈正祥《诗的地理》（1978）成为"20世纪中国学术史上的第一部文学地理研究著作"⑤，接下来更多学者继踵接武，发表的以人系地研究成果蔚为大观。

再次是受到文学理论论著的影响。这其中影响较为深远的是袁行霈先生的《中国文学概论》。该书第三章"中国文学的地域性与文学家的地理分布"之第二节专门阐述文学家的地理分布问题，并总结出两条规律：第一是"文学发达的地区，一般说来都是经济比较繁荣、社会比较安定、藏书比较丰富、教育环境优良的地区。或者是政治的中心，或者是比较开放的交通枢纽"；第二是中国文学"至少应该说有两个发源地，一个在黄河流域，一个在长江流域"，而运河作为沟通南北的国家经济命脉非常重要，因此，"黄河、长江和运河这三条水系的周围形成文学的若干中心，是很自然的"⑥。作者虽未做全面详尽的数据统计，但已基本揭明中国历代文学家地

---

① 曾大兴：《建设与文学史学科双峰并峙的文学地理学科——文学地理学的昨天、今天和明天》，《江西社会科学》2012年第1期。
② 陶礼天：《略论文学地理学的过去、现在和未来》，《文化研究》（第12辑），社会科学文献出版社2012年版，第269页。
③ 梅新林、葛永海：《文学地理学原理》上卷，中国社会科学出版社2017年版，第313页。
④ 罗时进：《唐诗"南""北"之分的可能性与论说限度》，《苏州大学学报》（哲学社会科学版）2019年第1期。
⑤ 梅新林、葛永海：《文学地理学原理》上卷，中国社会科学出版社2017年版，第138页。
⑥ 袁行霈：《中国文学概论》，高等教育出版社1990年版，第45—46页。

理分布背后的规律和原因。这影响了后来曾大兴《中国历代文学家之地理分布》等一批论著。

文学地理学以人系地研究蔚然成风，而以文系地研究则少人问津。就笔者所见而言，戴伟华《地域文化与唐代诗歌》之第三章"诗歌创作地点和地域文化"①和夏汉宁等主编的《宋代江西文学家地图》第四章"宋代江西文学家作品量的地理分布"②，是为数不多的以文系地研究。

文学作品的产生环境会影响文学家创作，文学家通过文学作品来书写地理空间，读者更是通过文学作品才能了解文学家和相应的文学地理空间，故以文系地研究同样重要，甚至更加重要。陈寅恪先生曾指出："中国诗虽短，却包括时间、人事、地理三点"③，并进而言之："苟今世之编著文学史者，能尽取当时诸文人之作品，考定时间先后，空间离合，而总汇于一书，如史家长编之所为，则其间必有启发，而得以知当时诸文士之各竭其才智，竞造胜境，为不可及也"④，其所言作品的"空间离合"，即以文系地。

以文系地研究长期受到冷落，也可能是因为涉及具体地理空间的文学作品散落在海量书籍中，不便统计。不过，随着全球"数字人文"浪潮的兴起，借助现代科技，近年来已有学者开始从事以文系地的基础工作，其中具有代表性的是王兆鹏主持的国家社会科学基金重大招标项目"唐宋文学编年系地信息平台建设"。王兆鹏等指出："仅根据籍贯地理考察文学的地理空间，无法真正了解文学创作真实的地理空间。而过去根本无法突破这种认识的局限。如今有了作家活动编年系地数据库，就可以确定文学的活动地理，具体了解每个作家一生不同时期的活动地理和创作地理。"⑤ 所谓"创作地理"即对文学作品的系地。基于此，王兆鹏进一步提出要重建作家年

---

① 戴伟华：《地域文化与唐代诗歌》，中华书局2006年版。
② 夏汉宁、刘双琴、黎清主编：《宋代江西文学家地图》，江西美术出版社2014年版。
③ 陈寅恪：《讲义及杂稿》，生活·读书·新知三联书店2002年版，第483页。
④ 陈寅恪：《元白诗笺证稿》，上海古籍出版社1978年版，第9页。
⑤ 王兆鹏、郑永晓、刘京臣：《借器之势，出道之新——"数字人文"浪潮下的古典文学研究三人谈》，《文艺研究》2019年第9期。

谱的新范式，实现从"年谱"到"编年系地谱"的转变①。相信随着该理念的推广，以及更多、更完善的文学编年系地信息平台的建设，会有越来越多的学者开展以文系地研究。

二 对20世纪初中国文学地理学转型发展的研究

20世纪初，时值清末民初，西方列强的入侵引起中国社会的深刻变革，许多传统观念被打破，地理研究也在发生革新。这一时期"有关地理学的研究，无论是研究深度还是研究广度都远超前代。地理学在中国也一改往日作为其他学科附庸的存在方式，拥有属于自己的专属领域……地理研究逐渐步入科学化，系统化的阶段"②。地理学的变革势必会推动文学地理学的发展，梅新林先生等即将20世纪初视为源远流长的中国文学地理学的现代转型期③。

目前学界对于20世纪初文学地理学发展史的研究一般都聚焦于当时的几篇重要文献，其中引用频率最高、论述最多的应数刘师培《南北文学不同论》（1905）。曾大兴将此文视为中国文学地理学发展至系统研究阶段的标志性事件，因为这是"文学地理学学术史上的第一篇系统的论文"④。不过名家名作的出现不会是横空出世的突然现象，必定是以时代风潮为背景，与当时众多学者的大量相关研究成果相伴相生，并从中脱颖而出的。

就时代风潮而言，清末面对西方的坚船利炮和丧权辱国的现状，当时的国人——尤其是学界——从文化、制度、科技、教育等各方面进行深刻反思，并学习西方，希望实现民族自强。在此过程中，西方的近代地理学进入学者视野，于是清末涌现大量西方地理学译著，这种情况至20世纪初越发

---

① 王兆鹏：《从"年谱"到"编年系地谱"——重建作家年谱的理念与范式》，《文学评论》2021年第2期。
② 胡尧：《浅议清末以来中西交流对中国地理学发展之影响》，《四川职业技术学院学报》2011年第5期。
③ 梅新林、葛永海：《文学地理学原理》上卷，中国社会科学出版社2017年版，第120页。
④ 曾大兴：《文学地理学概论》，商务印书馆2017年版，第393页。

迅猛。据统计，1819—1911年辛亥革命前国内共出版的208种西方地理学译著中，有149种出版于20世纪初的十余年间①，占72%。另外，清末（1871—1911）出版的"人文地理学译著的分支学科门类较为齐全"，涵盖了人文地理学所列13个分支学科中的10个分支学科。而且，在清末40种出版年份明确的人文地理学译著中，有32种出版于20世纪初，占80%。"在中国古代并无系统的人文地理学著作，人文地理学作为一门学科是清末时从国外引进的"②，20世纪初大量西方地理学——尤其是人文地理学——译著的出版，一定会大大开拓当时国内学者的眼界。

20世纪初对西方地理学高度重视的情况同样也发生在教育界。清政府为救亡图存开始教育改革，于1904年颁行《奏定学堂章程》，这是中国教育史上第一个完整的学制系统文件，史称"癸卯学制"。"癸卯学制"以法令的形式规定当时的中小学要开设地理课，并对中小学地理教育的目的、内容、课时分配、教材教法等做出明确要求。据统计，1893—1911年辛亥革命前国内出版的159种地理学教科书包括童蒙读物与小学教材、中学教材、师范专科教材、大学教材、参考图册等五类，其中155种出版于20世纪初③，占97%，几乎为全部。而20世纪初很多学者都在各级各类学校中任教，如此大量的地理学教科书肯定会为他们所见，促使其学习西方地理学。

20世纪初地理学的革新为当时的学者带来了崭新的地理学思想和研究思路，从而与传统地理学研究相结合，推动中国文学地理学转型发展。因此，除刘师培等外，20世纪初肯定有一批学者也撰写了受到西方地理学思想和方法影响的文学地理学论著，只是目前这方面的资料挖掘不多。

例如王葆心的《古文辞通义》（1916）。《古文辞通义》中"文之总以地域者"专章，论述科学，征引丰富，首倡文学与地理学的跨学科研究，

---

① 邹振环：《晚清西方地理学在中国——以1815至1911年西方地理学译著的传播和影响为中心》所附《晚清西方地理学译著知见录》，上海古籍出版社2000年版，第353—406页。
② 艾素珍：《清末人文地理学著作的翻译和出版》，《中国科技史料》1996年第1期。
③ 邹振环：《晚清西方地理学在中国——以1815至1911年西方地理学译著的传播和影响为中心》所附《晚清西方地理学译著知见录》，上海古籍出版社2000年版，第407—416页。

持"夫文者，时与地与人，三者相积而成者"①的观念，系统考察文学与地理的关系，在地理影响文学的途径、历代文学家地理分布、南北文学相竞相合的历史发展规律等方面多有创见。与《南北文学不同论》相比，《古文辞通义》对地理影响文学的关系的阐述更深刻，也更具现代特质，不仅在中国文学地理学学术史上具有重要价值，而且在中国文学地理学现代转型发展的过程中占有奠基和发轫的地位②。

学界对清末民初文献资料的忽视源自学术视野上的遮蔽。王水照先生曾指出："按'五四'新观念建构的文学批评史或学术史遮蔽了许多'旧派'的文章学批评专家和专书，这在清末民初尤为严重"③，相信未来会有研究者打破这种遮蔽，挖掘出更多当时文学地理学的研究文献，从而帮助学界全面深刻地理解中国文学地理学在这个关键时期的转型发展。

三　对中国古代典籍中文学地理学思想的研究

中国文学地理学从先秦走来，既有传承，也有演变，展示出强大的生命力，曾"长时期地以一枝独秀的优势牢牢占据了世界轴心地位"④。在漫长的发展过程中，中国文学地理学必定会形成自己的传统和特色，这些传统和特色散落在浩如烟海的古典文献中，有待挖掘。

梅新林等将中国文学地理学的传统学术成果从载体上归纳为史志、文论、集序和专题论著四种形式，从内容上归纳为诗骚地理论、江山之助论、南北不同论和区域文学论四大主题⑤。对于这"四种载体"和"四大主题"，之前已有研究者开始梳理其中的文学地理学思想。不过，这方面的研究仍然很少。"文学地理"概念在18世纪才由德国哲学家康德提出，但在

---

① 王葆心著，熊礼汇标点：《古文辞通义》，武汉大学出版社2008年版，第502页。
② 殷虹刚：《王葆心〈古文辞通义〉文学地理学思想研究》，《黄冈师范学院学报》2021年第5期。
③ 王水照、朱刚：《三个遮蔽：中国古代文章学遭遇"五四"》，《文学评论》2010年第4期。
④ 梅新林、葛永海：《文学地理学原理》上卷，中国社会科学出版社2017年版，第66页。
⑤ 梅新林、葛永海：《文学地理学原理》上卷，中国社会科学出版社2017年版，第66—87页。

中国传统典籍中蕴藏着众多朴素而宝贵的文学地理学观点或思想。20世纪初中国文学地理学的转型发展正是以此为基础的，今天的文学地理学的学科建设——尤其是理论研究，也应该继承这笔文化遗产，这样才能在对西方学术思想的借鉴发展中彰显自己的本土特色。

现以《诗经》为例来具体说明。"《诗三百》'十五国风'的搜集、整理和编选工作，就是最早的文学地理学实践"[①]，按照国别编选十五个地区的土风歌谣，其体例背后是典型的以文系地的文学地理学思想。自《诗经》诞生以来，历代学者卷帙浩繁的研究形成了一门诗经学，而对《诗经》地理的研究一直是诗经学的重要内容，"《诗经》丰富的地理学价值以及后世对此价值的发扬与研究，构成了《诗经》学中的重要组成部分——《诗》地理学"[②]。这《诗》地理学自春秋时期季札观乐后绵延发展两千余年，至宋末王应麟《诗地理考》，终于出现了直接以"地理"命名的《诗经》学研究专著，清代更是出现焦循《毛诗地理释》、胡秉元《诗地理考实》等近十部专门研究《诗经》地理学的著作。

对《诗》地理学发展史进行挖掘，能发现很多有价值的文学地理学观点和思想。例如成书于汉哀、平之际的《诗纬》，其中的《诗含神雾》高度重视《诗经·国风》各地区的地理位置，注意到"邶鄘卫王郑"处于各地区中心的特殊地理位置，指出"此五国者，处州之中，名曰地轴"[③]。并进一步指出，郑又处于"邶鄘卫王郑"五国的中心，郑"位在中宫，治四方，参连相错，八风气通"。很显然，《诗含神雾》在叙述各地区的地理位置时，没有季札观乐评论各国风时政教化的特色，而是纯粹从地理出发。在季札观乐的评论体系中，季札从"王化"角度出发，对邶鄘卫和郑风的评价都不是很高，尤其是对郑风，认为是亡国之音："其细已甚，民弗堪也，是其先

---

① 曾大兴：《文学地理学概论》，商务印书馆2017年版，第368—369页。
② 陈叙：《试论〈诗〉地理学在汉代的发生》，《南京社会科学》2006年第8期。
③ 安居香山、中村璋八编：《纬书集成》，河北人民出版社1994年版，第461页。

亡乎。"① 但《诗含神雾》中，邶鄘卫郑却一变成为各地区的中心，郑更是中心的中心。《诗含神雾》的这种观点是建立在对《诗经·国风》各地区地理位置的准确掌握基础上的，符合实际情况。甚至可以说，《诗含神雾》已初步具备现代地理学中区位的概念，意识到郑地在由十五国构成的空间系统中的位置优势，故才有此说法。

因此，学界若能在文学地理学视域下，对中国传统典籍进行仔细发掘，一定会有大收获。邹建军曾指出："我们的古典文献浩如烟海，然而就文学地理学科学建设而言，它们也是不能少并且是绝对重要的资源之一。"② 立足文学地理学中国本土化的学科属性，激活古典文献资源对文学地理学现代学科建构的价值，这将是中国学界对世界文学地理学的独特贡献。

四 "空间的文学"与"文学的空间"的融合研究

"空间的文学"与"文学的空间"是文学地理学的重要研究内容。

曾大兴指出："文学地理学的研究对象，就是文学与地理环境的关系。由于地理环境与文学的互动，产生了许多的文学空间（包括空间要素）……因此文学地理学研究的内容也可以概括为这样两句话：一是'空间的文学'，二是'文学的空间'。"根据具体阐述，作者应是认为"探讨文本产生之环境的外部研究（外批评）"是对"空间的文学"的研究，而探讨"文本内部"地理问题的研究（内批评）则是对"文学的空间"的研究③。

梅新林等则构建了文学地理学"总概念"下的四个"亚概念"：地域批评、地理批评、地图批评与地理诗学④。所谓四个亚概念，即文学地理学四大方面的研究内容，其中地域批评注重地域—区域文学批评，相当于狭义的

---

① （战国）左丘明撰，（西晋）杜预集解：《左传》，上海古籍出版社1997年版，第1120页。
② 邹建军：《文学地理学学科建设的三个重要问题》，《世界文学评论》（高教版）2016年第7辑。
③ 曾大兴：《文学地理学概论》，商务印书馆2017年版，第4—5页。
④ 梅新林、葛永海：《文学地理学原理》上卷，中国社会科学出版社2017年版，第162—165页。

"文学地理学"概念，属于"空间的文学"研究，而"外层空间"则对应"文本产生之环境"；地理批评注重文学的文本空间研究，属于"文学的空间"研究，而"内层空间"则对应"文本内部"。

虽然在具体研究中，"空间的文学"与"文学的空间"在学术指向、研究方法等诸多方面存在不同，但两位学者都高度重视对两者的融合研究。梅新林即言："文学地理学的跨学科性质，更要求研究者应具有大气包容的胸襟，所能臻于的更高境界即是思考如何将'内层空间'与'外层空间'两者贯通起来融为一体，而不能各自画地为牢，壁垒森严，甚至相互否定。"① 两位学者的积极倡导，说明他们都认识到目前中国文学地理学研究存在一个比较严重的问题，即"空间的文学"与"文学的空间"分离割裂。有学者也指出："就现有的文学地理学研究成果来看，学科的'单向度割裂'之感较为明显。文学出身的研究者往往注重文学地理学的文学研究，而地理学出身的研究者更多地关注地理环境、地理空间等地理要素。"② 这种"割裂"内生于中国文学地理学的发展史中，根源深远，主要有三个方面的原因。

首先，在中国文学地理学漫长的发展过程中，重视研究"空间的文学"是主流。《诗经·国风》按十五个地区将160首诗歌整理编辑成册，体现的即编纂者的地域文学的理念；季札观乐对各国风逐一评点背后的评价标准是《诗》乐与各地区地理环境之间的关系；《汉书·地理志》中班固"风俗"论进一步揭示的仍是人文地理环境对文学的影响；20世纪初中国文学地理学转型发展时期，刘师培《南北文学不同论》、王葆心《文之总以地域者》、王国维《屈子文学之精神》等一批经典论著，都从地理环境影响文学的角度研究南北文学的区域差异……纵观中国文学地理学的"四大主题"，也都属于"空间的文学"研究。

其次，从20世纪80年代中国文学地理学复兴以来，理论界一直更关注

---

① 梅新林、葛永海：《文学地理学原理》上卷，中国社会科学出版社2017年版，第178页。
② 韩伟：《文学地理学的问题意识与范式革新》，《兰州学刊》2015年第6期。

"空间的文学"研究。无论是金克木在《文艺的地域学研究设想》中指出的文学地域学研究的四个方面:"一是分布,二是轨迹,三是定点,四是播散"①,还是袁行霈在《中国文学概论》之"中国文学的地域性与文学家的地理分布"专章中的相关论述,都未足够关注"文学的空间"研究。

再次,中国文学地理学缺少对西方文学地理学发展成果的借鉴。目前,国内从事文学地理学研究的学术力量以文学——尤其是古典文学——领域的学者为主,缺少文艺学——尤其是西方现代文艺学——领域的学者参与。这造成了目前中国文学地理学界存在"重'古'轻'今'的整体格局"失衡与"本土与域外研究的失衡"问题②。此外,学有所长、术有专攻、语言隔阂等原因,还造成国内文学地理学界不能及时、广泛、深入地借鉴西方文学地理学的发展成果。中国文学地理学作为一门新建学科,其创立主要依靠自身的基因和成长,不过也需要外界适当的刺激和推动。20世纪80年代中国文学地理学的复兴,就与当时大量西方新人文地理学译著的出版分不开。时至今日,仍有大量重要的西方文学地理学著作仍未在国内翻译出版。这种不足让国内学界无法深入借鉴西方文学地理学发展过程中"空间的文学"与"文学的空间"融合研究的经验。例如,法国当代学者米歇尔·柯罗认为,费雷的《文学地理学》存在明显的缺陷,因为"这样一种地理学使人可以研究文学生产的地点,而不是地点的文学再现"。而比较之下,柯罗认为弗朗科·莫雷蒂的《欧洲小说地图集》更进一步,在该书中"为一种'文学的地理学'辩护,把'对在文学中的空间研究'与'空间中的文学研究'结合在一起。其著作的第一部分把19世纪的欧洲小说中的地点再现作为研究对象;第二部分则是关于在同一时期获得巨大成功的小说传播与接受的地点的研究。这两个部分都表明文学'与地点相联结'。但在我看来,第二部分属于文学地理学,甚至是文学社会学的范畴,因为它主要奠基在一种统计学类型的调查基础之上。第一部分则立足于对文学的分析与阅读的基础之

---

① 金克木:《文艺的地域学研究设想》,《读书》1986年第4期。
② 梅新林、葛永海:《文学地理学原理》上卷,中国社会科学出版社2017年版,第150页。

上,更加接近于我所构想的地理批评与地理诗学"①。由此可知,《欧洲小说地图集》已经实现了"文学的空间"与"空间的文学"这两者的融合研究。遗憾的是,因为缺少译介,这类重要的西方文学地理学论著很难为国内学界所见,否则肯定会促使研究者认识到"空间的文学"与"文学的空间"相生相成的重要性,从而推动对两者研究的融合发展。

五 理论创新研究

当前,中国文学地理学研究存在明显的重实证、轻理论的倾向,理论创新有待进一步加强。2012年陶礼天就指出:"就研究现状的不足或缺失而言,笔者以为,仍然是文学地理学的基础理论研究的严重贫血,还需要认真地深入地研究文学地理学原理。"②

中国文学地理学理论创新不足,首先与目前国内文学地理学研究群体中缺乏跨学科人才有关。文学地理学具有跨学科属性,需要以文学为本位,融合地理学的思想和方法展开研究。现代地理学作为一门成熟学科,具有明确的研究对象,已形成完备的学科体系和成熟的研究范式,并对自身学科独有的哲学价值、科学价值、应用价值和教育价值进行了反思和总结。而目前国内文学地理学的研究队伍以古典文学、比较文学、现当代文学等文学学科的学者为主,受专业领域和知识结构的局限,这些学者很少系统深刻地学习过地理学学科的传统、思想、原理、概念和方法等,因此在开展文学地理学研究时对地理学的借鉴往往以实用为主,较少涉及新的地理学知识领域,从而在文学与地理学的深层对话方面无法深入。以人文地理学为例,已经发展出文化地理学、历史地理学、经济地理学、社会地理学、政治地理学等多个成熟的分支学科,而国内文学地理学研究者比较熟悉的一般只有文化地理学和

---

① [法]米歇尔·柯罗:《文学地理学、地理批评与地理诗学》,姜丹丹译,《文化与诗学》2014年第2期。
② 陶礼天:《略论文学地理学的过去、现在和未来》,《文化研究》(第12辑),社会科学文献出版社2012年版,第270页。

历史地理学。文学地理学只有立足文学本位，促进文学与地理学广泛深刻的交融，才能迎来更加繁荣的发展。这需要文学地理学研究队伍中出现越来越多的跨学科人才。而这跨学科人才，可以是传统的文学地理学研究者对地理学进行全面深刻的学习，也可以是吸引地理学学者开展文学地理学研究，还可以是文学与地理学的学者组成团队开展合作研究。学界已开始这方面的思考。在理论方面，李仲凡即指出："文学地理学对地理学学理资源的借鉴，不仅需要系统、深入地学习人文地理学和文化地理学学科的主要思想、基本概念，并掌握它们的重要研究范式与方法，而且需要在此基础上，把学习和借鉴的范围扩大到整个地理学学科体系。"[1] 在实践方面，例如曾大兴在前人实证研究的基础上，借鉴文化地理学中"文化区"概念提出文学地理学"文学区"概念，标明了文学地理学研究的一项重要内容[2]。

中国文学地理学理论创新不足，也与目前学界对中国传统文学地理学思想的挖掘不够有关。曾大兴在这方面做了卓有成效的探索。在《文学地理学研究》（2012）第四章中，作者讨论了"气候与文学之关系"问题，具体阐释时引用了《史记·货殖列传》《汉书·地理志》《文心雕龙》《诗品》《礼记·王制》《燕冀篇·气性》等古籍资料，可见作者的研究受到这些古典文献的启发和助益[3]。后来作者将其提升至系统的理论高度，于2016年出版了著作《气候、物候与文学：以文学家生命意识为路径》。在该书中，作者明确将自己研究思想的源头追溯到了刘勰和钟嵘[4]。

中国文学地理学理论创新不足，还与学界缺少对西方文学地理学理论的研究有关。他山之石可以攻玉，国内学者应该以宏大的学术视野和包容的学术胸襟将其视为中国文学地理学理论创新的重要资源，主动学习，兼收并蓄。目前对西方文学地理学介绍较为系统的是《文学地理学原理》。梅新林

---

[1] 李仲凡：《地理学学理资源在文学地理学建构中的作用》，《兰州学刊》2015年第6期。
[2] 曾大兴：《论文学区》，《学术研究》2017年第4期。
[3] 曾大兴：《文学地理学研究》，商务印书馆2012年版。
[4] 曾大兴：《气候、物候与文学：以文学家生命意识为路径》，商务印书馆2016年版。

以对"古今—中西"文学地理学发展的总结为基础,在学理维度上提出"新文学地理学"的概念与理论体系,这背后离不开对西方文学地理学理论的批判和借鉴。曾大兴也从学科建构的高度指出,中国文学地理学需要"认真听取国际学术界同行的意见,随时纠正自己的偏差,同时注意合理吸收国际学术界的最新研究成果,使这个学科具有广泛的国际适用性"①。

结　语

以上关于中国文学地理学研究的五个学术发展空间的论述是笔者的一管之见,恳请学界同人批评指正。本文尝试对中国文学地理学发展进行阶段性反思。这种注重反思的精神是中国文学地理学发展过程中的一种传统与财富,之前众多学者都曾在不同时期撰文从不同视角进行过总结和反思,有效促进了中国文学地理学的进一步繁荣。

中国幅员辽阔,有五十六个民族,地形地貌复杂多样,地域文化多姿多彩,加上各地的社会、经济发展水平又不均衡,这些不同的自然地理和人文地理必定会影响中国各地区过去、现在和未来的文学发展,这就为文学地理学提供了异常丰富的研究资源和极其广阔的发展舞台。先天的学科发展优势,再加上后天从宏观视野回顾过去并瞻望未来的努力,我们相信,中国文学地理学具有广阔而光明的发展前景。正如杨义所言:"文学地理学是一个极具活力的学科分支,是一片亟待开发的学术沃土。"②

---

① 曾大兴:《文学地理学的学科建构》,见朱立元主编《美学与艺术评论》(第19辑),山西教育出版社2019年版,第19、20页。
② 杨义:《文学地理学会通》,中国社会科学出版社2013年版,第37页。

文学地理与文化传播

——兼谈少数民族文学地理

李 莉[*]

文学地理作品在中国文学史上早就存在,古代的许多山水诗文、游历抒怀诗文、为求真求知而探秘地理的诗文、行军征战途中写景叙事的诗文等都属于这类。对于"文学地理",不同人有不同理解。文学工作者认为,"文学地理就是作家赖以写作的区域背景,一般都是真实的地理,但这个真实分两种情况。一种是把现实地理搬到作品中来,甚至直接以现实地名作为书名","还有一种就是虚构一个地名作为故事发生地"[①],这种说法有一定道理。当文学与地理勾连,以地理为对象,地理就融入文学,两者相互作用而成的文学作品可为文学地理。换句话说,作家以游历/行走为主线,记录、描述游历/行走过程中的地理知识、自然风光、人文景观、地域文化,同时表达游历/行走过程中的感受;或是以某个真实的地理情境为主线,虚构故事情节,这类文学创作谓之文学地理。

至于文学地理学,在学界尚属于一个年轻话题。肖太云曾在一篇文章中提到:"文学地理学正是一门融合文学与地理学研究,以文学为本位,以文

---

[*] 李莉,文学博士、湖北民族大学教授。本文为国家社会科学基金项目"传播学视域下中国少数民族文学经典化研究"(项目编号:18XZW029)的阶段性成果。

① 夏商:《文学地理的虚与实》,《天涯》2019 年第 3 期。

学空间研究为重点的新兴交叉学科和新兴研究方法。"① 这个说法比较宏观，也比较客观。更换几个语词，就可以适应于很多跨学科的学科概念界定。可贵的是，论者指出了"文学本位""文学空间"等关键词，意味着文学地理学是侧重于文学研究的学科，属于文学范畴。事实上，作为一门跨学科的学科，"文学地理学"涉及文学与地理学两大学科门类。它是以文学、地理学为研究对象的学科，涉及的分支学科有文学史、文学地理作品、文学创作与阅读、文学理论与批评、文艺美学与文化传播等；与地理相关的学科则有自然地理、文化地理、政治地理、历史地理等知识。因涉及多门学科、多类知识，其中的许多问题有待进一步梳理和探讨。不过，无论怎样探究，都无法绕开作为其重要支脉的"文学地理作品"。如果离开"文学地理作品"，"文学地理学"的研究就只能缘木求鱼，就会脱离文学本身（如果完全离开了文学研究，则进入别的学科领域，不属于本文研究范畴）。基于此，本文在前述"文学地理"概念的基础上，以部分少数民族作家的创作及相关作品为案例，探究文学地理创作中作家的审美感知、文学与地理的互动关系和互动结果，进而揭示文学地理对民族文化传播之巨大作用。

一 地理介入文学，激发审美感知

作家书写文学地理，地理嵌入文学作品，促进文学与地理两者关系生成的重要媒介是创作主体的审美感知，即作家对地理的审美感知是文学与地理得以融合的内驱力。

地理学是奇妙的、富有趣味的、与日常生活息息相关的学科，既有普通大众需要掌握的基本常识（方位、地形、地貌、土壤、植被、河流、气候等），也有专业人士需要探索的高深知识。从研究对象看，一般分为自然地理和人文地理两大类。掌握地理知识，首先需要地理感知。居家生活、工作

---

① 肖太云：《文学地理学维度下的中国当代少数民族文学扫描》，《民族文学研究》2012 年第 5 期。

出行、游历游学等活动都少不了地理感知。人的需求不同，感知的侧重点就不同。交警对方向、方位、道路的感知特别敏锐；农民对土壤、植物的感知特别亲切；渔民则特别擅长感知水文、鱼类习性……不过，普通人的地理感知大多停留于对客体的需求性感知，很少提升为审美感知。例如普通司机（行走者、游历者）的地理感知就难以提升到文学层面；如果一个人既是司机（行走者、游历者）又是作家，同样的路程中，他/她不仅有强烈的地理感知，还有强烈的审美意识，一段路程走完，一篇作品（诗歌、散文或其他）可能就酝酿出来了。战争年代，毛泽东在行军情境中创作了很多"马背上的诗歌"①，他的审美意识就比普通人强烈，审美境界也比普通人高远。

  文学地理，是地理进入作家视野，作家介入地理情境，以地理为写作素材，将地理审美感知融入文学创作，在文学创作中融入地理知识，以艺术的语言、审美的形式创作小说、诗歌、散文、戏剧等体裁的文学作品。从事文学地理的作家除了一般的地理感知外，还需要将一般感知提升到审美层次。地理感知融入审美因素，才能激发创作冲动，萌生创作动机。古代文论家刘勰所谓"登山则情满于山，观海则意溢于海"（刘勰《文心雕龙·神思》）便是审美感知外射的表现。只有触发了审美感知，"情""意"才会作用于"山""水"，"山""水"之美才会进入作家眼中、心中、文中，否则只是过眼烟云，生发不了美感，也进入不了文学作品。因此，作家的地理感知必须是地理审美感知，比普通人的地理感知更高级、更富有审美趣味，而且能促进文学作品的生成。钟嵘所言的"气之动物，物之感人，故摇荡性情，形诸舞咏"（钟嵘《诗品序》），便是审美感知激发的力量。受地理环境、身边美景之感染、陶冶，便有了"此中有真意，欲辨已忘言"（陶渊明《饮酒·其五》）、"相看两不厌，唯有敬亭山"（李白《独坐敬亭山》）等经典

---

  ① 毛泽东的很多诗词与地理有关。战争年代戎马倥偬的他常骑在马背上即兴吟诗，故称为"马背上的诗歌"。如《西江月·井冈山》（1928）、《菩萨蛮·大柏地》（1933）、《清平乐·会昌》（1934）、《十六字令三首》（1934—1935）、《忆秦娥·娄山关》（1935）、《七律·长征》（1935）、《沁园春·雪》（1936）等诗作堪称文学地理经典。

诗句的流传。诗人萌生的"物感""物我两忘"境界,是地理审美感知在文学创作中的真实表现。可以说,作家的审美感知越强,作品的美感就越强;同理,作家的地理审美感知越强,文学地理文本就越富有审美感召力。

文学地理创作中,创作主体"我"固然重要,创作客体中的"地理"也不可忽视。面对常见的、熟知的地理,若无特别的情思很难产生审美感知,所谓"熟视无睹"即是常态。反之,"地理"语境越是陌生,产生的感知力就越强。所谓"距离"产生美感,"新鲜"产生"好奇"便是最好的阐释。当然这离不开审美感知和审美经验。"陌生"地境的感受,少数民族作家拥有特别的财富和特别的话语权。如果他的生活地比较僻远,又有大众罕见的风土人情,且为一般作家所难以触及,那么,这里的地境和风土,一旦触发其审美感知,便可能成为其宝贵的写作财富。苗族作家沈从文建构的"湘西世界";满族作家端木蕻良建构的东北"草原"世界[①];藏族作家阿来、达真、梅卓等建构的"雪域高原"世界;彝族作家吉狄马加建构的"凉山"世界;土家族作家叶梅、李传锋等建构的"三峡"世界、"武陵"世界,都是与众不同的、震撼心灵的独特世界。当作家自己"熟知"的地理环境遭遇文学的"陌生化"后,审美感知生发的文学地理作品就能以特异的姿态呈献于世。

文学介入地理,描述地理情境;地理介入文学,影响作家思维和文学审美。文学作用下的地理产生巨大的感性分野,分野中又彼此融合,于是新的交叉学科——文学地理诞生。

地理介入文学创作,作家所运用的文学语言扰乱了地理共同体的感性秩序。特别是作家对地理景观的书写,少不了运用各种修辞(比喻、比拟、夸张、通感等)进行想象,文学文本中呈现的地理景观与现实世界的地理景观有很大差异。读者对文学文本接受的程度不一样,对地理景观的想象也不一样。荒凉,在实际生活中是一种单调,容易引起紧张、恐惧,在文学创

---

① 端木蕻良在这方面的代表性作品有《科尔沁旗草原》《大地的海》《科尔沁旗前史》等。

作中却是一种美感，引起人们神往。实际生活中，人在巨大的景物面前容易产生渺小感、危险感和恐怖感；文学作品中巨大的景物让人产生壮美感、浩渺感，如沙漠、戈壁、大海、森林、陡峭的悬崖、幽深的峡谷、咆哮的河流、喷发的火山等奇观都是文学中的美景，让人赞赏。

由此可见，文学审美与生活审美的差异导致人们对地理的感受和认知不同。文学会破除日常生活与艺术审美的界限，让人们通过合理的想象去感知世界。而美学与世界的关系，一定程度上揭示了作家的族别、身份和位置，以及眼界的高低和视野之宽窄。危险之地境以审美姿态进入文学文本供人们欣赏，就是康德所言的"美是无目的的合目的形式"，"合目的"之美超越了一切实在状态，进入空灵之境。

二　文学介入地理，游走于虚实之境

文学介入地理后，可以把实际地理与美学地理结合，把日常世俗与崇高信仰结合，跨越禁忌界限，混淆生活中不可能混淆的礼节，解除生活中不可能突破的规约。以青藏高原为中心的藏区，地境、人境和情境中都存在很多"神秘"禁区，特别是藏区各地的寺庙生活以及神灵崇拜、神秘仪式的举办，非藏区人很难接触，非藏区作家即便接触了也难以把握。藏区的藏族作家因为"本地""本族"的"便利"，可以根据自身的观察，对实在情形进行合理想象，用充满张力的文字去描绘、去叙述。

藏族作家梅卓的散文集《藏地芬芳》《走马安多》就多次写到"我"冲破禁忌，进入一些神秘的寺庙或是寺庙中某些隐秘的房间去观察，去拍照，结果惹得主人"不高兴"。作家的"违规"旨在寻找"神秘"资源，发现"美"之所在，让普通人难以触及的"神秘"通过作家的"美"的书写形态进入公众视野，进而感受"神秘"深处的存在状态与"神秘"的力量来源。阿来的长篇小说《格萨尔王》，就是在民间口传史诗《格萨尔王》的基础上结合自己的想象写成的。"神子诞生"这部分书写了一般人难以想象的神奇景象：神子托生的地理位置、降生的家庭环境，及其来到人世后所拥有的超人能力，当地人们对他的景仰和膜拜。这些叙述都与地理景观紧密相连。作家的叙述中，客观的地理界线被文学想象突破了，地理景观也随作者意图而转换，与之相随的时间概念也被进一步打破。古代的地理，当今的地理；故乡的地理，异乡的地理；安全的地理，危险的地理；美丽的地理，诡谲的地理等景观都汇聚于作家笔下，实现穿越，或者共享。

文学介入地理，使地理空间发生感性的迁移。实际生活的地理通过作家的文字描述进入感性认知的地理，使不能观者得以可观，不能见者得以可见，由此地理现场进入文学现场，进入审美现场。鲁迅在多篇文章中写到白蛇传的故事，《从百草园到三味书屋》《论雷峰塔的倒掉》《再论雷峰塔的倒掉》中都有提及。白蛇与许仙的婚姻被法海破坏后，蛇精被压在高塔基座，永世不得翻身。然而，雷峰塔倒掉后，据说人们发现里面有两条蛇，蛇的现身将传说的秘密揭露了，满足了人们的好奇心，不可见的神秘传说被人们"发现"。作为西湖十景之一的"雷峰夕照"，伴随1924年雷峰塔的倒掉而消失，直至2000年塔的重建而复现。雷峰塔、白蛇传、西湖十景、鲁迅文章，甚至当时的编辑（胡也频）对鲁迅文章有感而发的书信都成为人们了解西湖、游玩西湖胜景的内容。可见，地理影响文学，文学影响地理。由文学引发的旅游消费引导地理景观进入消费现场，促进地方经济的繁荣，地方文化得以改写，得以传播。

文学地理不只是作家的语词游戏，也不只是作家的心灵慰藉，文本一旦与读者产生共鸣，促成读者的神往，甚至萌生"到此一游"的念头或者是躬身践行，文学语词产生的审美力量就会转化为物质力量，景观欣赏就会转变为经济消费，文学地理衍生出新的功能——旅游文化经济与消费。鲁迅两论"雷峰塔"的倒掉，第一次是结合当时实际批判那些破坏别人婚姻的法海和尚；第二次是批判那些偷挖国家"柱石"的破坏者，渴望有"要革新的破坏者，因为他内心有理想的光"。这就是鲁迅的高度，他创作的文学地理作品给人以思考和力量。如今的人们去西湖旅游，只要谈到雷峰塔，就不可避免地要谈到文学家鲁迅和他的文章。

文学介入地理，通过作家的行迹将各处地理"拼贴""组合"，构成一幅地形图。作家的行走是对"地理"的不断观察、书写。在作家眼中，所有对象都是创作素材，一旦进入视野，就有了进入心灵的可能，有了转化为文字的可能。随着行者脚步的变化，视野的变化，很多新的异质性因素不断产生。这些异质因素对读者是陌生的，把读者从熟悉的"已知"中带出来，进入一个全新的、陌生的"未知"世界，激发他的好奇心，探询欲望，引领他到一个新的情境中。这时的文学，充当探险者的媒介物。老舍的《四世同堂》、阿来的《大地的阶梯》便是这类作品的代表。《四世同堂》中叙述了老北京/北平的很多地名、胡同和景观。小说第一部第二节叙述"祈家的房子坐落在西城护国寺附近的'小羊圈'"，由此开始，对"小羊圈"胡同的地理位置、地形情况、建筑情况、居住在此的各家生活情况都进行了详细的叙述。这不是一般的地理知识介绍，而是文学描写，作家的思维清晰明朗，叙述顺序有条不紊，所用语言贴切生动，伴有浓郁的"京味儿"。

> 李四爷的紧邻四号，和祈老爷的紧邻六号都也是小杂院。四号住着剃头匠孙七夫妇；马老寡妇与她的外孙子，外孙以沿街去叫"转盘的话匣子"为业；和拉洋车的小崔——除了拉车，还常打他的老婆。六号也是杂院，而人们的职业较比四号的略高一级；北房里住着丁约翰，信基督教，在东交民巷的"英国府"做摆台的。北耳房住着棚匠刘师傅夫妇，刘师傅在给人家搭棚而外，还会练拳和耍"狮子"。东屋住着小文夫妇，都会唱戏，表面上是玩票，而暗中拿"黑杵"。①

之所以完整地引用这个段落，旨在说明文学地理何等富有感染力！同样的内容，如果是地理工作者可能就会勾画出一幅地图，把每个位置的相关人物点画出来，给人们以直观感受。作家就完全不同，他用极为简练的、富有

---

① 老舍：《四世同堂Ⅰ》，民主与建设出版社2020年版，第17页。

张力的文字描述了一幅胡同人物群像:每个院子、每个房间、每个家庭中人物的身份、地位、职业、性格甚至命运暗示都很具体。让读者有身临其境之感,人物有呼之欲出之效果。

文学介入地理,作家通过文字书写,将现实中的真实进行虚构性想象,转换成文学真实,读者在文本阅读中难辨虚实,唯文学之美带来快感。地理贡献美学素材与知识,特别是地表风物的自然独特,建构了文本的独特景观。所以,不同的地理景观自然会形成不同的文学地理。同一地理景观,对不同作家而言,也会产生不同的文学地理。即便是同一作家,在不同时间面对同一地理环境,也会创作出不同的文学地理作品。文学地理因地理环境、创作主体、创作情境的不同而不同,文学文本的个性与差异也由此形成。从这个层面讲,地理的差异性是建构文学地理独特性的前提条件;文学地理为现实地理提供了丰富的想象世界。

三 文学与地理相互作用,促进文化传播

肖太云在《文学地理学维度下的中国当代少数民族文学扫描》① 中运用文学地理学批评术语"地理基因""地理空间""地理意象""地理叙事",从四个方面对当代中国少数民族文学做一个扫描式探究。这四个术语所涵盖的内容是文学地理涉及的基本元素,但是文学地理并不止这四个方面,还有自然地理与人文地理交叉所产生的地理时间、地理历史、地理文化等元素,以及历史、政治、经济、军事等因素介入地理后产生的各种事象。地理时间有自然时间和社会时间。同一地理空间中,由于时间的变化,景象就不同。如白昼与黑夜的变化会引发同一空间景物的变化;阴晴云雾雨雪等气象变化也会对同一空间中地表景象产生变化,一年四季气候的变化就会引发地表植被的变化,从而引发地表景观的变化,不同季节就会有不同的植被景观。地

---

① 肖太云:《文学地理学维度下的中国当代少数民族文学扫描》,《民族文学研究》2012年第5期。

势高低变化也会引发地表景观的变化，甚至改变地表。如云雾笼罩、大雪纷飞、暴雨如注、潮汐消长等情况都会在很短时间内影响地表景观变化。泥石流、山体滑坡、河水暴涨、雾凇冰凌等景观都是气候变化影响地表的结果。

此外，历史遗留的边界划分①，土地纷争引发的械斗②，时间变化引发的地理变化（阿来《云中记》讲述因为大地震带来的系列变化），或因其他事情引发的移民（如扶贫、道路修建以及大型工程建设等）拆迁都会引发地理空间③的变化。此外，人口迁徙也可以使一个地方变得繁荣（如过去的小渔村深圳因改革开放变成繁华热闹的大城市）；还有些地理及其空间也会因时间和人力因素的变化而变化（如沙漠变成绿洲）。梅卓《走马安多》中写到牧民草场的冬夏季节轮换，季节变化引发生活方式的变化等都是气候与地理情况变化产生的结果。

老舍的创作中，很多作品都涉及地理知识。如《骆驼祥子》《四世同堂》可以说是一部微缩的老北京/北平地图，街道、胡同、建筑甚至地名、饮食等都在其中可以找到。故事随着空间的变化而变化，情节随人物的移动而变化，作品的意义和价值就此呈现。《四世同堂》中钱墨吟之子孟石死后，小羊圈胡同的邻居帮忙处理丧事，故事空间从胡同转到路上，从路上转到坟地，从坟地再转回胡同。地理空间的转换中，时间也在变化，从早晨写到中午，再写到下午和晚上。人物的悲剧在这空间地理和时间地理中意外呈现。孟石本身生病，因为父亲无辜被日本人抓走坐牢，忧愤而死，留下焦虑的母亲和怀孕的妻子。好心的邻居帮忙处理后事，孟石尚未下葬，钱母将自己撞死在儿子的棺材上。一连串事件发生在时间变化中、在地理空间的转换中完成，彰显出作家高明的叙事技巧。

达真的小说《命定》，主人公土尔吉和贡布的逃亡也是在空间和时间的

---

① 阿来的《瞻对》、达真的《康巴》等作品中涉及的区域疆界划分、名称的更改、政治文化对地理文化的影响。
② 阿来的《尘埃落定》、达真的《康巴》等藏族小说中所述的土司之间的土地纷争。
③ 土家族作家徐晓华《那条叫清江的河》写到清江支流水布垭因修建大坝而造成了移民搬迁。

变化中交织变化。另一部小说《康巴》中有几章就是专门写郑云龙的逃亡的，带着未婚妻逃亡于悬崖绝壁之路；或随着军队行走。还有一些驮脚娃带着商品长途跋涉于雪域高原，这些都是地理文化的真情书写。

梅卓的游历散文，以所到之地为目标，介绍该地的各种情况。《走马安多》《吉祥玉树》《藏地芬芳》等作品如是，小说也有类似特点。长篇小说《月亮营地》①的故事发生在青藏高原——这是一个巨大的地理空间，以此为范畴，以甲桑为主要人物，围绕部落之间的恩怨情仇展开故事；同时将相关的地理知识、历史知识、地方性知识、民族文化知识融入其中，藏区人的精神风貌和刚毅个性由此呈现出来。

创作客体对创作主体产生影响，毋庸置疑。文学地理中，现实的客观地理影响作家主体的审美感知，进而影响作家的文学创作（行吟诗人、游记散文、游记小说等），也是常见状态。那么，文学创作会不会影响地形地貌呢？一些地理研究者认为不会，即便有，也是微乎其微。对此，有文学研究者明确指出："地理环境与文学的关系，乃是一种双向互动的关系，地理环境影响文学，文学也影响地理环境。"②这一观点有事实依据。

客观上讲，从观念形态出发的文学对地理外表的作用和影响并不大，不论文学作品怎么书写，实际存在的山川河流、平原丘陵依然按照它原有的样子存续着，并不因为作品书写了它就会有多大改变。可是，很多事实表明，文学作品的书写会在一定范围、一定程度上影响地理，甚至有可能影响地形地貌、地理景观。这就是说，文学书写会在某个特定地方，某些时段产生人文景观，这个人文景观改变了局部地方的地理风貌、文化类型。如旅游景点的建构因某个名家的出现而被当地人们打造成文化名片，进而建设成旅游景区。旅游景区在一定范围修建的地表建筑（房子、道路、设施、园林景观及其他植被等）对该地的地貌会产生较大影响。随之而来的是游客不断涌现，促进了生产、消费、文化等产业的兴旺，对于当地的植被、生态、文化

---

① 梅卓：《月亮营地》，敦煌文艺出版社2009年版。
② 曾大兴：《文学地理学概论》，商务印书馆2017年版，第5页。

都会产生不同程度的影响。于是文学的力量从间接的、隐性的变为直接的、显露的。湘西古城因为作家沈从文而建设，乌镇因为作家茅盾而建设，镇北堡西部影视城因为作家张贤亮而建设，橘子洲头因毛泽东诗词而建设，西湖的存在也因历代文人文学作品让游人源源不断。长城（民间传说《孟姜女哭长城》）作为人造建筑，对周围环境的影响也是显著的，特别是八达岭长城作为胜境，人山人海的盛况对地理的作用不言而喻。这些文化景观都是在地理景观基础上建构而成，对地形地貌、当地文化、地域经济都产生着或大或小的影响。

考察中国文学史，考察中国名胜古迹，文学作品对地理，特别是局部地方的地形地貌会有比较明显的影响。优秀的文学作品，特别是世代传承的文学经典，能使局部地方的地形地貌发生一定程度的改变，对当地的文化传播也会产生较大影响。

作为文学创作对象的地理，涵盖面非常广阔。地球上的地质构造、地表地貌，以及与之相应的空间构成的地理景象，本身就是一部杰出的艺术作品。当这部作品没有进入人的视野，没有人的活动痕迹，没有引起人的思索，它就是一种客观的自为自在的存在。当这部作品被人意识、感知、书写时，它的美学价值便被发现、被利用，甚至被改造。如亭台楼阁的修建、道路的开通、河流的改道、湖泊的疏浚或填平、山岗的堆砌、山峦被挖走或铲平等，都是人类作用于地理的表现。高科技发达的今天，《愚公移山》的故事在当代现实生活中随处可见，挖山、修路、建房、造桥等都是对地貌的改变。毛泽东诗句中的"更立西江石壁，截断巫山云雨，高峡出平湖"（毛泽东《水调歌头·游泳》）也变为现实。种种案例表明，文学对地理会产生一定影响，只是这些影响通常是间接的、耗时很长的；文化传播则随着文学作品、文化旅游等活动潜移默化地进行着。

文学地理是语言文字与地理物象交融的地理，是感性思维与理想思维交融的地理。人们表述的言语有两种状态：天然状态和本质状态。言语的天然状态，就是日常交际的言语活动；言语的本质状态就是思想的语言。将天然状态转化为本质状态，需要作家付出劳动。同样，景观的自然状态转化为本质状态，或者说天然状态进入审美状态，需要艺术家的劳动和读者的劳动。只有赋予审美思维，这样的活动才能有效完成。所以，文学地理就是审美地理，艺术地理，文化地理。"思理为妙，神与物游"（刘勰《文心雕龙·神思》）便是文学地理的最好注脚，也是文学地理的最高境界。《文心雕龙·物色》《文心雕龙·神思》等篇什写的都是审美对象给审美主体的影响，审美主体对审美客体的影响。

结　语

总体看，文学地理作品是文学与地理相互作用、相互影响的结果。概括地说，文学通过创作主体——作家介入地理，用文学语言书写自然地理与人文地理的有关知识（地理位置、地理历史、地理景观、地理遗迹，以及人类活动作用于地表产生的各种知识、景物等），以审美为目的传播与地理相关的文化，让地理知识富有美感，进而扩大地理的空间范围，延展地理知识的时间长度；地理元素通过作家的审美感知与美学选择，围绕某一主题进入文学创作，进而影响作品的题材、内容、风格、创作主体和阅读主体的情感，延展文学空间、文学类型，丰富文学题材，拓展审美视野，扩大知识范围，提供实践经验。

文学地理中有很多文学经典，特别是少数民族文学地理作品，为民族文化、地域文化的传播起到了积极作用。

地理、空间与文学研究

"双城记"与"两都赋":张恨水笔下北京与南京的时空体

王　谦[*]

在张恨水的写作生涯中,城市既是他主要的生活空间,也是他作为新闻记者的观察对象,进而成为他文学创作的叙述主体。从早期写北京的《春明外史》《金粉世家》到抗战时期写重庆的《巴山夜雨》《傲霜花》等,在他数十年的写作生涯中,北京、南京、上海、重庆、成都等城市都得到了精彩的呈现,其中尤以北京与南京最为典型:这两个城市都曾是历史上的都城,又先后是现代中国的国都,在转型时期的现代中国具有特别重要的典型意义,张恨水分别在这两个城市有长期的工作、生活经历,写北京的小说有《春明外史》《天上人间》《现代青年》等,写南京的有《满江红》《丹凤街》《秦淮世家》等,另外还有一组将北京、南京进行对比书写的散文集《两都赋》。从空间的角度考察张恨水笔下的北京与南京,能发现新闻记者眼中独特的现代中国"双城记"与"两都赋";另外,张恨水的北京、南京书写又跨越了较长的历史阶段,从民国初年的军阀混战一直延续到国内战争,前后历时近30年,从时间性的角度分析张恨水笔下北京、南京在不同时期的呈现与记忆变化,能提供给我们对现代中国城市、社会、文化的不同

---

[*] 王谦,安庆师范大学人文学院副教授。

认识。张恨水笔下北京与南京的时空体，暗含着现代中国社会、历史、文化的转型与变迁。

一 "双城记"：北京与南京的社会空间

在现代中国的文学书写中有很多"双城记"，书写着"城市"与"人生"的双重记忆，如老舍笔下富含浓郁京味儿的北京与充满生活气息的济南、沈从文以"乡下人"的立场所观察的北京与青岛等，若就呈现"双城"空间的立体感与历史感而言，张恨水笔下北京与南京的"双城记"似乎更为突出、特别。① 在现代文学史上，能将国家的都城（北京、南京、重庆）都形诸笔端的，张恨水是较突出的一个。北京与南京都是中国的文化古都，进入现代之后又先后是国家的首都，张恨水在这两座城市都有丰富的生活经历，因而能较大程度地重现"双城"的历史风貌与社会现实。张恨水笔下北京与南京的"双城记"既有延续又有不同，在展示"双城"独特的城市风貌与社会空间的同时还间接折射了现代中国的社会变迁。

张恨水早期写北京的几部长篇小说如《春明外史》与《金粉世家》，正值北洋军阀直系、奉系、皖系三大派系在北京轮流执政时期，张恨水生动地再现了北京作为传统城市在现代性与新兴政权的双重影响下所表现的光怪陆离，为读者呈现了不同于"摩登"上海的城市景观。不同于本土作家老舍对北京底层社会的精细刻画，也异于沈从文等京外作家对北京社会的印象式描绘，张恨水笔下的北京"城记"更接近"全景"式的扫描。

张恨水初至京城时从事的新闻编辑工作，使他对北京采取一种"向上"的观察视角，以一种猎奇的手法来记录北京上层社会的日常与秘闻，特别注重挖掘北京作为国家政治中心的社会性。民国初年，张恨水虽身在千年古都，但作为新闻记者的他更乐于为读者描绘现代北京的城市"奇观"，而不

---

① 有学者认为张恨水小说中的南京是与上海进行对比形成的"双城记"，其立意与本文不同，见卞秋华《张恨水小说中的南京书写》，《中国现代文学研究丛刊》2013年第4期。

是那些象征古都北京的传统遗存。在张恨水早年的北京叙事中，频繁出现的是中央公园、城南游艺园、真光电影院、劝业场、青云阁、新世界等消费娱乐空间，这与民国初年北京的城市现代化进程是大体相符的。[1] 张恨水小说中的北京"城记"，并不完全是书写一个地方性的文化古城，而是并置了现代与传统的空间想象的综合体，特别是张恨水早期小说中的北京，极尽现代国都的繁华与热闹，在凸显北京的城市现代性上尤为用力，因而有学者说早期的张恨水是"描写北京都市现代性最为出色的作家"[2]。

相比之下，张恨水的南京"城记"却呈现了另一幅社会面貌，城市的现时感也似乎故意被模糊了，尽管张恨水在南京时仍从事新闻记者工作，办有《南京人报》，但彼时外有强敌入侵之危，国内局势不稳，作者不得不在内忧外患中"苦撑"[3]。因此，在经历了十余年的国都北京生活体验之后，张恨水并未像早年书写北京"城记"那样将目光聚集在上层社会、政府秘闻，尽管作为"新首都"的南京不乏此类创作素材，他在《秦淮世家》中也揭露南京政府官员的腐烂与罪恶，在《燕归来》《秘密谷》等小说里，也写南京的都市青年、大学生的现代性生活，但张恨水更关心的不是南京的上层社会，而是一个底层的、世俗的南京。对底层社会与平民阶层的浓墨刻画，暗藏着张恨水对南京城市现代性的有意遮蔽与对南京社会现实的批判。《丹凤街》中的童老五在南京的生活难以为继，认为"这城里的人性可怕"[4]，只得带着老母亲躲到乡下去了，在茶馆里卖茶的伙计洪麻皮也因受不了老板的刁难，辞工回到农村。在童老五眼中，南京是一座"死城"，"死城"之名亦是数十年前徐志摩批评北京的称谓，[5] 张恨水借底层平民之口来批判南京的社会现实。

---

[1] 关于近代北京的城市改造与现代化建设，可参见袁熹《北京城市发展史》（近代卷），北京燕山出版社2008年版。
[2] 季剑青：《过眼繁华：张恨水的北京叙事——从〈春明外史〉到〈啼笑因缘〉》，《文艺争鸣》2014年第8期。
[3] 张恨水：《写作生涯回忆》，北岳文艺出版社2019年版，第78页。
[4] 张恨水：《丹凤街》，北岳文艺出版社2019年版，第100页。
[5] 徐志摩：《"死城"（北京的一晚）》，《新月》1929年第11期。

在现代中国，对北京与南京的"城记"书写不可避免地会涉及城市的政治象征问题。如何处理城市的政治性（国家性）与地方性的关系，表征了作家对城市文化与身份的认同与理解。张恨水早年观察北京的特殊视角，使他的北京书写意在突出北京作为国家首都的符号属性，而不关心作为地方北京的个体性，"国都北京"与"地方北京"两者之间多是重叠的，这也在一定程度上削弱了张恨水北京叙事的地方性，因此，赵园在《北京：城与人》一书中将张恨水排除在京味儿作家之外，董玥的《历史与怀旧：民国北京城》一书在讨论现代作家笔下的北京书写时，也未将张恨水纳入考察的范围，可见张恨水小说中的北京在城市形态、地域风格、文化品位等方面都存在着内在的紧张。

与张恨水早期北京叙事强化国都北京的现代性、政治属性不同，张恨水更注重南京的历史性——作为数代古都的文化价值，然而，现实的南京（"新都"）与历史的南京（文化古都）却在张恨水的小说中出现了分裂，新与旧、现实与传统都在张恨水的南京叙事中产生了落差。这种落差在象征南京的典型城市空间上表现得尤为突出。在《满江红》中，由北方初至南京的青年画家于水村对南京的总体印象是"看不出六朝遗迹，倒真有些清凉意味"[①]，想象中的夫子庙在现实中被种种小摊包围，毫无古色古香的意味，而历史悠久的秦淮河"却是一条大臭阳沟"[②]。这明显不符合时人对六朝古都的想象，也不符合张恨水对南京作为彼时国家首都应有气派的期待，在与曾为国都北京的对比中产生了心理落差。

如果说现代性与政治性表征了"城记"的外部社会空间，那么城与人的命运互动则是"城记"的内部灵魂。张恨水不像老舍的专写北京人，他笔下的人物大多是来自京外的寓京者、过客，或是像《啼笑因缘》中樊家树那样的来京求学的大学生，或是像《春明外史》中杨杏园之流寄居在北京各会馆的谋食者，要么就是像《金粉世家》中籍贯各异的大家族，在张

---

① 张恨水：《满江红》，北岳文艺出版社2019年版，第17页。
② 张恨水：《满江红》，北岳文艺出版社2019年版，第15页。

恨水的早期小说中，各类典型人物相继登场，资本家、银行家、新闻记者、歌女、妓女、姨太太、公子哥、摩登女郎，张恨水将之浓缩于民初的北京叙事，使其笔下的北京人呈现出万花筒般的多样斑斓。直到《天上人间》中张恨水才将视角转向底层平民，到后来的《啼笑因缘》《艺术之宫》《美人恩》《夜深沉》等小说中则进一步加大对北京普通市民的着墨，诸如大学生、教授、女模特、戏子、捡煤核的穷人、车夫等，无所不包，近乎北京社会的人口百科全书。不论是外省来京的过客，还是本土大杂院中的平民，都在北京城里讲述着"五方杂处"的北京"城记"。

张恨水的南京"城记"则专门着力于刻画南京的城市平民。在小说《丹凤街》中，张恨水并没有去发掘南京作为六朝古都的雍容华贵与悠久历史，而是把目光投向社会的底层，突出南京的"烟水气"与"铜臭气"。张恨水对六朝人民的"优柔闲逸、奢侈及空虚的自大感"并无好感[1]，却对丹凤街上的市井平民饶有兴趣。

在南京"城记"中，张恨水将社会底层平民作为小说的主角，塑造了南京社会的平民群像。《丹凤街》最早以《负贩列传》之名登在《旅行杂志》上，"负贩"即为流动卖货的小商贩，小说以一条街道来统摄南京社会，与老舍以小羊圈胡同来象征北京社会如出一辙。为"小人物"作传，表明张恨水观察社会视角的转变，《丹凤街》中放印子钱的混混梁胖子，卖开水为生的田佗子，卖小菜的童老五、李牛儿，以及《秦淮世家》中夫子庙一带的王大狗子、赵胖子、刘麻子、毛猴子等，这些来自五行八作、有姓无名的街巷市民构成了张恨水笔下南京市民的群像。张恨水通过一群平民的日常肖像绘制了南京的城市人文画像。无论是"负贩"聚集的丹凤街，抑或是仍守着旧时"规矩"的夫子庙，还是容留三代妓女谋生的秦淮河，都体现了张恨水对南京城市气质的真切理解。至此，张恨水的南京叙事显示了其不同于北京书写的平民化风格。

---

[1] 张恨水：《丹凤街》，北岳文艺出版社2019年版，第1页。

从北京到南京,从观察视角由"向上"向"向下"的转变,从囊括整个北京社会到侧重刻画南京的下层社会,从传统的言情笔法到向新文学靠拢,回顾张恨水笔下的现代北京与南京的"双城记",几乎可与巴尔扎克笔下的巴黎、狄更斯笔下的伦敦相对读,张恨水对现代北京、南京的刻画与描摹,以通俗现实主义的艺术手法对"双城"社会现实的全景透视,为我们展现了两座古城不同的城市面貌与社会空间,从侧面形象地记录了现代中国社会、文化的变迁,呈现了现代中国转型时期"双城"中形色各异的典型人物的特殊命运,勾勒了"城与人"的独特联系,在看似"实录"的笔调之下,隐藏着张恨水讽刺现实、批判社会的人文主义情怀。"双城"的记录,是现代中国转型时期社会空间的折射。

二 "两都赋":北京(北平)[①]与南京的文化空间

如果说张恨水在小说中营构的现代中国"双城记"从社会、历史的层面上呈现了北京与南京的个性与差异,那么在散文的平淡叙述中,张恨水则为我们发掘了北京与南京的相通之处。在小说中,无论是北京还是南京,城市本身未能受到特别的注意;反倒是当作者离开这两个城市之后,关于北京与南京的体验与记忆才在他散文的温情细语中逐渐清晰起来。在小说叙事的"双城记"中,张恨水更注重借助城市来挖掘北京与南京的社会空间,描绘人在社会、城市中的不同命运,城市本身是背景;在散文中,城市自身成为张恨水重点描绘的对象,城市由背景走向了前台。

1936年底,张恨水为躲避战祸离开南京溯江而上,避居山城重庆。山河变异与故园之思的多重影响,唤起了他对北京、南京两处都城的生活记忆,他把这些鲜活的生命体验都写进了《两都赋》中。《两都赋》写于抗战时期的重庆(1944—1945),共26篇回忆性散文,发表在重庆的《新民报》

---

① 在现代中国的不同时期,"北京"有时亦称"北平",为了叙述的方便,本文除在专指时称"北平"外,其余都用"北京"。

上。用"赋"名之,显然与班固的《两都赋》、左思的《三都赋》在命意上形成互文,表明张恨水对北京与南京在小说叙事之外采取了不同的书写策略;用"都"而不用"城",隐含着张恨水对两者的特殊情感。

"城"是一个空间概念,指向的是社会、经济、生活,"都"则暗含了时间与政治,承载着历史与文化。在现代中国,较早开始现代化进程的上海、天津、大连等都可称得上是现代化的"城",唯北京、南京、重庆三地能为"都",但重庆之为"都"又过于短暂,无历史遗风。张恨水在陪都重庆来记忆、书写北京与南京两个旧都,不仅是历史的奇遇巧合,也是他经历了这几个城市空间体验之后对于都市现代化的重新理解而做出的文化选择。

"两都赋"[①] 不同于"双城记"的鲜明之处是张恨水故意淡化北京与南京的政治象征属性与社会差异,转而注重城市自身的细节,努力发现两者之间的共性。张恨水将"两都"并"赋",显然不同于在"双城记"中的实录手法与批判态度,而是在时空距离的现实中,在想象与记忆中对两个都城进行审美反刍,重新发现、体认"两都"的艺术性、乡土性与人文性。

用"赋"的笔法来重新书写城市,表明张恨水观察城市、记忆城市的重心由原来的注重城市功能与都市现代性转变为注重城市的审美属性与艺术性。

在《两都赋》中,张恨水毫不掩饰地赞美两个古都的风景与建筑。比如,他开始饱含情感地夸赞北京与南京所保存的代表东方艺术风格的城市规划与传统建筑,在《冰雪北海》里要言不烦地铺陈北京独有的宫殿、城圈、公园、太庙、天坛、红色的宫墙、五色的牌坊所构成的艺术美,"觉得壮丽光辉";[②] 又在《翠拂行人首》中称颂北京普通四合院的艺术性,四合院的空间构造,绿油油的屏门,院中的石榴树、金鱼缸与夹竹桃、美人蕉,等

---

① 下文讨论的内容主要包括但不限于张恨水的《两都赋》,还包括张恨水书写北京与南京的其他散文,因而泛指时用"两都赋",专指时用《两都赋》。
② 张恨水:《冰雪北海》,《张恨水散文》第一卷,安徽文艺出版社 1995 年版,第 223 页。

等,都给人美的享受①;在《顽萝幽古巷》中深情地回忆南京由历代保留下来的砖墙、屋瓦,认为它们带来了"荒落、冷静、萧疏、古都、冲淡、纤小、悠闲"等复杂的审美体验,就是"那些冷巷的确也能给予我们一种文艺性的欣赏"②。当将两都对比时,则是"北平以人为胜,金陵以天然胜;北平以壮丽胜,金陵以纤秀胜,各有千秋"③,显然是把"两都"当作艺术品来看待了。北京与南京历史上留存下来的城市景观,都因为时空的转换,在"两都赋"中实现了艺术生成。

从审美的立场来欣赏城市的艺术性,也使张恨水在"两都赋"中更加注重"两都"的乡土属性。张恨水不喜欢都市的繁华与热闹,甚至在南京的"城记"中对都市现代性的描述就有所节制,而对城市的乡土田园气息着墨颇多,"试图通过构建都市乌托邦来连接和消融城乡的对立"④。在没有叙事功能的《两都赋》中,张恨水进一步放大了两座都城的乡土属性,在记忆中重构中国现代都市的乡土乌托邦。

他记忆中的北京与南京都近于一种田园城市,是过滤了现代性的都城。在城市空间上,张恨水分别选取了北京的城南与南京的城北来进行个性化的描述,突出两个都城的乡土意味。张恨水在南京时住在城北,而他创办的《南京人报》的社址则在城南,因此,他得以频繁地穿梭于南京全城而感受南北城的差异,他明确表示要"歌颂"南京的城北⑤,竹林、树林、菜园、荒地、敞地、清凉古道等自然意象,南京城北特有的疏旷、爽达感,都使张恨水在记忆中明晰了南京的田园风光,确证了这座江南都城的乡土气息。相比之下,北京由四重城墙围合而成的都城虽没有南京一样的山水田园风光,缺乏南京一样的天然之胜,但张恨水亦能在记忆中发现北京的乡土风味。张恨水在北京先后有好几个住处,但最令他怀念的,还是北京的城南生活,念

---

① 张恨水:《翠拂行人首》,《张恨水散文》第一卷,安徽文艺出版社1995年版,第178页。
② 张恨水:《顽萝幽古巷》,《张恨水散文》第一卷,安徽文艺出版社1995年版,第192页。
③ 张恨水:《窥窗山是画》,《张恨水散文》第一卷,安徽文艺出版社1995年版,第210页。
④ 卞秋华:《张恨水小说中的南京书写》,《中国现代文学研究丛刊》2013年第4期。
⑤ 张恨水:《秋意侵城北》,《张恨水散文》第一卷,安徽文艺出版社1995年版,第189页。

念不忘是北京幽静的胡同，栽种着大树的四合院，亲自栽养的菊花，都走进了张恨水的乡愁旧梦。① 张恨水称北京是"碧槐城市"，"南京是无处不见柳，北平是无处不见槐"。②《两都赋》对田园风光的歌颂，对乡土精神的眷恋，使北京与南京两座古老的都城在城市现代性之外找到城市气质、精神的联结点与共通点。

与城市的乡土精神相关联的是张恨水对两座都城特有的城市文化与人文精神的发现与认同。《两都赋》注重的不仅是与"两都"身份相对应的历史空间符号与政治想象，还在记忆中努力还原两座都城的日常生活乐趣，发现与阐发"两都"的城市文化。张恨水所欣赏的，不仅有"两都"作为都城历史文化的厚重，还有笼罩于都城历史光环下的日常生活以及在此基础上形成的平民文化。于是，张恨水对"两都"日常生活中的衣食住行津津乐道，比如，他十分赞赏北京人的"老三点儿"，"吃一点儿，喝一点儿，乐一点儿，就无往不造成趣味"，③ 又兴致勃勃地回忆在北京的胡同生活，胡同里"唱曲儿的"与"胡琴弦子鼓板"的声音能激发写作的灵感。④ 此外，他在《碗底有沧桑》中写在南京夫子庙畔吃早茶的趣味，在《风飘果市香》里写中秋时节逛北京水果市场的轻松、愉悦，在《风檐尝烤肉》中回味在北京吃松柴烤肉的情景与风趣，在《市声拾趣》中回忆北平小贩幽默与凄凉的吆喝声所营造的"情调非常之美"，在《翠拂行人首》中亲切地称北平的四合院是"小小住家儿的"，无不流露出对"两都"市井街头呈现的平民文化的深深眷恋。《两都赋》所呈现的北京与南京的日常生活，没有突出"两都"作为都城的崇高感，也没有渲染"两都"的都市现代性，而是在记忆中喃喃诉说着"两都"传统、安逸的生活方式以及在此基础上形成的城市文化。

总之，张恨水以《两都赋》为代表的记忆散文，在"双城记"之外另

---

① 张恨水：《黄花梦旧庐》，《张恨水散文》第一卷，安徽文艺出版社1995年版，第208页。
② 张恨水：《碧槐城市》，《张恨水散文》第二卷，安徽文艺出版社1995年版，第392页。
③ 张恨水：《奇趣乃时有》，《张恨水散文》第一卷，安徽文艺出版社1995年版，第182—183页。
④ 张恨水：《燕居夏亦佳》，《张恨水散文》第一卷，安徽文艺出版社1995年版，第172页。

辟新径，勾勒了北京与南京的城市文化图。"两都赋"通过对两座都城现代性的反思，进而发掘都市自身的美学与人文特征，营建了"两都"的文化空间。然而，张恨水并不是一味地拒绝都市现代性，相反，他"享受着现代生活所带来的便利，沉迷于它所带来的幸福与安逸"。① 不论是北京四合院中的电灯、煤炉、自来水，还是南京城南的繁华，张恨水都坦然处之。张恨水心目中理想的城市，是融合了传统与现代、历史与民俗、艺术与日常生活的复合体，因此，他津津乐道着北京的"北平风味"，也念念不忘于南京的"六朝遗风"。

张恨水在物质匮乏、生活困顿的"后方"重庆追忆"两都"，表明"两都赋"背后隐藏着一部"三都赋"，重庆虽然没有被凸显，但一直是张恨水记忆北京与南京的当下参照。在战时重庆书写和平年代的北京与南京，是张恨水在国家与民族受到外敌入侵的情形下，被长期压抑的爱国情绪与民族心理的感性释放。张恨水在《两都赋》的"序言"中明确表示，关于北平与南京的记忆含有"北马思乡之意"。② 此时，流落于西南一隅的张恨水把北平与南京视为自己的故乡，显然是他在"两都"失去了政治象征功能之后的心理补偿，即在抗战小说的宏大叙事之外，通过个人化的情感追忆，将对"两都"的热爱与留恋不动声色地融入了抗战文学的潮流之中。他在陪都追忆曾在"两都"的生活"是人在福中不知福"。③ 张恨水饱含情感地歌颂艺术化、乡土化、日常生活化的"两都"，并不仅是为了建构现代中国的都市乌托邦，还为了在颠沛流离中重圆自己的家国之梦。"两都"的追忆，实则是家国情怀的隐现。

三 北京与南京的时空体

时空体是苏联学者巴赫金在研究长篇小说的话语形式时提出的一个理论

---

① 朱周斌：《张恨水作品中的乡村与城市》，中国电影出版社2015年版，第151页。
② 张恨水：《张恨水散文》第一卷，安徽文艺出版社1995年版，第170页。
③ 张恨水：《燕居夏亦佳》，《张恨水散文》第一卷，安徽文艺出版社1995年版，第171页。

范畴，它强调的是文学研究既要注重空间性，还要注重空间因素的社会历史的多样性、个性与特质。① 因此，我们对张恨水作品中北京与南京的城市空间的考察，还应结合不同历史时期张恨水的创作处境与外部环境，将其文学创作视为一个完整的时空体。不论是张恨水对"城"的现实主义记录，还是对"都"的赋体铺陈，都应将时间的因素考虑进来，整体考察张恨水的城市空间书写所构成的城市时空体。

张恨水观察城市的时空一直在转移，其笔下的城市空间亦呈现出历时的变化。从1924年《春明外史》开始正面写北京，1932年《满江红》写南京，到1939年《八十一梦》中两篇关于北京与南京的短篇小说，再到1945年前后的《两都赋》，这20余年间，张恨水从北京到南京再到重庆、成都，中间还经历了为期数月的西北考察之行，时间推移与空间旅行改变了张恨水书写城市的视角。张恨水到重庆后，"在下江人的心目中，北京是首善之区，上海是一个繁华梦，南京是民族意识中的首都，重庆则充满着拜金主义"②。其间，北京经历了由民国国都降格为地方城市成为故都的变故，南京则由一个历史古都成为民国新都，偏居西南的重庆在抗战后成为临时陪都，这些变迁的外部空间环境既是张恨水的描写对象，又是影响张恨水创作的历史现实。

1926年，张恨水写了一组名为《未来的北京》的杂文发表在《世界晚报·夜光》上，共计11篇，设想北京社会未来的变化，内容涵盖北京的市政建设、娱乐消费、就业、物价、政府政治、平民生活等方面，"用过去的事实，映证现在的事实，更推进一步，说到将来"。③ 彼时北京是民国的国都，正值城市现代化建设的转型时期。④ 在这一背景下，张恨水关注的大多

---

① ［苏联］巴赫金：《长篇小说的时间形式和时空体形式——历史诗学概述》，《巴赫金全集》第三卷，钱中文译，河北教育出版社2009年版，第269—270页。
② 李永东：《论陪都语境下张恨水的重庆书写》，《中国文学研究》2009年第4期。
③ 张恨水：《未来的北京（一）》，《张恨水散文全集·明珠》，时代文艺出版社2015年版，第107页。
④ 民国初年任内务部长的朱启钤主导了北京城一系列的现代化改造工程，参见史明正《走向近代化的北京城——城市建设与社会变革》，王业龙、周卫红译，北京大学出版社1995年版。

是市政改造与建立的新型娱乐消费空间，是上层社会、文人阶层活跃的城市空间，而不是平民生存的城市角落。张恨水对北京都市现代性的观察与体验，主要集中于北京作为国都的十多年，因此有学者认为张恨水早期的北京小说描绘了"一幅有时间性的地图"①，突出的就是张恨水早期北京书写的时空体特征。

从民国国都到故都北平，北京城的身份在变，张恨水的北京叙事策略也随之调整，从对国都北京现代性的凸显转向对古城北平的细节刻画。从早期的《春明外史》开始，到国都南迁后的《天上人间》《现代青年》《夜深沉》《天河配》《艺术之宫》《过渡时代》等一系列北京小说，张恨水的北京"城记"从早年的记者视角逐渐向北京本土视角转移，从政治视角（官场）转向平民视角（下层社会），所呈现的城市空间从早期的会馆、大酒店、商场、跳舞场等上层社会空间逐渐向胡同、大杂院等平民空间转变，写作立意从国家意识、社会意识向本土意识、地方意识转变，从而描绘出一个比老舍笔下更为整体、全面的北京社会，因此有学者认为，"假如从历史文化的角度、从城市生活的角度，通俗小说家很可能提供了更为精彩的细节"。② 张恨水的北京小说无疑可以当成民国北京的社会文化史来读。

1935 年，张恨水为马芷庠编著的《北平旅行指南》作序，表示愿为介绍北京旅行指南"画一轮廓"，③ 足见其对北京情感的变化。进而，张恨水又在以《两都赋》为代表的散文中关注北京城市的审美属性，一度把北京当作自己的故乡，早期作为外乡人的北京空间体验与视觉惊奇，在避居重庆之后成为挥之不去的乡愁。至 1948 年，张恨水在经历了上海、南京、重庆、成都等城市的生活体验后回到北京，称赞北京是"一座富于东方美的大城市"④，算是他对北京的总评之论了。

---

① 周成荫：《城市制图：新闻，张恨水与二十年代的北京》，《书城》2003 年第 12 期。
② 陈平原：《作为"北京文学地图"的张恨水小说》，《"新文化"的崛起与流播》，北京大学出版社 2015 年版，第 279 页。
③ 马芷庠：《北平旅行指南》，经济新闻社 1935 年版。
④ 张恨水：《五月的北平》，《子曰丛刊》1948 年第 2 期。

相比在北京的生活经历，张恨水在南京生活的时间总共不过一年，① 除了《泪影歌声》（1937，未完成）是写于南京之外，其他写南京的作品或写于北京，或写于重庆，都是想象与记忆之作，因此，张恨水笔下南京的时空体显得相对稳定，不似北京那般前后存在明显差异。

张恨水到南京时，南京已是民国的"新都"，正值人口会集、城市建设大兴土木、现代化进程如火如荼之时，南京在城市建设上主张"农村化""艺术化""科学化"②。然而，张恨水的南京书写并未采取早期北京书写的策略，没有将都市现代性作为叙事的主要目标，也没有刻意关注上层社会的政治逸事与豪门秘闻，而是着重呈现南京的历史遗韵、平民阶层与乡土气息，在《丹凤街》《秦淮世家》《石头城外》《大江东去》等小说叙事与《两都赋》的散文描写中，基本都遵循了这种书写策略。有所不同的是，由于作者在南京时中国已面临外敌入侵的风险，因而作为"新都"的南京就难免让人产生民族国家的想象，对南京的政治象征功能有所期待。因此，在描绘南京的都市乡土性之余，张恨水又试图通过强化南京的历史性、平民性来充实南京书写的抵抗意味。在《秦淮世家》中，张恨水通过汪老太、唐大嫂、唐小春三个不同时代在秦淮河上卖艺的女人来象征南京的历史变迁；《丹凤街》中诸如杨大个子、童老五等不知名的商贩、平民在官员赵次长的迫害之下最后都加入了南京的壮丁训练，成了积极抗战的民族英雄。可见，在张恨水的南京书写背后隐藏着国家主义的意识，他对南京这个"新都"的不满延续到抗战胜利之后，认为南京逃不出"温柔乡"的历史命运，反对再建都南京。③ 无论是在南京的现时书写还是在重庆时的战时记忆，张恨水笔下的南京在平民立场之外都带有一定的国家意识，融合了"六朝金粉"与民国"新都"的双重想象。

1939 年，张恨水在重庆完成了包括 23 篇中篇小说的《八十一梦》，其

---

① 参见谢家顺《张恨水年谱》，安徽文艺出版社 2014 年版。
② 董佳：《首都营造与民国政治：南京〈首都计划〉研究》，《学术界》2012 年第 5 期。
③ 张恨水：《忆南朝金粉》，《上下古今谈》，北岳文艺出版社 2019 年版，第 366 页。

中一篇写北京，一篇写南京，北京是梦回民初国都时期，南京则想象抗战胜利之后，这两个短篇，是张恨水经历了北洋军阀混战、抗日战争等不同历史阶段后重新记忆、想象两座都城的产物，对民初北京的回忆与对抗战胜利后南京的展望使张恨水笔下北京、南京的小说时空体承载了张恨水对"双城"都市社会的不同理解，也确证了张恨水对两者不同的情感认同。

"双城记"与"两都赋"是张恨水呈现给我们的现代北京与南京的城市时空体。从"城"的记述而言，张恨水早期的小说突出的是北京与南京在现代中国的都市现代性，在描绘城市空间、社会空间的基础上，分别分析了"双城"的政治语境、社会形态，在不同的历史阶段，通过凸显不同的城市风物与市民，使"双城"都表现各自的独特风貌。张恨水早期的散文、杂文亦以都市现代性与国家政治想象为立场，作为观察、评价"国都"社会的主要价值标准。至后期以《两都赋》为代表的散文则对北京与南京两座现代"都城"进行了想象性重构，在淡化"两都"现代性与政治符号性的同时，放大了两者的审美性、乡土气息与人文精神。

可见，张恨水笔下北京、南京时空体的一个重要特征就是对都市现代性的抵抗，也表明了他对现代都市文明的鲜明态度。与对北京、南京的时空体的复杂性相比，张恨水对代表现代都市文明的上海一直持批评的态度，他曾明确表示："我以为上海几百万人，大多数是下面三部曲：想一切办法挣钱，享受，唱高调。因之，上海虽是可以找钱的地方，我却住不下去。"①因而有人认为，"在三十年代，张恨水很可能是当时中国对都市物质文明带来的'异化'最敏感的作家之一。他看到现代文明束缚人的自然本能，繁华的市面掩盖着一个虚伪的世界"②。

从北京城南的会馆到南京城北的唱经楼，从北京的胡同到南京的"冷巷"，从北京的八大胡同到南京的秦淮河，不论是居住空间还是社会空间，张恨水在20多年的时间里体验、观察、书写着北京与南京这两座有着一定

---

① 张恨水：《我的写作生涯》，北岳文艺出版社2019年版，第68页。
② 袁进：《张恨水评传》，湖南文艺出版社1988年版，第161页。

共性的都城。张恨水笔下的北京与南京并不是平面、僵固的形象，而是在历史轴线的不同阶段上呈现出不同的空间形态，城市形象存在内在的张力，有学者认为张恨水的作品"显示出一个渐进的过程，即社会历史视野逐渐扩大，与时代联系日益紧密，现实主义精神日趋强化"，[①] 实际就是对张恨水笔下城市时空体的另一种概括。在现代中国的数十年历史变迁中，军阀的混战，现代性的渗透，政治中心的转移，都影响着张恨水北京、南京书写的叙事策略与价值取向，进而影响两者时空体的生成。张恨水笔下北京与南京的时空体，是窥视现代中国社会的一个窗口，为我们理解现代中国的社会变迁提供了另一个参照维度。

---

① 周斌：《张恨水与市民文化》，《复旦学报》（社会科学版）1995 年第 2 期。

边缘人的北京

——简论徐则臣的"底层北京"书写

王德领[*]

新世纪书写北京底层生活的作家,有徐则臣、荆永鸣、石一枫、刘庆邦等,最为典型的作家是徐则臣、荆永鸣。石一枫是北京出生的作家,没有漂泊的感受,所以他的作品,如《世间已无陈金芳》,带有王朔式的幽默与调侃,那是一种在有底气、自信的根基上生发出来的对生活的揶揄,外地来京的作家缺乏这种东道主式的自信,自然也很难用调侃的语气书写北京生活。刘庆邦主要是写煤矿和河南农村,在新世纪虽然也试图写北京,他写了一系列短篇小说,结集为《北京保姆》出版,但是刘庆邦虽然在京城生活了30余年,却对当下北京的生活并不熟悉,他一直靠回忆书写煤矿和河南乡村,他的记忆只停留在青少年时代。刘庆邦被称为短篇王,创作了《鞋》《神木》等著名中短篇小说,但是《北京保姆》里的系列小说,虽然写的是北京的底层人生活,但缺少丰盈的细节,和他写乡村的作品判若云泥。

因此,典型的书写北京底层生活的小说,主要有徐则臣的《啊,北京》《跑步穿过中关村》《王城如海》等,荆永鸣的《外地人》《北京房东》《北京候鸟》《北京时间》等作品。与邱华栋一样,徐则臣、荆永鸣都是外地

---

[*] 王德领,北京联合大学师范学院教授。本文系国家社会科学基金"文学地理学视阈下新时期以来的北京书写研究"(项目编号:18BZW160)阶段性研究成果。

人，来到北京打拼，虽然他们的经历有一些相似，但是他们打量北京的眼光是不同的。邱华栋将目光瞄准处于正在崛起的都市中产阶层的情感生活，这是新市民、新中产者的生活，展现都市生活的光怪陆离，叙述在北京巨大的繁华之下，这些中产阶层的困惑与烦恼，以及都市现代性给都市人带来的空前的精神危机。邱华栋对准的是在写字楼工作的白领阶层，他们有自己的住房，有相对体面的工作。他的"社区北京"呈现的是高速发展的北京的繁华的一面。邱华栋的视角是一种现代性的观照，尽管这种现代性的探视并没有达到应有的深度。

徐则臣 1978 年生于江苏东海，2002 年考入北京大学中文系读硕士，2005 年毕业，之后在北京打拼至今。作为一位从外地来京的作家，他的北京书写，带有很强的旁观者视角，而在北京出生的作家，往往是持一种参与者的视角，如老舍、叶广芩、宁肯等在北京长大的作家，他们书写北京的视角更为内在，与徐则臣、邱华栋这些从外地进京的作家有着鲜明的区别。叶广芩书写北京重在表现高门大院的皇族北京，表现满族旗人的坎坷遭遇。宁肯近年来写了《城与年》系列小说，以北京城南琉璃厂一带胡同生活为背景，以一个侏儒的视角，回溯了 20 世纪六七十年代的北京生活。个人生活史与历史交织在一起，呈现了那个特殊年代的北京生活。

而作为一位旁观者，徐则臣的视角自然是不同于叶广芩与宁肯的。难能可贵的是，徐则臣书写北京的热情高涨，比那些出生在北京的作家有过之而无不及，产量也很可观。也许，徐则臣天生就是一个当作家的料，他不像莫言依靠惊人的才华来写作，而是靠扎实、勤奋的努力，一步一个脚印，持之以恒地进行创作。尽管世事纷乱，现实生活有各种各样的诱惑，尤其是在最为喧闹的北京，徐则臣却能置身事外，咬定青山不放松，确实令人叹服。记得 2011 年，笔者和他相识在北京作协组织的一个活动上。他对笔者说了自己的创作计划，还说孩子小，家里不安静，为了将对创作的影响降到最低，他专门在家附近租了一间房子进行创作。当时笔者听了心里一动，很感慨。是的，他是一个视写作为朝圣的作家，正是这份虔诚和勤奋，使他在同辈的作家中脱颖而出。

徐则臣的小说，有着同龄人罕有的老成与持重。文本内敛、理性、节制，有一种浑厚与成熟的气度。徐则臣身上所体现出的对写作的严谨追求，使他和许多同龄作家区别开来。他是 1978 年生人，靠近"80 后"，但是却没有沾染"80 后"这个群体的青春自恋症。"80 后"作家对青春、校园、网络的迷恋，总给人长不大的感觉，尤其是缺少历史感，对复杂的现实生活发言能力较弱。尤其是在书写城市方面，呈现出高度的"景观化"特征，把城市写作变成时尚化和小资化的代名词，对这种流行的城市写作，徐则臣天然地保持着距离。他的写作，更加接近中国莫言、贾平凹等"50 后"作家，当然也从属于世界文学的谱系，追求经典意义上的现实主义写作。

在徐则臣的小说里，回荡着两个主题，一个是"京漂"系列，一个是"故乡"系列也即"花街"系列。徐则臣小说中的"花街"地处南方小镇，铺着青石板路，时不时有雨丝飘洒，恍兮惚兮，仿佛让人置身于戴望舒笔下的雨巷。这些作品，主要有《古代的黄昏》《石码头》《紫米》《花街》《花街上的女房东》等。徐则臣本人很看重"花街"系列，认为这些作品让漂在北京的他安心，是他的家乡，是心灵栖居地。而"京漂"系列小说，则表达了他的现实焦虑，是对自己同样是"京漂"身份的一种诠释。如果说"花街"系列是徐则臣走向文坛的阶梯，那么"京漂"系列则让他在文坛上大放异彩，借助"京漂"系列，徐则臣找到了自己在文坛的独特位置。"京漂"系列作品，按照发表的时间顺序，依次有《啊，北京》《西夏》《伪证制造者》《三人行》《我们在北京相遇》《跑步穿过中关村》《把脸拉下》《逆时针》《浮世绘》《如果大雪封门》，这些小说，塑造了一系列漂泊在北京的外地人形象，这些是北京的边缘人，从事的是卖盗版光碟、蹬三轮送货等低端职业，买盗版光碟本身也是非法的，经常受到警察的搜查，一不小心就会被拘留、罚款。

为什么要写北京？这和徐则臣对北京的探究愿望有关系。他在一篇访谈录中说:"我想搞清楚'城与人'的关系,这是我近些年的兴趣所在。在我看来,北京大概是考察当代中国最合适的范本。先说'城'。北京在很多人看来,只是一个特殊的符号:首都、政治的大脑和文化的心脏、金灿灿的理想和梦幻之地,现代化、国际化的大都市,大亨、乞丐和高楼大厦云集而来,是长衫客奢靡的大沙龙,也是短衣帮夜以继日的淘金地,拉斯蒂涅、陈白露和梵高一起走在大街上。其实,北京并非像脸谱一样简单,可以被简化成一个个象征符号,它不仅仅是一场流动的盛宴。但究竟是什么,我又说不好。长久以来的想象和描述把它固化为一个强悍的符号,起码是一个强悍的超稳定的符号系统,其所指的力量如此之大,让你在探寻它的异质性时变得极其困难和缺乏自信,但同时也大大地激发了我窥视欲望和长久的巨大疑惑。不断地写北京,原因也在于此,只有在不懈地追索北京的故事和细节中,我才能一点点看清这个巨无霸。"① 徐则臣写北京,源于对这座伟大的城市探索的热情。他一再发声,表达对北京不竭的探索兴趣。以徐则臣的这种固执和才华,他持续不断地写下去,假以时日,假以勤奋,徐则臣之于北京的成就,就有很大可能会像世界城市文学经典中的巴尔扎克、波德莱尔之于巴黎,乔伊斯之于都柏林,卡夫卡之于布拉格一样。

  徐则臣书写北京融入了作为一个外地人的生活经验,这使他的叙述,具有强烈的真实感。他研究生毕业之后,并没有在北京找到合适的单位,就把档案关系挂靠到上海市作家协会,但是他并没有去上海作协上班,而是选择漂在北京,这一选择,使他能够以一个京漂的身份和心态来体验北京,也使他塑造的边缘人物更接近真实。他以一个漂泊者的视角这样叙述对北京的感受:"而北京恰恰是这样一个地方,你有户口和没有户口,有编制和没有编制,差距是很大的,你所占有的资源,你享受的福利等等都会有所区别,这个城市生活的各个细节都在提醒着你是一个外人。我写了很多的城市边缘人,他们的感觉更强烈,他们没有根,他们一直在漂着,这个没有根不是说

---

① 李徽昭:《文学、世界与我们的未来——徐则臣访谈录》,《创作与评论》2012年第1期。

你吃了一顿就没有下顿，更多的是你没有通过某一种东西跟这个城市产生一种不可割舍的关系，你没有有机的纳入到这个城市来。"① "我外在于北京，跟单位、编制、户口、社会关系等统统无关，只和自己有关。这种'外在'孤独、寒冷，让我心生不安。"② 和几百万京漂一样，徐则臣在北京过的是漂泊无根的生活。正是这种切肤之痛的认知，使他能把底层人物写得有血有肉。

京漂并不是一个新的话题，在新文学史上，沈从文、丁玲等作家，都是以京漂的方式，在京城做着自己的文学梦。而京漂作为一个话题，是从新时期才浮现出来的。自改革开放以来，大量人口涌入北京，在北京严格的户口管控下，近800万常住人口没有北京户口。这些人远离故乡，漂泊在北京寻找梦想，就产生了京漂文学。徐则臣没有写京漂里面的成功人士，而是重点写了那些底层的京漂，集中写了办假证的、卖盗版光碟的这类边缘人物。为什么对这些人感兴趣？徐则臣说："他们是闯入者、边缘人，也是某种意义上的局外人，当他们从故乡来到异乡，从乡村和小城镇来到大都市，从前现代来到后现代，从漫长的乡村文明来到猝不及防的城市文明，他们究竟会怎么想？……到底他们和北京之间达成了什么样的契约？这就是我想知道的，是人与城的秘密，也是人与城之间的张力，它推动小说沿着自己的道路往前走。由此可见，北京是整个中国的北京，把它弄清楚了，等于把当下中国弄清楚了。"③

五四文学中对城市贫民的书写，带有很强的知识分子的悲悯意识和启蒙意识，视角是俯视的，而徐则臣一开始并没有这样的文化诉求。他最初写作第一篇反映京漂生活的小说《啊，北京》时，是很偶然的，没有什么特殊目的。当时他还在北大上研究生，一天他从朋友那里听来一个办假证的人的故事，而后根据想象加以虚构，就写成了《啊，北京》。小说发表后获得好

---

① 刘昕、徐则臣：《身份、地域、声音——从〈王城如海〉透视徐则臣眼中的北京书写》，见刘昕《徐则臣小说创作中的北京书写》附录1《与徐则臣的访谈》，硕士学位论文，东北师范大学，2018年。
② 徐则臣：《此心不安处是吾乡》，见《跑步穿过中关村》，花城出版社2010年版，第140页。
③ 李徽昭：《文学、世界与我们的未来——徐则臣访谈录》，《创作与评论》2012年第1期。

评。徐则臣受到了鼓励，此后陆续写了《三人行》《西夏》《我们在北京相遇》等小说。发表了一系列短篇之后，徐则臣写了长篇小说《王城如海》，以及《北上》。这些小说都有着强烈的现实色彩，回应了现实的关切，使徐则臣的小说创作得到了文坛的强烈关注，尤其是《跑步穿过中关村》，发表后好评如潮。

在这些书写北京的小说里，我们可以清晰地辨认出徐则臣对北京的感受度是很强大的。这些边缘人住在深幽不见阳光的地下室里，为省租金与房东斗智斗勇。办假证时的交易现场，卖盗版光碟时如何躲避警察的视线，陷入情与爱的冲突时如何选择，在描写边缘人物的心理和行为上分寸拿捏得如此到位，徐则臣堪称具有大师级的笔法。不仅在人物描写上如此出色，对于外部环境，如沙尘暴、非典、雾霾、拥堵等城市病，徐则臣也有精彩的描述。他的长篇小说《王城如海》，专门对雾霾和北京人的精神世界关联起来进行叙述。

为什么别的作家同样生活在北京，却缺少将这一类边缘人群体写入作品的能力？这不得不提到徐则臣咀嚼生活的能力是强大的。他拥有将自己的生活以及自己观察到的生活，特别是正在进行时的生活，处理进自己小说的能力。徐则臣的这种转化生活为作品的能力是非凡的，最终成就了他对北京的书写。迄今为止，可以说，单就书写北京而言，徐则臣是继老舍、王朔之后，书写北京较为成功的作家。

有论者指出，徐则臣书写北京的小说，有京派余韵[①]，这是不恰当的。他的小说里，并没有老舍、王朔等作家的京味的影子。他是一个外乡人，以严谨的巴尔扎克式的文笔，忠实地记录一批外乡人在北京的边缘生活经历。京派文学较为静穆幽远，有着士大夫的风雅，讲究文辞，文风雍容大度。这显然是不适用于徐则臣的。徐则臣只是从现代城市语言的角度在表达北京，

---

① 刘昕、徐则臣：《身份、地域、声音——从〈王城如海〉透视徐则臣眼中的北京书写》，见刘昕《徐则臣小说创作中的北京书写》附录1《与徐则臣的访谈》，硕士学位论文，东北师范大学，2018年。

并不是从历史文化的角度表达北京。他采用的是标准的现代汉语书面语，里面并没有作为京味小说标识的北京话。

在我看来，徐则臣与其他当代书写北京的作家很大的不同在于，他刻意要写出一个"边缘人的北京"。"边缘人""北京"，二者缺一不可，而最终是落脚到"北京"上。他这是为一座城市做素描，描绘出这座伟大的城市的局部，颇具特色的一个局部——边缘人的北京。在这里，有人的因素，更有地理因素。从这个意义上说，作家想建构的是"底层的北京文学地理学"。徐则臣一再在创作谈或访谈中强调，自己对探索"城与人"的关系感兴趣，是他持续不断地书写北京的最大的动力之源。在处理"城与人"的关系时，徐则臣不惜笔墨，可谓浓墨重彩地叙述底层小人物与北京之间复杂的情感纠葛。在《啊，北京》中，北京出乎意料地具有巨大的魔力，像磁石一样，紧紧地吸引住了边红旗。小说中用了许多篇幅，反复渲染边红旗对北京的热爱。这样的热爱，超过了对妻子和情人沈丹的爱。边红旗刚到北京时，是这样表达对北京的情感的：

> 他趴在金水桥的栏杆上，看见自己的眼泪掉进了水里，泛起美丽精致的涟漪。他就想，北京啊，他妈的怎么就这么好呢。

在北京待久了，面对着北京大街上汹涌的车流，边红旗喜欢在立交桥上看风景，这是他生命中最为巅峰的时刻：

> 他经常站在北京的立交桥上看下面永远也停不下来的马路，好，真好，每次都有作诗的欲望，但总是作不完整，第一句无一例外都是腻歪得让人寒毛倒竖的喊叫：
> 啊，北京！

可以说，在边红旗的心中，北京胜过了一切。房东的女儿，北京姑娘沈丹爱上了有妇之夫边红旗。边红旗迟迟不说和远在家乡的妻子离婚，因为妻子很贤惠。沈丹使出了撒手锏，说和她结婚可以留在北京。

> 沈丹说："你喜欢我吗？"
> 边红旗说："喜欢。"
> 沈丹说："你喜欢北京吗？"
> 边红旗说："喜欢。"
> 沈丹说："你想留在北京吗？"
> 边红旗说："想。"
> 沈丹说："我们结了婚你就可以一辈子留在北京了。"
> 边红旗勾到裤裆里的脑袋抬起来，死鱼一样的眼里放出了光。

边红旗没有抵挡住这个诱惑，终于动了离婚的念头。这些边缘人对北京的热爱，自《啊，北京》开始，一直弥漫在徐则臣的一系列京漂小说里。尽管对这些从事假证制造、盗版光盘售卖的外地人，北京一直扮演了一个不友好的驱逐者形象，就像小说里反复出现的那些警察。但是，他们义无反顾，北京就是他们的救命稻草，重要性超过了妻子或女友。这种对于北京的情结，中国现代文学史上有许多作家描述过，老舍自不必说了，来自乡下的人力车夫祥子在用脚丈量北京的街道，奋发、屈辱、堕落都和这座老城融为一体。林语堂、梁实秋、林海音等对北京的眷恋，让我们看到北京的魅力。诗人食指的《这是四点零八分的北京》，是从一个离开北京去当知青的中学生视角，呼喊出"这是我最后的北京"。北京的魔力如此之大，使到了这里的人再也无法离开。《啊，北京》里这样叙述边红旗带着乡下来的老婆逛北京：

> 他们沿着长安街向前走，一路豪华的大厦和富丽的民族建筑，玻璃和不锈钢在闪光，琉璃瓦和水流一样的轿车也在闪光。

"这里就可以看见北京,"边红旗说,"高贵的,伟大的,繁华的。"

高贵、伟大、繁华,这是边红旗的北京,也是老舍、林语堂、梁实秋的北京,100年来,北京的外在形象发生了巨变,但是作为国家历史文化的象征的北京,一直没有变化。也许,只要作为一国的都城,北京就是华夏民族每个人的家园。这种家园感,是超越一切之上的,包括自己的家人。

正如一位论者所说:"作家在边红旗身边设置了妻子和情人两个女性形象,她们在一定程度上成了家乡和北京的代码……边红旗在妻子和情人之间的难以取舍和欲罢不能,隐喻了他对家乡和北京的复杂态度,也体现了都市漂泊者对自我身份认同的犹疑。"[①] 边红旗在城与乡之间踟蹰,但是犹豫再三,北京所拥有的巨大魅力,使他最终决心抛弃故乡。具有讽刺意味的是,他锒铛入狱,最终击碎了他的梦想。小说结尾,他的妻子花钱把他从监狱里弄出来,从北京返回故乡,边红旗抬眼看了一下北京的天空,看到辉煌的太阳,泪如雨下,是多么的不舍。而在《跑步穿过中关村》的结尾,敦煌被警察铐上了手铐,这意味着他的北京梦也许就此终结了。被关进监狱或者离开北京,是徐则臣系列小说里的边缘人最终的结局。也许,在城与乡的选择上,漂泊的小人物是没有权利进行选择的。

徐则臣的小说,已经超越了问题小说的层次,揭示了都市边缘人的生存处境。底层文学其实就是问题小说。自晚清起,问题小说就流行起来。清末四大谴责小说,就是典型的问题小说。五四时期,文学研究会的问题小说,基本上确定了现代问题小说的创作模式。1949—1976年间,反映现实的问题小说因为与赞歌与颂歌的基调不符,是受到批判的。新时期以来,尤其是社会主义市场经济确立以来,经济高速发展加剧了贫富分化,由此产生了大量的社会问题。因此,问题小说又流行起来。优秀的作品会触及尖锐的社会问题,但是都具有超越问题小说的能力,到达揭示现代人的普遍的生存困境

---

① 邵燕君:《徐步向前——徐则臣小说简论》,《当代文坛》2007年第6期。

的层次。鲁迅的小说基本都是问题小说，但是他对中国国民性的深刻洞察，至今无人能及。徐则臣笔下的卖盗版光碟的、办假证的，这些边缘人的生存状态，确实反映了社会问题。但是，可贵的是，徐则臣一起步就是瞄准了"人"进行写作的，而不是仅仅局限于展示社会问题。展现一群大都市边缘小人物的生存状态，是他的写作初衷。在一个访谈里，徐则臣说他不喜欢"底层写作"的命名，因为底层写作会带来许多问题，例如题材决定论、投机写作，忙于关注问题，把活生生的人当成了诠释问题的符号。① 正是这种清醒的认识，使徐则臣的一系列北京题材小说，超越了问题小说的窠臼，不再追着问题写，不是就问题谈问题，也不是呼天抢地地为底层呼吁什么，没有陷入情绪化的控诉中，而是把自己的姿态"低到尘埃里"，以平视的眼光打量小人物的处境，心平气和地写出了他们的奋斗与挣扎，写出了他们的小悲欢与小确幸，写出了底层生活的常态，这里面有浪漫的情感，有哥们义气，有苦中作乐，也有泪水与无奈。虽然写的是灰色的人生，却充满了生活的亮色。或许这才是底层最为真实的状态。这使徐则臣的这类小说，颇具饱满的张力，实现了对底层书写的超越。

作为一个冷静、客观、崇尚真实的都市叙述者，徐则臣的京漂系列小说对准边缘人的另类生活，确实为100年来的北京文学增添了新的人物画廊。但是如果说从对一个城市的写作的高标准来说，要求像老舍一样，能够写出北京的神韵，就目前的创作来看，徐则臣还是显得有些单薄。如何处理"城与人"的关系，是具有极高难度的。正如一位论者所言："面对着外观和内涵都一律巍峨、一律壮阔、一律幽深的北京城，几乎没有多少写作者能够发出真正属于自己的声音。"② 100年来，我们拥有了一批叙述城市的经典作品，如老舍的北京，茅盾、张爱玲、王安忆的上海，池莉的武汉，这些作品，毫无疑问把握住了所书写的城市的神韵，掌握了城市的律动，具有鲜明

---

① 徐则臣、马季：《徐则臣：一个悲观的理想主义者》，见《跑步穿过中关村》，花城出版社2010年版，第156页。
② 李林荣：《文学地景时空里的〈北京：城与年〉》，《文艺评论》2019年第1期。

的地域色彩。徐则臣的边缘人的北京，只是写出了新世纪北京的一个方面。而如何从时代的高度富有个性化地大气磅礴地呈现这个"高贵的，伟大的，繁华的"的北京，这不仅是徐则臣要面对的问题，也是每一个致力于表现北京的优秀作家所要面对的问题。

论唐传奇微观地理空间叙事

侯晓晨*

从常理上讲，无论作者是否直接交代，任何一篇小说中的故事，都是在一定的空间当中发生的①。当小说作者在文本中用某一具体的地名——这里所说的地名是"具有指位性和社会性的个体地域实体的指称"②——来标示空间时，就形成了"地理空间"③。唐传奇中出现的地理空间，按照地名标

---

* 侯晓晨，首都师范大学文学院博士后。本文使用的"微观地理空间"这一概念，虽然字面上与首都师范大学文学院陶礼天教授提出的"微地理"概念有相似之处，但内涵、外延均不相同。"微观地理空间"着眼于中国传统的王朝地理，意指具有地名标示意义的里坊街巷空间，带有地名符号学的色彩。"微地理"中的"地理"是广义的地理，大致相当于外在于身心主体的客观环境；此概念主要指一个相对具体而微小的"地理场"，包括场地（场所）、场景与场合。场地（场所）是具体的微小的地理空间，它也具有"地域性"；场景是具体微小的地理场地或场所的景观——所有景观的复杂内涵都包蕴其中；场合包含了特定场地场所之人际关系构成的社会的人文的空间。（参见2021年5月中国文学地理学会十周年·江西高端论坛暨华东交通大学校庆五十周年学术论坛会议论文提要与提纲）。两相对照，笔者的"微观地理空间"概念，大体对应于陶礼天教授"微地理"概念中的"场地"层面，有时关联"场景"，基本不涉及"场合"。

① 杰拉德·普林斯认为，"尽管叙述时有可能不提及故事的空间、叙述步骤的空间或它们二者之间的关系（"约翰吃饭；然后他睡觉"），空间在叙述中仍能起到重要的作用"。参见［美］杰拉德·普林斯《叙述学词典》，乔国强、李孝弟译，上海译文出版社2011年版，第210页。要指出的是，本文基本上是在物质性的层面上使用"空间"这一概念的，它主要指自然景观和人文环境（后者如建筑物、人工的风景区等），而不包括其中的人类活动。参见李鹏飞《古代小说空间因素的表现形式及其功能》，《北京大学学报》（哲学社会科学版）2014年第3期。

② 褚亚平、尹钧科、孙冬虎：《地名学基础教程》，测绘出版社2009年版，第5页。

③ 本文中的"地理"，既非人文地理，亦非自然地理，主要指中国古代传统的"王朝地理"。作为"中国古代地理学的主流"，王朝地理学的"核心是讲述、解释、捍卫王朝的社会空间秩序。它所讲述的不是一个自然的山川大地，也不是一片自由成长的村镇聚落，而是一个辽阔的、（转下页）

示范围的大小，可以分为宏观地理空间和微观地理空间。宏观地理空间，是指古代小说文本中那些由标示路、道、府、州、县、山、河、江、湖、海等大范围的地名建构的地理空间；微观地理空间则是指那些由标示里坊、街、巷较小范围的地名建构的地理空间。两者相较，宏观地理空间出现的频率更高，几乎每篇唐传奇都有所运用，主要分为以下三种情况：一是文本中出现一两个宏观地理空间，但只是作为大的地理背景，主要的故事情节是发生在虚构的空间中的，如《灵怪集》中的《郭翰》（太原）、《博异志》中的《崔玄微》（洛阳）、《玄怪录》中的《曹惠》（江州）等；二是文本中出现几个不同的宏观地理空间，相应地安排不同的情节，如《离魂记》（衡州、蜀地、衡州）、《杨娼传》（长安、南海、洪州）、《柳毅传》（长安、泾阳、洞庭、广陵、金陵、南海、洞庭）等；三是文本中出现一些宏观地理空间，又在其下设置若干微观地理空间，并将主要情节安排在微观地理空间中，如《任氏传》《李娃传》《华州参军》等篇（宏观地理空间是长安，微观地理空间是长安城中的若干里坊）。前两种情况，与先唐小说相比，差别不算太大——毕竟宏观地理空间在汉魏六朝的笔记体小说中已经屡见不鲜了；而第三种情况则更能彰显一些唐传奇作品的特点：对于微观地理空间的巧妙运用。

一 微观地理空间形态的拓展与叙事功能的开掘

（一）单一微观地理空间及其基本功能：增强叙事真实感

微观地理空间在唐传奇中最基本的功能，就是通过其真实的地域归属和地理方位增强小说情节的真实感。如许尧佐《柳氏传》中柳氏托女奴向韩翃传话，"请诘旦幸相待于道政里门"，其中的道政里便是唐长安城实有的

（接上页）稳定的、丰富的、严谨的王朝地域结构。王朝精神与王朝价值笼罩着大地上的一切，甚至高山、大河，它们最终也不可避免地转变为王朝的'江山'。参见唐晓峰《从混沌到秩序：中国上古地理思想史论》，中华书局 2010 年版，第 310、287 页。

里坊，位于东市以东、兴庆宫南①。又如白行简《三梦记》中，提及李构直的"修行里第"，修行里也确有其地。再如陈鸿《东城老父传》中，贾昌的籍贯"宣阳里"、其幼年随父徙家的"东云龙门"、贾昌追随玄宗时夜出之"便门"、贾昌道见妻儿的"招（按：应为'昭'）国里"、长子省贾昌的"长寿里"、陈鸿祖携友人所出的"春明门"，皆系唐长安城真实的里坊或城门名称。不过，《柳氏传》和《三梦记》中的微观地理空间，只是零散出现，并没有表现出与唐代笔记体小说中的微观地理空间不同的特点——像牛肃《纪闻》的《张无是》一篇主人公居于布政坊，张读《宣室志》的《温造》一篇提及尚书温造宅在新昌里，《原化记》的《贺知章》一篇叙及贺知章在宣平坊有宅，均是在笔记体小说中书写唐长安城的真实坊名，以微观地理空间增强了作品的真实感。而《东城老父传》虽然与短小的笔记体小说相比，出现了较多的长安城微观地理空间，但大多分散在不同的年份之中，各自割裂开来，故而只能充当相应事件的背景，并没有通过相互之间的连续转换推动情节的发展。显然，此篇对微观地理空间的使用并未取得实质性的进步。

（二）微观地理空间链及其双重叙事功能

如果说微观地理空间在《柳氏传》《三梦记》《东城老父传》等篇中，只是一种零散的存在、静态的背景；那么，在《任氏传》《李娃传》《吴全素》等篇中，则连接成了主人公行动的空间链条——将微观地理空间的连续转换与方位真实感结合在一起，发挥了推动情节发展和增强叙事合理性的双重功能。

沈既济《任氏传》的开头，叙韦崟与郑六偕行，"将会饮于新昌里"。至宣平里之南，郑六"辞有事，请间去，继至饮所"，于是骑驴向南，进入升平里北门，邂逅了狐精所化的女子任氏②。郑六所走的路线，完全符

---

① 本文对于唐传奇中所涉长安城里坊名称真实性的判断及其空间方位的描述，均依据《隋唐两京城坊考》一书〔（清）徐松撰，李健超增订，三秦出版社 2006 年版〕，不再一一注释。
② 参见（宋）李昉编，张国风会校《太平广记会校》，北京燕山出版社 2011 年版，第 8059—8065 页。

合唐长安城真实的空间方位：新昌里以西是宣平里，而宣平里之南是升平里。在故事发生的天宝年间，新昌里一带刚刚因为兴庆宫的兴建而成为唐长安城东部新兴的官僚居住区①，韦崟与郑六选择在此"会饮"，是合乎逻辑的。而郑六因为经过宣平里时，临时改变主意，想到别处游逛，才会来到升平里；正是因为来到此地，才会遇到女主人公任氏。一系列唐长安城的微观地理空间不仅增强了作品的真实感，而且构成了主人公行动的空间链条，促进了情节的发展。不过，此篇只是在文本的局部运用这样的手法；相比之下，《李娃传》和《吴全素》中的微观地理空间链已经贯穿全篇。

　　白行简的《李娃传》一篇，叙荥阳生进京应试，居于布政里。在唐长安城，布政里属于"街西一等地段"，作者将这里设置为男主人公的所居之地，应该是考虑到他作为刺史之子的显赫身份。荥阳生游东市而回，到平康里拜访友人，却邂逅李娃。平康里中的"三曲"，是"诸妓所居之处"②。李娃出没于此地，其身份可想而知；而涉世未深的荥阳生，初入帝京，并非直奔此地，而是在访友途中才与李娃巧遇，如此安排，合情合理。此后，荥阳生一步步走进了李娃和鸨母所设的圈套，搬进平康里的李娃宅第，一年多的时间里狎戏游宴，倾尽资财。也许是看到荥阳生失去了利用价值，李娃与鸨母设计，以外出向竹林神求子为名，先将其骗至"姨"在宣阳里的所谓"私第"。此地紧邻李娃所居的平康里，便于控制局势。正是在这里，李娃以鸨母急病为由，金蝉脱壳。而后，荥阳生寻访两宅，方知受骗，只得回到布政里的旧邸。他身无分文，孤苦伶仃，愤而绝食，病势愈甚，因此，又被邸主移至西市凶肆，彻底沦落到社会底层。随着病体的康复，荥阳生出于生存需要而学唱哀歌，技艺渐精，又被东市凶肆网罗。接下来，在天门街进行的比赛中，他哀歌一曲，曲尽其妙，助

---

① 参见王静《唐代长安新昌坊的变迁》，《唐研究》第七卷，北京大学出版社2001年版，第241页。
② （唐）孙棨：《北里志》，《唐五代笔记小说大观》，上海古籍出版社2000年版，第1404页。

东肆击败西肆。天门街作为唐长安城中央的南北大街、交通要道，人员流动性很强，这为荥阳生身份暴露提供了可能——他乳母的女婿在天门街碰巧看到了他的表演，告知荥阳公。荥阳公派人找来儿子，将其带至曲江西杏园东，用马鞭打成重伤。在唐代，每年新进士的喜庆宴都在曲江西的杏花园举行，人称"杏园宴"。作者将这一地理空间设置为荥阳公鞭打儿子的地方，正与"曲江杏园"本身的文化含义构成了鲜明的对比。荥阳生被同行救回东肆后，又因为病势太重而被弃于道旁。仅靠吃行人扔的剩饭，他坚强地活了下来，后以乞食为事。一次天降大雪，他在要饭的途中走到安邑里，却正好碰到了已经搬到这里的李娃。安邑里这一微观地理空间的设置，十分精妙：其一，荥阳生虽然侥幸活了下来，"杖策而起"，但毕竟还是个病人，只能在东市附近较小范围内活动；加上大雪纷飞，城中积雪，他也无法走远。因此，与李娃的相遇之地，也只能是毗邻东市的某个里坊。其二，李娃的骗局已经败露，她也知道荥阳生父亲地位显赫，为了免受报复，不可能再回平康里居住；但她毕竟习惯了纸醉金迷的生活，终不能离开城中的繁华之地。安邑里之北紧邻东市，亦属闹市区；且与横贯长安城东西的春明门至金光门、延平门至延兴门两条道路相去不远，交通方便，人员流动频繁。加之这里离平康里只有宣阳、亲仁两坊之隔，最危险的地方往往是最安全的地方。因此，作者将李娃所迁新居设置在安邑里，不仅与女主人公身上狡狯、世故的一面颇为相称，而且也恰好在荥阳生雪中讨饭可能的活动范围之内，非常符合文本内部的逻辑。而正是在安邑里的李娃新家，或许是荥阳生悲惨的境遇唤醒了李娃那未泯的良心，她悉心照料荥阳生，助其金榜题名、释褐为官[①]。在《李娃传》一篇中，只有荥阳生在篇首由常州到长安和篇末由长安到剑门的两次行程，属于宏观地理空间的转换；全篇的大部分情节的发展，都是由主人公在长安城内微观地理空间的行动来推动的。同时，文本中每一个坊市、街巷中发生的故

---

① 参见（宋）李昉编，张国风会校《太平广记会校》，北京燕山出版社2011年版，第8721—8728页。

事，都体现出了空间上的真实感①。

牛僧孺《玄怪录》中的《吴全素》一篇，将长安城地理空间与冥府故事结合在一起，很有特色。小说主人公吴全素寓居长安永兴里，某夜，被两个冥吏引到开远门外，目睹了阴间景象。永兴里位于长安城东，与大城的西北门开远门之间，隔了一座皇城（也叫子城），作者云吴全素从永兴里"过子城"才到开远门，颇具空间真实感。判官将吴全素放回，到开远门的时候，二吏各向他索取五十万钱，并指明要他去宣阳里，向身为户部吏的"从母之夫"要钱。前文曾经提及，从开元天宝年间开始，宣阳里是豪门贵胄聚居之地。作者将吴全素姨父家的地址安排在此处，虽是虚构的创作，但完全合乎逻辑。到宣阳里后，吴全素借到钱，寄存于介公庙。此庙位于怀贞坊，在天门街以西。离开介公庙后，二吏邀请吴全素观看如何"取一人送之受生"，于是来到西市绢行南的一户人家。二吏将一位临终的老人缚住，又来到布政坊十字街南的王屠户家，将老人扔到巨大的屠案之上，揉扑成拳头一般大小。这一地理空间的设置，或是出于这样的构思：二吏需要的大屠案，一般只能在屠户家里找到；前面既然写到了西市绢行，这个屠户也应该是活动于西市附近。接下来，他们来到胜业坊，一吏将"老人"投于堂中，即时变为新出生的婴儿。从布政坊到胜业坊，中间隔了皇城，正如作者所言是要"逾子城"的。最后，二吏将吴全素送回了永兴里旅舍。吴全素苏醒后，在宣阳里歇了几日，又到胜业里探望了那"生男之家"②。可以说，《吴全素》全篇的情节发展，都与长安城微观地理空间的转换紧密结合。尽管作者所写的完全是冥界之事，不同于《李娃传》的写人世，但他依然力求每一处微观地理空间的设置都具备方位上的真实感。而综合以上所举的三篇作品来看，在唐传奇中，无论是写人世还是写鬼怪，无论是在文本的局部还

---

① 笔者对《李娃传》微观地理空间叙事的分析，参考了妹尾达彦、朱玉麒的研究成果。参见[日]妹尾达彦《唐代后期的长安与传奇小说——以〈李娃传〉的分析为中心》，刘俊文主编《日本中青年学者论中国史（六朝隋唐卷）》，上海古籍出版社 1995 年版，第 509—553 页；朱玉麒《隋唐文学人物与长安坊里空间》，《唐研究》第九卷，北京大学出版社 2003 年版，第 85—128 页。
② 参见（唐）牛僧孺《玄怪录》，中华书局 2006 年版，第 93—96 页。

是全篇，微观地理空间链条都可以在叙事中扮演重要的角色。

二 唐传奇微观地理空间叙事的技法渊源

对于唐传奇来说，微观地理空间叙事可谓蔚然成风，其重要性也不言而喻。那么，这一叙事技法的渊源何在呢？

在某些唐前小说，如《冥祥记》中，曾经出现过建康城的皂荚桥，勉强可以看成一个微观地理空间，但也只是作为故事中的一个场景，没有明显的叙事功能；而且，这只是零星的个案，没有成为一个时代或者一种文体中的风气。

对于微观地理空间的运用，从先唐小说中的零星闪现，发展到唐传奇中的蔚然成风，关键的一环是唐临《冥报记》中的《康抱》以及释道世《法苑珠林》中的《高法眼》。前一篇中出现的安上门、太平里、善和里均是隋长安城实有的城市与里坊名称；而第二篇中提到的高法眼从皇城回家途中遇鬼的路线，大致是从皇城西顺义门向西（先遇二鬼），经金城坊（又遇四鬼后，闷绝落马）至义宁坊（被人抬回家中）[1]，与初唐长安城的地理空间正相吻合。可以说，此二篇中的微观地理空间，已经初步构成了主人公行动的空间链条。尤其重要的是，二篇都是设置了若干真实的微观地名，作为虚构故事（尽管作者本人不会认为是虚构）的地理空间——在中国古代小说史上，这是破天荒的。尽管作者的初衷或是通过真实的地名，给佛教故事来"征实"，增强其真实感和说服力，但客观上带来的文学意义却不容小视。《冥报记》成书于唐永徽年间（650—655），《法苑珠林》则成书于总章元年（668），比作于建中二年（781）的、现存的第一篇大量运用微观地理空间的唐传奇《任氏传》早了100多年。毋庸讳言，"单线影响"的分析法或许失之于简单，因此，《任氏传》不一定就是受到《冥报记》和《法苑珠林》个别篇什的直接影响；但作为唐代颇有影响力的两部书籍，《冥报记》和

---

[1] 参见（唐）释道世《法苑珠林》，中华书局2003年版，第1413—1414页。

《法苑珠林》完全有可能对后来唐传奇作家的微观地理空间的设置产生有益的启发。

如果不从小说史的角度进行历时考察，而是从唐传奇的自身特点来做共时研究，可以发现以下三个原因，或许对解释微观地理空间链条的出现有所帮助。其一，一些运用了这种空间链条的唐传奇文本，在最后写定之前，很可能经过了口头讲述这一环节。如《任氏传》的写作动因，最初是建中二年沈既济与一些官员"自秦徂吴，水陆同道……浮颍涉淮，方舟沿流"，他们"昼宴夜话，各征其异说"。沈既济讲述了任氏的故事后，众人"共深叹骇，因请既济传之，以志异云"①。又如《李娃传》最初是贞元中白行简"与陇西公佐话妇人操烈之品格，因遂述汧国之事"；"公佐拊掌竦听"之后，或许认为这个故事很有意义，于是建议白行简写成传记，他这才"握管濡翰，疏而存之"②。当然，沈既济、白行简口头讲述的故事，肯定不会像最后写定时那样详细，"疏而存之"的"疏"字就证明了文字版本比口头版本更为详尽。不过，这种加工只是在文字表述上面，大体的情节框架不会有太大的调整。从最后写定版本来看，《任氏传》中的郑六与任氏、《李娃传》中的荥阳生和李娃，都在长安城中进行了若干次地点的转换，且与故事情节紧密相关，不能轻易改变。由此来逆推，最早的口述版本中应该就已具备这样的模式。问题在于，口头叙述者如果不把这些地点加以明确化，听者就会感到主人公只是在都城中东奔西撞，毫无头绪；而将它们坐实为长安城中的若干真实的微观地名，等于赋予了人物行动强烈的地理空间感，从而使听者可以在脑海中想象着人物的行踪轨迹。所以，笔者相信，在最初的口述版本中，沈既济和白行简出于叙事清晰的需要，在故事中嵌入了一些长安城的微观地名；最后写定的《任氏传》和《李娃传》，不过是将口述时的这种技法带入了小说。其二，前文所列举的多篇运用此类空间链条的唐传奇作品，涉及的基本上都是国都长安的微观地名，而这一现象与唐传奇作者和读

---

① （宋）李昉编，张国风会校：《太平广记会校》，北京燕山出版社2011年版，第8065页。
② （宋）李昉编，张国风会校：《太平广记会校》，北京燕山出版社2011年版，第8728页。

者的身份存在某种联系。根据冯沅君的统计，唐传奇行世可考的作者，几乎全部曾有功名①。这意味着他们曾经长期在长安生活，熟悉都城的街道坊巷，这才有可能在小说文本中大量书写它们的名称；而从《任氏传》《李娃传》等篇中作者提供的线索来看，唐传奇——至少那些单篇行世的唐传奇，应该是在一个官僚阶层的小圈子中互相传阅的文本，或者借用石昌渝的论断，是一种"沙龙文学"②。由此来推测，其读者群身份，也应该与作者群差别不大。只有读者也对长安城内的坊巷了然于心，作者才敢于在文本中大量书写这些微观地名，充分利用它们的空间真实感及其文化意义；否则，他带给读者的只是一系列陌生而凌乱的"无效符码"，令人晕头转向，如坠五里雾中。其三，部分唐传奇中的微观地名，在某种程度上也是作者想象长安的一种手段。当然，不同作家出于不同的原因，想象的动机和方法也不尽相同。如《任氏传》是在沈既济贬官南下的过程中写成的，其中提及不少长安城的里坊名称，不仅是讲述故事的需要，也是远离京城的作者用那些亲切而熟悉的地名来安慰自己和同僚的心灵。在遥远的异乡，他们想象着千里之外的长安，清晰地回忆着那些里坊街市的名称，这，是否也暗示着诸人"身在江湖，心存魏阙"？又如《李娃传》虽作于贞元年间，但文本中的故事却发生于天宝年间，正是在安史之乱之前。白行简不厌其烦地点出主人公每一次空间转换所至的里坊名称，确有叙事方面的考虑，但从某种意义上讲，他也是在想象着天宝年间繁盛的长安景象——毕竟，作者出生于大历年间，并未经历过"开天盛世"。尽管在写作《李娃传》的贞元年间，唐长安城里坊的空间布局不可能有太大变化，但是经过安史之乱和其后数年的战乱动荡，比起开元、天宝年间曾经的繁华，已经相形见绌了。因此，白行简的这种长安想象，不仅是文学创作的技法，其中也寄托了深沉的家国情怀。事实上，《任氏传》中的微观地理空间，也可以视为建中年间的作者对天宝年间长安城的一种想象，只是限于篇幅，在这里就不展开论述了。综合考虑以

---

① 参见冯沅君《冯沅君古典文学论文集》，山东人民出版社 1980 年版，第 303 页。
② 参见石昌渝《中国小说源流论》，生活·读书·新知三联书店 1994 年版，第 150 页。

上三个因素,《任氏传》在唐传奇中最早受到它们的交织影响,形成其文本肌理;《李娃传》创作年代稍晚,很可能在受三者影响的同时,也参考借鉴了《任氏传》的技法。而这两篇作为知名的传奇小说,又具有文体的示范性,故而其极具特色的微观地理空间链叙事,得到了其后部分唐传奇作品(如《吴全素》)的模仿和借鉴。

三 微观地理空间叙事在宋元小说中的演变

在唐代以后,文言传奇小说中的微观地理空间渐呈式微态势。在宋元传奇当中,微观地理空间难觅其踪,即使有个别特例,也只是零星、散乱地出现,仅仅作为故事虚化的地理背景,在叙事上所起的作用十分有限。之所以会出现这样的局面,很可能和宋元传奇小说的通俗化倾向、大众化传播有很大关系[①]。如果说唐传奇是一个小圈子里文化精英的所谓"沙龙文学",作者和读者都对长安非常熟悉;宋元话本在未形成案头文本之前,也是面向当地的听众讲说的,"说—听"的双方都生活在同一个城市;那么,宋元传奇则是以文本形式传播的、带有市井大众趣味的读物,其可能的读者群既不局限于某一阶层,也不局限在某一特定的地域。进一步讲,那个在唐传奇时代存在着高度城市文化默契的小圈子,到了宋元传奇的时代已经解体。如此说来,微观地理空间的设置也就显得无足轻重了——因为对于不熟悉某个城市的读者来说,过多真实地名的出现不但不会引起任何亲切感,反而会造成阅读上的障碍。简言之,宋元传奇的作者和读者之间,并不需要通过微观地名来分享空间上的真实感。

与宋传奇中微观地理空间的式微形成鲜明对照的是,以《简帖和尚》《洛阳三怪记》《西湖三塔记》《错认尸》为代表的一批宋元话本当中,充分运用了微观地理空间叙事技法。如《简帖和尚》一篇中的"枣槊巷""州

[①] 关于宋代传奇小说创作主体的变迁,可参看凌郁之《走向世俗——宋代文言小说的变迁》第二节"宋代文风的嬗变与传奇体的式微",中华书局2007年版。

桥""大相国寺"等,《错认尸》一篇中的"铜钱局前""新桥""蒲桥"等,都通过微观地理空间方位的真实感增强了叙事的合理性,且与主人公的行动紧密相关,深嵌到叙事的因果链条中,不能轻易更换。为什么宋元话本能运用微观地理空间叙事呢?很可能与其在"说—听"环节上的同城性紧密相关。虽然今人读到的宋元话本,已经是供案头阅读的文本,而且很可能经过了明人的改写;但是返回到宋元时代,它们大多数都是可供说书艺人表演的。这种表演是"口头"而非"案头"的,付诸观众的听觉而非视觉。因此,它们的传播受到时空的限制,主要是面对当时、当地甚至当场的观众。这样一来,表演者和接受者都限制在某一特定的地理空间之内,从较大的范围来说,就是同一个城市。因此,在表演时,为了增强小说情节的真实性,给观众营造亲切感和现场感,艺人可以将故事情节安排在当地观众十分熟悉的某些微观地理空间中进行①。

综上所述,微观地理空间是古代小说中由标示里坊街巷等较小范围的地名建构的地理空间。唐传奇中微观地理空间的基本功能是以其真实的地理方位增强小说的真实感,部分作品中使用的微观地理空间链则承担了推动情节发展和增强叙事合理性的双重功能;唐传奇微观地理空间链叙事,可能与文本写定前的口述需要、作者本人的长安空间经验以及"长安想象"这三个因素有密切关系。由于作者与读者不再具备同城化的空间默契,宋元传奇小说中的微观地理空间呈现式微之态;与之相反,由于"说—听"环节上的同城性,宋元话本小说中继续运用微观地理空间叙事。

---

① 此处的分析受到刘勇强《西湖小说:城市个性与小说场景》(《文学遗产》2001 年第 5 期)一文的启发。

文学意象与景观研究

记忆中的元上都

——《滦京杂咏》《元宫词百章》对元上都的三重书写

武 君[*]

元顺帝至正十八年（1358），肇建于元宪宗六年（1256）的草原都城——元上都[①]，燃起熊熊烈火。上都毁之一炬，不但预示着经历近百年辉煌的大元王朝即将谢幕，也标示了有元一代，那些扈从圣驾，亲历上都壮丽宫阙，享受盛世华宴的文人，关于上都的现场书写就此封笔。明朝初年，归老故山的遗民杨允孚和明皇室周宪王朱有燉[②]，分别作《滦京杂咏》《元宫词》各百余首，以大量笔墨书写上都，用诗作勾勒个人意中的"记忆之城"。记忆是《滦京杂咏》和《元宫词百章》最基本的书写方式，或者说，这里的"记忆"是关于记忆的表述，是记忆的文学文本化。从记忆的表述到记忆文本的实现，主要体现在重现、重构、解释三个方面。那么，一座已成煨烬的

---

[*] 武君，文学博士、中国社会科学院文学研究所助理研究员。

[①] 元朝实行两都制，以今之北京为大都，又在滦河之阳建上都（在今内蒙古正蓝旗境内）。上都，在元代又称"上京""滦京"等。元宪宗六年忽必烈在滦河龙冈建开平府，为其藩府驻地。中统元年（1260）忽必烈于开平称帝，四年定开平府为上都。

[②] 杨允孚，字和吉，号西云，江西吉水人。顾嗣立《元诗选》录其小传。关于《元宫词百章》的作者，王福利《〈元宫词百章〉的作者考辨》（《河池学院学报》2007年第3期）及黄凌云、汪如润《朱橚〈元宫词〉的史诗意蕴和价值》（《天中学刊》2015年第5期）认定为明周定王朱橚；傅乐淑《元宫词百章笺注》（书目文献出版社1995年版）"后序"，刘祯《〈元宫词百首〉的作者》（《中国文学研究》1986年第2期）认定为周宪王朱有燉。后者考辨较实，今从之。

昔日都城如何被记忆和书写？记忆文本书写者的身份差异如何影响其使用不同的艺术处理方式，使这座都城再现于诗歌作品中？又会产生什么样的情感与价值向度，赋予其何种不同的意义，进而重塑后人对故城的认知？

一 期待的记忆与上都实景唤回

回忆，是对既往的追溯。在回忆中，人们总是期待着记忆的东西可以最大程度、尽量客观地还原往事，消解因时空跨度而带来的遗忘，让过往的或已然消逝的事物可以清晰、完整地重现。即便能够回忆起的东西也许只是一些零散的碎片，甚至有些许失实，然而，无论对于回忆者，还是倾听者来说，宁愿相信，记忆总是真实的，这种真实感或本真性首先来自回忆者的亲身经历。

兵燹过后，一位老者回归故里，在颓檐败壁下，"涤瓦楄，倒邻酿"，"回视囊游"①，用回忆的方式为乡邻知己讲述一段过往的、真实的都城生活体验。明人金幼孜《滦京百咏集序》云："先生（杨允孚）在元时以布衣职供奉，尝载笔属车，之后因得备述当时所见，而播诸歌咏。"② 无独有偶，一位旧朝宫女经历易代沧桑，辗转流落到新朝王府中，为主人备陈宫中往事，朱有燉《元宫词序》说："永乐元年，钦赐予家一老妪，年七十矣，乃元后之乳母女，常居宫中……知元宫事最悉，间常细访之。"③ 通过记忆线条，杨允孚和元宫女将早已"莽为丘墟"的元上都重新勾勒。而回忆者——一位出仕元廷，在元顺帝时担任尚食供奉，扈从上都的胜国旧臣④和一位常

---

① 罗大巳：《滦京杂咏跋》，《滦京杂咏》丛书集成初编据知不足斋丛书本，中华书局1985年版，第1页。以下引用未注明版本者，皆从此本。
② 金幼孜：《金文靖集》卷7，文渊阁四库全书本，第1240册，上海古籍出版社1987年版，第722页。以下引用未注明版本者，皆从此本。
③ 傅乐淑：《元宫词百章笺注》，书目文献出版社1995年版，第2页。以下引用未注明版本者，皆从此本。
④ 罗大巳《滦京杂咏跋》云："杨君以布衣从当世贤大夫游，蹀被出门，岁走万里。"认为杨允孚未仕元廷，以布衣身份游历上都。明人金幼孜《滦京百咏集序》言杨允孚仕元，"以布衣职供奉"，跟随元顺帝亲历上都。四库馆臣《滦京杂咏提要》依据诗作认为作者在元顺帝时为尚食供奉之官，并非游士。另据同时期郭钰《题杨和吉滦京诗集》》"贞元朝士几人在？少年诗思千载名"等诗句，学界普遍认可四库馆臣之说，今从之。

居元宫又通晓蒙古族语言、宫中秘事的宫女,作为上都生活的亲历者,他们对这座草原都城、宫苑盛景的纪实讲述,形成回忆者及倾听者对于回忆期许的基础。

对于记忆真实性的期待,让人有理由相信,有关回忆的内容可以作为佐证上都历史的材料。金幼孜《滦京百咏集序》云:"然则后之君子,欲求有元两京之故实……尚于先生之言有征乎!"① 朱有燉《元宫词序》亦自言:"予诗百篇皆元宫中实事。"② 实景、实况的记录,在写作者和阅读者那里,都将其视为创作的原动力,它对诗歌解读者的影响,也往往因之而集中于对其中史未曾载之掌故和风土景物的挖掘与考辨。笺注《元宫词百章》的傅乐淑坦言:"余年来研究元史,颇注意当时宫廷之生活状况,参证此书,时有悟解。"③ 记忆引人入胜的地方,就在于本体论范畴的可靠性,它能够记录历史,竭力充当最接近本真、原貌的"亲历者"和"见证者"。

然而,记忆的内容在某种程度上并不能等同于历史,其存史价值,表现于记忆的存储功能。阿莱达·阿斯曼(Aleida Assmann)认为,历史是"未被居住的记忆",即记忆所面对的是纷乱的和未被整理的"史料"。④《滦京杂咏》《元宫词》成为考证元上都的史料,完成回忆期许,其实现方式是通过编码、存储、提取,使无序的材料变为符号。记忆便是对符号的处理,使之成为"被居住的记忆",重现于记忆文本中。这里的重现更体现在语言符号作为中间环节对文本和真实的逻辑沟通,从而唤回一座记忆中的"真实"上都。

唤回,是回忆的重要方式,在往事的凝视中,重新进入记忆现场,填补记忆空白,努力构筑一种实景的再现,由此构成《滦京杂咏》《元宫词》对元上都最表层的书写结构。那么,返回记忆现场,元上都在《滦京杂咏》

---

① 金幼孜:《金文靖集》卷7,第722页。
② 傅乐淑:《元宫词百章笺注》,第2页。
③ 傅乐淑:《元宫词百章笺注》,第1页。
④ [德]阿斯特莉特·埃尔、冯亚琳主编:《文化记忆理论读本》,北京大学出版社2012年版,第27页。

《元宫词》的书写中呈现出怎样的形象？

多年过后，回到江南故乡的杨允孚和寄居新朝王府的元宫女，存留在他们记忆中的上都依旧呈现出一派壮丽和繁盛的景象，充满了对这座草原都城异域景致和生活的惊艳，"耳目所及，穷西北之胜，具江山人物之形，状殊产异俗之瑰怪，朝廷礼乐之伟丽"①。言都邑："圣祖初临建国城，风飞雷动蛰龙惊。月生沧海千山白，日出扶桑万国明。"（《滦京杂咏》）② 以龙居的传说描述上都的神秘色彩，"日出""月生"异常光亮，更极力渲染上都作为王城、圣城的空前壮大。言宫阙："五云楼阁翠如流"（《滦京杂咏》），"上都楼阁霭云烟"（《元宫词》）③，极言宫阙之雄丽，大安阁、水晶宫、合香殿、棕毛殿、清宁殿等宫阙成为上都地标性建筑。言宴会："锦衣行处狻猊习，诈马筵开虎豹良。"（《滦京杂咏》）"棕殿巍巍西内中，御筵箫鼓奏薰风。"（《元宫词》）④，极力描绘诈马宴的盛容和宴会场景及食物的丰腴繁盛。言异域风光感受："滦京九月雪花飞，香压荚囊与梦违。"（《滦京杂咏》）"信是上京无暑气，行装五月载貂裘。"（《元宫词》）⑤ 竭力陈说上都寒冷的感官体验。言殊产异俗：黄羊、黄鼠、白翎、金莲、紫菊、地椒、芍药、野韭、奶酒、奶酪、羊酥等异域物产不厌其烦地成为两者歌咏及标注的奇异物象。都邑之壮大，宫阙之雄丽与异域的殊产异俗、奇节诡行通过记忆隧道，成为回忆者在记忆中所"感知"和"捕捉"到的上都意象。

其实，上都都邑、宫苑以及独特的异域风土景物作为意象，在元代的上都文学书写中已然形成。在元代上京纪行诗创作中，上都景物成为物象与城市感知相匹配的固定方式和结构，具有构建性和程式化意味的符号，以此突出上都壮丽与陌生，承接诗人的震撼感和猎奇感，形成元代诗歌书写这种独特主题所使用的较为一致的方式。

---

① 罗大巳：《滦京杂咏跋》，《滦京杂咏》，第1页。
② 杨允孚：《滦京杂咏》，第3页。
③ 杨允孚：《滦京杂咏》，第3页；傅乐淑：《元宫词百章笺注》，第32页。
④ 杨允孚：《滦京杂咏》，第4页；傅乐淑：《元宫词百章笺注》，第4页。
⑤ 杨允孚：《滦京杂咏》，第10页；傅乐淑：《元宫词百章笺注》，第18页。

记忆书写所使用的系列上都意象，侧重于将其视作既定的，表现上都文学形象的"表情符号"，其目的更加直接地指向辨识与唤回上都，提示和唤起记忆的表象及画面。而这种"唤回式"的书写所使用的方式首先便是"复制"，如对上都宫阙之雄伟壮丽的书写：

　　　　大安阁是广寒宫，尺五青天八面风。（许有壬《竹枝十首和继学韵》之十）①
　　　　层甍复阁接青冥，金色浮图七宝楹。（周伯琦《是年五月扈从上京官学纪事绝句二十首》之二）②
　　　　大安楼阁耸云霄，列坐三宫御早朝。（《元宫词》）③

　　这三句诗对大安阁的书写是一致的，突出大安阁之高，可接云霄，是王城的象征。而给人直观的印象是，许有壬、周伯琦笔下的大安阁描写是在极力地"加工"。许诗首先与广寒宫进行类比，让人产生联想，进而又补充"尺五青天""八面风"的具体感知，周诗则以七宝佛塔之高来具体比对这座宫殿，通过这种类比和加工使大安阁与表现上都宫阙的雄丽形成固定的匹配关系。这里的大安阁已然具有了一定的形象性，通过"大安楼阁"与"耸云霄"的快捷描述，进而以"带过"的方式转入对下一个场景——宫内早朝的描写。在《滦京杂咏》《元宫词》中，无论是上都地标性的宫苑建筑，还是独特的宴会和异域物产，抑或是由上都地域性的特征而引发的感官体验，目的多是在提示场景，唤回其真实可感的形象。

　　如此，较之于通过类比、联想等方式进行意象建构的书写，"唤回式"的记忆书写则更多采用白描手法，将上都意象作为一种实指意义的描述性意象，如：

---

① 许有壬：《至正集》卷27，北京图书馆古籍珍本丛刊，第95册，第140页。
② 顾嗣立：《元诗选》初集，中华书局1987年版，第1863页。
③ 傅乐淑：《元宫词百章笺注》，第1页。

紫菊花开香满衣,地椒生处乳羊肥。毡房纳石茶添火,有女褰裳拾粪归。(《滦京杂咏》)①

侍从皮帽总姑麻,罟罟高冠胜六珈。进得女真千户妹,十三娇小唤茶茶。(《元宫词》)②

这两首诗给人的感觉似乎有蒙太奇式的剪辑效果,意象纷至沓来地叠合在一起,自在地呈现。紫菊、地椒、乳羊、毡房、茶、火、衣裳、牛粪;皮帽、姑麻、罟罟冠、六珈(发簪玉饰)、茶茶(女子)等以名词组合的方式形成描述性意象的并呈和跳跃,从而具有绘画效果,由视觉透视情境,构成两幅静态的、清晰的画面。白描手法的使用,意在指物造形的精细,用写实的笔触逼真地再现场景,使记忆的文本在某种程度上成为"忠实"的摹写,如同"写真集"一样,用图像指示上都的具体形象。确如罗大巳所说,《滦京杂咏》的效果"使人诵之,虽不出井里,恍然不自知其道齐鲁、历燕赵,以出于阴山之阴,蹛林之北,身履而目击"。③上都形象的唤回,是回忆给人最美好的期许,但是,唤回的记忆果如我们的期待?

二 情感距离与记忆文本重构

或许,每一个对回忆抱有天真期许的人,最终得到的,大多是不容乐观的回应。因为回忆总是与真实存在一定距离,它是大脑对记忆的一种处理结果。这种距离的产生首先来自时间,"回忆永远是向被回忆的东西靠近,时间在两者之间横有鸿沟,总有东西忘掉,总有东西记不完整。回忆永远是从属的,后起的"。④况且《滦京杂咏》《元宫词》中的回忆行为发生时,中间不仅横跨着普遍意义上的时间之流,更有改朝换代的历史洪流激荡起的剧

---

① 杨允孚:《滦京杂咏》,第8页。
② 傅乐淑:《元宫词百章笺注》,第33页。
③ 罗大巳:《滦京杂咏跋》,《滦京杂咏》,第1页。
④ [美]宇文所安:《追忆》,郑学勤译,生活·读书·新知三联书店2004年版,第2页。

烈波涛。同时，对于回忆者来说，这种距离也来自空间印记的磨灭，他们回忆的上都，是一座被战火焚毁，永远回不去的城，"度先生（杨允孚）往来，正当有元君臣恬嬉之日，是以不转瞬间，海内分裂，而滦京不守，遂为煨烬"①。时空将回忆者阻隔在记忆的彼岸，让回忆变为一种永恒的回望。而更关键的距离感，来自由时空距离而造成的亲历者与书写者身份的变化与分离，进而所产生的情感距离。

元代上都题材的诗歌，其创作主体大多是扈从文臣和馆阁诗人，在"在场"的创作活动中，亲历和书写是即时的，亲历者和书写者的身份也是合一的。然而正是由于身份的重叠，扈从文臣和馆阁诗人的上都书写不免有"身在此山"的情感隔阂，而《滦京杂咏》虽是通过杨允孚自己的亲身经历，以个人回忆的方式展开的个人书写，但当他提笔书写之时，身份已经发生了重大变化，在元明易代之际，杨允孚归隐山居，以遗民自居，使他从一位上都生活的体验者变为离开者，转而又成为上都的追忆者和缅怀者。这种身份的变化，反而拉近了杨允孚与上都的情感距离。在对往事的回忆中，倾注了他深沉的怀旧情绪，让人慨然咏叹，悠然遐思。《元宫词》的情况则更加复杂，它的创作已经完全进入了另一个时代②，更何况书写者和亲历者（回忆者）是分离的，书写者的身份是一位新朝王室宗藩，以旁观者的姿态和代言的方式转述记忆的内容，其间有一种居间的关系存在。不难想见，在《元宫词》的创作过程中，那些"引诱"和"调解"记忆的因素。这种身份的分离，无疑，又拉开了作者朱有燉与上都的情感距离。

情感距离的存在和差异，让记忆文本的书写者在通过"他者"（包括以前的自己）的记忆，一次次召回上都形象的同时，也不断地进行"自我"的文本重构。书写者对记忆的重构，构成二者对元上都书写的第二重结构。而这种重构首先即表现在书写时情感成分的投入情况。

较之于馆阁文臣的雅致创作，《滦京杂咏》具有浓郁的感情色彩，在写

---

① 金幼孜：《金文靖集》卷7，第722页。
② 朱有燉自序署作永乐四年（1406），此时离上都被焚毁已过去将近半个世纪。

景中充斥着情绪化的表现，如同刚刚启封的一瓶老酒，强烈的气息直冲而出，弥漫在整个空间，"挑灯细说前朝事，客子朱颜一夕凋""强欲浇愁酒一卮，解鞍闲看古祠碑"① 诗人被感情操控着，有太多的愁苦化不开，也藏不住，只有直接抒发出来，诉诸无尽的文字当中。而《元宫词》则不同，总体来说，在《元宫词》的书写中，情感淡化下来，几近退场，"愁""苦""伤""怆""怨"等表现情感的字眼在《元宫词》中几乎没有，"凄凉""寒霜""冷酒""惆怅""稀"等感受性的词语也很少出现，即便如"上都四月衣金纱，避暑随銮即是家。纳钵北来天气冷，只宜栽种牡丹花""月明深院有霜华，开遍阶迁紫菊花。凉入绣帷眠不得，起来窗下拨琵琶"② 等诗句出现了一些具有感受性的词语，但如果按照感物寄情的传统诗歌写作手法，冷的感官体验以及相关物象最容易触发情感的波动，然而诗人却笔调一转，变成末句的平实书写，有意地克制住感情的流露和宣泄。由此，情感成分的多寡充分地体现在二者对眼前复现的上都景物的选取和处理方式上。

如果说《元宫词》斡旋和化解了情感的流势和力量，让景物成为一种相对客观的呈现，《滦京杂咏》对上都物象的处理方式则表现在通过景物"应物斯感"，疏导情感的流向。如：

上都随驾自西回，女伴遥骑骏马来。踏遍路旁青野韭，白翎飞上李陵台。(《元宫词》)③

鸾舆八月政高翔，玉勒雕鞍万骑忙。天上龙归才带雨，城头夜午又经霜。(《滦京杂咏》)④

---

① 杨允孚：《滦京杂咏》，第10页。
② 傅乐淑：《元宫词百章笺注》，第7页。
③ 傅乐淑：《元宫词百章笺注》，第57页。
④ 杨允孚：《滦京杂咏》，第7页。

这两首诗均是回忆銮驾由上都返程之事，选取的场景都是返程途中人马繁忙的景象，但是，《元宫词》中，路边的野韭被马踩踏，惊起白翎鸟的场面，与情感毫无牵涉；《滦京杂咏》却把观察的视角转向气候的变化，料想午夜城头又会有寒霜降临，由"万骑忙"的热闹场面转变为寒霜所带来的孤寂感。回忆总是带有倾向性，记忆的材料"用一种由有特色的事件构成的形式再现出来"①，将书写引向诗人想要表达的情感框架内。在杨允孚的笔下，这种情感的"带入"方法是惯用的书写技术，如"鹦鹉临阶呼万岁，白翎深院度清秋""洛中惆怅路千里，塞上凄凉月半钩"② 等。也正是这种情感的引导和带入，使《滦京杂咏》中的上都在杨允孚的书写中从一座繁盛的、肃穆的、奇异的城变成了一座有温度的、温情的城，上都在杨允孚的书写中逐渐清晰。

　　虽然，温情的城更易让人身置其中，有切身感受，但强烈主观色彩的融入，让这座城早已成为一座变形的城。变形，是记忆文本重构的重要方式。于《滦京杂咏》而言，变形的上都主要是通过心灵加工，诗中的上都景物是心灵化的产物和感情的幻象，这一点突出地表现在上都空间意象的时空化处理上，如"翠楼紫阁尽崔巍，花落花开不用催。最是多情天上月，照人西去又东来""东风亦肯到天涯，燕子飞来相国家。若较内园红芍药，洛阳输却牡丹花"③。翠楼、紫阁、相国家本是标示书写位置的空间存在，但诗人笔下的空间却转而用时间来进行标示，在空间的书写中增加了时间的延续性，翠楼、紫阁存在于花开花落和月的照映间，相国家也存在于东风和燕子的来去时，这种空间意象的时空化表现，超出了视觉形象的客观性范围，视觉形象往往是一种既定时间值内的空间印象，如"合香殿外花如锦"④，展示的是一种即视感，而时空的加入则带来一种苍茫的视觉效果，在空间的时

---

① ［美］苏珊·朗格：《情感与形式》，刘大基等译，中国社会科学出版社1986年版，第305页。
② 杨允孚：《滦京杂咏》，第5、11页。
③ 杨允孚：《滦京杂咏》，第9页。
④ 傅乐淑：《元宫词百章笺注》，第3页。

间化中，具体的、细节的空间成为记忆情感的酵母，为被回忆的空间赋予了特别的感受力，它所要强调的是抽掉了空间印记的情感内容，引起对人来人去、人事沧桑的感叹。

和《滦京杂咏》有别，《元宫词》中情感的淡化和退场，使得在书写结构中，上都的样子退居次要位置，而城中或宫中发生的事成为主要的书写内容。可以这样认为，《元宫词》中的上都是作为背景存在，上都形象从静态、逼真的绘画效果中变形，逐渐朦胧、弱化，变为一座"虚化"的城。变形的具体方式是淡化实体，如在上都宫殿、景物等描述性意象完成城市构形之后，补配一些具有暗示性和象征性的意象。"大安楼阁耸云霄""棕殿巍巍西内中"，在交代场景后，朱有燉的笔触转向早朝和御宴，"政是太平无事日，九重深处奏箫《韶》""御筵箫鼓奏薰风"①，"箫韶""箫鼓""薰风"暗示和象征着歌舞繁华、太平无事，大安阁、棕殿中早朝和御宴的场面被虚化为无形的声音，直冲云霄的乐声掩盖了巍峨的层甍复阁和精美的楹柱雕饰，甚至御宴中的人声鼎沸，宫殿影影绰绰地笼罩于歌舞繁华之中。有形变无形，清晰变模糊，上都的质实性被化解，画面显得混沌而朦胧，成为一种"构成艺术意味的感性抽象物"②。情感距离的长短，造成上都在杨允孚和朱有燉笔下变形为两座不同面貌的城。那么，在这座被"温情化"和"虚化"了的上都背后，是无尽的哀婉和感慨，还是深沉的思考与警示？

三 封存"愉悦"与审视"狂欢"

实际上，每一种艺术形式的文本，都在竭尽全力地扩充着自己的表现疆域，试图突破它潜在的极限，记忆文本也是如此。记忆的文本永远不可能是普遍意义上的复制或仿制，也不是简单意义上的重构或变形，它的目的是一种"解释"，书写者（直接受众）将自己的价值和判断强势融入记忆主、客

---

① 傅乐淑：《元宫词百章笺注》，第1页。
② ［美］苏珊·朗格：《艺术问题》，滕守尧、朱疆源译，中国社会科学出版社1983年版，第92页。

体及记忆行为中,又源源不断地输送给后来的受众,从而增进思考或反思。记忆在唤回和变形的过程中的解释,赋予其更加鲜明的、有所指向的意义,构成《滦京杂咏》和《元宫词》关于上都书写的第三重结构。

历来对都城的描写都和其文化地理意义紧密地联系在一起,所谓"王者必居天下之中"①,空间位置的"地中"在文化上浸染了权威与至高无上的价值观,从而在一般意义上和宣扬文治联结起来。如许有壬写大安阁"阁中敢进竹枝曲,万岁千秋文轨同"②,大安阁地处元上都的中心位置,是国家仪式和朝廷典礼举办的场所,萧启庆《元代的族群文化与科举》指出大安阁的功能,包括皇帝即位、册立皇后、燕飨诸王大臣、接待外国使节等。③ 这是一个由中心位置展开的都城书写方式,和历代京都赋的书写模式一致,从中可以体会出统治和政治权力的意味,作为臣子和利益群体,亲身体验了上都繁盛的盛世文臣故而也必须"采用颂扬的形式,借由夸耀代表帝国的宫殿,彰显皇权的崇高尊贵"④。

《滦京杂咏》和《元宫词》对上都地景的书写也围绕在空间地理所形成的文化意义上展开,朱有燉在诗的起首,指明书写的起始位置——大安阁,以及在大安阁中临朝的场景,以大安阁为中心,辐射到棕殿、清宁殿,甚至更远的李陵台、龙虎台等地;杨允孚在进入上都都城的描述时,首先展示的也是作为上都大内正殿的大安阁及其别殿水晶殿,然后是皇城西的棕毛殿、官河、红桥等宫城景物。这种书写次序的安排,接续都城文学传统,让《滦京杂咏》《元宫词》也浸染了某种有关"统治"的、"秩序"的色彩。然而,经历沧桑之变,"颂扬"的笔致早已衰枯,遗民杨允孚用热烈的笔调真情回忆和感受这座城的温度,可以说,上都在杨允孚的笔下是作为情感抒

---

① (战国)荀况:《荀子》,上海古籍出版社1996年版,第275页。
② 许有壬:《至正集》卷27,第140页。
③ 萧启庆:《元代的族群文化与科举》,(台湾)联经出版事业股份有限公司2008年版,第30页。
④ 李嘉瑜:《宫城与废墟的对视:元代文学中的大安阁书写》,台湾中山大学国文系《文与哲》2012年第21期。

发的材料和载体被书写,情感延伸了诗人的想象空间,上都的兴衰幻灭在个人的失意迷惘中成为具有普遍性的,却又解不开的理智困惑,情非得已地将所有情感打包封存。与之相反,朱有燉却用冷静的笔调将其作为审视和评价历史的资料,"虚化"无疑延长了记忆的思考线索,让诗人从容地审视"狂欢",展开一场关于历史盛衰的理性反思。

解释,首先就来自书写所面向的对象,对象的不同决定书写的角度和解释的方式。倘若元代扈从文臣和馆阁诗人对于上都的现场书写多是写给同僚诗友看,或直接是应制、应教的作品,进而普遍采用"仰视"的方式,由仰视而颂扬。那么,在很大程度上,《滦京杂咏》作为情感载体,则是写给自己看,而《元宫词》更多地表现为"遗之后人"① 的意义。

写给自己,决定《滦京杂咏》采取一种"进入"上都的方式展开书写,"大安阁下晚风收,海月团团照上头。谁道人间三伏节,水晶宫里十分秋"。② 这里,诗人仿佛又置身于上都,在大安阁下感受温和的晚风和水晶宫的惬意凉爽,遥望那悬挂在楼阁上空的明月。然而忽经翻覆的繁华,如何才能"进入"?那恍恍惚惚的昔日景象,如同团团海月的投影,水月镜花、层层叠叠般地凝结于梦境:

> 与客飞觞夜讨论,梦回犹自酒微醺。
> 帝里风光入梦频,凤城金阙一般春。③

梦境增加了诗歌的想象值,使诗人清晰地触摸往日温存,清清楚楚地回忆起往昔一切,不厌其烦地罗列铺陈那些美好的、快乐的瞬间,生怕留下一个记忆的死角。李嘉瑜将之视为"个人私密记忆",认为在杨允孚虚构的梦

---

① (明)朱有燉《元宫词序》言其诗"亦有史未曾载,外人不得而知者,遗之后人,以广多闻。"傅乐淑:《元宫词百章笺注》,第2页。
② 杨允孚:《滦京杂咏》,第4页。
③ 杨允孚:《滦京杂咏》,第11、10页。

境中,"天子是太平天子,公主是太平公主,关隘是太平弓矢,时间是太平年岁,乐音是太平之声,上京自是永恒的太平国土",这种愉悦的记忆是诗人"内心深切的期盼",期待快乐重新出现,"美好乐园重新被打开"。① 但杨允孚用梦境构筑的美好乐园,难道只是"个人私密记忆"? 这个童话世界当真还能被重新打开?

正如前文所述,杨允孚在回忆中温习一个已经远去的、遥远世界的繁华,其中更裹挟着改朝换代的创伤经历。昔日的温存和眼前的颓檐败壁,曾经的繁华和战乱后的残破萧条形成强烈反差。命运的宿定,让今昔的落差成为一种历史盛衰的必然,"人被困陷在自然的那种既定的机械运转中,他们逃脱不了盛衰荣枯这种自然的循环往复的变化"②,从梦中醒来,又不得不回到空虚的现实,在经历岁月冲刷后,诗人猛然发现:变化的不只是世事,还有人。倏忽衰老的容颜、强支的身躯,在用以麻醉自己的酒精中,生发出无尽的感伤。

这一切与其说是个人私密记忆,不如说这就是人们在回顾和面对世事无常、自然循环时能够找到和体会到的最多的东西,也是杨允孚在写给自己的记忆文字中想要表现的最具普遍意义的情怀,他为我们提供了一种回顾历史时可供观照的情感模式:此生即已迷茫,王朝的盛衰幻灭更如"剪不断,理还乱"的谜团,"居庸千载兴亡事,惟有天中月色知""天上人间今又昔,滦河珍重水长流"③ 在人间世界的不断变动中,只有明月、流水是恒定的,困陷其中逃不掉的人,除了发出最深沉的感慨,又能做什么? 除了向滦河道一声珍重,又能说什么? 记忆的书写在这里,就像合上一本旧时的相册,将一切愉悦封存其中。

当上都再次被打开,其实已不是那个个人笔下的童话乐园,歌舞升平、

---

① 李嘉瑜:《记忆之城・虚构之城:〈滦京杂咏〉中的上京空间书写》,台湾中山大学国文系《文与哲》2011年第19期。
② [美]宇文所安:《追忆》,郑学勤译,第80页。
③ 杨允孚:《滦京杂咏》,第11页。

欢宴不断的帝国盛世,在朱有燉那里表现的并不是个体的哀乐,历史迷局悬出的问题有了清醒的思考。本来,《元宫词》书写的目的就是"遗之后人",它要告诉后人的恐怕不光是宫闱秘事,更在努力地分析着世事衰落的原因。

写给后人,决定《元宫词》采用"俯视"上都的书写方式,诗人总似站在一个居高的位置,俯察着身下的这座城以及城中那些进进出出的人物和欢闹的事件。《元宫词》中也写"太平",也写无处不在的笙歌欢宴,岁乏不绝的宴会似乎比杨允孚想象中的还要豪奢,还要频繁,但不同于杨允孚的激动和热烈,《元宫词》的笔调都是冷静的,盛大的欢聚没有激起书写者本人的情绪波动,诗人似乎是在缄默不语地观看着一场场世间的玩偶戏,戏的主角沉迷于自己的狂欢中,丝毫没有察觉外面发生的一切。

茫然无知,正是《元宫词》诗歌的张力所在。帝王不断举办御宴,赏赐臣属;诸王驸马们举着葡萄美酒连声贺寿;妃嫔沉迷于唱银钱(赌博);宫女欢聚在合香殿外赏花;西方舞女、二八娇娃扭动身躯跳着迷人的天魔舞。这些场合,主人公们被"蒙在鼓里",完全没有意识到之后战火来袭,而作为旁观的诗人却清醒地知道毁灭即将发生,茫然无知使诗歌带有浓郁的悲剧色彩,它呈现在那里,如同让人欣赏一朵即将凋零的花朵,极力炫出最后一抹艳姿。

毁灭,是狂欢注定要带来的厄运,只不过汲汲于寻欢作乐的人们不曾察觉,也无意去察觉而已,它通过诗人的审视,以"后人哀之"的方式显现出来:"瑞气氤氲万岁山,碧池一带水潺潺。殿旁种得青青豆,要识民生稼穑难。"[①] 大内丹墀栽种草原青草(即"青青豆",或"香草",也作"示俭草"),是元诗常写的典故,"示俭草"本是世祖"思太祖创业艰难,俾取所居之地青草一株,置于大内丹墀之前","欲使后世子孙知勤俭之节"。[②] 然而在诗人看来,"示俭"的青草还在,勤俭的垂训在此时却未能奏效,在灯月交光、笙歌燕舞的狂欢中,人们更加无所禁忌,无休止、"不暇自哀"地

---

① 傅乐淑:《元宫词百章笺注》,第21页。
② 叶子奇:《草木子》卷4上,中华书局1959年版,第72页。

流连于奢靡生活之中。

既然在诗人眼中祖先之"劝"变成了"哀",那么教谕还是否要重提,诗人透过对奢靡的审视,思考也随之展开:

> 分得不均嗟怨众,受恩多是本朝人。
> 三弦弹处分明语,不是欢声是怨声。①

第一句诗写元廷"矮马",即赈灾物质的分配,在具体执行过程中存在分配不匀的情况,造成民怨沸腾。"嗟怨"的产生指向的是人们对既定规则和秩序的无视和逾越。那么,三弦弹处的分明之语——怨声,也就不仅仅是宫女的哀怨,有了更加广泛的意义,是民怨,抑或天怨。诗人在这里,极力规劝、警诫着僭越逾制的后果及其历史教训。如此再来回看上都,在朱有燉笔下,他认为这座城与其说是被战争而毁,倒不如说它就毁于城中的那些人和事,毁于"政声常少乐声多"这样的人事失序。朱有燉写给后人的文字,也就在于人们在反思历史时,那种普遍具有的"后人哀之"能否"鉴之",是否"复哀后人"的历史警示和意义。

总之,从元上都记忆到记忆中的上都文学书写,通过文本语言的符号化建构、提取,记忆功能的增值、转换,记忆文本书写者操纵"记忆之笔",使记忆中的上都形象重现、重组,被表述、被解释。既构筑一座乌托邦式的上都,也冲去弥漫其上空的迷雾,长流的滦河记忆着无尽的悲欢,也夹带着沉重的叹息和深刻的启示,回荡于千载之间。

---

① 傅乐淑:《元宫词百章笺注》,第114、38页。

政治地理学视野下唐代诗歌中西域地名意象的生成

田 峰*

唐代文学中关于诗歌的地域空间,有两个地方是值得注意的:一是西域,另一是岭南。与中原相比,这两个地方都可看作"异域",前者之"异"具有典型的边塞特点,尽管大多数人视为畏途,但疆域开拓的热情使西域呈现不一样的氛围;后者之"异"则因为岭南在宋代之前一直被认为是荒蛮之地,大多文人在南方的心理极限是五岭,因此越过五岭有地理方面的异样感知。这两种"异",给唐代诗歌带来了重要的变化,从意象入手是研究这种变化的重要手段之一。意象是人们对事物主观感受基础上所形成的较为凝固的文学表达形式①,唐代的西域意象包括两个方面:一是在政治军事扩张背景下所形成的有关西域的自然和文化意象,集中在边塞诗中;一是在丝绸之路商业文化背景下所形成的方物及文化意象,主要集中在有关长安等丝绸之路重要节点城市书写的诗歌中。地名意象与地理空间结合,是有关西域诗歌中标识度最高的意象,因而研究西域意象,地名意象是重中之重。

---

* 田峰,文学博士,天水师范学院文学与文化传播学院副教授。本文为教育部人文社会科学青年项目"唐宋时期的疆域变迁与文学演进研究"成果。

① 意象是中国古典诗歌的一个基本概念,在诗歌研究中运用尤其广泛。但是关于这一概念的认识,也一直存在较大的争议。我们此处所言的意象,即一些物象被引入诗歌后,所引起的诗歌整体意境风格的变化。

本文所讨论的是边塞诗中的西域地名意象。

西域，一定程度上是与国家政治行为伴生的政治地理概念，是国家有效控制的地理空间。西域作为空间包含两个基本因素：一是国家权力可达到的地方；二是地理上实实在在的空间。唐代诗人对西域的感知主要也是从这两个方面进行的。西域作为边疆，"既与地理范围有关，也与国家权力有关，是国家因素与地理因素相结合的产物；边疆并非纯客观的存在，而是在客观基础上主观认定的产物"。① 如何主观认定？感知非常重要，而诗歌是感知西域最重要的材料之一。

西域地名意象在政治地理方面的属性尤为突出，这些意象是在历代边疆管理基础上形成的，集中反映了特定历史时期"中央—边疆"的王权关系。因而，从政治地理来看西域地名意象，是一个全新的视角。政治过程决定了人们对西域的基本认知，文学家将这样的认知最终落实到了边塞诗中，形成了价值独特的西域地名意象。这也是要引入政治地理②的概念来研究唐代边塞诗的原因。在对西域的认知中地名的意义不言而喻，一方面地名是军事征伐过程中事件的载体，是历史记载的标识；另一方面地名多指向边疆实体管理机构，是中央王朝控制边疆的代名词。先秦时期西域作为一个特定的地域概念已初步想象构拟，成为中原政治图景的一部分，后被逐渐引入诗歌。但是唐前的西域地名意象更多出现在游仙诗和乐府旧题之中，具有程式化的特点，到了唐代西域地名意象有了新的内涵，既包括前代开拓西

---

① 周平：《论中国的边疆政治及边疆政治研究》，《思想战线》2014 年第 1 期。
② 周振鹤先生以为政治地理学的研究对象有三种尺度：一是国际或者全球的角度，主要讨论政治格局、世界秩序；二是国家尺度，研究国家的疆域、边疆区、边界、首都的设置等问题；三是地方尺度、研究中央与地方的关系、政区结构等。尽管政治地理学说在西方发展比中国早，但是在中国古代就有政治地理思想，历代统治者如何从地理角度处理与周边国家的关系，在分裂时期如何运用政治地理原则与对峙政权相处，有一系列的理论与实践。在地方尺度研究方面，西方没有现成的理论可用，我们应该从丰富的历史文献资料中去发现中国古代政治家、历史学家、地理学家潜在的政治地理思维。（周振鹤：《中国历史政治地理十六讲》，中华书局 2013 年版，第 17—19 页）西域是中国历史上的一个边疆区，反映的主要是中央与地方的关系，属于第三个尺度。唐代的边塞诗无疑具有潜在的政治地理思想，反过来诗人们根深蒂固的政治地理意识，对边塞诗的创作会产生重要的影响。

域所形成的地名意象及这些意象在唐代的新内涵,也包括唐代出现的新的西域地名意象。这些意象与初盛唐时期时代精神高度一致,是疆域开拓背景下产生的。

一 唐前想象的西域政治图景与西域地名意象的初步构拟

唐前虽然在一些乐府诗及边塞诗中已经出现诗歌中西域地名意象,但还无法形成一个系列,对诗歌艺术影响有限。尽管如此,先唐时期关于西域的认识、观念已经在相关典籍以及赋等文学作品中出现,仍然对唐代诗歌中的西域意象产生了潜在的影响。

地理空间的划分与政治行为之间的关系最为紧密,反过来空间一旦被划分,同样会对人们的文化认同产生重要影响。地理建构与文化建构是先秦文献夷夏观念形成的二重维度。人类对世界的认识都是以自我为中心展开的,对未知空间有一想象的过程。先秦时期虽对西域没有实际的管辖,但是对西域的政治地理想象早已展开。

西域被认为是"荒服"最重要的空间之一,围绕这一空间产生了诸多有关地理的想象。如果说《禹贡》是九州政治地理的实际图景,《山海经》《穆天子传》则更多是想象的政治地理图景。根据维柯的观点,这种地理模式是一种"诗性地理",即人们对于未知或者远方尚未认知的事物,总是通过熟悉或者就近的事物加以类比。①《禹贡》所言的五服制,《礼记·王制》中的华夷格局,是"同心圆式"的理想政治景象。从先秦文献来看,对西域世界产生系统想象最有代表性的两本书是《山海经》和《穆天子传》,《山海经》中关于西域想象的范围进一步扩大,在"中央—四方"政治地理格局下,不断泛化王权。这两部典籍对西域地理空间开拓的意义深远,其中昆仑和流沙是两个标识性的地名,代表政治权力的延伸。《山海经》中"昆仑"出现最多,有20余次,最为典型。如:"昆仑南渊深三百仞。开明兽

---

① [意大利]维柯:《新科学》,朱光潜译,人民文学出版社1986年版,第389页。

身大类虎而九首，皆人面，东向立昆仑上。"① "南望昆仑，其光熊熊，其气魂魂。"② "海内昆仑之虚，在西北，帝之下都。……面有九井，以玉为槛，面有九门，门有开明兽守之，百神之所在。"③ 从自然特征来看，昆仑被认为是西方世界最重要的山脉，崔嵬高大。但是，这样的高大最终体现在感官与装饰上，不仅光芒四射，充满神秘感，而且装饰森严，神兽镇之。"东向立""九首""九井""九门"亦有特殊的意义，昆仑之上的三重空间结构，与中国文化中祭坛的三重空间高度一致，象征着最高权力。值得留意的是，昆仑往往与流沙或河源配合出现，如"流沙出钟山，西行又南行昆仑之虚，西南入海，黑水之山"④ 说明了流沙与昆仑的地理位置。"又北三百二十里，曰敦薨之山……出于昆仑之东北隅，实惟河源。"⑤ 这是对黄河源头的想象。《淮南子》中更是建构了一个完整的水域体系："河水出昆仑东北陬，……赤水之东，弱水出自穷石，至于合黎，余波入于流沙，绝流沙，南至南海。洋水出其西北陬，入于南海羽民之南。凡四水者，帝之神泉，以和百药，以润万物。"⑥ 以昆仑为中心，形成了一个完整自在的世界。

《穆天子传》在西域的行程中所列"猎铏山""钓于河""朝于燕然""朝于黄山"等就是行为与地理结合的表述方式，以此来确认领地。同时也是天授王权的过程，《穆天子传》："河宗又号之：帝曰：'穆满，示女春山之珤，诏女昆仑□舍四平泉七十，乃至于昆仑之丘，以观春山之珤。赐女晦。'天子受命，南向再拜。"⑦ 通过祭祀，与这些神秘的山川保持特殊的关系，穆天子通过在昆仑山上的勒石以象征在西域的天赋权力。神权与王权的结合是中国传统政治权力架构的方式之一，这里建构了远在西域最主要的山

---

① 《海经新释》卷6，《山海经校注》，上海古籍出版社1980年版，第298页。以下引用未注明版本者，皆从此本。
② 《山经柬释》卷2，《山海经校注》，第45页。
③ 《海经新释》卷6，《山海经校注》，第294页。
④ 《海经新释》卷6，《山海经校注》，第292页。
⑤ 《山经柬释》卷3，《山海经校注》，第75页。
⑥ 何宁撰：《淮南子集释》卷4《坠形训》，中华书局1998年版，第326—327页。
⑦ 王贻梁、陈建敏：《穆天子列传汇校集释》卷1，华东师范大学出版社1994年版，第48页。

脉。昆仑成为标志，既有遥远西方的极高极远的地理认识，也是想象西方的神秘之所，更是"普天之下，莫非王土"领地的确认。《列子》："已饮而行，遂宿于昆仑之阿，赤水之阳。别日升昆仑之丘，以观黄帝之宫，而封之以诒后世。"① 这里的象征意味更加明显，分封九州，一合天下。叶舒宪以为《山海经》是："走向统一的文化权力话语提供神权政治的空间证明，通过对各地山神祭祀权的局部认识和把握，达到对普天之下的远近山河实施一种法术性的全盘控制。"② 其实，不仅仅是《山海经》如此，先秦对整个西域的认识，就是通过昆仑山的祭祀权，达到对普天之下的控制。

从《楚辞》开始，昆仑、流沙等地理名词进入文学领域，其中的权力色彩依然浓厚，但却向游仙的方向不断发展。《离骚》："遭吾道夫昆仑兮，路修远以周流。扬云霓之晻蔼兮，鸣玉鸾之啾啾。朝发轫于天津兮，夕余至乎西极。凤皇翼其承旗兮，高翱翔之翼翼。忽吾行此流沙兮，遵赤水而容与。"③ 昆仑、流沙等西域地名，构建出了一种超越时空、恢宏华丽的审美世界。《九歌·河伯》"登昆仑兮四望，心飞扬兮浩荡"④、《九章·涉江》"登昆仑兮食玉英"⑤、《九章·悲回风》"冯昆仑以瞰雾兮，隐岷山以清江"⑥ 更多反映的是一种超脱尘世的高远。

魏晋南北朝时期的游仙诗，将昆仑、流沙意象引入诗歌，成了想象西域世界、神游神仙境界的标志。如曹植《远游篇》："昆仑本吾宅，中州非我家。将归谒东父，一举超流沙。"⑦ 取屈原《远游》之意，超脱现实世界的纷扰。阮籍"一去昆仑西，何时复回翔"。⑧ 傅玄《鸿雁生塞北行》"凤凰

---

① 杨伯峻：《列子集释》卷第三，中华书局1979年版，第97页。
② 《山海经神话政治地理观》，见叶舒宪主编《中国神话学百年论文选》（下），陕西师范大学出版社2013年版，第1078页。
③ （宋）洪兴祖：《楚辞补注》，中华书局1983年版，第43—45页。以下引用未注明版本者，皆从此本。
④ （宋）洪兴祖：《楚辞补注》，第77页。
⑤ （宋）洪兴祖：《楚辞补注》，第129页。
⑥ （宋）洪兴祖：《楚辞补注》，第159—160页。
⑦ 赵幼文：《曹植集校注》卷3，人民文学出版社1998年版，第402页。
⑧ 《阮籍集》，上海古籍出版社1978年版，第131页。

远生海西，及时昆山冈"。① 借昆仑来承托凤凰的与众不同。庾阐《游仙诗》："昆仑涌五河，八流紫地轴。"② 王彪之《游仙诗》："蓬莱阴倒景，昆仑罩曾城。"③ 张华《游仙诗四首》其四："游仙迫西极，弱水隔流沙。"④ 这些游仙诗借昆仑、流沙等意象重在建构一种光怪陆离的神仙世界。

以上便是以昆仑为重点的西域地名意象在诗歌中的呈现，受到了《山海经》《穆天子传》等典籍的影响，是唐前诗歌中最重要的意象。

汉代对西域的开拓，在文学领域有一定的反映。作为汉代最具代表性的文学样式，汉大赋中开始将西域物象引入其中。诗歌不是主流文学，除了汉武帝的《天马歌》《西极天马歌》等，几乎没有西域的物象进入诗歌领域。

魏晋南北朝时期，汉代对西域的政治与军事行为，一定程度上反映在乐府诗以及边塞诗中，但是典型的意象是楼兰与交河。楼兰为汉西域三十六国之一，是丝绸之路上重要关口，诗歌之中这一地名的出现意味着征服。萧纲《从军行》："贰师惜善马，楼兰贪汉财。"⑤ 徐悱《白马篇》"占兵向细柳，转战向楼兰。"⑥ 王褒《燕歌行》："陇西将军号都护，楼兰校尉称嫖姚。"⑦ 另一个出现较多的意象是交河，汉与匈奴在交河进行了多次大规模的正面交锋，西汉取得了最后的胜利，顺利在焉耆设置西域都护府，开启了中原王朝在西域的新纪元。因而在魏晋南北朝时期的诗歌中，交河具有特别的意义。沈约《从军行》："浮天出鲲海，束马渡交河。"⑧ 吴均《入关》："是时张博望，夜赴交河城。"⑨ 萧绎《燕歌行》："金羁毳眊往交河，还闻入汉去燕

---

① 《晋诗》卷1，《先秦汉魏晋南北朝诗》，中华书局1983年版，第563页。以下引用未注明版本者，皆从此本。
② 《晋诗》卷12，《先秦汉魏晋南北朝诗》，第875页。
③ 《晋诗》卷14，《先秦汉魏晋南北朝诗》，第921页。
④ 《晋诗》卷3，《先秦汉魏晋南北朝诗》，第621页。
⑤ 《梁诗》卷20，《先秦汉魏晋南北朝诗》，第1903页。
⑥ 《梁诗》卷12，《先秦汉魏晋南北朝诗》，第1771页。
⑦ 《北周诗》卷1，《先秦汉魏晋南北朝诗》，第2334页。
⑧ 《梁诗》卷6，《先秦汉魏晋南北朝诗》，第1615页。
⑨ 《梁诗》卷10，《先秦汉魏晋南北朝诗》，第1903页。

营。"① 皆言边事之紧急，交河依然是一种对往日汉征服西域的回想。陈昭《明君词》："胡关逐望新，交河拥塞雾。"② 刘峻《出塞》："绝漠冲风急，交河夜月明。"③ 顾野王《陇头水》："瀚海波难息，交河冰未坚。"④ 南朝陈后主《陇头水》："投钱积石水，敛辔交河津。"⑤ 这几首中关于交河的描写，更多是一种氛围的描写，即边塞不同于其他地域的独特性。从时间维度看，汉代的政治军事开拓扎根于后代心目中，无限延展；从空间维度看，最广阔的延伸在西域，代表着一种理想的政治景象；从感情角度看，交河意象的出现，则是分裂状态下的疆域理想表达。

二 唐时疆域扩张背景下西域历史地名意象与现实地名意象的重叠

艺术形式上的锤炼是文学意象形成的关键因素，从魏晋时期开始《陇头水》《燕歌行》《饮马长城窟行》《关山月》等固定文学样式中不断书写边塞，形成了一系列稳定的意象，如戎马、胡马、北风、关山、陇山、胡笳、鼓角、羌胡、朔风、朔气、胡尘、汉月、羌笛等，这些意象虽很少关涉西域，但为西域意象的形成奠定了基础。唐初诗歌始终在寻求新变，疆域空间与边塞战争对边塞诗的新变起到了催化的作用，形成了内涵丰富的西域意象，反过来看边塞诗是西域感知的最好材料。唐代的西域意象在魏晋南北朝边塞意象的基础上形成，但却注入新的内涵：以自然风光为基础所带来的壮美阔大的境界，自然风光与特定的地名意象结合，使边塞诗产生了新变。

西域空间，通过唐诗"意象化"的过程，被赋予了政治文化意义。⑥ 初盛唐时期，唐王朝大力开拓西域，作为重大事件主要通过史书来记录，另一

---

① 《梁诗》卷25，《先秦汉魏晋南北朝诗》，第2035页。
② 《陈诗》卷6，《先秦汉魏晋南北朝诗》，第2541页。
③ 《梁诗》卷12，《先秦汉魏晋南北朝诗》，第1758页。
④ 《陈诗》卷2，《先秦汉魏晋南北朝诗》，第2468页。
⑤ 《陈诗》卷4，《先秦汉魏晋南北朝诗》，第2505页。
⑥ ［法］加斯顿·巴什拉：《空间的诗学》，张逸婧译，上海译文出版社2009年版，第3页。

种记录则是个体的感知，主要来自边塞诗。可以说，边塞诗与实际的"异域"之间还有不小的差距，生活化、风俗化等细小的场面往往被忽略，多数诗人所关注的是重大政治军事事件后的地名。唐代边塞诗的新变首先可从地名意象入手，这些意象不仅具有边疆地理意义，也有政治军事意义，而有关西域的地名意象在这方面尤为突出。

地名在诗歌塑造方面有独特的作用，尤其是边塞诗在特定的政治背景下产生，地名意象便有了潜在的所指。初盛唐时期，边塞诗中的西域地名逐渐增多，不仅有魏晋南北朝诗歌中的常见地名，也有新的地名。一方面旧地名有了新内涵；另一方面新地名入诗，给诗歌带来了全新的变化。

（一）楼兰意象

楼兰在唐代具体的政治军事功能已不复存在，但是在唐代诗歌中依然作为一个重要意象，所反映的激荡心情，完全超越了前代，其中既有汉代征服西域所留下的历史情结，也有在新的政治军事背景下的新内涵。虞世南是隋唐之际第一次将楼兰写入边塞诗的，《从军行》："冀马楼兰将，燕犀上谷兵。"①《拟饮马长城窟》中："前逢锦车使，都护在楼兰。"② 诗歌中似乎能嗅到新的时代气息，流露的是征服楼兰的快感及疆域开拓的迫切愿望。王勃《陇西行》其八："开壁左贤败，夹战楼兰溃。"③ 陈子昂《和陆明府赠将军重出塞》："忽闻天上将，关塞重横行。始返楼兰国，还向朔方城。"④ 皆是借楼兰表现边疆的政治理想。汉代征服楼兰的政治事件，依然根植在唐人的心目中，在新的时代到来之际，这种征服的欲望逐渐增长。李白用乐府旧题所写的《塞下曲》，是很有代表性的一首诗歌，楼兰在诗歌中有了新的内涵。他这样写道：

---

① （清）彭定求：《全唐诗》（增订本）卷36，中华书局1999年版，第473页。以下引用未注明版本者，皆从此本。
② （清）彭定求：《全唐诗》（增订本）卷36，第474页。
③ 童养年：《全唐诗续补遗》，陈尚君辑校《全唐诗补编》，中华书局1992年版，第330页。
④ 《陈子昂集》卷2，中华书局1960年版，第30页。

>五月天山雪，无花只有寒。笛中闻折柳，春色未曾看。
>
>晓战随金鼓，宵眠抱玉鞍。愿将腰下剑，直为斩楼兰。①

此诗前四句写景，极力渲染边塞的自然环境，五六两句笔锋一转，开始写战士的状态，我们似乎在寒冷的环境中感受到了激昂与热情，故七八两句利用快健之语，将胸中的热情一泄而出。以西域的天山入诗，配以历史语境中的楼兰，烘托出了雄壮有力的诗歌境界。楼兰在诗歌中与"直"相配，"一气之下，不就羁缚"。②

王昌龄《从军行》颇具代表性："青海长云暗雪山，孤城遥望玉门关。黄沙百战穿金甲，不破楼兰终不还。"③此诗共四句，出现了三个地名青海、玉门、楼兰，分属河湟、河西、西域三个不同的空间，这三个空间具有不同的政治文化背景，第一个代表了与吐蕃争夺激烈的青藏高原前沿，第二个代表了初唐西北边疆的地理标识，第三个借汉代的旧地名，说明了唐代向西域纵深拓展的政治决心。尤其是楼兰地名意象的引入，是诗歌转折的关键所在，清人黄叔灿以为末句乃"愤激之词也"④。王昌龄所谓诗有三境：物境、情境、意境。这首诗当中物境主要是通过三个不同地名来展现的，河湟的长云黯淡了雪山，极目远眺玉门关独矗立边关，紧接着作者的想象飞到第三个地方，在西域的楼兰斩将搴旗。诗中情感激荡，所隐含的主人公"胜楷英风，可谓烈士"⑤。全诗雄健有力，地域与英雄相配，尽显"豪"境。张九龄则是更显大气，诗中道："他日文兼武，而今栗且宽，自然来月窟，何用刺楼兰。"（《送赵都护赴安西》)⑥他不再用斩楼兰来表示气势，已经拥有了更西之地，楼兰早已温顺如羊，何须将其作为征服的对象呢？显示出睥睨

---

① （唐）李白著，郁贤皓校注：《李太白全集校注》卷4，凤凰出版社2015年版，第524页。
② 沈德潜：《说诗晬语》卷上，人民文学出版社1979年版，第215页。
③ （唐）王昌龄著，胡文涛、罗琴校注：《王昌龄集编年校注》卷1，巴蜀书社2000年版，第47页。
④ 转引《王昌龄集编年校注》，巴蜀书社2000年版，第49页。
⑤ 俞陛云：《诗境浅说》续编二，北京出版社2003年版，第185页。
⑥ （唐）张九龄著，熊飞校注：《张九龄集校注》卷3，中华书局2008年版，第189页。

一切的气势。这是在此意象使用上的创新，唐代新的政治版图重新确立，在西域的统治逐渐稳固，楼兰的象征意义也在减弱。

高适《东平留赠狄司马》是一首很有特色的赠别诗，其中有言："马蹄经月窟，剑术指楼兰，地出北庭尽，城临西海寒。"① 诗中有西极的月窟，有政治象征意味的楼兰，唐代西域最重要的方镇北庭都护府，泛指极西的西海等四个西域地名，写出狄司马驰骋边疆，英勇杀敌的场景。全诗20余句，诗中最有气势的就是这四句，显然这些西域地名的引入，对读者的感觉冲击是巨大的，由此可以想象出一幅更为辽阔的战争画卷，使诗歌境界阔大。

岑参的诗歌中西域地名意象往往联合出现，为诗歌开创了另一番境界。楼兰在他的边塞诗中也经常出现，如《献封大夫破播仙凯歌六章》其二："官军西出过楼兰，营幕傍临月窟寒。蒲海晓霜凝马尾，葱山夜雪扑旌竿。"② 此诗出现了四个地名，每句一个，楼兰、月窟、蒲海、葱山，用楼兰表达疆域的延伸，用月窟形容地理的遥远与气候殊异，用蒲类海、葱岭之雪形容西域战争氛围之下的清寒之气。这四个地名意象引入诗歌，形成了雄浑博大的气势。其他如"前年斩楼兰，去岁平月支"③ "浑驱大宛马，系取楼兰王"④ 表达的皆是征服的快感。

肃宗乾元二年（759）杜甫离开华州，到达秦州，由于吐蕃的步步紧逼，当时边界已至陇右，杜甫行至秦州，处处能感觉到边疆的氛围，颇为惆怅，他利用楼兰意象，如此表达："属国归何晚，楼兰斩未还。烟尘一长望，衰飒正摧颜。"⑤ 作者站在秦州的山顶，遥望西域，回天无力。楼兰意

---

① 《高适集校注》，上海古籍出版社2014年版，第214页。
② （唐）岑参著，陈铁民、侯忠义校注：《岑参集校注》卷2，中华书局2004年版，第183页。以下引用未注明版本者，皆从此本。
③ （唐）岑参著，陈铁民、侯忠义校注：《岑参集校注》卷2《北庭西郊候封大夫受降回军献上》，第180页。
④ （唐）岑参著，陈铁民、侯忠义校注：《岑参集校注》卷2《武威送刘单判官赴安西行营便呈高开府》，第118页。
⑤ （唐）杜甫著，（清）仇兆鳌注：《杜诗详注》卷7《秦州杂诗》其7，中华书局1979年版，第578页。

象在诗歌中的气象不再，相反给人以无限的焦虑与惆怅。

中晚唐时期，楼兰依然出现在诗歌中，武元衡《石州城》："丈夫心爱横行，报国知嫌命轻。楼兰径百战，更道戍龙城。"① 张仲素《塞下曲》："朔雪飘飘开雁门，平沙历乱卷蓬根。功名耻计擒生数，直斩楼兰报国恩。"② 这两首诗当中的楼兰，在情感基调方面与初盛唐时期已显示出较大差别，虽然征服楼兰依然是远大的政治理想，但是诗中却表现出了"难为情""泪双流"等极为复杂的感情，那种令人亢奋的政治激情早已减退。孟郊《猛将吟》："拟脍楼兰肉，蓄怒时未扬。秋鼙无退声，夜剑不隐光。"③ 翁绶《陇头吟》："横行俱是封侯者，谁斩楼兰献未央。"④ 曹唐《送康祭酒赴轮台》："分明会得将军意，不斩楼兰不拟回。"⑤ 都有一种快意斩楼兰的冲动，但是感情中明显多了几分迟疑。

楼兰是汉代的地名，在唐前的诗歌中已经出现，所反映的是汉代征服楼兰的历史事件。尽管在唐代楼兰已经消失，但是作为具有象征意义的符号依然代表了领土的扩张与中央王朝边疆的政治存在。

（二）交河意象

与楼兰意象所不同的是，唐代交河作为重要的军事戍守点依然存在。交河在汉代是车师前国的治所所在，汉武帝时在交河置戊己校尉，与车师前国同治交河，交河在汉代具有特别的政治与军事意义，不仅是丝绸之路北道重要的门户，也是宜于农业文明的绿洲。贞观十四年（640），唐平高昌后不久，置安西都护府，初治在交河。交河在唐诗中时有出现，一定程度上受到唐前乐府诗的影响，如骆宾王《从军中行路难二首》其二："阴山苦雾埋高垒，交河孤月照连营。"⑥ 刘希夷《入塞》："霜雪交河尽，旌旗

---

① （清）彭定求：《全唐诗》（增订本）卷317，第1106页。
② （清）彭定求：《全唐诗》（增订本）卷367，第4151页。
③ （唐）孟郊著，韩泉欣校注：《孟郊集校注》卷1，浙江古籍出版社1995年版，第13页。
④ （清）彭定求：《全唐诗》（增订本）卷600，第6995页。
⑤ （清）彭定求：《全唐诗》（增订本）卷640，第7343页。
⑥ （唐）骆宾王著，（清）陈熙晋笺注：《骆临海集笺注》卷4《军中行路难同辛常伯作》，上海古籍出版社1995年版，第122页。

入塞飞。"① 利用交河意象形容边塞的战争氛围。杜甫《前出塞九首》其一："戚戚去故里，悠悠赴交河。"并没有用这一意象表达开疆拓土的快感，相反作者借此发问："君已富土境，开边一何多？"② 显然，杜甫更加关注的是连年的战争对百姓的戕害，交河在作者的眼中，不再是开拓疆界的万里豪情，而是征人远去，恋念故乡引起的悲戚之情。中晚唐诗人则表达的是历史的回忆与征戍的离别之苦。如，张仲素《塞下曲》其五："交河北望天连海，苏武曾将汉节归。"③ 陆龟蒙《乐府杂咏六首·孤烛怨》："前回边使至，闻道交河战。"④ 孟郊《折杨柳》其二："谁堪别离此，征戍在交河。"⑤ 依然是作为乐府中传统主题展现的，只不过与中晚唐西域的现实境况相比，又回到初唐疆域开拓的那种期盼之中了，但热血与自信不再。以上关于交河的意象书写没有一位诗人是在亲旅交河故地后，有感而发，多是借传统的交河意象表达一种认知，即便是骆宾王曾经到过西域，但是没有任何证据表明他的《从军行》是到过交河而创作的，仍然是一种笼统的边塞氛围烘托。交河意象在岑参的《使交河郡，郡在火山脚，其地苦热无雨雪，献封大夫》一诗中表达最为真切：

  奉使按胡俗，平明发轮台。暮投交河城，火山赤崔巍。九月尚流汗，炎风吹沙埃。何事阴阳工，不遣雨雪来。吾君方忧边，分阃资大才。昨者新破胡，安西兵马回。铁关控天涯，万里何辽哉。烟尘不敢飞，白草空皑皑。军中日无事，醉舞倾金罍。汉代李将军，微功合可哈。⑥

写这首诗时岑参作为节度使封常清的僚属第二次出塞西域。诗的开首主

---

① （清）彭定求：《全唐诗》（增订本）卷82，第884页。
② （唐）杜甫著，（清）仇兆鳌注：《杜诗详注》卷2，中华书局1979年版，第118页。
③ （清）彭定求：《全唐诗》（增订本）卷367，第4151页。
④ （清）彭定求：《全唐诗》（增订本）卷627，第7249页。
⑤ 《孟郊集校注》卷2，第49页。
⑥ （唐）岑参著，陈铁民、侯忠义校注：《岑参集校注》卷2，第182页。

要写交河火山与气候，用语不多，却是直接的感受，眼前是横亘的火山，虽然已到秋末，仍感受不到一丝凉意，盼望着能有一场及时雨。诗的前半部分是对交河地理环境的描写，诗的重点在后半部分，写皇帝忧边，庆幸遇到封常清这样的人才，他静尘息壤，抚定西域，功劳远超李广。现实中的交河在新的政治环境下，意义正在减弱，代之而来的是唐人所建构的西域的新象征。

（三）轮台、北庭意象

轮台，汉代是重要的军事重地，最早出现在《史记》中，为"仑头"，在《汉书》中出现主要是因汉武帝想获得汗血宝马，派遣李广利攻打大宛，却屡屡受阻，朝廷以为这与轮台等国的阻挠有关，于是派李广利率师西向，攻灭轮台。梁简文帝诗："贰师惜善马，楼兰贪汉财。前年出右地，今岁讨轮台。"① 所言正是此事。这一意象，在唐前的诗歌中出现次数有限，但在唐代的边塞诗中是一个值得注意的地名意象。唐轮台非汉之轮台，在天山之北，轮台在唐代有重要的军事地位，贞观年间在轮台设县，作为汉代地名的轮台再次复活，唐代所留关于轮台的诗篇承载的多是汉代的历史记忆，如宋之问："盛时何足贵，书里报轮台。"（《花落》，一作沈佺期）② 郑愔："征客向轮台，幽闺寂不开。"③ 郑锡："渭水通胡苑，轮台望汉关。"借轮台表达闺人与征人之间的对立相思。陈陶："万里轮台音信稀，传闻移帐护金微。"④ 曹唐《送康祭酒赴轮台》："灞水桥边酒一杯，送君千里赴轮台。"⑤ 这些意象依然受到汉代开拓西域的影响。李商隐《汉南书事》："文吏何曾重刀笔，将军犹自舞轮台。几时拓土成王道，从古穷兵是祸胎。"⑥ 借轮台

---

① 《梁诗》卷20《从军行》，《先秦汉魏晋南北朝诗》，第1904页。
② （唐）沈佺期、宋之问著，陶敏、易淑琼校注：《沈佺期宋之问集校注》，中华书局2001年版，第756页。
③ （清）彭定求：《全唐诗》（增订本）卷262《千里思》，第2906页。
④ （清）彭定求：《全唐诗》（增订版）卷746《水调歌头》，第8576页。
⑤ （清）彭定求：《全唐诗》（增订本）卷640，第7343页。
⑥ （唐）李商隐著，刘学锴、余恕诚集解：《李商隐诗歌集解》（增订重排本），中华书局2004年版，第877页。

表达一种厌战情绪以及穷兵黩武所导致的政治局面。

轮台在岑参的诗歌中是具体的，有更加丰富的内涵，岑参常往返于轮台与北庭之间，轮台与北庭常同用①，因此这两个地名意象可放在一起进行论述。岑参第一次从西域回来，经过武威写道："火山六月应更热，赤亭道口行人绝。知君惯度祁连城，岂能愁见轮台月？"② 虽然还是那种令人生畏的炎热气候与荒蛮景象，但是对于岑参和李副使这样曾经去过西域的人来讲，已不算什么，那种万里击胡的豪情壮志与马上求取功名的英雄情结，可以掩盖很多苦楚。轮台在这首诗之中既有汉代轮台的历史感，也有现实世界的真实感，是政治理想与个人前途的象征。岑参从西域回来后，在诗歌中偶或提到轮台，如在《送刘郎将归河东》中写道："谢君贤主将，岂忘轮台边。"③ 通过轮台指整个西域。

天宝十三载，岑参第二次赴西域，行进到临洮，在多首诗中写到了北庭和轮台，如《赴北庭度陇思家》中写道："西向轮台万里余，也知乡信日应疏。"④ 通过轮台表达路途之遥。《发临洮将赴北庭留别》："闻说轮台路，连年见雪飞。春风曾不到，汉使亦应稀。"⑤ 轮台对作者来说不仅遥远，天气极端，使者也是寥寥无几，但是这些与"王事"相比，岂敢言说。他在另一首诗歌《临洮泛舟赵仙舟自北庭罢使还京》中写道："白发轮台使，边功竟不成。云沙万里地，孤负一书生。"⑥ 年岁渐增，在茫茫万里之地，是否有政治前途，作者信心似乎逐渐在动摇，开始羡慕东向而回的使者了。这首诗与他到达北庭时所作的《北庭作》基调相似，身处绝域孤城，感受春天仍在肆虐的寒风，看着这座象征唐王朝在西域存在的戍城，却令作者万分惆怅，无奈感叹："可知年四十，犹自未封侯。"从戎边塞的出路究竟何在

---

① 《岑参集校注·附录》，第560页。
② （唐）岑参著，陈铁民、侯忠义校注：《岑参集校注》卷2《送李副使赴碛西官军》，第122页。
③ 《岑参集校注》卷3，第239页。
④ （唐）岑参著，陈铁民、侯忠义校注：《岑参集校注》卷2，第170页。
⑤ （唐）岑参著，陈铁民、侯忠义校注：《岑参集校注》卷2，第170页。
⑥ （唐）岑参著，陈铁民、侯忠义校注：《岑参集校注》卷2，第171页。

呢？在北庭作者遇到了与他同病相怜的文人宗学士，觉得万事不可料，发出"读书破万卷，何事来从戎？"①的感叹。在遥远的西陲，虽有汉将追击匈奴，直捣月窟、攊甲昆仑的功业，可并没有引起朝廷的重视，"忽来轮台下，相见披心胸"（《北庭贻宗学士道别》）②，宗学士与自己的遭遇一样，建功立业对他们二人来说都很渺茫。即便是如此，战争的欲望与征服的快感依然存在，尤其是看到曾经与自己同僚的封常清，已成为节度使，常使寂寥的心有些许激荡。《轮台歌奉送封大夫出师西征》是一幅极具画面感的出征图："轮台城头夜吹角，轮台城北旄头落。羽书昨夜过渠黎，单于已在金山西。戍楼西望烟尘黑，汉兵屯在轮台北。上将拥旄西出征，平明吹笛大军行。四边伐鼓雪海涌，三军大呼阴山动。……亚相勤王甘苦辛，誓将报主静边尘。古来青史谁不见，今见功名胜古人。"③诗歌通过写汉代轮台的历史，自然过渡到封常清出师西征的壮观场面，虽然诗中三次出现的轮台都是在写汉代征伐西域的历史，那段历史固然澎湃激昂，可以大书特书，不过眼下新轮台的出师场面更为震撼，已超迈往昔。这首诗与《走马川行奉送封大夫出师西征》如出一辙，既有飞沙走石、雪海无边、风啸冰凝的地理环境，又有三军大呼、战马奔腾、鼓角鸣催的战争环境，轮台在此代表了作者的政治理想。作者的政治热情在《北庭西郊候封大夫受降回军献上》一诗中达到了极点："胡地苜蓿美，轮台征马肥。大夫讨匈奴，前月西出师。甲兵未得战，降虏来如归。"轮台周围草美马肥，兵马未动，敌人已降。看到封常清在西域的功劳，作者甚至觉得霍去病是"区区徒尔"。因为在西域的功业，封常清列为上大夫，可谓"天子日殊宠，朝廷方见推。何幸一书生，忽蒙国士知"。④这也是岑参两次到西域的目的，封常清在四十岁之前已经达到了岑参所日思夜想的目标，曾经的同僚青云直上，反观已经四十岁的自

---

① （唐）岑参著，陈铁民、侯忠义校注：《岑参集校注》卷2，第186页。
② （唐）岑参著，陈铁民、侯忠义校注：《岑参集校注》卷2，第188页。
③ （唐）岑参著，陈铁民、侯忠义校注：《岑参集校注》卷2，第176页。
④ （唐）岑参著，陈铁民、侯忠义校注：《岑参集校注》卷2，第179页。

己处境尴尬。岑参的这几首诗中，轮台意象是诗歌中最重要的意象，作者身在现实中的轮台，却每时每刻勾起历史中的轮台，交相辉映形成了汉唐之间的强烈对比。

《首秋轮台》是一首鸟瞰式的诗歌："异域阴山外，孤城雪海边。秋来唯有雁，夏尽不闻蝉。雨拂毡墙湿，风摇毦幕膻。轮台万里地，无事历三年。"① 此诗先写地理位置，次写气候，再写周围的人文景观毡帐，最后写与中原的距离。所有的一切都与作者的经验世界迥异，这种"异"之中却有一点"同"，这就是对边疆的管理与征服。这样的感觉与《北庭贻宗学士》相同："孤城倚大碛，海气迎边空。四月犹自寒，天山雪蒙蒙。"当然这些并不是最主要的，"时来整六翮，一举凌苍穹"② 这种拓土开疆的感觉才是最主要的。

与轮台相比，唐代的诗歌偶尔也会出现北庭，北庭出现的次数要比轮台少很多，如杜甫："风连西极动，月过北庭寒。"③ "北庭送壮士，貔虎数尤多。"④ "崆峒五原亦无事，北庭数有关中使。"⑤ 徐彦伯："况君张罗幕，愁坐北庭阴。"⑥ 则以北庭代西域。殷济《奉忆北庭杨侍御留后》则以北庭指"天隅"⑦。

岑参诗歌中这些地名意象，有更加丰富的内涵，他在这些重要戍点不仅体验杀伐与扩张的感觉，而且长期在西域的生活使他有了细微观察周边社会的机会，历史的、现实的、国家的、个人的情感在诗歌中通过地名意象反映出来，因而具有更加鲜明的特色。

对历史的遥想是一种文化延续的时间线索，地名书写是一种空间线索，唐诗中的西域地名意象既有时间感，又有空间感，是汉唐时期中央与西域关

---

① （唐）岑参著，陈铁民、侯忠义校注：《岑参集校注》卷2，第216页。
② （唐）岑参著，陈铁民、侯忠义校注：《岑参集校注》卷2，第188页。
③ （唐）杜甫著，（清）仇兆鳌注：《杜诗详注》卷7《秦州杂诗》第十九，第587页。
④ （唐）杜甫著，（清）仇兆鳌注：《杜诗详注》卷6《观兵》，第507页。
⑤ （唐）杜甫著，（清）仇兆鳌注：《杜诗详注》卷15《近闻》，第1283页。
⑥ （清）彭定求：《全唐诗》（增订本）卷76，第822页。
⑦ 《全唐诗续拾》卷18，陈尚君辑校《全唐诗补编》，中华书局1992年版，第923页。

系的诗歌表达，诗歌中的西域地名作为边疆特殊的行政区，军事方面的意义是最主要的，是疆域拓展的象征，对唐朝在边疆的统治意义深远。因为是固定的绿洲城市，这些地方可以为中原戍守的将士提供稳定的据点，在一定范围内形成一个自足的农业社会，既可防守又可进攻，这与草原的据点完全不同，正如拉铁摩尔所言："它占得若干固定的据点基地，尽管它们只是距离中国内地很远的前哨阵地，却能维持中国的特征。"① 毫无疑问，这些重要的地名，对中原的政治意义远远大于实际意义。对于诗人来讲，所看重的正是政治象征意义，以及对更广阔世界的征服理想。"西域五十余国，广轮一万余里，城堡清夷，亭堠静谧"②，这正是中原王朝想要的结果，这些城堡串联形成了稳定的疆域范围，像轮台、交河等大的城堡，在政治、军事方面的意义就显得特别重要。

唐代对西域的经营达到了历史的新高度，在诗人的感知世界地名意象便有了新的时代特征，代表了大多数人对西域的理解。尤其是亲践西域的诗人所写的地名意象，与正史中冰冷的历史地名相比，有了热情、豪迈、亢奋、悲观、离别、矛盾等更为鲜活的意义。对于人类而言空间的意义在一定程度取决于主观的感知，西域从一开始便被纳入"中国"版图的建构之中，从想象的空间到具体的空间，这一转变过程始终伴随着军事的征伐与疆域的扩张，因而西域的疆域政治意义更加明显。历史地理文献通过记录军事征伐与中央政府的有效管辖来确认西域，文学文献则主要通过个体的感知来认识西域，虽然文学书写是个体行为，但是书写者不能脱离具体的政治地理语境，他们的身份无形之中潜隐于文学创作之中，西域地名意象具有明显的空间特性，不同历史时期的文学家以不同的地名意象表达他们对西域的认识。唐王朝的西域经营与诗人的个人命运皆通过地名意象凝聚成了具有指向的符号。

---

① ［美］拉铁摩尔：《中国的亚洲内陆边疆》，唐晓峰译，江苏人民出版社2010年版，第343页。
② （后晋）刘昫等撰：《旧唐书》卷94《崔融传》，中华书局1975年版，第2999页。

街:作为唐宋城市转型空间意象的文学书写

蔡 燕[*]

街,作为城市的"线性空间",对于城市的重要性不言而喻:"没有街道,就没有城市。巨大的城市机器,正是因为街道而变成了一个有机体……街道和建筑物相互定位,它们的位置关系,构成了城市的地图指南。城市借助街道,即展开了它的理性逻辑,也展开了它的神秘想象。"[①]

街的雏形可以上溯到距今6000年前后的中国陕西临潼姜寨部落遗址,先秦时期,《周礼·考工记》记载"国中九经九纬,经涂九轨"[②]。但是,近现代意义上富于生活气息和繁华盛况的街是在唐宋时期才出现,与这一时期的城市转型对街这个城市空间的塑造密切相关。

首先,唐宋城市转型中坊市制、宵禁制度的突破是从街这个空间实现的。

唐代城市格局是古代坊市制发展的全盛时期同时也是衰落转型时期,坊市制是集权政治在城市管理上的体现。以都城长安为例,从城市规模上看是当时世界上最大的城市之一,全城由宫城、皇城、外郭城三重城组成,外郭城是居民住宅区和商业区,包括东西两市(各占两坊之地)由114坊构成。

---

[*] 蔡燕,曲靖师范学院学报编辑部教授。本文为国家社会科学基金项目"唐宋城市转型与文学变革关系研究"(项目编号:15XZW025)成果。

[①] 汪民安:《街道的面孔》,孙逊主编《都市文化研究》第1辑,上海三联书店2005年版,第80页。

[②] 李学勤主编:《周礼注疏》,北京大学出版社1999年版,第1149页。

长安城的街有三个层级：城坊之间及城坊内主要通行道路、具有宫廷广场性质处于宫城和皇城之间的横街。外郭城是以主要街道为界限的区域划分，整个城区有南北 11 条大街，东西 14 条大街，宽 155 米的朱雀大街是其中央大街，将外郭城坊市分为东西两街区。坊与坊之间街道宽阔，但街道两侧有高 2 米的坊墙，深 2 米的御沟划定空间界限，坚硬的边界有效地阻隔了坊与坊之间的横向联系①。但是，不管哪一层级的街在严格的坊市制管理下，起到的只是通道和隔离的作用，虽然宽阔却显得荒凉寂寞。

长安城是一个由权力塑造的城市结构空间：等级森严、秩序井然，也包括城市道路之间："传统城市街道的营造，主要通过空间文本的符号化，将'不在场'的皇权的权威性传递到每个角落。"② 这种城市空间等级布局规定了身处其间的人们的活动地域与行为模式，而城市普通民众的公共空间并未在城市规划中体现出来。在宫城、皇城、外郭城的三重结构中，宫城、皇城是普通民众无法涉足的禁地，在外郭城的三大区域坊、市、街中，坊都是"平面方形封闭式空间"，实行的是封闭式管理，而街这一线性空间尚有一定的公共性和自由度。

虽然严格的坊市制和宵禁制度使街道的公共性、自由度、平等精神等都受到极大的抑制，但是，城市就像一个生命的有机体有着自己的生长的意志，这种意志很多时候和城市权力者的意志并不吻合。中晚唐时期，城市在政治、经济、文化等方面发生了重大变革，活跃的工商业活动在时间、空间上冲破了封闭坊市的局限，里坊开店，侵街、夜市日益严重，从坊市分离走向坊市合一，至北宋坊墙倒塌，夹街贸易与夜市成为常态。在这个演变对抗过程中，"街道，成为精英和民众、国家和社会之间共生和冲突的舞台"③。在时间、空间争夺中，市井民众以侵街、夜市的集体性实践对抗活动，再造

---

① 宁欣：《街：城市社会的舞台——以唐代长安城为中心》，《文史哲》2006 年第 4 期。
② 刘佳燕、邓翔宇：《权力、社会与生活空间——中国城市街道的演变和形成机制》，《城市规划》2012 年第 11 期。
③ 刘佳燕、邓翔宇：《权力、社会与生活空间——中国城市街道的演变和形成机制》，《城市规划》2012 年第 11 期。

属于自我生存的街道空间，其动力是中下层民众的生活诉求。所以，街承载了城市时空从封闭到开放、从宵禁到夜市的巨大转型变革，自身也从街道变身为街市，街的公共性、自由度、平等精神等得到一定程度的伸张，所以唐宋城市转型的一些重要内涵在街这个场域得到显性表征。

其次，唐宋文人的文学城市书写敏感地捕捉"街"这个空间意象展开他们对城市的诗意想象。街很早就已成为文学书写的对象，"金城十二重，云气出表里……车马若飞龙，长衢无极已。箫鼓相逢迎，信哉佳城市"（齐·王融《望城行》）。看不到尽头的"长衢"连缀着千门万户的人家，奔驰着如飞龙一般的车马，一路箫鼓逢迎，面对如此繁华的街景，诗人由衷地发出"信哉佳城市"的赞美。唐宋时期，街这一空间发生了古代城市有史以来最伟大的变革，它必然会成为文学关注表现的重心。在唐宋文学的书写中，街占据非常重要的位置，仅就《全唐诗》进行检索，具有唐代时代特点的"九陌"出现67次，"九衢"98次，"六街"24次，"十二街"9次，如果加上描写涉及"街"的内容的作品，那数量就更加庞大了，街这一时空意象在唐诗中的高频率出现意味着街对城市转型的表征意义。而在其他文体（如传奇）中，"街"成了情节展开的空间背景。到了宋代，"街"这一空间意象在不同文体中的繁复出场意味其对城市生活的重要意义。

下面依据唐宋文学书写对由唐至宋街道功能意义的演变从三个方面进行分析。

第一，从政治性的奔竞之途到城市生活舞台。

街道既是物理空间，更是权力、政治空间。在唐代坊市制下，街的功能被限定于交通，虽然有着巨大的街道尺度，但由于功能的单一，有道无街，缺乏活力，街道的意识形态色彩浓厚。由于其单一的交通通道性质，在文学抒写中往往被抽象为政治性的奔竞之路，唐诗中"长安道""洛阳道"的大量出现而且大多指向政治奔竞就是显例。长安道、洛阳道更多的是一种政治象喻，而实用、生活功能被弱化。因为，"坊市分离格局下的城市，工商业尚未与城市生活真正融合"①。李白的"大道如青天,我独不得出"中的"大道"显然超越了街道的实用生活功能而指向的是政治通达之道。所以李孝聪认为唐宋时期城市规划由象征主义转向实用主义②。

街道的政治象喻在唐诗中是常见的:"喧喧车马欲朝天,人探东堂榜已悬……十二街前楼阁上,卷帘谁不看神仙。"(徐夤《放榜日·喧喧车马欲朝天》)放榜之日,长安十二街车马喧阗,日照彤霞,士子衣装鲜丽,翘首以盼的是榜上荣名,走上政治通途,一举登上光耀天下的人生巅峰。但是,这条政治奔竞之路已是拥挤不堪,"晓鼓人已行,暮鼓人未息","贫书生"只能空遗浩叹。洛阳在唐代号称东都,是长安之外的另一政治中心,同时也是士子举选之地,"(唐高宗永徽元年)始置两都举,礼部侍郎官号,每岁两地别放及第。自大历十二年停东都举,是后不置"③。洛阳东都贡举大历年间暂停,但唐文宗大和年间东都又开始贡举活动。所以"洛阳道"在士子笔下与"长安道"一样成为通往政治辉煌之路,有些诗人来往两京寻求政治机遇,张继在洛阳失意后"贫贱非吾事,西游思自强"(《洛阳作》)。

但是,不管是长安道还是洛阳道都只是少数士子政治通达之路,却是大多数士子的政治蹉跎、生活窘迫之路,于邺在《过洛阳城》中感慨"古来利与名,俱在洛阳城,九陌鼓初起,万车轮已行"。宵禁刚解除,洛阳"九陌"上已是万车奔竞。在王贞白《洛阳道》中,洛阳道上虽有"覆车"在前,依然阻挡不了满怀功业热情"唯恐着鞭迟"的士子们。奔走在这条道路上,个中的辛酸自然也是诗人书写的重要内容,任翻在《洛阳道》中说自己背井离乡在洛阳道上求富贵,"鸡鸣前结束,争去恐不早"。但是,"求富江海狭,取贵山岳小",成功者凤毛麟角,就连大诗人杜甫也无比屈辱地说自己在长安道上"朝扣富儿门,暮随肥马尘"。聂夷中在《住京寄同志》

---

① 包伟民:《宋代城市研究》,中华书局 2014 年版,第 180 页。
② 李孝聪:《唐宋运河城市城址选择与城市形态的研究》,侯仁之主编《环境变迁研究》第 4 辑,北京古籍出版社 1993 年版,第 153—179 页。
③ (宋)王溥撰:《唐会要》卷 75《东都选》,中华书局 1995 年版,第 1368 页。

诗中说自己"在京如在道，日日先鸡起。不离十二街，日行一百里"。而且"日日无终始"，但因为性情"如石"，不通荣辱之理，终究无法通达显贵。

中唐时期，由于坊市制和宵禁制度的松动，街道不再局限于通道和隔离功能，经济、文化娱乐功能得到一定程度凸显。德宗时期的沈既济在传奇《任氏》有一段叙述："郑子既行及里门，门扃未发，门旁有胡人鬻饼之舍，方张灯炽炉，郑子憩其帘下，坐以候鼓。"传奇所写是天宝年间故事，从中看出，虽然坊间仍然实行宵禁管理，但里坊内已有商业活动。历史证明，这种商业活动具有很强的穿透力，一经开始，就会找寻空间溢出里坊。从相关史料中可以看出，唐代向街开门是达官贵族的府邸才可拥有的特权，《唐会要》中规定"非三品以上及坊内三绝，不合辄向街开门"。① 但中晚唐时期，由于商业活动的穿透力，市民沿街开店的风气已经很难禁绝，而且坊门不再严格开闭，宵禁制度也有所松懈。大历以后："向街开门，各逐便宜，无所拘限，因循既久，约勒甚难。或鼓未动即先开，或夜已深犹未闭。"② 沿街开店大大便利了工商业活动，更为重要的是，工商业融入城市生活，"工商业与城市之间的隔阂最终消融，中国传统时期完全意义上的城市才最终成熟"③。

到了宋代，坊墙被推倒后，商店沿着街道开设、百姓向街开门，茶肆酒楼、食店"自大街及诸坊巷，大小铺席连门俱是，即无空虚之屋，每日凌晨，两街巷门上行百市，买卖热闹"④。即使是皇宫大门宣德楼前的御街也成了商业交易繁盛的区域："自宣德楼一直南去，约阔二百余步，两边乃御廊，旧许市人买卖于其间。"⑤ 皇宫大门前都可设铺交易，更遑论其他。宋仁宗时期真正实现了坊市合一，居民居住区与市场交易的界限消失。这一重大转型使城市肌理发生了巨大变化，坊与坊之间的街、坊内的巷突破了单一的通道、隔离功能，街、巷两侧排列着商店、住宅，街道的线性空间成为丰

---

① （宋）王溥：《唐会要》上册，中华书局1995年版，第1576页。
② （宋）王溥：《唐会要》上册，中华书局1995年版，第1576页。
③ 包伟民：《宋代城市研究》，中华书局2014年版，第180页。
④ （宋）吴自牧著，刘坤、赵宗乙主编：《梦粱录》，黑龙江人民出版社2003年版，第122页。
⑤ （宋）孟元老著，伊永文笺注：《东京梦华录》，中华书局2006年版，第78页。

富蓬勃的城市生活场所，街道真正成为"人与物之间的中介"，成了"交换、商品买卖的主要场所，价值的变迁也产生于这里"①。虽然汴京城城市道路的数量、宽度和气派都无法和唐代长安媲美，但更加实用，更加符合市民生活和商业交易的需要，成为城市居民的生活舞台。

在街市这个场景中，"人们进行交往、互相关注"，商业买卖、文化娱乐、人情交往等一幕幕烟火味十足的生活场景在这里上演了，所以"街道不仅具有表现性，而且是日常生活戏剧的展示窗口"②。在李清照的词作中，一对年轻夫妇在一个清晨的街市上上演了一场饶有趣味的短剧："卖花担上，买得一枝春欲放。泪染轻匀，犹带彤霞晓露痕。怕郎猜道，奴面不如花面好。云鬓斜簪，徒要教郎比并看。"（李清照《减字木兰花·卖花担上》）云鬓斜簪、花面交相映的动人画面与年轻妻子风华自赏的娇嗔与自信在街市这个场景中得到精彩呈现。

小说文体更便于表现街市空间的"日常生活戏剧"，成于中晚唐的传奇《李娃传》中荥阳郑生初涉长安街巷，为都城生活斑斓的色彩所吸引。一日，从东市游览后准备到西南方访友，其间经过平康坊，"至鸣珂曲"（坊中小巷），在一"门庭不甚广，而屋宇严邃"的大宅前偶遇一"妖姿要妙，绝代未有"的女子，一见钟情，徘徊不能去，并故意掉落马鞭，"累眄于娃，娃回眸凝睇，情甚相慕"，由此开启了都市娼门骗取富家子弟财产的悲喜剧。宋话本中很多悲喜剧往往也开始于街市这一公共空间，《闹樊楼多情周胜仙》中的富商女儿周胜仙与樊楼酒肆范二郎的爱恨情仇也是发端于金明池畔街市茶坊。

正因为街是"日常生活戏剧的展示窗口"，从唐代开始便产生一种特殊的建筑样式"看街楼"。"大历初，有才人张红者，本与父唱歌乞于衢

---

① ［美］奈杰尔·科茨：《街道的形象》，卢杰、朱国勤译，约翰·沙克拉主编《设计——现代主义之后》，上海人民美术出版社1995年版，第120页。
② ［美］奈杰尔·科茨：《街道的形象》，卢杰、朱国勤译，约翰·沙克拉主编《设计——现代主义之后》，上海人民美术出版社1995年版，第120页。

路，因过将军韦青所居，青于看街窗中，闻其歌喉嘹亮，仍有美色，即纳为姬。"① 可见，唐大历初已有"看街楼"。"景让最刚正，奏弹无所避，为御史大夫，宰相宅有看街楼子，皆幢之，惧其纠劾也。"② 这则材料说中唐李景让做御史大夫的时候，宰相和大臣因惧怕李景让弹劾，把家宅上的看街楼封了起来。但"看街"已然成为当时人们的消遣，一时的禁闭并不能杜绝。至宋，"看街楼"更为普遍，楼之外，还有"看街亭"："大街约半里许，乃看街亭，寻常车驾行幸，登亭观马骑于此。"③ 吴文英词《六丑·渐新鹅映柳》中佳人"看街"成为词人寄情最深的场景："馆娃旧游，罗襦香未灭。玉夜花节。记向留连处，看街临晚，放小帘低揭。"词作深情款款地回忆佳人于元宵、花朝佳节"小帘低揭"、纵览街市繁华的动人场景。

第二，从"六街鼓绝尘埃息"到"金吾不禁六街游"。

在唐宋城市转型发展中，街这一空间经历了时间管制上宵禁与夜市的拉锯较量，至宋则解除宵禁，夜市成为城市生活的常态。

按照唐制，"日暮，鼓八百声而门闭；乙夜，街使以骑卒循行嚣呼，武官暗探；五更二点，鼓自内发，诸街鼓承振，坊市门皆启，鼓三千挝，辨色而止"。④ 以鼓声为戒，长安十二街白昼与夜晚形成两重境界。《唐律疏议》卷26"犯夜"条："诸犯夜者，笞二十。"但史料记载中有人因此丢了性命："元和三年夏四月癸丑，中使郭里旻酒醉犯夜，杖杀之，金吾薛伾、巡使韦缥皆贬逐。"⑤ 从中可见，即使官员也不能免责。

宵禁制度对士子官员的威慑在唐诗和传奇中也多有表现："洛阳钟鼓至，车马系回迟。"（杜审言《夏日过郑七山斋》）"投竿跨马蹋归路，才到城门打鼓声。"（韩愈《晚春》）"可惜登临好光景，五门需听鼓声回。"（章

---

① （宋）李昉：《太平御览》卷第573"乐部十一·歌四"，《景印文渊阁四库全书》，第898册，（台北）台湾商务印书馆1986年版，第337页。
② （五代）刘崇远：《金华子杂编》卷上，上海古籍出版社编《唐五代笔记小说大观》，上海古籍出版社2000年版，第1756页。
③ （宋）孟元老著，伊永文笺注：《东京梦华录》，中华书局2006年版，第100页。
④ （宋）欧阳修、宋祁：《新唐书·百官志》，中华书局1975年版，第1286页。
⑤ （后晋）刘昫等撰：《旧唐书》卷14《宪宗纪上》，中华书局1975年版，第425页。

褐《城南偶题》)《李娃传》中荥阳郑生迷恋李娃,上门造访,与李娃烹茶斟酒,流连不愿离去,"久之日暮,鼓声四动。姥访其居远近。生绐之曰'在延平门外数里'。冀其远而见留也。姥曰:'鼓已发矣,当速归,无犯禁。'"

"长安大道横九天"是唐人对帝都街道的热情礼赞,但在严格的宵禁制度下,"九衢金吾夜行行,上宫玉漏遥分明。霜飙乘阴扫地起,旅鸿迷雪绕枕声,远人归梦既不成……"(鲍溶《杂曲歌辞·夜寒吟》)夜晚长安宽阔的"九衢",只有来回巡夜的"金吾","玉漏""霜飙""迷雪"渲染出夜晚长安街道的肃杀氛围。夜禁制与坊市制双重管制使长安夜晚的街道显得空旷寥落:"六街鼓竭行人绝,九衢茫茫空对月(吟)。九衢生人何劳牢,长安土尽槐根高(和)。"(《秋夜吟》)该诗署名为长安中鬼,意味着在坊市制下夜晚街道死寂无人,游荡行吟在长安街道上的只能是超越宵禁限制的鬼魂在空旷的长安大道上寂寥吟唱应答。

宵禁只有在元宵才会解禁,据韦述《西都杂记》记载:"西都京城街衢,有金吾晓暝传呼,以禁夜行;惟正月十五日夜敕许金吾弛禁,前后各一日。"长期的宵禁一旦解除,城市洋溢着狂欢的氛围,盛况空前。城市居民异常珍惜这偶尔的节庆开禁,所以上元诗作的氛围热烈而浪漫:"玉漏铜壶且莫催,铁关金锁彻夜开;谁家见月能闲坐,何处闻灯不看来"(崔液《上元夜》)。节庆开禁引发了城市居民对夜生活的向往,作为民间的心理动力逐渐累积成为对抗官方管制的行动,至中晚唐,崇仁坊已是"一街辐辏,遂倾两市,昼夜喧呼,灯火不绝,京中诸坊,莫之与比。"[①] 文宗时期"或鼓未动即先开,或夜已深犹未闭",甚至出现了彻夜不歇的"夜市"。中晚唐诗歌对夜市的描写丰富多彩:"夜市千灯照碧云,高楼红袖客纷纷。如今不似时平日,犹自笙歌彻晓闻。"(王建《夜看扬州市》)"水门向晚茶商闹,桥市通宵酒客行。秋日梁王池阁好,新歌散入管弦声。"(王建《寄汴州令狐相公》)商业交易突破时间限制,城中夜行也逐渐松懈,五代词人孙

---

① (宋)宋敏求:《长安志》卷8,文渊阁四库全书本,第587册,史部十一,地理类七。

光宪的《风流子》描述一次冶游经历,"欢罢"归来已是深夜,在九衢大道行走已无人查问。所以,开成五年十二月,唐文宗下令"京夜市宜令禁断"①,但收效不大。

宋代仁宗朝后,夜禁之制彻底废除:"二纪(宋仁宗庆历、皇祐年间),不闻街鼓之声,金吾之职废矣。"② 从此以后,夜晚的街市不再是空旷寂静的管制通道,而是充满了喧腾活力的世俗空间。柳永的《玉楼春·皇都今夕知何夕》呈现皇都夜晚街市的热闹景象,不再有金吾巡夜管制的六街,歌管喧天、游人如织,"蜡炬兰灯"照耀出如同晓色一般的绚烂色彩,城市夜生活弥漫着诗酒宴乐、躁动不安的享乐氛围。作为"才子词人"的柳永可谓生逢其时,可以抛却"浮名",不分昏昼流连"烟花巷陌"而不受拘限。在其词中,北宋新型街市是其浪子生活不可或缺的恣意空间:"九衢三市风光丽,正万家、急管繁弦。"(柳永《看花回·二之二·大石调》);"是处小街斜巷,烂游花馆,连醉瑶卮"(柳永《玉蝴蝶》);"遍锦街香陌,钧天歌吹"(柳永《透碧霄》)。

夜禁废除后,商业交易没有时间、地域的限制,特别是服务业因为城市夜生活需求通宵达旦开设,北宋汴京"夜市直至三更尽,才五更复开张。如要闹去处,通晓不绝"③。南宋临安夜市"通宵买卖,交晓不绝",陆游深情回忆临安夜晚的"笙歌灯火":"忆昔入京都,宝马摇香鬃。酣饮青楼夜,歌声在半空"(《寒夜遣怀》);"近坊灯火如昼明,十里东风吹市声"(陆游《夜归砖街巷书事》)。

帝都如此,其他城市亦然。在唐代就有"扬一益二"之称的成都"城中繁雄十万户,朱门甲第何峥嵘。锦机玉工不知数,深夜穷巷闻吹笙"(陆游《晚登子城》),城市不仅聚集了"繁雄十万户",而且城中"锦机玉工"

---

① (宋)王溥:《唐会要》上册,中华书局1995年版,第1583页。
② (宋)宋敏求:《春明退朝录》卷上,上海古籍出版社《宋元笔记小说大观》,上海古籍出版社2001年版,第965页。
③ (宋)孟元老著,伊永文笺注:《东京梦华录》,中华书局2006年版,第312—313页。

无数,工商业发达,服务业兴盛,"深夜穷巷"笙歌不歇。"南市夜夜上元灯,西郊日日是清明"(陆游《感旧绝句七首》)。成都的街市夜夜灯火辉煌,璀璨夺目,已不限于三五元宵。夜晚的锦官城,不管南市还是西楼都是红烛高照,充满娱情适性的享乐氛围:"尚想锦官城,花时乐事稠。金鞭过南市,红烛宴西楼"(陆游《海棠》)。夜生活的浪漫旖旎成为陆游成都生活追忆中的重要组成部分。

第三,农耕自然审美与街市欲望审美。

中国传统文人对乡村怀有永恒的乡愁,唐宋以后的文人虽然大都生活在城市,但他们还是会敏感地捕捉容易勾起乡野怀想的自然景观,形成乡土审美的迁延。有论者对韩愈描写皇都天街的《早春呈水部张十八员外》这样评价:"我们从这样的诗句中完全看不到都市的意象,更不必说都市应有的一派繁华,我们所感觉到的,仿佛一卷水墨,是早春朦胧的绿意,街巷、城市的轮廓含蕴于其中,天地的大美掩盖了人类的工巧。"[①] 文人如果以乡村文化或者农耕文化的立场来对城市进行审视表现,城市特有的肌质就必然淹没在自然景观之中。只有等到城市崭新的生活模式成型后,新的城市审美意识——街市欲望审美才能够显现出来。

与韩愈诗相类的作品还有很多,王维诗中的"雨中春树千万家"、白居易诗"百千家似围棋局,十二街如种菜畦"等,在对长安城的结构布局发出由衷的赞美之词中都遗留着农耕文明的痕迹,"中央集权和宗法礼制背景下,历代都城的空间结构和形态,都深深烙上了农田形制的印痕"[②]。虽然表现的是城市街景,但其间的主要意象是"菜畦""绿树""春风"等自然农耕风貌。对洛阳城的街景描写也是一派草长莺飞的自然景观:"周秦时几变,伊洛水犹清。二月中桥路,鸟啼春草生。"(于邺《过洛阳城》);"俯十二兮通衢,绿槐参差兮车马。"(王维《登楼歌》);"槐街绿暗雨初匀,

---

[①] 左衡:《都市中的街景感悟》,高小康主编《城市文化评论》第 1 卷,上海三联书店 2006 年版,第 116 页。

[②] 武廷海:《六朝建康规画》,《城市与区域规划研究》2011 年第 1 期。

瑞雾香风满后尘"(苏轼《次韵曾子开从驾二首》)。

在严格的坊市制管理下,城市居民和农村居民的生活方式并无太大的差异。但是,中晚唐至北宋,随着侵街、夜市的常态化,街成为一个居住、经商、娱乐、人际交往等多功能聚合的空间,特别是宋代的汴京、临安,沿街设铺,夜市通宵,街的活力得到有效释放。"城市街道的活力,来自居住空间、生产空间、消费空间等在街道中高度叠合与互动下生成的生活共同体,并呈现出丰富的生活内容、对文化多样性的包容,以及邻里身份的认同。"①

经唐入宋,新型街市的出现,突破了人们农耕时代日出而作、日落而息的生活节律,形成新的城市生活方式。《东京梦华录》"自序"中描绘的北宋街市是这样的景观:"天街""御路"上奔驰的是宝马雕车,两旁密布的是"青楼画阁""绣户珠帘",穿行于都城街市,是"金翠耀目,罗绮飘香"的金碧富丽的感官印象。富足的物质生活源于城市对天下财富的吸纳:"八荒争凑,万国咸通。集四海之珍奇,皆归市易。会寰区之异味,悉在庖厨。花光满路,何限春游。箫鼓喧空,几家夜宴。伎巧则惊人耳目,侈奢则长人精神。"②街市"集四海之珍奇",游人如织,街这一空间已然成为物欲审美的走廊,奢侈成为市井风尚也就在所难免。

新的街市景观呼唤着新的城市审美意识的产生。中晚唐以后,城市书写突破传统清雅自守的审美情趣,以富艳为美的审美趣味广为流行,这与街市形成关系甚密。从中晚唐、北宋以后的城市书写中就不难发现街市审美的物质化、欲望化。

街市欲望审美首先表现为夸示性街市物质审美,"市列珠玑,户盈罗绮,竞豪奢"成为文学城市书写的主流。文学中"竞豪奢"的街市审美风尚在唐宋有着深厚的社会基础。商业的发展在中晚唐时期就"产生了一个富裕、自觉并对自己的鲜明特征和特殊文化有强烈意识的城市中

---

① 刘佳燕、邓翔宇:《权力、社会与生活空间——中国城市街道的演变和形成机制》,《城市规划》2012年第11期。
② (宋)孟元老著,伊永文笺注:《东京梦华录》,中华书局2006年版,第1页。

产阶级"。① 到了宋代，商品经济更为发达，论者多提及的是太祖"杯酒释兵权"对官员士大夫层面形成的奢侈生活风尚的影响，但在宋代，这种畸形的奢华消费方式并不限于王公贵族，而是成为一种普遍的社会风习。仁宗一次内宴，"一下箸二十八千"②，帝王生活奢华惊人尚能理解，但中下层百姓日常生活中也以奢华相尚："以至于贫下人家就店呼酒，亦用银器供送。"③《东京梦华录》在叙及街市时多次出现"都人侈纵"④ "大抵都人风俗奢侈"⑤ 一类感慨，这也就难怪城市书写中夸示性街市物质审美大量涌现了。周邦彦在《汴都赋》中由衷赞叹北宋汴京街市豪富，虽为赋体铺采摛文，多有溢美，但也不失为对当时街市商品经济的高度繁荣和都城物质生活富足的写照。

其次表现为街市情色审美。中晚唐五代时，街市已充满情色诱惑："十里长街市井连，月明桥上看神仙"（张祜《纵游淮南》）。"春风十里扬州路，卷上珠帘总不如"（杜牧《赠别》）。韦庄在江南水乡街曲流连时，更是"骑马倚斜桥，满楼红袖招"（《菩萨蛮》）。到柳永词中，街市的情色欲望审美可谓进入高峰时期⑥。而且，很多时候，街市夸示性物质审美与情色审美结合，渲染出都市生活的豪奢浪漫。在李珣《女冠子·上元》词中，"凤阙都民，奢毕豪富"是漫步帝城天街的作者的深切感受，而豪富仅仅是帝都生活的面相，"才子艳质，携手并肩低语""画烛影里，神仙无数"的情色审美更能传达出在帝都富足物质生活之上的浪漫旖旎，"这一双情眼，怎生禁得，许多胡觑"的描述，说明在街市空间中某种程度地超越了传统的男女看与被看的关系："临津艳艳花千树，夹径斜斜柳数行。却忆金明池上

---

① ［英］崔瑞德编：《剑桥中国隋唐史》，中国社会科学院历史研究所西方汉学研究课题组译，中国社会科学出版社1990年版，第30页。
② （宋）邵博：《邵氏闻见后录》卷1，中华书局1983年版，第4页。
③ （宋）孟元老著，伊永文笺注：《东京梦华录》，中华书局2006年版，第451页。
④ （宋）孟元老著，伊永文笺注：《东京梦华录》，中华书局2006年版，第430页。
⑤ （宋）孟元老著，伊永文笺注：《东京梦华录》，中华书局2006年版，第420页。
⑥ 参见王筱云《"变旧声作新声"——柳永歌词的都市叙述与北宋中叶都市文化建构》，《文学评论》2007年第3期。

路，红裙争看绿衣郎"（王安石《临津》）。看与被看在福柯理论中是一种权力关系①，在中国古代男权社会中，女性往往处于被看的卑微地位，而只有在元宵、金明池开禁的节日狂欢中，这种权力关系才被突破，女性也能从情色视角享受平日被压抑的男性审美。

但是，我们也应该注意到，虽然中晚唐以后，街的物质、情色欲望展示功能被大大开发出来，但在文学表现中农耕自然审美与街市欲望审美并不形成对立关系，而是并行不悖，甚至相融相生，这也符合城市发展的终极目的。

---

① ［法］福柯：《福柯访谈录——权力的眼睛》，严锋译，上海人民出版社1997年版，第176页。

论宋代四明文学景观中的"众乐"书写

林晓娜[*]

四明（今宁波）地处海陆交接之处，既有海洋文化的浸淫，又受陆地文化的熏染，两种异质文化的强烈碰撞之下，四明地区的文化向来以富于开创性与兼容性著称。赵宋王朝崇尚文教治国，在北宋中后期，四明的官学、私学得到蓬勃发展，"庆历五先生"为四明培育出大量文人才子，为南宋四明的文化繁荣做好了充足准备，靖康之难后，南宋定都临安，四明作为京都后院，许多北方文士迁徙至此，教育和文化更获空前发展。随着政治、经济、文化地位的提高，四明山水越来越多地进入文人的题咏之中，形成众多的文学景观。品读宋代题写四明景观的文学作品，"众乐"主题的书写贯穿始终，本文拟对四明文学景观中"众乐"主题书写的发展演变进行研究，并挖掘"众乐"书写的深远意义和原因。

一 四明文学景观中"众乐"书写的提出

四明文学景观中的"众乐"书写，最早出自北宋嘉祐中钱公辅筑众乐

---

[*] 林晓娜，汕头大学文学院中文系讲师。本文为教育部人文社会科学青年基金项目"文学地理学视域下的南宋四明文学研究"（项目编号：16YJC751015）、广东省教育厅育苗工程（人文社科）项目"宋代四明文士及其诗文考论——以楼氏、史氏家族为中心"（项目编号：2013WYM_0023）阶段性成果。

亭于四明西湖①，并赋诗二首歌咏之。钱公辅（1021—1072），字君倚，常州武进人，嘉祐中知明州，当时西湖已久不治，淤泥填塞，钱公辅"仿杭之西湖，尽淘其淤，因以其土筑堤湖上，环以花柳，即所称偃月堤是也。是亭在堤之南，实遥领之"②。因疏浚西湖以利一方百姓，故筑亭堤边，名为众乐亭，"以其近而易至，四时胜赏，得以与民共之。民之游者，环观无穷而终日不厌。孟子曰：'独乐与众乐，孰乐？不若与众。''众乐'之名，于是乎书"③。选择"近而易至"的城中之湖建亭，是有意把此处建设成可供万民游赏的景观，孟子"与众同乐"的思想是钱公辅建亭的初衷，照见其仁厚宽广的胸襟。"此心会笑元丞相，终日楼台为一家"④，他在题诗中反用元稹《以州宅夸于乐天》的构思，元稹罢相后，出为越州刺史，但一扫之前贬谪江陵、通州的哀怨，以越州州城、楼台为私家风光而独乐，颇有矜夸之意⑤。明州古属越州，唐开元二十六年（738）分越州鄮县地为鄮、奉化、慈溪、翁山四县，置州，此处反用元稹诗典可谓妙合无垠，既借元稹之诗夸耀了明州山水，又巧妙地传达截然不同于元稹之"独乐"的与民同乐思想。

"众乐"与西湖紧密联系并成为富有影响力的公共价值观，则更有赖于钱公辅以明州山水图请邵亢作记，力邀文人雅士共赋众乐亭，并于熙宁元年（1068）勒15人20首诗于石，立碑亭边，此碑现已迁入天一阁，是现存明州最早的一通碑林。众乐亭赋诗除钱公辅二首外，另有王安石一首⑥、司马光一首、郑獬一首、邵必二首、吴中复二首、吴充一首、冯浩一首、王益柔

---

① 四明州城有日、月二湖，皆源于四明山，在城西南隅。南为"日湖"，西为"月湖"，故而西湖有时称为月湖，为叙述方便，下文统一称为西湖。
② （清）徐兆昺著，桂心仪、周冠明等点注：《四明谈助》，宁波出版社2003年版，第592页。
③ 章国庆编：《天一阁明州碑林集录》，上海古籍出版社2008年版，第8页。以下引用未注明版本者，皆从此本。
④ 章国庆编：《天一阁明州碑林集录》，第9页。
⑤ （唐）元稹撰，谢永芳编：《元稹诗全集汇校汇注汇评》，崇文书局2016年版，第445页。
⑥ 王安石仅有一首，另一首《寄题众乐亭》非题写明州众乐亭，乃是宣州太平县众乐亭，徐涛《王安石两首"众乐亭"诗考》（《江海学刊》2018年第5期）一文已辨明，《天一阁·月湖历代诗词汇编》（宁波出版社2020年版）一书仍收入王安石此诗，误矣。

一首、陈汝羲①二首、张伯玉一首、陈舜俞一首、章望之一首、胡宗愈二首、周锷一首。题咏众乐亭诸人，除王安石外，大多未曾到过明州，更未亲睹西湖风景如画、游人如织的盛况，然皆积极唱和，盛极一时，吴中复道："目断鄞江何日到？京师只得图画开"②，言辞中对亲睹山水者有诸多艳羡；吴充则为了赋诗日思夜想，竟致"恍然神遇若有得，赍身乃在天之涯"③，梦游起四明山水。"诸公倡和之诗，不图流连光景，以夸一时之盛，而多足以发集贤之志"④，文士如此热衷于题咏众乐亭，与其说是因为四明澄波潋烟、碧瓦朱甍的迷人风光，毋宁说是与钱公辅所标举的"众乐"思想产生深切共鸣。

对文学景观而言，"吾乡湖上故迹，得见于诸宿老集中者，盖自是亭始"⑤，"众乐"书写为西湖添上浓墨重彩的一笔，促使西湖成为中国历史上第一个常年四季面向全民开放的具有公园性质的公共园林⑥。钱公辅离任明州之后，"凡州之人，月惟暮春，联航接舻，肴酒管弦，来游其间，环堤徜徉，风于柳杨，夕以忘还"⑦，西湖成为无条件向民众开放的园林景观，供广大民众憩息游赏，甚至在此举行大型庆典活动，"众乐"书写为四明文学景观开启了富有利民意识、与民共乐的审美趣味。

二 四明文学景观中"众乐"书写的盛行

"众乐"观念在四明文学景观中普遍出现，是在元祐、绍圣年间，当时郡守刘淑、刘珵先后大力发动百姓疏浚西湖，建成西湖十洲，再次掀起西湖

---

① 考《延祐四明志》《乾道四明图经》皆作陈汝羲，章国庆编《天一阁明州碑林集录》作陈汝义，概因石碑年久，字迹难认，加上二字形近而误。
② 章国庆编：《天一阁明州碑林集录》，第10页。
③ 章国庆编：《天一阁明州碑林集录》，第10页。
④ （清）全祖望著，朱铸禹汇校集注：《全祖望集汇校集注》，上海古籍出版社2000年版，第1087页。以下引用未注明版本者，皆从此本。
⑤ 《全祖望集汇校集注》，第1087页。
⑥ 毛华松：《论中国古代公园的形成——兼论宋代城市公园发展》，《中国园林》2014年第1期。
⑦ 张津撰：《乾道四明图经》（卷9），浙江省地方志编纂委员会编《宋元浙江方志集成》（第7册），杭州出版社2009年版，第2985页。

吟咏唱和之风，此后西湖游人更多，文士宴集赋诗者络绎不绝，而题咏四明山水的诗词里，对"众乐"主题的阐发也有所拓展，不仅具备之前对使君"与民同乐"的政治理想的歌颂，还更为着重歌咏群众性的游观之乐。

绍圣年间，刘珵两次知明州，期间疏浚月湖，集土成十洲，环植松柳，写下《咏西湖十洲》并邀请好友相和，王亘、舒亶、陈瓘皆有《和咏西湖十洲》诗。观此期对西湖及西湖十洲的吟咏，使君与民同乐是最主要的内涵，曾为明州府官吏的王亘的诗颇为典型："四明太守爱西湖，想像桃源旧日图。不放尘埃生水面，为传风月到皇都。花开别屿千机锦，稻熟田邻万斛珠。闻说儿童骑竹马，至今昂首望通衢。"① 浚通西湖的贡献，不仅美化了园林景观，更是解决了农田灌溉问题，使城中四时花开如千机锦，邻田稻熟如万斛珠，太守图画了西湖风光传之皇城，与天子共乐，这与前人作桃源图之雅事差可比拟。无独有偶，"晓镜初开淑景明，使君风味一般清。舟从菡萏林中过，人在鲸鲵背上行"② "使君修禊与民游，十里笙歌水面浮"③ "使君风味压荆州，每为吾民乐更忧"④，使君置身明山丽水中，细看民众怡然自乐，静听湖面声歌不绝，人观其境，境照人心，不乐何为。

浓墨重彩描绘民众的西湖游赏之乐是此前"众乐"书写中所未着意的。舒亶《西湖记》载西湖游人云集的盛况，"四时之景不同，而士女游赏特盛于春夏，飞盖成阴，画船荡漾，无虚日也"⑤。再看题咏西湖诸诗，"云铺物外无尘地，月满人间不夜天。细柳千门维画舸，华灯两岸度鸣弦"⑥ "绿玉手持寻五岳，正应未识海边洲。倚栏花木参差见，对岸笙歌次第游"⑦，也印证了地方志中所载的游人如织，笙歌不绝，车水马龙的繁华热闹。值得注意的是，此时西湖一带成为闻名遐迩的旅游胜地，不仅本州百姓流连忘返，

---

① 《乾道四明图经》，第 2938 页。
② 《乾道四明图经》，第 2939 页。
③ 《乾道四明图经》，第 2939 页。
④ 《乾道四明图经》，第 2938 页。
⑤ 《乾道四明图经》，第 3006 页。
⑥ 《乾道四明图经》，第 2945 页。
⑦ 《乾道四明图经》，第 2947 页。

"湖山之胜,岂惟当与邦人共之,虽远方之好游者亦使至焉"①,其他州县的老百姓也欣然前往游赏,旅游业发展起来了。

观赏者、吟咏者渐多,则景观中的审美趣味也日渐丰富起来,此时对西湖十洲的吟咏,已自觉从多方面展示四明山水的魅力。以王亘《十洲阁》为例:"山川如幻阁长秋,一岛飞来伴九洲。不碍渔樵双桨过,何妨罗绮四时游。云疑泰华分张去,永忆蓬瀛散漫浮。禁苑未知湖海乐,生绡写取献九州。"②此诗真是印证西湖的四时之乐,秋季犹能罗绮成群;且此地宜静宜动、宜隐宜游,渔樵泛舟,游女嬉笑,各得其乐;可仙可凡,置身湖中,恍惚如游蓬莱瀛洲之境,赏此妙境,又未能免俗想用丝帛图画西湖十洲的景致,在朝堂之上夸耀,让天子也共享其乐。由此可见,西湖之咏直是一曲普天同庆、万民同乐的欢歌。

北宋中后期四明以西湖为中心的文学题咏,上以宣导王泽,彰显循吏,下以倡导怡乐,融洽百姓,既歌颂一方官员勤于吏政、为民谋福祉的形象,又展示四明地区的日渐繁华与民众安逸。

三 四明文学景观中"众乐"书写的转型

南宋时,四明成为京畿之地,日渐显要的政治地位和宜游宜隐的自然环境,引来大量文士或出仕当官,或致仕闲居,或读书漫游,四明一时文风鼎盛,诗人辈出,林泉风月的吟咏、诗酒文会的唱酬中,"众乐"的书写更为普遍化、多元化。读南宋四明山水吟咏之作,可以发现"众乐"的书写更为频繁地出现在以下三种创作场合,"众乐"的视角、立场皆有所转变。

首先是四明郡守掾吏偕同登高览胜、出郊劝农时所作。如绍兴年间潘良贵筑三江亭"以为郡人游观之所",取名三江亭"亦从父老之愿"③,袭

---

① (清)罗濬等撰:《宝庆四明志》(卷3《叙郡下·公宇》),中华书局编辑部编《宋元方志丛刊》,中华书局1990年版,第5025页。
② 《乾道四明图经》,第2938页。
③ 《乾道四明图经》,第2985页。

用此前毁于兵火之亭名，赋诗有句曰："聊筑小亭怡父老，敢承佳句粲珠金。"① 引来汪思温、王伯庠、王珩、薛朋龟、郑若谷、陈晋锡、陈栖筠、蒋璇、顾文等人相与唱和，书写此处的"欢声洋溢均千里"②。又如吴潜在明州创作的喜雨、喜雪之诗，带着从官出郊视察耕桑之诗，登高雅集之诗，多有"风雨喜无临九日，江山幸有答三秋。年丰市井多欢笑"③ "一笑喜逢粳秫贱，相攀莫待菊萸残"④ "乐岁何妨歌乐职，簿书缠缚敢辞难"⑤ 的众乐书写。《高桥舟中》诗曰："小队旌旗西郭头，笋舆缓步看农畴。十分田有九分辟，今岁人无去岁忧。贴水新秧头欲起，连云宿麦颔都收。天怜老子勤民瘼，赐与丰年不待求。"⑥ 吴潜带领部下巡视田畴时，于高桥舟中看到农田长势喜人，丰收在望，老百姓喜上眉梢，全无去年忧虑之色。这一类"众乐"书写较之北宋，不同之处在于"众乐"的彰显政绩的目的被淡化，取而代之的是地方官吏发自内心地体察民情、描摹民生民乐，并"乐民之乐"，循吏形象在"众乐"书写中的主导角色让位给老百姓的民和年丰，老百姓从"从游"身份一跃成为"众乐"中的主角。

其次，南宋四明地区相对远离江淮战火，政治安定，经济日渐繁荣，每逢佳节常有普天同庆的游赏庆典，总会引来大量文人齐聚某一山水佳胜之处进行觞咏吟和。南宋四明庆典多在城中湖边举行，写西湖边元夕、端午、中秋、重阳四节之作可谓夥矣。观这些作品，大多极尽铺排歌颂之事，颇显万民同乐的狂欢盛况。如写元夕的有吴潜《水龙吟·戊午元夕》，描绘了元宵节明州万人空巷齐聚西湖十洲赏灯的情境，作为太守的作者，看到这车水马龙、彩旗招展、歌舞喧天、人头攒动、热闹狂欢的场面，由衷升起自豪逸乐

---

① 《乾道四明图经》，第 2936 页。
② 《乾道四明图经》，第 2936 页。
③ （南宋）吴潜：《登延庆佛阁用出郊韵三首》，吴潜撰，汤华泉编校《吴潜全集》，安徽大学出版社 2020 年版，第 31 页。以下引用未注明版本者，皆从此本。
④ （南宋）吴潜：《登延庆佛阁用出郊韵三首》，第 31 页。
⑤ （南宋）吴潜：《四用出郊韵三首》，第 32 页。
⑥ （南宋）吴潜：《高桥舟中》，第 59 页。

之感，竟至于"把千门喜色，万家和气，祝君王寿"①，隆重地把万民喜乐的场景作为君王的寿礼，这与北宋"为传风月到皇都""生绡写取献九州"的宣导王泽观念一脉相承，然着眼点从歌咏江山形胜转移到突出百姓民众的喜乐上。楼钥有《湖亭观竞渡》："涵虚歌舞拥邦君，两两龙舟来往频。闰月风光三月景，二分烟水八分人。锦标赢得千人笑，画鼓敲残一半春。薄暮游船分散去，尚余箫鼓绕湖滨。"②写闰二月春景正浓时西湖的赛龙舟活动，赛龙舟因为使君出游显得热闹非凡，场面壮观，竞赛激烈，竞渡结束后，尚有三五成群宴集湖滨，"二分烟水八分人"，万千民众齐聚西湖赏春游湖，观龙舟竞渡，这本身便是一道风景线。歌咏州邦的物洽人熙，表现老百姓的安逸喜乐是这一时期"众乐"书写的独特之处。

最后，退居四明的朝堂宿老、游学四明的儒生文士宴游雅集、文酒诗会时，也在山水吟咏中书写"众乐"主题，乡间融洽、民风淳化之乐与个人的优游道艺之乐相得益彰。以某一处园林景观、山水胜迹为宴游雅集并进行题咏，如史浩宅第竹洲、赵资政当山堂、史子仁碧沚、贺监逸老堂、桃源洞、老香堂、四明窗等，皆有大量的分题赋诗，以史子仁碧沚而言，楼钥有两首，吕祖俭有两首，吴潜有《闻同官会碧沚用出郊韵》诗三首，唱和词有《水调歌头·戊午九月，偕同官延庆阁过碧沚》《满江红·戊午二月二十四日，会碧沚，三用韵》《满江红·碧沚月湖，四用韵》《满江红·戊午九月七日，碧沚和制几韵》，等等，从这些标题，可见当时宴游雅集、觞咏不绝之风雅。

汪大猷主盟，赵粹中、史浩、魏杞、楼钥等人参与的真率会可算四明第一个具有常规性诗歌活动和会员组织的诗社。汪大猷是汪思温的次子，楼钥的舅氏，其组织真率会活动之事，在楼钥的诗中多有涉及，"为作真率集，率以月为期"③，"真率之约，觞咏琴弈，未尝以爵齿自居，……六年之间，

---

① （南宋）吴潜撰，汤华泉编校：《吴潜全集》，第153页。
② （南宋）楼钥撰，顾大朋点校：《楼钥集》，浙江古籍出版社2010年版，第209页。
③ （南宋）楼钥：《约同社往来无事形迹次韵》，第2058页。

有行必从，有唱必和，徒步往来，殆无虚时，剧谈倾倒，其乐无涯"①。真率会每月举行一次活动，可谓相当频繁，地点大多在西湖边的园林书舍、亭台寺庙，活动方式有诗酒琴棋之会，有赏菊品兰之约，也有泛湖游园之行，所作诗歌不乏对四明山水的吟咏题写。从楼钥《少及兄真率会》可见其集会的融洽怡人，"昼锦坊中作真率，群从相过无俗物。主人就树折杨梅，醉倒薰风凉拂拂。小舟傍城登雉堞，坐看白鸟苍烟没。须臾撑出洞天去，杰阁三层高突兀。樽前赋诗贵神速，十分钝似辽天鹘。从他银漏促残更，要见林间红日出"②，诗中描绘一次在"昼锦坊"举办的真率会活动，主人就树折杨梅，和风吹酒醒，众人便泛舟湖中，小船迅疾，须臾便来到史浩的"四明洞天"，众人诗思泉涌，赋诗神速，然而聚会迟迟不散，竟至通宵达旦。与会人物超然脱俗，景致事物幽雅绝俗，诗赋吟咏从容出俗，文士们陶醉在林泉风月之中，享受诗书琴棋的道艺之乐。纵使是棋社，也着重展现与会者得道艺、交情之乐，"归来乡曲大家闲，同社仍欣取友端。……琴弈相寻诗间作，笑谈终日有余欢"③。南宋四明借由诗社、棋社、花会等于某一景观中的宴游雅集，重在陶冶身心，提倡道艺之乐，建立志同道合的社交网络，结交乐游群体。

综上，四明文学景观的"众乐"书写，借由北宋钱公辅建立"众乐亭"而提出，到元祐、绍圣年间经由西湖十洲的吟咏而达到兴盛，"众乐"书写拓展出歌颂官员励精图治、地方政简人和、民众逸豫安泰的丰富内涵，南宋四明文学景观的众乐书写则进一步普遍化、多元化，官员的乐民之乐、民众的俗世欢乐与文人的道艺之乐，皆统筹到江山吟咏的"众乐"主题中。

四 四明文学景观中"众乐"书写的意义

程杰认为，"乐"的主题在庆历年间经由范仲淹、欧阳修的积极提倡，

---

① （南宋）楼钥：《敷文阁学士宣奉大夫致仕赠特进汪公行状》，第1620页。
② （南宋）楼钥：《少及兄真率会》，第38页。
③ （南宋）楼钥：《棋会》，第2074页。

成为北宋诗文革新的一个方面和成功的标志①。笔者认为，四明文学景观中"众乐"主题的书写，也是对当时文坛创作主张、士林风气的积极响应，是北宋范仲淹、欧阳修领导下的诗文革新的一个反响，具有深远的意义。

（一）践行范仲淹、欧阳修"忧乐为天下"的观念

范仲淹在《岳阳楼记》中提出"先天下之忧而忧，后天下之乐而乐"，激励了一代士风，而"忧乐为天下"的观念，正是四明文学景观"众乐"书写的践行理念。钱公辅知明州前，西湖久已不治，考虑到农田灌溉和民众用水的需要，终下决心排除万难解决民忧民患，可谓忧在民众之先，有感于其事不易、守成更难，才筑亭以示共乐，意在借景观招徕游人以维持治湖成果，可谓乐在民众之后，"明人之忧，惟使君是求；明人之乐，惟使君是度。乐乎乐，而不与人同乐，安在其为乐哉"②。王益柔所谓"四明旧说南湖好，岁久濒崖变涂潦。建旆一日得贤侯，千里山川真再造"③，联想后来西湖"花开别屿千机锦，稻熟邻田万斛珠"的繁荣富足，再造山川之誉，绝非虚美。司马光所作《寄题钱君倚明州重修众乐亭》更是颇有谨慎考量"众乐"是否实至名归的意味，"横桥通废岛，华宇出荒榛。风日逢知己，湖山得主人。使君如独乐，众庶必深颦。何以知家给，笙歌满水滨"④，首句标举钱公辅披荆斩棘、开荒拓土之功，再言使君与湖山风日为伴，深得自然之乐，又能把自然之乐与众庶共之，不惟独乐。使君之乐、自然之乐、民众之乐，已不得不共之，因为"何以知家给，笙歌满水滨"，此时的明州在使君的治理下物阜民丰，一片治平气象，此乃"众乐"的条件，也是不得不"众乐"的原因。

刘珵疏浚月湖，也是一件为民远之深计虑之事，舒亶在《西湖记》中

---

① 程杰撰：《诗可以乐——北宋诗文革新中"乐"主题的发展》，《中国社会科学》1995年第4期。
② 《乾道四明图经》，第2984页。
③ 章国庆编：《天一阁明州碑林集录》，第11页。
④ 章国庆编：《天一阁明州碑林集录》，第9页。

语重心长地阐发为西湖作记的初衷,是有感于明州数湖"蓄以备旱"的重要性,却屡屡"危于废者,不特是湖也",称赞刘珵浚湖的行为"可谓有志于民矣","然其意初不在游观也,古人于事盖不苟作,惟其利害伏于久远难知之中,所以后世贵因循者或莫之省,而好功之士,至乐为之纷纷也"①。"众乐"的先决条件是地方官充分具有忧患意识,能为一方政事未雨绸缪,为老百姓计深谋远,府治清明,政宽人和。

程杰提出,庆历时期"乐"的主题在范仲淹、欧阳修的作品中表现出四个方面的可贵意向:与时为乐、乐民之乐、与民同乐、与贤者同乐,且认为"乐"的活动实质上统一于民风豫泰、士林怡愉的普遍风气②,十分有见地,四明地区文学景观的吟咏可以为此提供强有力的佐证,尤其是嘉祐年间关于众乐亭的唱和诸作,试看王安石诗,"使君幕府开东部,名高海曲人知慕。舣船谈笑政即成,洗涤山川作嘉趣。春风满城金版舫,来看置酒新亭上"。③ 谈笑之间政令皆成,此为与时为乐,治湖筑亭同庆贺,此为乐民之乐,州民舟船竞渡,相与随使君置酒新亭,此为与民同乐。郑獬的《寄题明州太守钱君倚众乐亭》通篇极似欧阳修的《醉翁亭记》,从"使君何所乐,乐在南湖滨"说开,再写到"鄞江鲜鱼甲如银,玉盘千里紫丝莼"的乐民之乐、"游人来看使君游,芙蓉为楫木兰舟"的民众从使君游之乐,"岂独乐斯民,鱼鸟亦忘机"更有天地山水自然之乐,"两边佳客坐翠祸"是与贤者同游之乐,最终结以使君入朝后,民乐仍能绵延不绝。④

四明文学景观中的"众乐"书写,大力弘扬了地方官员践行忧乐为天下百姓的观念,树立起地方官员勤政爱民、精于吏干的良好形象,大力促进地方官与百姓形成融洽和谐的吏民关系。

---

① 《乾道四明图经》,第 3006 页。
② 程杰撰:《诗可以乐——北宋诗文革新中"乐"主题的发展》,《中国社会科学》1995 年第 4 期。
③ 章国庆编:《天一阁明州碑林集录》,第 9 页。
④ 章国庆编:《天一阁明州碑林集录》,第 9 页。

（二）践行范仲淹、欧阳修"乐道以忘忧"的观念

"忧乐先于天下"是对在位者胸襟怀抱的要求，而"乐道以忘忧"则是对文人退处时人格修养的期待，四明文学景观中的"众乐"书写，便是文人退处时"乐道以忘忧"的践行。

范仲淹一生"不以物喜、不以己悲"，"居庙堂之高则忧其民，处江湖之远则忧其君"，这使他不因个人的进退而改变忧国忧民之心，于进退之间自有其操守，"进则持坚正之方，冒雷霆而不变；退则守恬虚之趣，沦草泽以忘忧"①"乐道忘忧，雅对江山之助；含忠履洁，敢移金石之心"②，把"达则兼济天下"和"穷则独善其身"思想统一起来，兼济天下和独善其身有同等重要的地位，二者任执其一端，以道义为先，以内圣外王自修，便可得安身立命之所，这便是"进则尽忧国忧民之诚，退则处乐天乐道之分"。退处时所秉持的"乐天乐道之分"，是儒家孔颜乐处、安贫乐道的精神。"昔资政范公之镇杭也，子弟请治地洛阳，因辟圃为佚老之地，公曰：'人苟有道义之乐，形骸可外，况于居室！'"③ 形骸可外的"乐道忘忧"精神，也是四明文人在文学景观吟咏中着力追寻的。

宋代四明文学景观"众乐"书写中，文人的私家园林、宴游雅集是十分重要的吟咏对象，因为当时四明聚集了许多耆儒宿老，如著名的"浙东明州杨杜五子""甬上淳熙四先生""竹洲三先生"等开坛讲学，许多名门望族如史氏、楼史、汪氏等在城中修建私人园林宅第，如史浩的真隐馆、史少师宅、赵资政当山堂等成为文学景观中的常客。因此景观中的"众乐"书写与人物紧密相关，总会凸显人物的淡泊名利、乐天知命、优游道艺，展示四明文人士大夫推行"乐道忘忧"的思想，对四明的士林风气、文化氛

---

① （北宋）范仲淹撰，范能濬编集，薛正兴校点：《范仲淹全集》，凤凰出版社2004年版，第345页。以下引用未注明版本者，皆从此本。
② 《范仲淹全集》，第341页。
③ （南宋）袁燮：《絜斋集》（卷10），王云五编《丛书集成初编》，商务印书馆1937年版，第163页。

围带来不可低估的作用。

如楼钥《赵资政当山堂》中，"我公仁存心，乐山心如丹"，开篇便抛出"仁者乐山"的赞赏，再以平生经行几多行路难概括了赵资政的一生，接着转入"功成归四明，得地数亩悭"，晚年在四明以城当山为隐，终日登楼看山看鸟看云，看不厌四面环山的风景，寥寥数笔便刻画出一位得自然佳趣而忘怀得失的形象①。史浩许多题写景观之诗亦颇能彰显其乐道以忘忧的人格修持，"乞得西湖养病身，小园真隐谩颐真。已将竹院舍幽客，更筑乡畦招可人。茗碗昼看花坠影，吟窗夜与月为邻。清凉境界天家予，自是全无一点尘"②，中间二联营造了修身养性、超然物外的境界，人在此中真隐度日，颐养天年，竹院乡畦招徕二三好友，煮茶看花、吟诗邀月，自得其乐。

四明文学景观的吟咏及其乐的主题的阐发，向后人展示了四明地区文人士大夫进退有据，不假外物，超越了贫富、成败、穷达等外在利害关系，矢志不渝地坚持高尚耿介的节操，或行道体仁，或著书立说，或怡情山水，便可乐在其中。

（三）平衡入世与出世的矛盾

因为四明文学景观中"众乐"主题的突出，四明文士寄于山川题咏中的优游自在之乐，并不摒绝俗人、俗物，亦不排斥人世间的世俗欢乐，既能赏深幽邃远的景致，使心灵获得片刻的怡愉放松，又能回归日常生活和世俗人情往来，从中取得超然出世与积极入世的平衡。

写林泉隐逸之乐的诗歌，大多受到陶渊明"误落尘网中，一去三十年""久在樊笼里，复得返自然"的影响，总不经意间对山林之乐和俗世喧嚣进行道德范畴的评判，做出非此即彼的选择，孟郊吟咏终南山，因"山中人

---

① （南宋）楼钥：《赵资政当山堂》，第100页。
② （南宋）史浩撰，俞信芳点校：《史浩集》，浙江古籍出版社2016年版，第92页。以下引用未注明版本者，皆从此本。

自正,路险心亦平。长风驱松柏,声拂万壑清"的清幽,生发起"即此悔读书,朝朝近浮名"①的感慨,即此之类也。而四明文学景观书写中,直接写民众从使君出游、万民因庆典而同乐共欢者自不待说,即使是题咏被唐代司马承祯道士列为"三十六小洞天"中的"第九洞天"的道家名山——四明山,也经常从超凡脱俗、羽化登仙之境中抽离出来,回归人间世俗。

史浩一生常游四明山,题咏过雪窦山飞雪亭、妙峰亭、随凫岩等,入雪窦、出仗锡,尝求"洞天"故址不可得,之后乞归四明,孝宗赐西湖竹洲一曲,光宗书"四明洞天"四字赐之,史浩最终"不比桃源去路迷,洞天乞得在湖西",武陵溪也叫桃源溪,源自陶渊明《桃花源记》所写"武陵人""缘溪行",是四明山支脉中的一处风光佳胜处,史浩心虽喜欢,却没有卜居于此,而是在西湖"真隐观"中累石为山,引泉为池,建造了"四明洞天",如此一来便可享有"水边自喜陪振鹭,篱外从渠有吠狵"②的动静相衬、可隐可游的景致,最终成为"终宋之世,为游人之胜场"③的一处景观,可以说,史浩晚年在人工建造的"四明洞天"中过着从容接洽乡宾、优游卒岁的"真隐"生活,就是平衡出世与入世矛盾的典范。

楼钥有《杨圣可棋集,余方归自桃源不及预,次韵》诗,写因为游桃源而耽误了棋社集会,竟发出"故人何幸总相逢"的艳羡,"棋酒交欢情正洽,江山得助景方浓",游桃源和与棋社两者是鱼与熊掌不可兼得,错失棋社便"嗟余误入桃源去",言下之意更愿选择棋社雅集的人间欢会。④余姚人孙应时写过长篇巨制《四明山记游八十韵》,其中也着重突出"东南径崇冈,左右罗平畴。人家散鸡犬,村坞来羊牛",宁静村庄有如桃花源,阡陌交通、土地平旷,鸡犬相闻,牛羊成群,且认为"是中可避世,何劳更乘桴"。可见文人在四明文学景观吟咏中,闲适隐逸情怀的抒发,往往也借由

---

① (唐)孟郊撰,韩泉欣校注:《孟郊集校注》,浙江古籍出版社2012年版,第158页。
② (南宋)史浩:《次韵务观游四明洞天》,《史浩集》,第92页。
③ 《全祖望集汇校集注》,第1084页。
④ 《楼钥集》,第2061页。

"众乐"把目光从烟霞泉石、深山老林转向炊烟篱笆、田园牧歌。

（四）推进四明景观向民众开放共享

正因为景观中频繁出现的"众乐"书写，四明文学景观具有浓郁的平民气息，在公众化、平等性、利民性上有更突出的表现。

欧阳修的《醉翁亭记》《丰乐亭记》所记亭台，筑于僻远深林之中，虽是完全开放，但对老百姓而言，与明州城中公园性质的景观自不相同。王令《遥题宣州太平县众乐亭》诗可堪玩味，"令君架亭乐荒幽，得地适与万景投。亭成虽名为众乐，地僻无客谁与游。讼休民去吏随散，独有文字与令留"①，太平县因为吏闲民讼少，而众乐亭又处于地僻人稀之处，名为众乐，实只有县令独自欣赏，这与钱公辅笔下的"江湖更在广城中""宴豆四时喧画鼓，游人两岸跨长虹"何其不同。

宋代其他地方多数苑囿皆属地方官或私人所有，仅在特定节日开放。北宋皇祐三年，韩琦修缮定州众春园，"庶乎良辰佳节，太守得与吏民一日之适，游览其间，以通乎圣时无事之乐"②，嘉祐元年又在其乡邦相州筑康乐园，"取时康而与民同此乐"③ 之意，但此二处属于私人苑囿，主要用于地方官员娱宾遣兴之用，仅在特定节令向民众开放，百姓常处于"从游"或"观游"的被动附属状态，有着备受恩赐后感恩戴德的情感，循吏有意与民同乐，然歌功颂德、宣导王泽的矜显功绩之意颇为明显。

然观宋代四明的文学景观，西湖、东钱湖、慈湖等最初皆为解决城中老百姓的生活用水、农业灌溉问题而开凿挖掘，营建亭台楼阁也是顺势而为，最终成为四时面向全民开放的公共休闲游乐场所，这在宋代实属罕见，即使是庆历年间明确标举"与民同乐"的亭台楼阁亦不若此处体现"众乐"之切实。南宋潘良贵的《三江亭记》中，把四明的三江亭与有美堂、岳阳楼、

---

① （北宋）王令撰，沈文倬点校：《王令集》，上海古籍出版社1980年版，第84页。
② （北宋）韩琦撰，李之亮、徐正英笺注：《安阳集编年笺注》，巴蜀书社2000年版，第695页。
③ 《安阳集编年笺注》，第347页。

滕王阁相提并论,"夫天下幽岩穷谷,高人达士之所庐,固不可以一二数。若通都大邑,显显在人耳目者,不过有美堂、岳阳楼、滕王阁数者而已。湖湘楼阁之盛,余固未尝登览,至有美堂,则去江湖远,竭目力而仅得之,非若此亭可以坐观而俯揖也"①,通过比较突出三江亭建于通都大邑,百姓无须到幽岩穷谷,便可坐观而俯揖江湖的优胜之处,足见在造福于民上的良苦用心,其开放性、实用性、便民性远胜于他处景观。可以说,北宋庆历时兴起的"众乐"书写,是地方循吏积极响应"乐时颂圣""推己乐为众乐"的产物,而明州文学景观中的"众乐"书写,则把"众乐"的观念践行得更为深远彻底、名副其实,实现由歌功颂圣到建设利民惠民景观的转变,大力推进四明景观向民众开放的步伐。

五　余论：四明文学景观中"众乐"书写贯穿始终的原因

关于庆历时期"众乐"书写的原因,王启玮认为是"择吏去弊以结民心"的吏治观以及思想界处于孟子升格初兴期。② 笔者认为,四明文学景观开展"众乐"主题的生发与深化,另有其天时、地利、人和的因素使然。

首先,由四明的地理位置和经济地位决定。自唐中叶,明州从越州分离出来后,社会经济、地方政治获得独立发展,北宋初年,明州已经成为东南沿海的重要商业中心,是中国对外贸易的交接地点,朝廷设立市舶司于此。同时,四明作为交通日本和朝鲜的入口港,经济发展得到巨大的促进,人民生活相对殷实富足,如此一来,既非蛮荒州郡,亦非穷乡僻壤,且风光旖旎,气候宜人,完全具备"众乐"的物质基础和自然地理环境,故而文人笔下的吟咏自然多了许多从容平和,写起众乐多了几分理直气壮。

其次,由四明的政治地位决定。四明因对外贸易的经济地位,其政治权力已然超越了行政区划上的权力,受到朝廷更多的重视,再加上南宋定都临

---

① 《乾道四明图经》,第 2985 页。
② 王启玮撰:《论北宋庆历士大夫诗文中的"众乐"书写》,《文学遗产》2017 年第 3 期。

安，四明成为京畿之地，出现诸多名门望族与朝堂重臣。随着州郡政治地位的上升，来此任职的官员文士大多踌躇满志，往往准备历练一番，建立功业以获得右迁擢拔或召回朝堂，因此地方官员注重树立深得民心的循吏形象，愿意揣度君心及民意，以便更好地推行政令，彰显功绩。四明的"众乐"书写，正好借由地域景观的天时地利，有力地树立"有志乎民"，且能保境安民的地方官吏形象，宣扬官民融洽和谐的关系。

最后，由四明的文治教化所决定。宋代许多朝堂元老致仕退居四明，儒学硕士聚集州郡开坛讲学，为四明地区文士优游道艺提供文化土壤。文人居住于此，既可尽情享受闹市中的俗世繁华，也可以独自游赏园林景致的深幽安谧，即使是暂时从朝堂政治斗争中败落下来的，也能从容悠游、淡然处之，不至于有太强的迁谪感。他处的文学景观吟咏，总着意于突出山深水幽、远离人寰的自然景致以凸显游历者的特立独行、孤芳自赏的人格，四明文学景观则不同，更着重抒写景观中的俗世人伦之乐，以及游赏者与万民、万物同赏芳华之乐，言辞中少了许多因为迁谪吏隐带来的幽恨不平和关于穷愁窘困的比兴寄托。

区域文学地理研究

元代偰氏文化家族形成与北庭人文环境的内在联系

高人雄*

考察元代一些色目人文化家族，其中文化层次较高，或汉化较深，文学成就显著的家族，往往有着与中原文化交流较深的文化渊源关系。这些家族大多数从辽金时期或更早就迁徙内地，或祖籍北庭、高昌，经西辽入元。又因北庭（高昌）为西域文化中心之一，这些区域自汉唐以来与中原文化交流密切，又经历西辽的统治，多为民族杂居环境，汉语在西域也是通行的一种语言。

一 偰氏家族最早的记载

唐代史籍中所见契苾，即散见于《隋书》及《北史》"契弊"之同音异写。"契苾"作为姓氏也始见于《魏书》卷103："高车，盖古赤狄之余种也，初号为狄历，北方以为敕勒，诸夏以为高车丁零。其语略与匈奴同而时有小异，或云其先匈奴之甥也。其种有狄氏、袁纥氏、斛律氏、解批氏、护骨氏、异奇斤氏。"[①] 此处之"解批"也应是"契苾"同音异写。早在北

---

* 高人雄，喀什大学人文学院特聘教授、博士生导师。本文为喀什大学校级课题"辽金入元的西域文人家族文化渊源研究"（编号：GCC2021SK-004）部分成果。

① （北齐）魏收：《魏书》卷103《高车传》，中华书局1974年版，第2307页。以下引用未注明版本者，皆从此本。

魏天兴四年（401），北魏太祖道武帝时，高车解批莫弗幡豆建"率其部三十余落内附"①关于这支契苾部落，《魏书》卷113《官氏志》云："解批氏，后改为解氏。"②契苾先祖是由漠北迁徙至"伊吾以西，焉耆之北，傍白山"。《隋书》卷84《铁勒传》曰："遂立俟利发俟斤契苾歌楞为易勿真莫何可汗，居领贪汗山。复立薛延陀内俟斤，字也咥，为小可汗。处罗可汗既败，莫何可汗始大。莫何勇毅绝伦，甚得人心，为邻国所惮，伊吾、高昌、焉耆诸国悉附之。"③

"偰""契"同音，在史书记载中常混用。偰氏早期是高车狄历即中国北方少数民族，后多有迁入西域者，抑或时有回迁漠北者。作为游牧民族，活动的范围较广。至唐玄宗天宝十四载（755），安史之乱爆发，京都长安陷落，玄宗避乱入蜀，至德元年（756）七月，太子李亨于灵武（今宁夏灵武）即皇位，是为肃宗。回纥葛勒可汗遣使至灵武，请求助唐平叛，肃宗诏李唐宗室敦煌郡王李承寀与熟悉回纥情况的仆固怀恩出使回纥请兵。葛勒可汗让可敦妹以义女之名嫁给敦煌王李承寀，并遣使至唐请求和亲。次年二月，回纥又派首领多揽等入唐朝献，九月，肃宗加册敦煌郡王李承寀为开府仪同三司，拜宗正卿，纳回纥公主为妃。可知，敦煌王李承寀被迫同意与回纥可汗结亲，娶可汗女儿为妻，回纥可汗则拨4000名精锐骑兵，由太子叶护率领助唐平乱。唐皇肃宗将可汗的女儿封为"毗伽公主"，又册为敦煌王妃。

历史上，漠北回纥多次"内附""内徙"，也长期协助唐王朝平乱拓疆，回纥武将在新旧《唐书》多有记载：《旧唐书》卷109《契苾何力传》"契苾何力，其先铁勒别部之酋长也。父葛，隋大业中继为莫贺咄特勤，以地逼吐谷浑，所居隘狭，又多瘴疠，遂入龟兹，居于热海之上。特勤死，何力时年九岁。降号大俟利发。至贞观六年，随其母率众千余家诣沙州，奉表内

---

① （北齐）魏收：《魏书》卷103《高车传》，第2308—2309页。
② （北齐）魏收：《魏书》卷103《高车传》，第3010页。
③ （唐）魏征等：《隋书》卷84《铁勒传》，中华书局1973年版，第1880页。

附，太宗置其部落于甘、凉二州。何力至京，授左领军将军"。①《新唐书》卷217下《回鹘传附契苾传》也有类似记载。契苾氏本属铁勒外九姓之一，自贞观六年至大和六年共有四次内附，所处位于今甘、陕、宁、蒙四省区，北拒突厥，西御吐蕃，为唐王朝开疆辟地做出了重要贡献。《册府元龟》也记载："（贞观）六年十月契苾何力率其部六十余家款塞帝处之凉州。"② 由以上两条史料可知，这支契苾部内附之后被安排在甘州与凉州之间无疑。但史料中"六十余家"当为笔误，结合第一条史料中"千余家"，则知内附之人口应为"六千余家"③。可知甘、凉之间的契苾部应为新旧《唐书》记载的契苾部之主要部分，唐廷以贺兰州安置其部落。但这支契苾部并没有自始至终处于甘、凉之间，内附10年后略有变动。史载贞观十六年（642），"时薛延陀强盛，契苾部落皆愿从之"。④ 但北附薛延陀者只是少数，其大部分仍居甘、凉之间⑤。陈子昂《上西蕃边州安危事》第二条云："臣伏见今年五月敕，以同城权置安北府，……又甘州先有降户四千余帐，奉敕亦令同城安置。"⑥ 据李吉和考证，这4000余户就是贞观年间迁徙至甘、凉之间的契苾部⑦。

契苾家族多武将，契苾何力、契苾明、契苾嵩子孙三代都为唐代前期疆域开拓立下了汗马功劳，袭爵贺兰都督。至第四代契苾承明长流滕州之后，贺兰都督一职始易于他人，但契苾家族另一支系中，契苾光之孙契苾嘉宾继续承袭着家族的武将特性，依然以捍卫唐王朝的领土为己任。安史之乱后，第五代人契苾漪携部落北迁回纥，大和六年（832）又携子契苾通内附于振武附近的胜州。契苾通因宣谕突厥及详备边事之功，终至振武节度营田等

---

① （后晋）刘昫等撰：《旧唐书》卷109《契苾何力传》，中华书局1975年版，第3292页。以下引用未注明版本者，皆从此本。
② （宋）王钦若等编：《册府元龟》卷977《外臣部·降附》，中华书局1960年版，第11480页。
③ 马驰：《铁勒契苾部的盛衰与迁徙》，《中国历史地理论丛》1999年第3期。
④ （后晋）刘昫等撰：《旧唐书》卷109《契苾何力传》，第3292页。
⑤ ［日］前田正名：《河西历史地理学研究》，陈俊谋译，中国藏学出版1993年版，第31页。
⑥ 《全唐文》卷211《陈子昂三》，中华书局1983年版，第2140页。
⑦ 李吉和：《铁勒在西北地区的迁徙与影响》，《宁夏大学学报》（社会科学版）2004年第1期。

使，主导代北军事。现存有《契苾通墓志》。

《契苾通墓志》，立于唐大中八年（854），1979 年出土，存于咸阳博物馆。志款题为："唐故银青光禄大夫，检校左散骑常侍兼安北都护御史大夫充振武麟胜等军州节度观察处置番洛兼权充度支河东振武营田等使上柱国北海县开国侯食邑五百户契苾府君墓志铭并序"七十六个字，志石完整，字迹基本清晰。

"公讳通，字周物，姓契苾氏。其族系源流，载在国史。五代祖讳何力，在贞观初，发齿尚幼，率部落千余帐，效款内附。太宗嘉之，授左领军将军。后以征讨有劳，尚临洮县主，为葱岭道副大总管……赠武威郡太守"① 后又"袭凉国公，食邑三千户，赠凉州都督"，虽服武职，也有一定文化修养"阅礼敦诗，戴仁抱义"（同前）。契苾通去世之后，诸子皆供职于代北行营。契苾家族由河西（甘、凉即今甘肃的张掖与武威）迁至代北，以及多与武将家族联姻。契苾家族经历了起伏兴衰的历史。

二 暾欲谷与元代高昌偰氏家族

数百年之后，至元代，北庭（高昌）畏兀儿偰氏家族又脱颖而出。"偰"氏与"契苾"氏，虽字面不是同一名称，但"偰""契"同音，姓氏音节从繁入简也是常事，但这些都不足以说明他们有氏族渊源关系。然而考察元代偰氏家传，其先祖暾欲谷，漠北回鹘（回纥）人，曾协助唐王朝平定安史之乱有功，与唐史记载助唐平乱的回纥契苾氏将帅家族同属回鹘（回纥）部族，于唐王朝时期亦时入中原。如元人欧阳玄《高昌偰氏家传》："偰氏，伟兀人也。其先世曰暾欲谷，本中国人。"② 暾欲谷，为突厥贵族，有用突厥卢尼文书写的《暾欲谷碑》出土。

《暾欲谷碑》在位于蒙古国乌兰巴托东约 60 千米的巴彦楚克图，此碑

---

① 吴钢：《全唐文补遗》第 1 辑，三秦出版社 2006 年版，第 359 页。
② 魏崇武撰，刘建立校点：《欧阳玄集》，吉林文史出版社 2009 年版。

文为作者生前为自己撰写,约于716年完成,主要叙述暾欲谷一生的英勇善战事迹。并说因居住偰辇河边,遂以偰为氏。后迁徙北庭,北庭回鹘(回纥)兼并高昌,遂为高昌回鹘(回纥)汗国,所以偰氏成为高昌人。故欧阳玄为偰氏家族写传称《高昌偰氏家传》,确切而言是北庭偰氏家族。这方面《家传》也有详细交代:"北庭者,今之别失八里城也。会高昌国微,乃并取高昌而有之。高昌者,今哈喇和卓也。和卓,本汉言高昌,高之音近和,卓之音近昌,遂为和卓也。哈喇,黑也,其地有黑山也。今伟兀称高昌,地则高昌,人则回鹘也。高昌王有印,曰'诸天敬护护国第四王印',即唐所赐回鹘印也。言'诸天敬护'者,其国俗素重佛氏,因为梵言以祝之也。暾欲谷子孙既世为伟兀贵臣,因为伟兀人。又尝从其主居偰辇河上,子孙宗暾欲谷为始祖,因以偰为氏焉,以河名也。相传暾欲谷初为国相,适当唐天宝之际。唐以安史之乱,求回鹘援兵,暾欲谷与太子阙特勤率师与讨安禄山,有功,封太傅忠武王,进位司空,年百二十而终。"[①] 阙特勤也有碑存世,《阙特勤碑》与《毗伽可汗碑》二碑位于蒙古国鄂尔浑河流域和硕柴达木,二碑分别建于732年和735年,碑刻为突厥文和汉文两种文字。此二碑俱为药利特勤所作,二碑文有雷同之处(《毗伽可汗碑》东面1—24行与《阙特勤碑》东面1—30行同);《毗伽可汗碑》北面1—8行与《阙特勤碑》南面1—11行同),主要叙述了毗伽可汗和阙特勤的英勇事迹。

暾欲谷子孙世为畏兀儿贵臣,又经几代之后,到克直普尔,袭为本国相、答剌罕,锡号阿天都督,并受辽封号"太师""大丞相","总管内外藏事,故国人称之曰藏赤立"[②]。又传两代,至仳俚伽,袭国相、答剌罕,值西辽统治时,高昌王不堪西辽官员的统治,仳俚伽出谋杀西辽少监,而投靠蒙古国。

《家传》也有如是叙述:"时西契丹方强,威制高昌,命太师僧少监来围其国,恣睢用权,奢淫自奉。王患之,谋于仳俚伽曰:'计将安出?'仳

---

① 魏崇武撰,刘建立校点:《欧阳玄集》,吉林文史出版社2009年版。
② 魏崇武撰,刘建立校点:《欧阳玄集》,吉林文史出版社2009年版。

俚伽对曰：'能杀少监，挈吾众归大蒙古国，彼且震骇矣。'遂率众围少监。少监避兵于楼，升楼斩之，掷首楼下。以功加号伔俚杰忽底，进授明别吉，妻号赫思迭林。子弟以暾欲谷之后世为其国大臣，号之曰设，又曰沙尔，犹汉言戚畹也。"① 然而功高位尊受到同僚嫉妒，"未几，左右有疾其功者，谮于王曰：'少监玴珠，先王宝也。伔俚伽匿之，盍急索勿失。'王怒，诛宝甚急。"（同前）在蒙受诬陷又无法自白，面临被诛的危急关头，投奔元太祖成吉思汗，受到元太祖的赏识和器重，以后数代为元开疆拓土立下屡屡战功，历代官爵显赫。

傻氏家族以武功受爵，也不乏读书之人。据《家传》所述，伔俚伽弟岳璘精于畏兀儿书，是文武双全之人。善结交有政绩，"慷慨以功名自许，赀算悉以畀兄子，身无私焉。年十五，以质子从太祖征讨，多战功。皇弟斡真奏求师傅，上命公。公训导诸王子，以孝敦睦、仁厚不杀为第一义"。又合剌普华者，岳璘子，"俾习伟兀书，及授《语》、《孟》、《史》、《鉴》文字，记诵精敏，出于天性"。聪慧，爱读书，又"倜傥有节，概好义如嗜欲，恤穷若姻戚，恤危蹈难，循国忘身"。从这些记载中可知，傻氏家族历代为官，不仅有战功有政绩，而且注重子弟的文化教育，在接受文化教育中，习畏兀儿文字之书，更是正式接受中国"《语》、《孟》、《史》、《鉴》"等经史子集科目教育。与西北多民族聚居区域古往今来的习俗一样，是双语或多语人群，作为文化人，也就是双语或多语写作者。这种现象，不仅体现在元代畏兀儿（回鹘）人身上，而且自汉唐以来的月氏人、粟特人等被称为丝路（商路）的翻译民族。时至今日，我们在青海循化等地考察，撒拉族人，汉语、撒拉语、藏语等都说得很溜。撒拉族人自述是从中亚土库曼迁徙而来的部族，循化县是汉、藏及回族等多民族集聚地，双语（多语）现象十分普遍。但是接受教育，尤其是高等教育，必定是国语（汉语）为基础。想必这种情况，千余年来一直延续下来的。

---

① 魏崇武撰，刘建立校点：《欧阳玄集》，吉林文史出版社2009年版。

岳璘有二子：长曰偰文质，次曰越伦质。偰文质《家传》"谓其有文武才略，如古良将"。官至正议大夫、吉安路达鲁花赤。有"子五人曰：偰玉立，登延祐戊午第，今翰林待制、朝请大夫、兼国史院编修官；曰偰直坚，登泰定甲子第，今承务郎、宿松县达鲁花赤；曰偰哲笃，登延祐乙卯第，今中顺大夫、佥广东道肃政廉访司事。曰偰朝吾，登至治辛酉第，今承务郎、同知济州事。曰偰列篪，登至顺庚午第，今从仕郎、河南府路经历"。偰文质的五个儿子皆登第入仕，除显赫家族的助力之外，也有自身的学养基础。

三 偰氏家族文人

偰氏家族世为回鹘（入元称畏兀儿）贵族，注重子弟文化教育，入元以后成为文化家族，至岳璘子偰文质以后文人更层出不穷。

偰文质的五子登科，文化水平又上一台阶，有诗文存世者有偰玉立、偰哲笃、偰文质、偰处约、偰逊等多人。

偰文质，官至广西都府元帅的高官要职。逝后被元帝追封为"宣惠安远功臣、礼部尚书"，加封"云中君侯、谥忠襄"。代表作品有《石溪禅寺无一禅师塔铭》。

偰玉立（约1294—？），字世玉，号止庵（一作止堂），以正议大夫福建行省泉州路总管升任泉州达鲁花赤。泉州府城东和桥南有偰玉立祠。偰玉立至正年间在泉州任职，他筑城浚河，"兴学校、修桥梁、赈贫乏、举废坠，考求图志，搜求旧闻，聘三山吴鉴成《清源续志》二十卷"，使当地百姓"皆劝于文学"。《元诗选》称："字世玉，其先本回纥人，即今伟兀。……玉立以儒起家，登延祐戊午进士第，受翰林院待制，兼国史院编修官，至正中，为泉州路达鲁花赤，考求图志，搜访旧闻，聘寓公三娱鉴成《清源续志》二十卷，后迁湖广佥事，海北海南道肃政廉访使。"生平事迹见（清）顾嗣立、席世臣编《元诗选·三集》。著有《世玉集》。（清）顾嗣立、席世臣编《元诗选·三集》有著录，录其诗十三首；《全金元词》下册收有偰玉立《菩萨蛮》词；孙星衍《环宇访碑录》卷12著录有"偰文质撰，偰玉立正书"之《石溪禅寺无一禅师塔铭》(后至元三年三月,立于安徽广德)。(元)王士点、商企翁《秘书监志》卷8录有偰玉立所撰《皇太子笺文》。

偰哲笃,字世南,偰玉立之弟。延祐二年进士,历高邮知州,以中顺大夫、佥广东道肃政廉访司事。被弹劾后寓居溧阳,延师教子有方。历官工部尚书、参知政事。至正十二年被任命为淮南行省左丞,以文学政事知名于时。生平事迹见(明)赵琦美《铁网珊瑚》卷14;(清)卞永誉《式古堂书画汇考》;(清)顾嗣立、席世臣编《元诗选·三集》;等等。李修生主编《全元文》收录其《重修县学记》共计1篇。辑录于《元史》《大元圣政国朝典章》《元朝典故编年考》《永乐大典》。代表作品有《题赵千里〈夜潮图〉》。

偰处约,史料记载关于此人较少,曾任翰林学士,皇庆间在世。作品有《勿轩先生传》。

偰逊(1318—1360),本为偰伯僚逊,或作偰百僚,或偰伯辽,字公远,偰哲笃长子,偰列篪之侄,出身于世代仕宦之家。始祖暾欲谷,唐初为回纥相,子孙世袭其位。元顺帝至正五年(1345)进士,任翰林应奉、宣政院断事官、端本堂正字,授皇太子经。因丞相哈麻与其父偰哲笃有怨,偰逊遭忌,出守单州,丁父忧,寓大宁(热河平泉)。至正十八年(1358)红巾军克上都,逼大宁,为避乱,携子弟逃至高丽。《明诗综》言其于"恭愍王七年避兵东来,赐第,封高昌伯,改封富原侯"。偰逊工诗,有诗集《近思斋逸稿》二卷,是至正十八年前所作,惜无传本。黄虞稷《千顷堂书目》卷28著录此集。生平事迹在(李氏朝鲜)郑麟趾撰《高丽史·偰逊传》;现存诗目120首。代表作品有《岁暮杂述》《秋夜四首》《书感》等。

四 北庭的区域文化滋养了偰氏文化家族

北庭,治所在今天的新疆吉木萨尔县,是唐代军事重镇,也是历史上西域经济文化中心之一。自640年,唐置安西都护府,管辖天山以南、葱岭以西及阿姆河流域的辽阔地区,702年设立了北庭都护府,管辖天山以北包括阿尔泰山和巴尔喀什湖以西的广大地区。北庭(也称庭州)广大区域社会安定，农业、牧业、商业、手工业都得到空前发展，成为西北地区经济文化中心。景云二年（711），北庭都护府升为大都护府，设立节度使，统领瀚海、天山、伊吾三军，有镇兵万余人，其中瀚海军一万二千人就屯戍在北庭。加之唐人屯垦种植，人口众多。北庭大都护府统辖伊、西、庭三州及天山以北西突厥诸羁縻府州，相当今阿尔泰山、巴里坤湖以西至咸海（一说今里海）一带地区。"安史之乱"（755）爆发，唐王朝将大批兵力调往内地，西域与内地联系遂被隔绝。北庭都护府孤悬塞外，坚持了数十年之久。唐朝自702年设置都护府到791年都护府被吐蕃人攻陷，共89年。北庭在唐王朝统辖下，汉语及中原文化对其影响很深，之后回鹘（回纥）人占领北庭历时300余年，从史料考察可知，这里的汉文化仍然得到延续。北庭在唐代也曾与甘肃陇右地区编为一个大行政区，即河西道，包括：凉州、甘州、肃州、瓜州、沙州、伊州、西州、庭州、安西大都护府、北庭大都护府等。

晚唐五代辽宋金时期，西域逐渐形成了三大地方政权：高昌回鹘（回纥）王国、喀喇汗王朝、于阗国。其间经历了长期权力争夺战、宗教势力争夺战。至12世纪30年代西辽西迁立国，又统治了这片区域。西域多民族长期杂居，汉语与胡语同是西域的通行语言，在不同的族群聚居区域以某种语言为主，或杂以双语乃至多语现象很普遍。从出土书面文字史料来看，有以胡文字母记汉语，也有以汉字音记胡语。也有学者从事西域汉语通行史研究，认为各地西迁之民方言不同，加之胡人说汉语也声腔不纯，逐渐形成了一种西北汉语方言，也是民族文化融合的产物。

高昌回鹘（回纥）汗国时期820年黠戛斯人灭了漠北回鹘（回纥）汗国（地处鄂尔浑河流域），漠北回鹘举部西迁，收服塔里木盆地西北缘的葛逻禄人，又越过阿尔泰山东南缘进入天山北麓，抵达北庭（吉木萨尔），与以前留守的同族人会合。当时西域的政权格局是：张义潮领导的归义军，为唐收复失地，从吐蕃人手中夺回沙州、伊州等地的控制权。黠戛斯人追击西迁回鹘（回纥）人，一度占领北庭、安西等区域，并遣使奏报唐朝。当时天山南北各股回鹘（回纥）势力，有的投靠黠戛斯也有北庭庞特勤统辖下的金莎岭回鹘（回纥）亲近张义潮的，还有不愿受安西回鹘（回纥）政权管辖主动册封庞特勤的唐朝使臣。在这些纷乱的政治势力角逐下，最后，以仆固俊为首的北庭回鹘（回纥）建立了高昌回鹘（回纥）王国。866年（唐懿宗咸通七年）北庭回鹘（回纥）首领仆固俊率众出击，攻克西洲、北庭、轮台、清镇诸城，派遣达干米怀为使臣，向唐朝报告胜利消息。表明他们臣属于唐的华夏归属感。

此后，仆固俊系回鹘（回纥）取代安西回鹘（回纥）政权，以高昌城为首府，以北庭为度夏陪都。866年为高昌回鹘（回纥）王国创立之年。西辽王朝统辖时期（1124—1221），高昌王国与中亚其他政权和部族都进入西辽的版图。高昌王国体制在继承漠北回鹘（回纥）官制的基础上，根据中原汉地官制进行改进，汗王以下的重要官职有宰相、都督、梅录、达干、敕使（刺史）、庄使（长史）等①。西辽王朝（1124—1221），契丹王族耶律大石所建。在辽天祚帝保大四年（1124），在辽行将灭亡之际率部西迁再续辽朝国祚。1132年耶律大石在叶密立（今额敏县）称帝，是为西辽王朝。不久西辽出征东喀喇汗王朝的喀什噶尔地区，途经高昌，高昌王毕勒哥臣服并愿送子孙为质。为此，西辽在征服中亚后保存了高昌回鹘（回纥）王国的王统和政治体制，除征税和派驻镇守官外，不多干涉其内政，高昌王国得以政局稳定。同样，当蒙古人崛起，成吉思汗征服了阿尔泰附近的乃蛮部，兵锋进抵西域，时为高昌王（亦都护）阿而忒的斤和臣僚商定转投蒙古摆脱西辽，在1209年高昌回鹘起兵围杀了西辽镇守官，宣布脱离西辽统治，归顺正在崛起的大蒙古国。该区域历史上或处于中原王朝行政区域，或处于地方权力争夺的政权纠结中，但是华夏文化的归属性还是明确的。居于西域文化中心北庭的偰氏家族，受地域文化的优势影响，历代接受北庭华夏文化为主导的区域文化的滋养，主动接受中国传统文化教育，也成为历代子孙后

---

① 苗普生：《新疆史纲》，新疆人民出版社2016年版，第180页。

代的家族传统。

结　语

漠北草原民族，史书上有高车、狄历、丁零、回纥等多种称谓，在唐代，契苾氏作为回鹘（回纥）将领屡立战功，在史志有传。元代高昌偰氏祖先是暾欲谷，在唐王朝爆发安史之乱时为国相，唐求回鹘（回纥）援兵，暾欲谷与太子阌特勤率师平安禄山有功，封太傅忠武王，进位司空，其后世为回鹘（回纥）贵臣。偰氏祖先与唐时契苾氏都属回鹘（回纥）部族，至元初，又主动投奔太祖成吉思汗，在元代累世为官，并由武将之家向文化大族发展。

偰氏作为中国北方的少数民族，主要活动于漠北、西域、河西，后定居北庭（高昌），北庭是唐代都护府驻地，西域文化中心之一，此处中原文化与西域文化交织密切。因中原王朝自汉唐以来通过对西域的治理与统辖，对中原王朝的一统管辖有普遍认同。在回鹘（回纥）人统辖之时仍然沿用中原体制，对中原王朝派使臣纳贡称臣等。西辽推行中原王朝体制，又强化了中华文化意识。所以在北庭（高昌）的色目人，在文化上与中原始终是相通的。偰氏家族出现一批文化名人，有北庭地域文化的原因也有累世贵胄的家传因素。

在语言方面，对汉语公共语也不会太陌生，汉语在西域也有一定的使用区域，一是迁居西域的关内人数量日渐增多，再是历代中原管辖西域的将士使臣往还不断，自汉以来屯田人口定居下来，再加上商旅使臣、宗教神职人员通胡汉双语人数不少。在文字方面，诸如高昌王国教育蒙书多有《孝经》《论语》《唐诗》等汉文本或翻译本。历代往返使臣文书写多汉文，西辽入主西域官方文字仍然沿用辽国体制使用汉文。

总之，西域入元前是文化交流频繁之地，胡汉文化交融程度较高，也是入元西域文化家族人才辈出的主要原因。此略举几个早期入中原的文化家族名人，也说明一个文化家族的形成历史是漫长的，且在入住中原之前大多已经过较深的多民族文化融合环境的滋养。

文体、知识、信仰：西南宣讲小说及其劝善唱叙

杨宗红*

晚清民国宣讲活动极为盛行，与之伴随的宣讲小说大量流行①。从目前所见材料看，主要分布在西南、闽台、岭南地区，以西南地区为最，湖南士绅周汉《最好听·序》言："宣讲之风，蜀中最盛；宣讲之书，蜀中最繁。"不同区域的宣讲小说文本形态迥然不同。有别于岭南文言宣讲小说与闽台神佛降鸾的宣讲小说，西南宣讲小说是一种典型的以说为主，以唱为辅的白话小说②，故事文本所呈现的亦非一般通俗小说侧重的历史、法律、博物、诗文、医药、商业、茶艺等知识，而是日常生活经验与伦理，侧重社会关系的处理及个人修养的知识。在西南地区，宣讲甚至成为一种民俗活动，乃至一

---

* 杨宗红，重庆师范大学文学院教授。本文为国家社会科学基金项目"稀见晚清宣讲小说整理与研究"（项目编号：18BZW093）阶段性成果。

① 参见杨宗红《新见晚清云贵宣讲小说七种述要》（《广西社会科学》2021年第1期）、《新见晚清滇黔长篇宣讲小说五种》（《重庆师范大学学报》2020年第5期）、《新见清末"务本子""破迷子"宣讲小说述要》（《重庆师范大学学报》2019年第6期）、《"以小说为证"与中国古代小说文体之形成》（《北京社会科学》2021年第2期）；竺青《稀见清代白话小说集残卷五种述略》（《上海师范大学学报》2005年第5期）、《稀见清末白话小说集残卷考述》（《中国古代小说研究第1辑》，人民文学出版社2005年版）等相关介绍，本文所引宣讲小说均为笔者所存，后文不再一一指出。

② 北京图书馆编：《民国时期总书目（1911—1949）文学理论·世界文学·中国文学》上中，设有"说唱小说"一类，包括说唱鼓词（如《三全镇》《白玉楼》），弹词（如《笔生花》《天雨花》）（书目文献出版社1992年版，第679—682页）。另有词话类小说如"明成化说唱词话"也属于"说唱小说"类。在此，笔者将说唱形式出现的小说，统称为"说唱小说"。

种善行信仰。宣讲小说虽然极为丰富，但相关研究者屈指可数，有鉴于此，本文拟抛砖引玉，从宣讲小说的独特体式、知识谱系及其所体现的信仰三个方面展开。

一 独特的小说文体

任何一种文学都有其独特的体式。明人吴纳《文章辨体序说》"凡例"强调"文辞以体制为先"①，徐师曾《文体明辨序说》则指出："夫文章之有体裁，犹宫室之有制度，器皿之有法式也。"② 同为小说，也有不同类型与体式，体式不同其称呼也就有区别，如以语言体式分，则有白话小说与文言小说；以篇幅分，则有短篇小说与长篇章回体小说；以题材分，则有志怪、神魔、世情、公案小说；以韵散分，则有散体小说（大部分小说皆属于此类，那些插入大量诗词、韵文的小说则被称为"诗文小说"）与骈文小说（如《燕山外史》）等。

最早提出"宣讲小说"一词是王汝梅与张羽。他们在 2001 年出版的《中国小说理论史》引用唐代诗人张籍批韩愈"多尚驳杂无实之说"时说道："我们认为，张籍所说的'驳杂无实之词'，指的是宣讲小说（白话小说），即是同时人元稹、白居易等在长安家中所听的《一枝花话》之类。"③ 白话小说是说书人面对听众时"说话"的产物，根据说话而产生的小说，后世多称话本，模拟话本的小说，称为话本小说或拟话本小说。将白话小说称为"宣讲小说"，范围太广，不足以说明宣讲小说的典型特征。2007 年，耿淑艳发表系列文章，将圣谕宣讲的故事类文本称为"圣谕宣讲小说"④，首次将圣谕宣讲的故事类文本称为"圣谕宣讲小说"，此后，汪燕岗《清代

---

① （明）吴纳：《文章辨体序说》"凡例"，人民文学出版社 1962 年版，第 9 页。
② （明）徐师曾：《文体明辨序说》，人民文学出版社 1962 年版，第 77 页。
③ 王汝梅、张羽：《中国小说理论史》，浙江古籍出版社 2001 年版，第 9 页。
④ 见耿淑艳《岭南孤本圣谕宣讲小说〈谏果回甘〉》（《岭南文史》2007 年第 1 期），《圣谕宣讲小说：一种被湮没的小说类型》（《学术研究》2007 年第 4 期），《稀见岭南晚清圣谕宣讲小说〈宣讲博闻录〉》（《韩山师范学院学报》2007 年第 5 期）。

川刻宣讲小说集刍议——兼述新见三种小说集残卷》① 直接使用"宣讲小说"一词，但却未为"宣讲小说"命名予以充分说明。

命名并不是随意的，恩斯特·卡西尔指出："分类是人类言语的基本特性之一。命名活动本身就依赖于分类的过程。给一个对象或活动一个名称，也就是把它纳入某个类的概念之下。如果这种归类永远是由事物的本质决定的话，那么它就会是唯一固定的。"② 索绪尔说："语言是一种表达观念的符号系统。"③ 命名寄托着命名者的主观意图、审美倾向、兴趣爱好等，赋予被命名者在某方面的正当性及某种特性。"宣讲小说"以"宣讲"而命名，主要有四个方面的因素。一是大量的小说集中有"宣讲"二字，如《宣讲集要》《宣讲拾遗》《宣讲管窥》《宣讲至理》《宣讲宝铭》《宣讲珠玑》《宣讲回天》《宣讲金针》《宣讲醒世篇》《宣讲博闻录》等，"宣讲"二字成为宣讲小说集的醒目标志；二是小说中的故事是为宣讲而设，为宣讲服务。很多小说集并不直接以"宣讲"命名，但却与《宣讲集要》《宣讲拾遗》等一样，在故事前面先列举宣讲内容与宣讲条规，如《万选青钱》《辅化篇》《化世归善》等；三是在文本中大量出现劝听宣讲，或涉及宣讲的篇目，如《闺阁录》首条即为"劝听宣讲"，《冥案纂集》有"遵行宣讲"案，《千秋宝鉴》的《听讲回心》案证，《圣谕灵征》故事标题中含"宣讲"的篇目有《绅士不兴宣讲》《童生不兴宣讲》《耆老不兴宣讲》等十几个案证，《渡生船》案证故事中含有"宣讲"者亦有四案；四是故事中反复提及"宣讲"或"讲圣谕"，典型人物在圣佛"宣讲"要求下或在某种特殊情况之下将自己的所作所为"宣讲"出来以为他人之鉴，这类故事很多，短篇长篇故事中都普遍存在。这类小说被命名为"宣讲小说"，可谓名副其实。

---

① 汪燕岗：《清代川刻宣讲小说集刍议——兼述新见三种小说集残卷》，《文学遗产》2011 年第 2 期。
② ［德］恩斯特·卡西尔：《人论》，李琛译，光明日报出版社 2009 年版，第 123 页。
③ ［瑞士］费尔迪南·德·索绪尔：《普通语言学教程》，高名凯译，商务印书馆 1980 年版，第 37 页。

以劝善为主要，在形态上具有浓厚的代圣立言，代天宣化，融劝善于故事中，以故事劝善是宣讲小说的重要特征。西南宣讲小说以宣讲为目的，小说集往往先罗列圣谕条款及神灵谕旨等，如《宣讲集要》《宣讲拾遗》等，宣讲的故事成为这些条规的"案证"。以《宣讲集要》为例，首卷总体阐释圣谕六训及圣谕十六条，从卷1到卷14，都是将每一条圣谕列于前，然后引用《圣谕广训》中相关的阐释，再继以数条案证，"敦孝弟以重人伦"条下，有《大舜耕田》《闵损留母》《子路负米》等十六个"孝案"，《雷打周二》《风亭赶子》《树夹恶子》等十九个"不孝案"。《宣讲拾遗》《辅世宝训》与此体例相同。《辅世宝训》"总序"说明书之名为"辅世宝训"的缘由："盖有圣谕即不可无此书，无此书则圣谕亦不彰，无圣谕则此书亦不作。有此书则圣谕更见其郑重，有圣谕则此书更为其切要。由是观之，则圣谕即此书也，此书即圣谕也。""凡例"云："是书体本朝之圣谕十六条，切实发挥。"《圣谕六训集解》亦大致如此，但以圣谕六训为纲，这类直接以圣谕为纲的小说，正是耿淑艳所言的"圣谕宣讲小说"。也有以神佛意旨为宣讲主旨的。《救时宝筏》就以《武圣帝君十二戒规》前十戒为纲，每一戒规下各有正反两案，《一德宝箴》亦是如此，只不过案证并非一正一反而已。《感应注案》以"孝"、"义"及"尊敬长上"、"教训子训"、"各安生理"为目，每一条目之下有一个及多个案证，融合"三圣经"与圣谕六训于一体。另一些宣讲小说，虽然未言明其宣讲的主旨是圣谕还是神谕，大致仍不离此二者所包含的个人伦理、家庭伦理、乡族伦理、家国伦理以及生态伦理等。后两类宣讲小说，因也是配合圣谕宣讲而产生的，一些内容，如戒溺女、戒赌博、戒洋烟、戒酒色财气等，其内容超出于"圣谕宣讲小说"，其所宣扬的伦理道德与圣谕内容有很多吻合之处。部分宣讲小说集在其"凡例"中也强调小说以"圣谕"为纲。长篇宣讲小说《辅道金针》"凡例"云："是编以圣谕为纲，以善恶引证为鉴。"大多数宣讲活动被视为"说善书"，甚至与故事类宝卷混淆。李世瑜《宝卷综录》言："清同治、光绪以后，宝卷又以一种新的姿态出现，是为后期。即宣讲宝卷（'宣卷'）

已由布道劝善发展为民间说唱技艺之一，宝卷也即成为宣卷的脚本。内容也以演唱故事为主，多数已经是纯粹的文学作品，少数尚存有宗教气息。"后期的宝卷民间俗称为"宣卷""宣讲"，在南方的江、浙、川、鄂一带则被称为"善书"①。事实上，宝卷与宣讲小说类"善书"还是有区别的，有关于此，已有学者撰文论述②，此不赘言。

说唱结合，以说为主，以唱为辅是西南宣讲小说的又一重要特征。岭南宣讲小说多为文言或半文言，几乎没有唱。台湾宣讲小说《化民新新》以浅近文言写成，标题前有神鸾之诗，故事中并无韵文。只有西南宣讲小说（或受西南宣讲小说影响的非西南宣讲小说如《宣讲管窥》《宣讲大成》等）才普遍存在说唱结合的现象。其他说唱类的通俗小说如弹词、鼓词等的"唱"多是叙述者与小说人物共同担任，用以叙述事件、描绘场景、刻画人物心情等，宣讲小说中唱的部分，通常只由小说人物承担，用以反复陈述事件、抒发自己情感，并不涉及人物外貌及场景的描绘。唱的部分，有时用"宣""讴""歌""唱"等词用以提示，"唱""依字行腔，倚情运腔"，在临别、陈述案情、告诫时，多数用较为低沉的声调唱出，"凡是唱口的地方总要拖长声音唱，特别是悲哀的时候要带着哭声"③，其原因，在于宣讲时广泛使用［大宣腔］［小宣腔］［丫腔］［怒斥腔］［流浪腔］［哀思腔］等调，［大宣腔］旋律平稳、婉转流畅，适宜表现悲伤、痛苦、凄凉之情；［小宣腔］如诉如泣，深沉婉转；［丫腔］有问有答，宜于表现规劝、叙述、

---

① 李世瑜：《宝卷综录》"序例"，中华书局1961年版，第1页。
② 刘守华指出，说唱结合的宣讲小说是民间宝卷的改头换面，《宣讲拾遗》这类文本，实为"宝卷的延续"，"前期的宝卷和后期的善书，就它们都是说唱故事而且重于社会教化特点这一特质来看是一脉相承的。但它们流传于不同历史时期，自然又显露出不同的风格，宝卷所叙说的多为宗教故事及历史传说故事，宗教色彩比较浓重；善书除表现上述传统题材外，还贴近现实生活，特别是以叙说形形色色的案件而见长，所以一些地方又把这些本子称为'案传'，内容和形式都更为生动活泼"（刘守华：《中国民间故事史》，商务印书馆2012年版，第456、458页）。但既然"改头换面"了，说明两者有了很大不同，不能将它们视为体制相同的文类。车锡伦：《读清末蒋玉真编〈醒心宝卷〉——兼谈"宣讲"（圣谕、善书）与"宣卷"（宝卷）》（《文学遗产》2010年第2期）指出两者的主要区别，一是说唱场合不同，宝卷在宗教场合讲唱，而善书讲唱场所是室外公众场合。二是篇幅不同，民间宝卷篇幅长，而善书篇幅较短。关于第二点不同，笔者并不赞同，将另撰文说明。
③ 郭沫若：《沫若自传·少年时代》，人民文学出版社1979年版，第29页。

兴叹、自悲之情；［怒斥腔］多表现激动、愤怒、责骂之情；［哀思腔］多表现缅怀、哀悼和悲思之情。①《跻春台》是西南宣讲小说的代表作之一，已有学者注意到它的独特之处："创立了话本小说的别具一格的体制，使读者为之耳目一新。"②"但通观《跻春台》中大量的唱词、民间小调一类的韵语，令人感到这确是一部从形式到内容都与拟话本有相当距离的，而更像一个靠近民间唱本的混合体。"③"通俗而形式多样的韵文唱词，也与其他拟话本不同。"④ 短篇宣讲小说如此，长篇宣讲小说亦是如此。《辅道金针》"凡例"："每回案情，俱以歌话夹写。"《重镌因果新编》"序"云："将原书演为俚俗韵语，供人听闻。"小说中诸多说唱，表达的多是悲音。说唱时究竟用的什么调，并没有具体注明，少数故事却将所用词调说得清楚明白，《救正人心》即是如此。《鹅项岭》中，潘新发子死，用"哭皇天词"，潘大郎在外给父亲书信，用"离乡怨词"，潘小郎犯病将死，魂梦中见潘大郎索命，用"一剪梅词"。《水晶印》中，朝弼、朝辅兄弟监狱中的对话，伤心痛哭，分别用了"东岭阳词""皂袍莺词""昭君怨词"，兄弟归家团圆，则用"相见欢词"，龙王请朝辅教授于龙宫，二人对答，用了"夏牡丹词""秋桂子词""春芙蓉词""冬玉梅词"等，整个故事，用的各种"词"皆因事而异，多达16首。之所以夹杂歌文，在于人们"每厌故喜新，若一天到黑都讲二十二条，你们又不专心听，所以做些歌词以悦你们听闻"（《宣讲集要·钻耳狱宣讲》）。"讴与吟原使那听者喜幸，能入耳他方可记之于心。这都是从权变辅助王命，之图人陷溺久厌故喜新。"（《孝逆报·周将诛逆》）总之，无论是唱的内容还是唱的腔调等，与其他说唱小说相比，宣讲小说具有独特性。

西南宣讲小说的体式有其独特性。一般的通俗小说，无论是长篇还是短

---

① 《中国曲艺音乐集成》全国编辑委员会：《中国曲艺音乐集成·湖北卷》，新华出版社1992年版，第1051—1052页。
② 蔡国梁：《明清小说探幽》，浙江文艺出版社1985年版，第225页。
③ 王昕：《话本小说的历史与叙事》，中华书局2002年版，第21页。
④ 刘省三编辑，蔡敦勇校点：《跻春台》，江苏古籍出版社1993年版，"前言"第2页。

篇，几乎都不叫故事为"案证"，宣讲小说则一个故事为一"案"。较早的白话宣讲小说《宣讲集要》"凡例"第二、第三、第四条中皆言"案证""案"："圣谕虽二十二条，而六训之义尽括于广训之中，所以场中只默写广训，若必均列案证，必至互相出入，故只于广训十六条列案而六训之案依类载入，庶几眉目清楚。""案证须取确当，其一切荒唐悖谬者，概行削去。""案各有名，原无深意。其每将案名更改者，取其便于指名查稽，庶不致重复。"每一条圣谕下，有"旁引××案证××条"或"旁引古今××善恶××案证"、"旁引证鉴××案"等。有些小说的故事目录甚至在"案证"统领之下，如《指南镜》。还有宣讲小说集的命名中含有"案证""案"，如《二十四孝案证》《案证真言》《感应注案》等。讲述故事时，往往先引一首诗，在诗后有议论，议论完毕再以"特引一案以为证""想起一案""说一案以为鉴"等引出故事，故事结束，又以"从此（这）案看来""从此看来"总括，对故事予以评价。这类宣讲小说所遵循的体式，其中一种即为"诗＋议论＋故事＋议论"的模式，正是对明清通俗小说的诗词开头＋议论＋故事＋议论结尾模式的承袭，以至于典型的宣讲小说《跻春台》被大多数学人视为最后一部拟话本小说。但事实上，议论开头、议论结尾，前后呼应，故事成为类似于议论文的事实论据，成为宣传圣谕及伦理道德的案证，以此，宣讲小说并不能等同于其他体式的拟话本小说。

要之，西南宣讲小说文本，无论是整个小说集的外部形态，还是小说中故事的内容、讲故事的形式与语言、故事的主旨、编撰者及宣讲者讲故事的主要意图等，既区别于其他通俗小说，又区别于其他地区的宣讲小说，成为一种独特的小说文体。

二 知识与劝善说唱

中国古代从文言小说到白话小说一直有"广闻见""资考证"的功能，其中一个重要的原因是小说本身包含着丰富的知识。古代小说与知识的关系，已经引起一部分学者的关注。刘勇强教授提出"小说知识学"，小说的知识性是它区别于其他文体的一个角度，考察小说知识学的维度至少从作者的知识来源，小说文本的知识要素，小说知识的接受与传播，知识的生成、累积与变化等几方面入手。"小说家的知识偏好、文本的知识侧重是小说题材类型的一个决定因素或标识。"① 从小说知识的生成与文体关系来看，作者的主观意图十分重要。有论者指出，古代小说自其产生之初起，就有"骋才炫博"特征，从创作的角度讲，作者"骋才炫博"不仅生产知识，还影响小说的文体形态，催生不同的小说流派和小说文体。② 知识丰富了小说文体，不同小说的知识各有侧重，如历史演义、世情、公案、神魔志怪小说分别侧重于历史知识、世情知识、法律知识、宗教知识等。小说本身具有知识是它们能传播知识的关键。宣讲小说产生于政府的主导与社会普遍存在的"劫难"历史条件下的宣讲活动，作者需要"博"与"才"，却不是为了"骋"与"炫"，其知识来源与文本呈现是另一种情态。宣讲小说的知识结构可以分为显性知识与隐性知识，前者多为圣谕知识与劝善诗文知识，后者多为宣讲者所掌握的与故事相关的知识。

"从某种意义上说，如果缺乏必要的知识，是小说创作不可逾越的障碍。"③ 宣讲小说这一独特文体（宣讲主旨与说唱结合的表达方式）所包含的知识使之相较于上述小说有所不同，它不关注历史、军事知识，不关注诗文知识及日常的非伦理性的生活知识，如茶艺、琴棋书画、服饰、农耕、商业、医学等知识的本身，即便其中有"讲法律以儆愚顽"条，亦只是强调法律的重要性，并不主张诉讼。故事侧重于突出"宣讲"的作用，以伦理代替法律，公案题材非为普法，而是探究公案发生的原因，落实到"伦理道德"上，推崇通过道德伦理的深入达到息讼的目的。以此之故，宣讲者及宣讲小说重视的显性知识主要是民众处理日常人际关系以及处理人与乡族、家国、自然时应具有的个人修养与伦理知识。

---

① 刘勇强：《小说知识学：古代小说研究的一个维度》，《文艺研究》2018年第6期。
② 万晴川：《骋才炫博：中国古代小说的知识生产与文体形态》，《齐鲁学刊》2021年第3期。
③ 刘勇强：《小说知识学：古代小说研究的一个维度》，《文艺研究》2018年第6期。

为了宣讲，宣讲者首先应充分领会圣谕精神及圣谕条款、"圣谕六言"、"圣谕十六条"以及《圣谕广训》等。所以，这些内容不断在各种宣讲小说集开首出现。《宣讲集要》卷首有"圣谕十六条"和"圣谕六训"，《文昌帝君蕉窗十则》《武圣帝君十二戒规》《灶王府君训男子六戒》《灶王府君训女子六戒》，以及《圣谕广训》对十六条的阐释；卷15全为劝善歌与文，如《劝孝八反歌》《劝孝词十首》《万空歌》《文昌帝君劝孝文》《张公日旦叹世词》《吕祖叹世词八首》《文昌帝君劝孝文》《文昌帝君遏欲文》等达到130多首（篇），可谓那一时代的劝善歌文集。再如《一见回心》有42000多字，仅前面托名真人、城隍、阎王的诗及谕，加上《朱夫子治家格言》就有5000多字。案证前大量的劝善诗文，是众多西南宣讲小说集的普遍形态。

考察宣讲小说中的知识，更应关注故事文本本身。在故事文本之前或之后的圣谕与劝善诗文是独立于故事的，"歌词要言只以补圣谕之所未及"（《宣讲集要》"凡例"），它们虽然给人以相应的知识，但却不是故事的有机构成，不能作为小说知识研究的主要内容。小说知识的研究应以文学为本位，"着眼点应在于小说家如何将知识与艺术结合起来，将知识视为艺术体系的构成要素"[①]，之所以在文本后附载大量的诗文，只是为了给宣讲者提供更多的可供说唱的劝善歌文使之熟悉或背诵，以便在讲故事时根据情况随时插入而成为故事的一部分，成为小说中的知识。

宣讲小说的劝善性不仅仅是它前面的圣谕与劝善诗文，更主要是故事中人物的圣谕阐释与诗文吟唱。以岳西破迷子《大愿船》《脱苦海》《上天梯》为例，劝善歌文有标题且全文照录的，则有《惜字歌》《慎交歌》《戒污秽歌》《敬灶歌》《吕祖醒世词》《戒酒歌》《戒平古墓歌》《怜牛歌》《孝弟歌》《戒口孽歌》《安分息祸歌》等，没有标题而歌文主旨明确的，则有孝顺歌、戒闹洞房歌、劝忍气歌、敬夫歌、劝行善歌、戒淫歌、礼神俗

---

① 刘勇强：《小说知识学：古代小说研究的一个维度》，《文艺研究》2018年第6期。

歌、节欲保身文、敬灶法、劝读书文等。这些诗文一来体现了作者对劝善歌谣及诗文的积累，二来也对故事的主题与人物形象的塑造发生影响。《脱苦海·吟诗及第》力主戒淫，主人公柳茂春不但品行迈众，而且学问超众，教人先讲孝悌忠信，后论文字诗歌。他见学生黎淳年轻，担心不知节欲保身，影响其大好前程，先是一番说教，其唱词中包含对父母、兄长、夫妇、朋友的孝悌忠信之道，还特意告诫对女性的态度及处理方式。后又想到以言劝人，不如以笔劝人，将道理与事实融为一体撰成歌文一篇贴于墙上。黎淳受其教，面对夜奔女子，吟诗以拒。两段诗文近900字，既可见柳茂春之人品与学识，也足见这些劝诫对黎淳的深刻影响。偶然也有说话人直接插入歌文议论的。同书《失业遇怪》阐释圣谕中的"务本业"，高家兄弟在父母死后都偷懒且各顾自己，不务正业，田地抛荒。作者插入《五穷歌》说明五种致穷之因，歌虽不能表现故事的人物形象，却增强了主旨。《万空歌》在《宣讲集要·用先改过》、《明心集录·硬看不穿》、《普渡迷津·二休士》、《广化新编》第九回中都由小说人物唱出。《硬看不穿》中该歌乃是宣讲者用以劝不孝之人："可化来家宣讲，对症发药，就将志公的《万空歌》讲与人听。"《广化新编》中该歌乃是主人公听闻清平川渔夫所唱，与《知足歌》《不知足歌》《清道人积福歌》及其他劝善歌谣一起，显示了清平川的"好风化"。在小说中《感应篇》《阴骘文》《觉世经注案》这三种善书，或是被宣讲者反复提及，或是部分语句乃至全文被小说人物提及、征引，或是被人印刷，或是奉为至宝。《广化新编》整部小说中劝善歌谣若干，第七回全文照录《太上感应篇》《文昌帝君阴骘文》，都是人物流动时的见闻。《滇黔化》全部照录劝善文的不少，第十二回《玉皇观训诂感应篇 柳家庄印送灶君戒》全文照录《感应篇》与灶君禁条。它们对小说人物的行为或小说的主题都产生一定影响。据笔者不完全统计，至少270余篇短篇宣讲小说中直接引用及自创的劝善诗文（包含不同小说集中故事相同者）至少有400多首（篇）。宣讲小说建构的伦理知识系统不只是简短的民间劝善诗文。长篇小说《阴阳鉴》中，有关经典的原文甚多，其所取经典，有《尚书》《周易》《周礼》《礼记》《国语》《论语》《孔子家语》等，多处征引二程、朱熹、张载、王守仁之语。第十八回大段引用朱子《白鹿洞规训》六条并加以阐释。小说通过真君的阐案与阐律，小说人物自身的说教，反复述说圣谕十六条主题，故事及劝善诗文反复言说的是重视家庭、乡族、家国与生态等伦理知识。小说中劝善诗文的来源虽不能确定，但可以肯定的是，它们都是圣谕十六条及各种伦理道德的直接说唱及具体阐释，偶尔涉及的具体生活或行业知识也罩上道德外衣成为社会关系知识的讲述。民众通过听闻宣讲故事，可以获得歌文本身的显性知识及其传达的观念所体现的隐性知识。可以说，在民众的劝善诗文知识建构以及个人修养、为人处世等人际知识建构方面，宣讲小说功莫大焉。

最初的宣讲多是条文宣讲，甚少涉及故事。随着宣讲的发展，故事也越来越受到重视。宣讲的故事素材、形式、技巧都受到关注。宣讲小说的接受者多为识字不多的下层民众，这些民众最初不是阅读者而是听众。如何宣讲，选用何种故事，达到何种效果都是宣讲者必须解决的问题。从目前笔者所掌握的西南宣讲小说来看，相当一部分故事其来有自，据统计，改编自三言二拍、《十二楼》、《无声戏》、《石点头》、《型世言》、《欢喜冤家》、《包公案》等通俗小说的故事不计重复者不下于 90 篇，采自《阴阳镜》《聊斋志异》《夜雨秋灯录》等文言小说的多达 110 篇，还有改编自弹词（如《玉连环》)、戏曲（如《窦娥冤》《赵氏孤儿》）等。此外，善书《太上感应图说》中的故事亦是宣讲小说的取材对象。《济世宝筏》卷二、卷三直接说明故事来源于《太上宝筏》。《原叙》云："余等智识短浅，何敢妄作聪明，爰采《感应篇图注》，集取案证十有六焉。"《龙女配》诗后的议论点明该故事是"遵奉《感应篇·得富灵验记》的案证"，《击虾蟆》《活变驴》亦点明故事由《感应篇》何句而来。《节孝流芳》《改行获福》直言为《太上宝筏》的案证。

《醉翁谈录》"小说引子"言："夫小说者，虽为末学，尤务多闻。非庸常浅识之流，有博览该通之理。幼习《太平广记》，长攻历代史书。……

《夷坚志》无有不览，《琇莹集》所载皆通。动哨、中哨，莫非《东山笑林》；引倬、底倬，须还《绿窗新话》。论才词有欧、苏、黄、陈佳句；说古诗是李、杜、韩、柳篇章。……小说纷纷皆有之，须凭实学是根基。开天辟地通经史，博古明今历传奇。藏蕴满怀风与月，吐谈万卷曲和诗。辨论妖怪精灵话，分别神仙达士机。涉案枪刀并铁骑，闺情云雨共偷期。世间多少无穷事，历历从头说细微。"① 小说所言的"实学"，更多是文学知识，宣讲小说也需要尤务多闻、博览赅通。众多文本来源，固然可以考察其他类型的明清小说在西南地区的传播情况，更可视为考察宣讲小说的"实学"情况。

宣讲小说的体式，大致是"诗＋议论引入＋案证故事＋议论总结"，还有在议论总结后加诗的（如《救正人心》中的故事），其总体形态极似话本小说的"入话＋故事＋以诗为证"体式。话本"以诗为证"事实上仍旧是对故事的总结与评价，只是以诗的语言来表述，所以看似与"议论总结"不相关，实则有相同之处。考虑到宣讲小说对拟话本小说的改编，不难发现它们之间的继承关系。作者掌握的拟话本故事直接影响到宣讲故事的文学性，提高其可听（读）性。作为隐性知识的故事是小说家必须具备的，但它最多是宣讲者讲故事的手段，而不是目的。不过，读者（听者）却在通过读听而获得故事知识，并有可能在其他地方对其他人讲述这个故事，以此来教化他人。正因为如此，很多宣讲故事，在不同的宣讲小说集中出现，如由《聊斋志异·珊瑚》改编的宣讲小说有《孝媳化姑》《孝化悍婆》《孝感姑心》《孝逆互报》《紫薇窖》等，这些宣讲故事表述大致相同，《宣讲选录》中的《孝媳化姑》，完全同于《宣讲集要》中的同名故事。《触目警心》《宣讲福报》《宣讲汇编》《宣讲金针》《宣讲珠玑》《宣讲摘要》等宣讲小说集，更是直接言明每个故事从何种小说中所采。

总之，西南宣讲小说的知识主要是观念的知识，以及建构这种观念的故事知识及劝善诗文知识，这是与其他通俗小说知识不同的重要方面。

---

① （宋）罗烨：《醉翁谈录》，古典文学出版社1957年版，第3—5页。

三　信仰：救劫、驱邪与功德

宣讲小说是故事宣讲的文本形态，是宣讲的重要构成。它是配合国家宣讲的产物，更成为民众救劫及积累功德的重要方式。

大部分宣讲小说都极力表明其文本价值在于救世与救劫上，它们虽然以圣谕为纲，却多将宣讲源头指向道光庚子年四川龙女寺阐道。《济世良丹》之"序"云："无如运值下元，世风日降，……自道光庚子由西蜀开化，至今卅载有余，所降训章，所抄案证，难以枚举。"《辅世宝训》"总序"："忆自庚子西蜀显化以来，甲寅南滇行化而后降笔垂书不下数千百种，临坛作训，何止几千万言，要皆以五伦八字发端，无非以六言广训阐教。"《冥案纂集·遵行宣讲》中，顾进士问宣讲生孙正芳宣讲起于何时，孙回答："此事开于道光庚子年间，自四川省龙女寺报国坛初兴，乃圣帝与诸佛群仙开坛阐教，劝化顽梗，以救大劫。"结尾议论中又云："自道光庚子年中，皇天尊在川开报国坛始兴宣讲，迄今六十余年。处处开坛，方方阐教，被感化者不少，诚可谓为国救民，代天宣化者矣。"《阴阳鉴》《普化新编》《普渡迷津》《八柱擎天》等小说皆不约而同提及庚子阐教原因及受其影响的宣讲活动，如《普渡迷津·二修士》叙及从明末社会动乱惨烈及清王朝建立至光绪时期的乱象及惨状："人心之变甚矣，愈出愈奇，廿二王章不体，五伦八德抛荒。他省犹未太甚，惟我川民居多。因此恶气冲霄，玉皇震怒，重降刀兵，剿杀川民。"正是在这种情况下，民间救劫活动兴起："三教圣人、七教夫子，见心不忍。独有武圣夫子恳切之至，七日七夜扎跪灵霄，保奏誓愿，劝转生民。玉尊准本，乃邀集群圣各订戒规，于道光庚子年定邑龙女寺，飞鸾显化，开设宣讲，救正人心，挽回世道。"庚子年后，社会处于"末世"，更是"大劫"之机。《济世良丹》之《镇坛施真官讳永裕降序文》："当此时也，逢于混元末世，人心大变，凶恶奸诈，见善不行，见利是贪，四子六经不讲，异端邪说作兴……"《千秋宝鉴》卷1先罗列圣谕六训及圣谕十六条之后，接着是《关圣帝君宝训》以关帝口吻晓谕"末世凡人"，因众生作恶，种种恶孽难数，酿就五劫齐临，十大魔王下界，天昏地暗不明，"庚子奉敕化民，西蜀恶孽深重，本该先动刀兵，因吾开化宣讲，普天之下颁行，西蜀人民向善，故尔劫难从轻"。《圣谕六训》总纲言："宣讲可以挽回天意，可以劝化人心，世道可以维持，风俗可以纯美。"《圣谕灵征》中文昌帝君新定宣讲"十善"从社会教化角度言圣谕宣讲的十大功能：效朝廷、正人伦、醇风俗、解仇忿、醒迷津、成人材、化奸暴、崇正学、立感惩、生严惮等。由于"劫"的主要诱因是人心变诈百端，救劫就要从救人心开始。宣讲之十善，自然可以达到救劫之功效。

受龙女寺扶鸾阐教的影响，编撰者及宣讲者都几乎将宣讲小说视为救劫之书，《阴阳鉴》第九十四回言："自庚子协诸神请命，飞鸾阐化，所著明丹宝鉴，汇集锦囊诸书，不下亿万言。"由此可见整个社会"救劫"兴盛的场面。虽然龙女寺阐道之后，各地阐教纷起，但四川地区仍是极盛行之地。《跻春台·过人疯》："且说当时正值末世，劫运将临。文武夫子，三教圣人，在玉帝殿前求情宽缓，愿到各处，现身显化，拯救人心，挽回世道。顺庆一带，乃是谢寿门在教化宣讲，建醮设坛，解冤治病，阴阳两利。"① 宣讲的救劫功能，可以从小说集标题中看出，如：《活人金针》《回生丹》《救生船》《上天梯》《济世宝筏》《济世良丹》《宣讲回天》《回天保命》《救劫保命丹》《福海无边》《大愿船》等；有些故事前的大量以神灵名义发布的各种条款、谕文，序跋，突出"代天宣化"性，强调宣讲的救劫作用。《活人金针》"叙"自言该书"特救人于燃眉之际，真为急救之方，救劫之药也。不但能救一二人，且能救千万人，不特能救一世之人，更能救万世之人"；《擎天柱·跋》言作书之由："丁亥秋，妖氛大起。先剪鸡毛，次及人发，徧行滇省；八月蔓延蒙郡，而且大理府所属赵州，瘟疫又作，因奉命救劫，阐书止异。"

从宣讲小说故事本身来看，普通民众将讲宣讲、听宣讲与修桥、补路、

---

① 刘省三编辑，蔡敦勇校点：《跻春台》，江苏古籍出版社1993年版，第59页。

施药、矜孤、恤寡等一样视为善行，且更具神圣性。以《宣讲集要》为例，归纳宣讲原因，主要有二：一是因不行善受到惩罚，引起惊惧，从而宣讲。如《逆媳斫手》："谭氏说毕，四处晓谕，从此以后，谭氏回心孝敬公婆，手足方愈。于是理民府宣讲人等，又将此断手，拿至各场市镇劝化，人人畏服。"《石隙限身》："那一方之乐善者，就在岩中起一宣讲亭，从此显遭忤逆不孝恶报，人人亲眼来看见的不是虚说，所以听圣谕之人甚众，劝化之人亦多。"《恶妇受谴》中，陈氏得罪神灵，听宣讲生言，将自身过恶录成歌文，由宣讲生四处宣讲。二是某种功利性目的的需要。《听谕明目》中，万氏听宣讲生讲因果，反思自己眼瞎之因，从此不分晴雨，不论远近，专心去听。《宣讲美报》中，定远县宣讲先生来在某乡场讲书，听者日有数百余人，彦金听闻"遵行圣谕，无论十分危急之病，都能效验"，遂请人到家宣讲。此外还有因为宣讲受菩萨扶助的（《神谴自回》）、以宣讲报亲恩（《谈白话宣讲》）、以宣讲圣谕超拔先灵（《淫恶巧报》）、以宣讲解冤孽（《宣讲解冤》）等。请人宣讲，也有多个打算的，如《保命金丹·朴素保家》中，主人公想到其父亲近来看经念佛，喜听善言，遂去请几位宣讲生，来家讲台圣谕："一则求菩萨与爹妈增福延寿；二则众客听了，知道改过迁善，得免劫运；三则合家男女听了，男遵八字，女守四德，岂不几得其便。"不过，大多数的目的比较单一，多为祈子、延寿、解难、禳灾等。

由于宣讲是帝王、神灵赋予的任务，须要慎重执行。宣讲小说是救劫之书，是代圣立言，也须虔诚对待。《圣谕灵征》中文昌帝君宣讲"十弊"与关圣帝君"十戒"归纳起来即是宣讲者与听讲者不诚（态度上、心态上）受到惩罚。对宣讲之书也须虔诚供奉。《广化新编》"凡例"："是书所在之处，敕有天神呵护，邪鬼不干，各宜重爱，自有无边福泽矣。"《阴阳鉴》《圣谕灵征》等故事完毕，附有《灵验记》，皆言宣讲时的灵异，大致包括宣讲者受神灵护佑，毁谤圣谕者遭谴，印刷此书者自己及家人病愈、生贵子、成神、失子忽归，为此书扶鸾者受神庇不遭戕害等。《万选青钱》"前言"中先言该书"原为愚夫愚妇而讲修身齐家之事，至德要道之情"，若仅此与其他书籍目的并无不同，然而在指出宣讲需要庄严肃穆之外，特别提及宣讲的独特功能："宣讲能除疯疾""宣讲能驱瘟鬼""宣讲能祈雨""宣讲可以免刀兵""宣讲可以劝鸟雀""宣讲可以动风雷"等，每一功能之后有简短事实来证明。《回生丹·宏教真君序》称"宣讲可以回生"。徐心余《蜀游闻见录·说圣谕》载："川省习俗，家人偶有病痛，或遭遇不祥事，则向神前许愿，准说圣谕几夜。"① 据西南宣讲小说所载，普通民众参与说圣谕者、请人说圣谕者比比皆是。如果说朝廷实行宣讲是教化民众，使之趋向于良善，是政治行为，那么民众的宣讲侧重于"救劫""解难"，上升到信仰层面了。

在多数民众看来，宣讲由神灵（即关圣帝君）发起并一直参与其中。参与并监察的神灵，除了大家普遍所知的关圣帝君、文昌帝君、太微仙君、吕祖、阎罗天子、弥勒佛、灶神之外，还有众多其他神灵。如《一见回心》卷4前面是各种仙佛的谕文及诗，其中提到的神佛及真人有孙真人、阴曹、城隍使者、森罗天子、廖将军、护坛神、桂苑云游仙、长寿仙、斗口星君、四川全省鉴察天君等。《顺天宝筏》卷4的神谕中提及王禅老祖、快乐大仙、钟离老祖、化世真人、宏教真君、大汉赵将军、值日巡察神、子陵大仙、救劫大帝、张良大仙等十六位仙真。在《济世良丹》降鸾的仙真中有孔子、孟子、曾子、冉有、闵损等，孔子为"儒宗教主至圣先师孔子与儒盛世无极至尊"。不同神灵降鸾的宣讲小说提及仙真神佛不一，构成了融合儒、释、道三教的强大神灵系统，鉴察人们的生活，赋予宣讲行为及宣讲文本以神圣性。

结　语

宣讲是一种积功累德的行为，作为普通民众，希望通过宣讲达到利他以利己之目的。他们实施宣讲，亦将宣讲文本及其刻印视为功德，在西南地区

---

① （清）徐心余：《蜀游见闻录》，四川人民出版社1985年版，第95页。

刊刻的宣讲小说，往往是作为善书免费赠送给他人的，如《指南镜》的牌记注曰："刷印者不取板赏。""领此书者净手披吟，如不宣讲，转送他人。"这与东部地区的白话小说盈利性截然不同。宣讲小说被视为"善书"。编撰者尽可能在书中呈现更多于民众实用的人际及其他知识，故而，一些故事后面往往附有药方，据笔者统计，《指南镜》《救生船》《同登道岸》等小说中附有不下于30个药方。"小说知识功能与娱乐、纪实、劝惩功能往往相互作用、合力呈现。知识对叙事和小说接受也有制约。""小说家见诸小说文本的知识主要有书本、生活、信仰三大板块。小说家知识结构的建立并不是被动的，而与他们的思想观念有密切关系。"[①] 歌谣娱耳、谕文及故事警心医心，药方医病，它们共同为积善、获福、免劫服务，这也更增加了宣讲小说文本的知识性与善书性。宣讲最终成为一种信仰，极为有效地参与到国家的圣谕宣讲活动及民众道德文化建设中。

---

① 刘勇强：《小说知识学：古代小说研究的一个维度》，《文艺研究》2018年第6期。

论清代山西阳城诗人群的
文学生态及文化品格

蔺文龙[*]

文学自古就与地域有着十分密切的联系，文学的多样性特征在很大程度上实赖于地域文化的丰富性、多元性。中国文学自《诗经》与《楚辞》始，便呈现出源于南北不同地域文化的迥异面貌，宋元以后各种以地域命名的诗歌流派或诗词文集，无一不在昭示着地域与文学之间密不可分的关系。袁行霈先生在谈到这个问题说："如果没有关于文学的深入的地域研究，就既难以具体说明我国各个时期的文学的面貌，也不易说清我国文学演变的确切原因。"[①] 可以说地域文学的研究一度改变了以往以文化思潮为主导、以思想艺术为主线的诗坛格局，激发了学者对文学的地域性特征关注的自觉意识。

无论明、清，还是近代，南方诗歌的研究一直蓬勃发展，相比之下，学界对北方诗歌的关注度则远逊于南方。清初各家选，"详于东南而略于西北"[②] 孔尚任在《官梅堂诗集序》中云："吾阅近诗选本，于吴、越得其五，于齐、鲁、燕、赵、中州得其三，于秦、晋、巴蜀得其一，于闽、楚、

---

[*] 蔺文龙，山西大学文学院教师。
[①] 李浩：《唐代三大地域文学士族研究》"序"，中华书局2002年版。
[②] （清）朱彝尊：《答刑部王尚书论明诗书》，《曝书亭集》卷33，中华书局1937年版，第414页。

粤、滇再得其一。"① 孔氏之言恰恰反映了诗学界热衷于吴、越诗歌，而轻视秦晋、巴蜀诗歌的现实。其实，有清一代，北方地区的诗歌创作也取得了不俗的成就，只是没有引起学界的足够重视，尤其是三晋阳城诗人群几乎没有进入研究者的视野。阳城地区虽远离政治文化中心，但士人并不故步自封，他们有许多人宦游大江南北，在诗文交流和文化碰撞中，形成了多元化的创作风格。作为一个成熟的地域性的诗人创作群体，应该在清代诗文流派多元并存的格局中占有一席之地。

一　清代山西阳城文学生态述略

阳城，其处古濩泽之地，地境陋瘠，舟车不通，封闭的环境，使当地民风多崇尚尧舜之俭朴，多崇尚邹鲁之儒风。其文教敷施，相较于三晋他州而为独后。这种情况一直到有明之季才出现明显好转的迹象，并在清代形成文风鼎盛的局面。郭象升在《樊南诗钞序》中云："逮朱明之季，风雅勃兴，迄清初首尾百余年，作者相望。傅青主所谓'晋雅晚在高都、析城间也'。其后诸县稍凌夷，而阳城独擅吟事。"② 郭象升十分赞同傅山清初山右文风以"高都、析城"为中心的观点，其后"诸县（高平、沁水、陵川）稍凌夷"，而阳城地区则"风雅勃兴"，不仅大儒名臣、乡贤高僧"独擅吟事"，即使童子、诸生无不熟知诗韵，习于作诗。此段言论虽不免有溢美之嫌，却也道出了阳城地区诗歌创作一派繁荣的景象。

清代阳城地区诗歌创作繁荣的局面并非骤起，而是渊源有自。一是三晋地区浓厚的人文氛围和诗学创作的繁荣局面为阳城诗歌的发展奠定了坚定的基础。杨钟义在《雪桥诗话》中详细梳理了清代山西在政界和学界的杰出人物，"山右闻人，说岩、莲洋，世所共识，名臣如阳城田克五、永宁于北溟、兴县孙锡公，循吏如阳城卫立鼎、绥德马如龙，儒学如洪洞

---

① （清）孔尚任：《孔尚任诗文集》，中华书局1982年版，第466页。
② （清）延君寿编，郭象升批注：《樊南诗钞序》，道光十八年稿本。

范滮西、介休梁确轩"。正是这些人物的不懈努力,让"晋水清流,后先辉映"。① 茹纶常在《文学王田夫先生墓志铭》中载述了山西诗歌发展的盛况:

> 国朝定鼎,教化覃敷,人文蔚起,如卫文清(周祚)、陈文贞(廷敬)、吴文端(琠)、魏敏果(象枢)、田文端(田六善)、巨公太原傅青主(山)、赵懿侯(嗣美)、阎百诗(若璩)、武乡程昆化(康庄)、大同徐云门、襄陵高苍岩(晫)、代州冯讷生(云骕)、蒲州吴莲洋(雯),诸君子皆著名艺苑,不愧往哲。②

茹纶常所列山右作家,如傅山、卫周祚、陈廷敬、吴琠、魏象枢、田六善、阎若璩、高晫、冯云骕、吴雯、程康庄诸人,都是清初诗坛卓有成就者。李锡麟《国朝山右诗存》亦述及清代山右诗歌创作的繁荣局面,可与茹纶常所述互证。

二是自明末以来,阳城地区科举事业的发达在一定程度上推动了文学创作的繁荣。在宋元时,阳城科举还是寂寂无闻,自明代成化之后,则甲第连连,以科第显名世者,远超周边郡县,"自宰相而下,吾乡邑之被特旨褒劳超擢者,九卿侍从,虽大省不得为比"。③ 贤人君子布满朝廷,这些中第者官或至尚书,或侍郎,或巡抚,或翰林,或监司守令,阳城自然成为晋东南官场的一面旗帜,风头之盛,一时无两。据统计,阳城历史上曾有123名进士,名列山西各县前三名之内,而明清两代有95名进士,为山西省之冠。在统计阳城进士的出身时,我们发现一个有趣的现象:从明成化到清末的大多数进士都来自当地的书香门第或名门大族。陈廷敬家族有"十门九凤"

---

① 杨钟义撰,吴兴参校:《雪桥诗话》,北京古籍出版社1989年版,第289页。
② (清)茹纶常:《王田夫先生墓志铭》,《容斋诗钞》卷3,《清代诗文集汇编》第385册,上海古籍出版社2010年版,第539页。
③ (清)白胤谦:《念园存稿序》,康熙刻本。

的美誉，张鹏云一家"祖孙兄弟科甲"，田家自明万历至清共 8 名进士、8 名举人。陈廷敬《洎水斋文钞序》载述云："若杨公继宗、原公杰、王公国光、孙公居相、张公铨，或以清节，或以事功，或以直敢言，或以忠死事，此五君者皆天下所知者也。"① 陈廷敬极力颂扬的杨继宗、原杰、王国光、孙居相、张铨就分别出自被当地人称为书香门第的杨家、原家、王家、孙家和张家，再加上陈家、田家、杨时化家、白胤谦家，这些家学深厚、弦歌不绝的读书世家，不但自身哺育俊彦新进，而且对全县及周边郡县产生辐射效应。正是在这种浓厚的文人氛围之下，阳城诗歌创作也出现了空前繁荣的局面。

三是地方政府兴学重教和本地诗人的积极实践与提倡。振兴文教，有司之责。从元到清，阳城的历任长官与教谕都十分重视人才培养。他们修学宫，建书院，聘师设教，奖掖后进，使阳城在相当长时间内形成良好的学风。明代阳城县令王雅量兴办书院，评定艺文，培养了张慎言、石凤台、杨时化等一批青年才俊。知县王良臣"建书院，聚生徒教之"。② 清初陈国珍知阳城后，"葺学官，培地脉，砌道路，纂邑乘，立阳陵社以造多士"。③ 宋本敬聘名儒王鸿翯主讲书院，"一时文学较盛"。④ 陈廷敬在《与刘提学书》中云："（泽）州所隶县如阳城，试童子可千余人，州再试之，上之学使者亦六七百人。"⑤ 科举队伍的不断壮大，必然产生一种连锁效应，吸引更多的文人参与其中，为文学的发展储备大量人才。从明万历到清末，阳城地方历届政府都兴学重教，官员与本地名宿诗歌唱和，为阳城文学的发展营造了一个良好的外部环境。阳城诗歌的兴起与发展离不开本地诗人积极实践和倡导。陈廷敬为《洎水斋文钞》作序时曾略述了阳城文学的发展情

---

① （清）陈廷敬：《洎水斋文钞序》，《午亭文编》卷 35，《清代诗文集汇编》第 153 册，上海古籍出版社 2010 年版，第 362 页。
② （清）赖昌期编：同治《阳城县志》卷 8，成文出版社 1975 年版，第 338 页。
③ （清）赖昌期编：同治《阳城县志》卷 8，成文出版社 1975 年版，第 339 页。
④ （清）赖昌期编：同治《阳城县志》卷 8，成文出版社 1975 年版，第 344 页。
⑤ （清）陈廷敬：《与刘提学书》，《午亭文编》卷 39，第 402 页。

形,他云:

> 吾所居三十里溪谷之间,有常评事论及吾祖副容山公皆最能诗,已开文学之先矣,而莫为之继。蕤山先生奋然独兴于数世之后,其所与交游者,虞山钱受之(谦益)、竟陵钟伯敬(惺)。里中则杨黄门沁湄(化时),以其学与先生周旋。……其时,白公东谷最晚出,于是先生之文益昌,而里中名卿硕人,能文之士,彬彬称盛焉。①

阳城诗歌在陈廷敬祖上陈天佑"首开文学之先"以后,直到张慎言才渐有起色并大张其势。张氏好为古文辞,诗有别调,他在京师与钱谦益、钟惺等唱和互动,回乡闲居时讲学海会书院,与里中杨化时等人饮酒赋诗,影响了域内一时风气。后进白东谷(胤谦)诗文皆工,于诗学理论有开创之功。在他们的影响下,阳城名卿硕人,能文之士,"彬彬称盛焉"。

据史料记载,在书院,或讲学,或读书,或唱和者,明代有享誉朝野的王国光、张慎言、孙居相,清代有陈廷敬、张敦仁、张晋、延君寿、李毅等数十人之多。阳城当地名宿、官员和乡绅经常组织诗人聚会,赋诗唱和。陈廷敬在《西园先生墓志铭》中描述了当时文社活动的盛况:

> 先生(张多学)加意造士,与我冢宰公结文社于樊川之上,邑之俊人胜流,毕集其中,阅五日。晨露未晞,桑柘交阴,丛花蔽路,先生布袍草笠,循河渚而来,与我冢宰公(陈经济)山崖水湄,危坐竟日,以待诸君为文。口吟手画,赏其俊句,或有不嗛,慨然而叹,移时不乐。②

张多学是陈廷敬的塾师,非常喜欢提携后辈,每一出游,后辈才俊结伴而行,"邑之俊人胜流,毕集其中",从晨露到竟日,甚至于"阅五日"而

---

① (清)陈廷敬:《洎水斋文钞序》,《午亭文编》卷35,第362页。
② (清)陈廷敬:《西园先生墓志铭》,《午亭文编》卷45,第458页。

止,简直是一次全县文人的盛大笔会。显然受明代文人互相标榜,树立门户的集团风气的影响。在阳城官员和地方乡绅积极鼓励和坚定提倡下,为阳城文学发展培育了厚实的土壤。

二 阳城诗人群的构成及创作

从时间和活动空间而言,阳城诗人群绵延清代顺、康、雍、乾、嘉、道、咸七朝,成员活动遍及晋东南及全国各地,各个时期的诗歌风尚略有不同。从清代诗人群的总整格局和组成而言,阳城诗人群属于山右诗人群的一个亚诗群,这个亚诗群还不是最基本的活动形式与组织结构,它是在几个小诗人创作群相互影响与前后继承中逐渐形成的。阳城诗人群从构成来看,可以分为"陈廷敬家族诗群""樊南诗社""七逸诗社""梅花诗社"四个创作群体组成。据统计,存世诗集有20余部,诗作散见于各诗歌总集与选本者,则多达百家。虽地远偏小,旧为人文渊薮[1]。

(一) 陈廷敬家族诗群

我国自古便有诗书传家的传统,一个世代家族的形成与延续,一方面固然与其社会上的超然地位相对应,同时也与其绵延不绝的家学传统相关。正如陈寅恪先生所言:"学术文化与大族盛门常不可分离也。"[2] 陈廷敬家族世代居于阳城县,自明代陈天佑起,声望渐显乡里。为了保持家族的荣誉、声望和地方上的影响力,陈家特别重视子弟的教育,甚至把读书和立品作为子弟的座右铭。作为一个在地方有巨大影响的家族,陈家不仅出资组建书院和书堂,鼓励家族子弟努力学习,而且积极支持族里青年才俊参加科举应试,"科甲簪缨之盛,冠于一邑"[3],是一个名副其实的科举家族。

---

[1] (清) 赖昌期:《阳城县创设获泽试院记》,同治《阳城县志》卷15,第967页。
[2] 陈寅恪:《金明馆丛稿初编》,上海古籍出版社1980年版,第131页。
[3] (清) 杨念先:《阳城县志·乡土志》,成文出版社1975年版,第59页。

受自身浓厚家学传统的影响，陈家成员在文学方面也颇有建树，尤其诗歌成就最为突出。《泽州府志》称陈天佑"宋诗元曲，尤善揽萃焉"。①《阳城县志》称陈廷愫"善书工诗"②，称陈豫朋"日课诗作文"③，称陈廷宸"长于诗"④，称陈廷统"寄情诗酒"⑤，称陈壮履"素擅鸿词，以文章著名"⑥，称陈随贞"所作诗歌，文词皆不经人道"⑦。据统计，陈家有诗留存的诗人达24人。在《国朝山右诗存》中仅泽州陈氏家族成员就选录有陈元、陈廷敬、陈廷继、陈廷愫、陈廷宸、陈廷统、陈廷弼、陈廷翰、陈豫朋、陈壮履、陈渊静等11人，诗作数百首。陈氏家族诗人群成员人数之多，诗作数量之大，前后延续之长都是前所未有的。这些家族成员之间，通过言传身教、家塾授受、家族沙龙、文人聚会等形式，彼此赋诗唱和，相互学习，极大地提升了自己的创作水平和理论水平。浓厚的家学渊源，良好的文化氛围，彼此间的相互唱和提携为家族诗人群体的出现提供了契机，为当地培养出一批文化精英。

（二）樊南诗社

"樊南诗社"出现于乾隆晚期，以延君寿、张晋、陈法于、张为基四人为首，招集一批志同道合，互通声气，吟诗聚会，宴饮交流，结社唱和，形成了一个富有凝聚力的创作群体，对地域诗歌的健康发展产生了潜在影响，引领一时风气。陈法于的《范纪年招集梅园同樊南吟社诸子》呈现了樊南诸子雅集梅园，赏景作诗，切磋诗艺的盛况。延君寿（1763—1827）性笃实好学，诗作丰富。张晋（1763—1827），诗人张树佳之子，不求仕进，浪迹山水，周游梁、闽越、吴楚、燕齐间，足迹遍天下。大江南北称诗人者，

---

① （清）朱樟：《泽州府志》，山西古籍出版社2001年版，第595页。
② （清）赖昌期编：同治《阳城县志》卷10，成文出版社1975年版，第497页。
③ （清）赖昌期编：同治《阳城县志》卷10，成文出版社1975年版，第504页。
④ （清）赖昌期编：同治《阳城县志》卷10，成文出版社1975年版，第497页。
⑤ （清）赖昌期编：同治《阳城县志》卷10，成文出版社1975年版，第499页。
⑥ （清）赖昌期编：同治《阳城县志》卷11，成文出版社1975年版，第554页。
⑦ （清）赖昌期编：同治《阳城县志》卷11，成文出版社1975年版，第554页。

"群推阳城张、延焉"。① 陈法于是陈名俭之子，陈廷敬之曾孙，秉承家族文学传统，萧然有出尘想。张为基慧而好学，不求仕进，历览名胜，作诗"发胸中奇气"②，琅琅有金石之声。他们在高大耸立的王屋山脉，在微波轻荡的沁水河，与二三知己，临流坐石，酌酒赋诗，"其时邑中人文蔚然，弦歌不辍"。③ "四逸"的诗歌不仅模山范水，往往联系各地的历史事件与人物来写，各地的景观风貌、民风土俗和文化心理于中可窥见一斑。

在"四逸"的影响下，阳城诗坛出现了人物繁盛，诗风清雅的情况。杨深秀《仿元遗山论诗绝句五十首》有"艳雪楼中师友盛，松溪荔浦总清佳"④句称赞了这一盛况。王炳照、李毅、张域、杨庆云、樊大基、李焕章、王豫泰等人相继加入诗社诗酒唱和，他们与"四逸"或为师友，或为子弟，或晚辈私淑。张域以诗文课士，时有庾鲍之称。茹纶常《题山右诗存》评价张晋、张域父子时，云："云梦时将八九吞，风流尚有二张存。"李毅，师从张晋受诗，傲兀寡谐，家道落魄，日以诗酒为乐。延君寿称赞其诗"雄俊不可羁勒""凌厉肮脏之气独迈时流"。⑤ 王豫泰，博学工诗，从张晋游，以后辈身份参与樊南酬唱。⑥ 乾嘉时，清廷文字狱越发严酷，诗人大多不敢直面现实，揭露黑暗，文人学士都有避祸远害的心理。加之，此时的阳城诗人大多属下级官吏甚至是布衣诗人，沉沦下职，宦途坎坷，心情抑郁，有归隐之思，借山水之游以抒怀。江山美景、名胜古迹、地方风物、隐逸情趣和抒写羁旅情怀的作品渐渐增多。他们或好发议论，宗宋抑唐；或讲究性灵，宗唐抑宋。

清中晚期阳城诗人以诗社为人生交流平台，将阳城诗派的创作推向高潮，这时期地域诗歌的意识逐渐强化，地域诗歌流派在诗人自觉追求本土意

---

① （清）延君寿：《六砚草堂诗集序》，道光六年刻本。
② （清）赖昌期编：同治《阳城县志》卷11，成文出版社1975年版，第577页。
③ （清）赖昌期编：同治《阳城县志》卷15，成文出版社1975年版，第897页。
④ （清）杨深秀：《雪虚声堂诗钞》，续修四库全书1567册，上海古籍出版社2002年版，第98页。
⑤ （清）赖昌期编：同治《阳城县志》卷11，成文出版社1975年版，第559页。
⑥ （清）赖昌期编：同治《阳城县志》卷11，成文出版社1975年版，第560页。

象和固有品格中渐渐成型。

（三）"七逸诗社"和"梅花诗社"

"七逸诗社"由道光、咸丰年间闲逸杨庆云、涧逸李焕章、墨逸王萃元、心逸延常、柳逸曹承惠、樵逸张贻谷、书逸韩纪元等七位老人组成。《阳城县金石记》载七人皆"有唱和集，并各有传集"。① "七逸"都是皓首穷经的落魄秀才，虽一生穷困潦倒，仕途无望，却能达观地面对人生，自立诗社，自找乐趣。他们以或宗族、或乡邻、或师生、或幕友等关系而结成群体，集会连吟，唱酬和答，形成了有着一定社会影响力的诗社。

梅花诗社是在咸丰八年（1858）兴起的。时任阳城知县的王莲溪在政事之暇，写了《步张船山咏梅原韵八首》。诗在阳城文人中传开后，一时有数十人应和。王知县收录了李焕章、张贻谷等25人的应和诗，品评等次，辑为一册，题名《梅花诗社同吟集》。从诗社成员构成和诗歌内容来看，"七逸诗社""梅花诗社"都是松散的诗歌社团群体，是樊南诗社的尾声，也是阳城诗歌的最后烟霞。

四大诗人群结社聚友、诗酒唱和、竞风雅，在此种风气影响之下，阳城崇文的氛围十分浓郁，一批身居乡野，性情恬淡，吟赏烟霞的布衣诗人和僧侣诗人也登上诗坛，又推动了阳城崇诗尚文的创作高潮。张文炳顾性嗜诗，"刻苦玩学，久久稍成篇章"，长洲韩宗伯、新城王士祯、仁和汤少宰皆赋诗称颂。② 陈雪珊，性古峭笃学，终年闭户读书，延君寿为可以与张文炳并传的人物。③ 陈嘉谟笃学，"终岁闭户吟诵"，"不穷其蕴不止"④。除了布衣诗人外，还有一批诗僧在阳城诗坛上崭露头角。僧人立本与李焕章、杨庆云等组成"八逸诗社"，金台寺有圆义、广霖两个僧人，都有个人诗集。僧人本正在《和卢广文归山馆》中有"此去须防山路险，休从驴背苦吟诗"。

---

① （清）杨念先等著，栗守田校：《阳城县乡土志》，三晋出版社2009年版，第269页。
② （清）曾国荃：光绪《山西通志》卷157，中华书局1990年版，第10919页。
③ （清）赖昌期编：同治《阳城县志》卷11，成文出版社1975年版，第578页。
④ （清）赖昌期编：同治《阳城县志》卷11，成文出版社1975年版，第578页。

无论是"七逸诗社""梅花诗社"唱和、次韵、赠答，还是布衣诗人和诗僧的大量涌现，都从一个侧面反映了当时阳城作诗、吟诗之风很盛行。他们通过吟诗、赏画、游历、雅集等活动记录文人的流连诗酒、在审美文化生活中自得其乐的生存状态和心态，表现出鲜明的地域文化的特色。

综上所述，阳城诗歌在陈廷敬家族诗群、樊南诗社、七逸诗社和梅花诗社四个基层诗歌群体以及布衣诗人和诗僧的不懈努力和辐射效应下，成就突出，星光灿烂。在四大诗群的带动下，阳城相继衍生出数十位诗歌创作者和爱好者，他们诗歌风格具有独特的地域文化特色，在清代诗歌流派竞流的格局中应当占有一席之地，值得学界进一步探讨和研究。

三 阳城诗人群的文化品格

阳城处"河岳之奥区，太行王屋之交，风气完密"[1]，山高水深，民贫土瘠，舟车莫通，这种封闭的地理环境形成了"性近风雅，学尚气节""相率俭约，内重幽贞"[2]的地域性格，这不仅影响着阳城文人的文化品格，也影响着清代诗坛的精神气质。

（一）以"晋雅"为主流的多元风格

明清时期，文学地域的特征在创作中愈加凸显，人们多以地域特征来评价诗人的诗歌风尚。傅山在《书冯呐生诗后》中云："'晋雅'晚近盛于析城、高都，太原以北，大寥寥矣。"[3] 傅山论诗反对优雅雍容的风格，相反，十分推崇真率朴直的山地之风，而这种内重幽贞的山人气质正是"晋雅"的真正内涵所在。魏宪在《百名家诗选》中称赞陈廷敬的诗"有情，而词敷焉；有力矣，而神存焉。或曰：此晋风也。渭川秦陇之间，气萃而灵钟焉者也"[4]。

---

[1] （清）吴伟业：《白东谷诗序》，《梅村集》卷21，上海古籍出版社1990年版，第657页。
[2] （清）赖昌期编：同治《阳城县志》卷5，成文出版社1975年版，第218页。
[3] （清）傅山：《书冯呐生诗后》，《霜红龛集》卷17，山西人民出版社影印丁宝铨本。
[4] （清）魏宪：《百名家诗选》，四库全书存目丛书，第397册，第165页。

这种晋风，理论上表现为对崇实重节的人格节操、社会担当的理解和尊崇；创作上体现为对乡贤和前辈作家的接受和模仿；批评上则呈现为对地域文学特征的自觉意识和强调。

首先，注重崇实重节和社会担当。受明代不矜品行而致士风败坏的影响，阳城文人十分重视道德责任和道德气节，也很注重诗歌的思想内容。陈廷敬的《六公赞并序》表现出对乡贤卫文清、白胤谦、魏象枢、于成龙、张公椿、毕振姬的崇敬与礼赞之情，称他们为"天下之士"①。乡里前贤表现出的操行风节、榜样力量都使其域内的知识分子自觉将这一道德标准化为自我的人格精神，终其一生而严格践行，并影响至诗文创作与评论。陈廷敬立志以薛瑄为师，多次强调文人要修身养性，树立远大志向，涵养自己的道德操守。在诗歌中抒写自己清廉志向。"富也深知不可求，萧然郡复一钱留。菊英兰露山家有，剩得空囊且莫愁"（《绝句》）。陈廷敬不仅自己淡泊名利，不慕富贵，他也要求他的子女也能坚守操守，清正廉洁。他勉励陈豫朋"敝裘羸马霜天路，赖汝清名到处传"（《示壮履》）。告诫廷弼"宦途怜小弟，慎莫爱轻肥"。惠周惕慕陈廷敬清德余风，称赞其诗歌"实则蕴涵于道久，而精腴溢于外"②。张晋的《仿元遗山论诗绝句六十首》以"吏部才雄气亦豪，精神远与少陵交"赞赏杜甫、韩愈敢于担当社会责任的勇气，以"别裁伪体有谁知？绮语淫词一例除"肯定沈德潜奉行裨补世道人心的儒家之旨，又以"底事虞山老宗伯，一生倾倒独松园"否定钱谦益的人品与诗品的统一。所有这一切，都是对道德精神的强调所致。

其次，阳城诗人师法乡贤和前辈而有所创新。明末以来，阳城诗坛一直在张慎言、王国光和田懋慰的宗唐倾向影响下缓慢发展。张慎言诗"深丽而有清肃之风，高浑而有幽细之思"③。

---

① （清）陈廷敬：《六公赞并序》，《午亭文编》卷40，第418页。
② （清）陈廷敬：《午亭山人第二集序》，《清代诗文集汇编》第153册，第529页。
③ （明）张慎言：《泊水斋诗集跋》，国立北平图书馆甲库善本丛书。

> 吾阳城诗，午亭是天下士，不仅式一乡一邑。前代之王疏庵（国光）、张蕺山（慎言）在专门难以抗行，后来田退斋（懋覬）工计，却未多见。继之者为郭冀一（兆麟）、田楚白（珩）、张芝庭、王青甫、卫容山（昌绩）、樊梅轩（大基）、王鲁亭、陈明轩，余曾刻八人诗为《樊南诗钞》。再稍后则为隽三、金门、礼垣与余。多年不归里，闻诸生忽作忽辍，多不认真，午亭之香危乎几息。①

陈廷敬学诗宗杜甫、慕韩愈，"不学西昆学杜韩，也从曹植溯波澜"（《自嘲兼简内直诸公》），追求沉厚崛奇的风格，晚年仕与隐矛盾的加剧，他迫切希望归隐田园，转而崇尚陶渊明、白居易，"归让陶公三径早，退如白傅两年迟"（《将归杂咏十二年》）。陈廷敬诗作几乎篇篇有景，或行道，或游历，或感怀，山川草木、风花雪月、亭台楼阁、烟柳画桥，无不入诗。"流风舞回雪，飘摇盈客衣"（《冬日杂谈诗》），"水带春星动，沙流岸月明"（《棘津城》），"地连沧海月，树宿女墙云"（《中秋同诸子集城南张氏园》）。可以看出，陈廷敬的诗歌渊源很广，非局限数家之域，他在吮吸三晋文化养料的基础上，不断求新求变，形成自己独特的风格。自此以后，陈廷敬诗歌不仅成为阳城一乡一邑的榜样，也成为天下士子的楷模。在他的影响和启发下，郭兆麟、田珩、樊大基、卫昌绩等人作诗以王士禛"神韵"为宗，诗学尊唐抑宋。民间诗人田如锡，诗宗韦孟，而"骚坛四逸"延君寿、张晋、陈法于、张为基也沿着宗唐的方向发展。延君寿之言不仅梳理了阳城诗歌前后相继的脉络，而且特意强调了诗人之间的亲密交往，诗歌宗趣相互影响，会在各自的地区范围内左右着诗歌风会，造成一种繁荣的局面。

最后，有保存和整理地方文献及彰显地方文化的理念。以地域为标准辑录诗歌最早可追溯到唐代，此后各代不断增多，到清代则出现有意识、大规模整理乡邦文献的高潮。这些数量众多的乡邦诗歌文献总集，无不渗透着辑

---

① （清）延君寿：《老生常谈》，《阳城历史名人文存》第 7 册，三晋出版社 2010 年版，第 247 页。

录者的桑梓之情。如李锡麟《国朝山右诗存》，延君寿《樊南诗钞第一集》《樊南诗钞》，李鉴塘《樊南诗钞别集》，杨釜山《梅花诗社同吟集》，等等。李锡麟《国朝山右诗存》和延君寿《樊南诗钞》是两部诗歌总集，前一部刻于嘉庆六年，后一部刻于道光十八年。李著收录顺治至嘉庆初年山右诗人有589人，诗歌4211首，其中阳城一地诗人有33人，诗歌267首。延君寿辑《樊南诗钞第一集》收录10人390首。《樊南诗钞》是专门收录明清阳城诗人的总集，其收录诗人41人，诗歌467首。《樊南诗钞附录》增收4人37首，《樊南诗钞别集》收录26人88首。《梅花诗社同吟集》收录25人200首。《濩泽杨氏世德吟编》收录6人323首，去其重，五部总集共收录诗人103人，诗作3305首。延君寿在为《樊南诗钞》作序时云：

> 余仕宦走大江南北，谈艺家鲜有知阳城人者，所知则泽州相国（陈廷敬）而已。斯集之辑，容可已乎？今日辑之而断稿残篇，多不可得，使更迟之，则并此而无之矣。使有如此之诗，沉匿不彰，是亦仁人君子之所深戚者。他日刊行于世，见晋之一小邑，而能矫然自树者，林林有人，其亦西北之一幸也夫。①

乾嘉之际，阳城诗作多已"断稿残篇"，甚至"多不可得"，延君寿因其"沉匿不彰"，使仁人君子"所深戚者"而焦虑万分，于是荟萃自明以来的本土诗歌作品刊印出版，使阳城"矫然自树者，林林有人"，其中的桑梓之情令人赞叹。这类总集的编辑成书，不单单是出于保存地方文献，避免其"断稿残篇"散落不全目的，也志在示乡邦后进以途轨，彰显本地诗歌创作的繁荣局面，同时向郡内外推介本土诗歌成就的迫切心理。

（二）以空间转换为表征的乡土情结

对于诗人而言，一生往往辗转于不同的地方，每一个地方都是其丰富人

---

① （清）延君寿：《樊南诗钞序》，1921年铅印本。

生历程的见证，诗人在不断的空间转换的过程，其文学创作也会与其变换的地域环境发生千丝万缕的联系，从而具有特有的地域色彩。朱万曙认为地域的文学元素必然植根于作家的记忆和心灵之中，从而形成作家的"故乡"情结渗透在创作之中。① 这种情结蕴藏在中国文人的血脉里，拥有这种情结的人在内心对家乡都怀有浓浓的思念之情。

阳城前贤张慎言一生辗转家乡、山东、陕西、甘肃、江苏、京城各地，或为官，或贬谪，或罢官回乡，这大大小小的空间变化或多或少对其创作产生重要影响。《洎水斋诗钞》共五卷，各卷以作者诗歌所作之地命名，卷1《虎谷集》收录诗歌53首，卷4、卷5为《洎园诗集》收录诗歌124首，这三卷诗歌都是张氏回到家乡后所作，而第二卷、第三卷则为其在贬谪甘肃和赦免回京后所作。诗中不仅有"陇西""关山""玉关"等西北地域意象，也有"洎园""海慧院""虎谷""菌阁""漱酬亭"等家乡特有风物意象，同时，"水榭""亭台""碧云寺""弘光寺""京兆幕""太史"等充满京都色彩的地域意象也溢于卷中。总体上看《洎水斋诗钞》所载录皆是自己丰富多彩官场生活见闻的记录，从各个方面展示了诗人日常生活，或与友人集会，或送别朋友，或回乡闲居，或吟赏烟霞都带有浓郁的地方色彩和乡土情怀。

地域对文学的影响并不能仅仅局限于空间形态，也包括基于空间形态而出现的人文景观、自然景观以及衍生出的深层的文化意义和社会意义。诗人对诗歌物象的选择会随着地域的不断变化而发生改变。陈廷敬一生除了两次随驾南巡，一次祭告北镇，三次回乡闲居，大部分时间都在朝为官。徐乾学在《北镇集序》中描述了陈廷敬奉命祭告北镇出行的路线，"历卢龙，出榆关，循辽西之塞，望东海而临碣石，鸣笳启路，河山千里"。② 作者借"北镇""古榆关""首山""山海关""东海"等与北镇相关的物象抒写自己见闻以及所感，展现出一种睥睨万物的豪放情怀和积极进取的精神。回籍丁忧

---

① 朱万曙：《地域文化与中国文学——以徽州文化为例》，《中国人民大学学报》2014年第4期。
② （清）陈廷敬：《午亭集·北镇集序》，康熙四十一年刻本。

后，陈廷敬诗歌则写了大量描写家乡山水的咏物诗，家乡的樊川、王屋山、析城山、午园、鹤团、老姆掌、樊口、流花峪、太丘峰等成为他笔下常见的风物。陈廷敬经常借家乡景物抒发其思乡之情。他用"河东形胜古王畿，薄坂南来叠嶂奇。禹贡山川连底柱，唐风宫室尽茅茨"（《析城山》）表达其浓郁的乡土之情，借"小杜香名别，樊川莫浪看。东风来日下，春色至河干"（《除夕夜忆樊川寄舍弟》）阐发其思亲之情。作为一个馆阁之臣，家乡的山水乃至寓目的秋月春花、白云飞鸟都是陈廷敬的心灵栖息地，是他在政治生活之外的精神安放所。对家乡思念的乡土情结往往会表现为对身边事物的感怀，对家乡物象的过度肯定和美誉。阳城周边，山雄而秀，泉清且洁，名胜多而有意蕴，回乡后的张晋和延君寿常常相约游历山川风物，了解民俗风情，足迹踏遍阳城各个角落，常十数日而归。延君寿有《钟鸣峡》《游析城南峰放歌》《同游析城王屋山诗七首》《游析城山至圣王评》等，张晋有《登析城南峰放歌》《鳌背峰》《王屋山》等，这些山水诗写得大气磅礴，雄浑壮观，抒发了对家乡山川景物的赞美之情和审美感受。

综上所述，文学与地域有着十分密切的联系，文学的多样性特征在很大程度上实赖于地域文化的丰富性、多元性。清代阳城地区的文学受益于发达的科举事业、浓郁的人文氛围、本土乡绅的大力提倡而取得不俗成就，相继出现了陈廷敬家族诗群、樊南诗社、七逸诗社、梅花诗社几个创作群体，引领了阳城诗歌创作的繁荣局面，把以"晋雅"为主导的多元风格、以空间转换为表征的乡土情结、以躬行实践为主体的理性精神组成的晋学文化品质完美地呈现出来，在山右诗歌史上，甚至于中国诗歌史上应占据一席之地。

社会变革视野下的南宋文学地志化

——地名百咏自觉的地志书写

秦 蓁[*]

所谓"文学地志化",并不是指文学的发展在总体上呈现一个地志化的趋势,而只是出现了这样的现象。在不同学科相互渗透的过程中,南宋文学的某些方面逐渐出现了"地志化"的现象,这是众多文学现象中的一种。本文要讨论的,就是"这一种"文学现象。对于"文学地志化"的定义,笔者部分借鉴叶晔对这一概念的界定,即对于诗、词、赋等狭义的韵文文学来说,其第一功能本是言志、缘情、体物,却由于某些外力的介入,衍生出不同程度的、较为自觉的地理书写功能,并付诸创作实践,是"文学写作的地志化"[①]。凡具有较为自觉的地理书写功能,带有较强的地域采风、补史功能的文学作品或文学行为,都可纳入"文学地志化"的讨论范畴之内。本文限于篇幅,专题研究地名百咏这一"文学地志化"的典型文学体类及其嬗变过程。

南宋"文学地志化"是在社会变革的背景下,文学与地志的双向互动和相互渗透。首先,在魏晋南北朝,文学获得独立的学科地位和理论自觉。

---

[*] 秦蓁,文学博士,西南石油大学副教授。本文为教育部人文社会科学研究青年基金项目"南宋地志与近世社会研究"(项目编号:19YJC751036)阶段性成果。

[①] 叶晔:《拐点在宋:从地志的文学化到文学的地志化》,载《文学遗产》2013 年第 4 期。

在宋代，随着地志编纂的普及，比史学理论更为精专的地志理论初步生成。当文学和地志都步入了理论自觉的阶段，两者的双向互动和相互渗透才具有了实现的可能。其次，这种现象与宋代开始进入近世社会有极大的关系。在"唐宋变革"和"宋元变革"的双重变奏下，宋代成为"近世"的起点，近世社会的特征之一——精英地方化和地方社会的兴起，是南宋"文学地志化"现象发生的主观条件。随着宋代文人"地方"观念的强化，文人的乡土认同感增强。"在两宋以前，'地方'只是作为一个行政区划或方位名词而出现，没有太多的乡土指向，而到了宋代，人们对地方的理解已经有了边界意识，对不同地方的文化传统也有了更深刻的区别和认知。"[①] 这种地域内的认同意识和地域之间的区别认识，是文学在自觉层面对地方空间进行全面书写和完整展现的心理依据。近世社会的第二个特征，即随着士阶层的分化和文化的下移，出现了士人的"江湖化"和文化的通俗化、大众化，这是南宋"文学地志化"现象发生的客观背景。文学创作主体的身份由庙堂到江湖，由传统的精英士大夫到非士大夫的知识阶层，其价值取向和知识兴趣的转移使文学出现了非庙堂的地方书写模式。

一　北宋地名百咏——从人文化到"地志化"的过渡

宋代可考最早的地名百咏是宋仁宗时期杨备所作的《姑苏百题》和《金陵览古百题》两组诗歌，成集行世，但诗集已亡佚。《全宋诗》辑其诗共115首，编为两卷。《姑苏百题》仅存35首，大部分是从《吴郡志》中辑出；《金陵览古百题》保存得较好，今存80首。两组《百题》均为七言绝句。杨备于宋仁宗明道年间知华亭县，因喜爱姑苏风物，便移家于吴中，曾效仿白居易体作《我爱姑苏好》十章，《姑苏百题》应作于其间。庆历年间，杨备以尚书虞部员外郎分司江宁府，推测《金陵览古百题》即作于此间及之后。

---

① 叶晔：《拐点在宋：从地志的文学化到文学的地志化》，载《文学遗产》2013年第4期。

《姑苏百题》和《金陵览古百题》继承了晚唐五代大型咏史组诗的结构模式和书写方式，但又带上了宋型文化的特征。具体来讲，《姑苏百题》主要吸收了景观组诗的写法，侧重于歌咏地方风物，以描写景物为主，写景细致逼真，文学性强。《金陵览古百题》则更多的是咏史怀古诗的路径，重在"览古"，在咏山川形胜、人文古迹的同时，于诗中注入浓重的历史之思和兴亡之慨。在怀古咏史时，还显露出宋诗善于议论的特色，并以翻案的手法，将前人已吟咏数遍的同一古迹翻出新意，体现出宋人理性精神的强化和历史识见的深化。

　　宋代的史学在广度和深度方面，较之唐代都有了新的发展。反映在咏史诗方面，除了因博通史籍、深于学问而使宋代咏史组诗和专集创作大为丰富，在内容上除熔铸了更多的历史掌故、事实外，还把目光投向历来不被重视和注意的人物事件，同时将阅读面拓展到别史、专史、野史，把奇闻逸事也纳入咏史诗的创作范围。随着士大夫学者化程度的加深，已不满足于对文史典籍的复制和记忆，更强调对历史文化的深刻见识和反思，使宋代史学成为一种义理之学、识见之学。所以宋代咏史诗以史论体为主，议论深刻透辟，角度新颖，形成了深、新的诗学特征。对于正史中的重要人物和事件，前代多有成说。宋代士人为了展示识见，往往推翻成说，从不同的历史角度、视野进行思考，导致了翻案体咏史诗的盛行。杨备的《金陵览古百题》中就有不少议论颇新的诗作，比如《新亭》："满目江山异洛阳，北人怀土泪千行。不如亡国中书令，归老新亭是故乡。"① 将之与南唐朱存《金陵览古》中的同题诗《新亭》相比较，其诗曰："满目江山异洛阳，昔人何必重悲伤。倘能勠力扶王室，当自新亭复故乡。"② 两首诗第一句是一样的，越发能彰显二诗在相同的本事下，对历史的不同解读。朱存诗是依据历史典故本身正面立论，透过历史表象探究事件背后的因果关系，以假设语气出之，准确地表达出历史典故的主旨；而杨备诗却翻进一层，认为过江诸人新亭对

---

① 北京大学古籍研究所编：《全宋诗》卷124，北京大学出版社1999年版，第1430页。
② 北京大学古籍研究所编：《全宋诗》卷1，北京大学出版社1999年版，第4页。

泣于事无补，不如随遇而安，以侨乡为故乡，表现了宋人尚自适、自持的理智态度。

杨备两组览古百题诗还有一个特点，即"各注其事于题下"①，这成为后来地名百咏的典型特征。"各注其事于题下"就是以"题注"的方式，对所咏古迹、山川、建筑进行必要的介绍，交代其地理方位、得名由来、沿革兴废、历史故实、神话传说等，并征引史籍、地志以保证其纪实性，有时还引用前人相关诗文。杨备的览古组诗收录入《全宋诗》中，但已不见题注。由于是从地志中辑录出来的，大部分地志存诗而不录题注，导致今天已不知题注的具体内容。

"题注"唐代已有之，是唐诗书写的重要组成部分。作为"自注"的一个重要类型，"题注"不同于诗中注和诗末注。虽然附于诗题之下，却不是对诗题中字词的注释，而是对诗歌创作背景的提示和说明，如创作时间、创作地点、创作缘起、创作背景、所包含的事件和人物等，其内涵是指向整篇诗歌的。这是就诗歌题注的一般内容来说。具体到地名百咏的题注上，因为诗歌重在咏"地名"以及"地名"所涉及的历史事件、掌故、传闻等，所以题注就具有了交代地理掌故的功能。将题注与诗句结合阅读，名胜古迹的沿革、位置、状貌及兴废便历历在目。这种加"题注"以交代"地名"所包含"本事"的方式，其实是宋代历史主义和知识主义的学术取向与知识兴趣的体现。

"对作品本意的判定，不仅需要了解诗人所处的'时世'和诗人自身的'出处'，还需要'曲尽'诗人的'原本立意始末'，即获得有关创作该作品的具体背景资料。宋人把这种背景资料叫做'本事'"②。但由于地名百咏的特殊性，其本事不是创作背景，而是侧重于所咏地点和景观所包含的历史典故与人物故实，"所以诗文里典故的原始出处有时也称为'本事'"③。这

---

① 北京大学古籍研究所编：《全宋诗》卷123，北京大学出版社1999年版，第1423页。
② 周裕锴：《中国古代阐释学研究》，上海人民出版社2003年版，第236页。
③ 周裕锴：《中国古代阐释学研究》，上海人民出版社2003年版，第243页。

使地名百咏的"题注"带有论世和释事的双重阐释。而对这些遗事的记载，也带有史学家补阙式的态度。对作品"本事"的探寻成为宋代诗歌诠释者的一种癖好，具体到地名百咏上，就是"钩稽事实"，并实地探访考证，然后结合史籍、地志等文献进行考辨，这是一种明确的纪实、补史之意识。

宋代史学发展出了重视历史事实考据，以求信、求真为目的的历史考据学。北宋中期的庆历时代，是新儒学成为主流学术思想的时代。与新儒学声气相通的义理史学在此时大盛，修史时注重考据也蔚然成风。宋代史学重考据而轻权威的风气奠定了各学术领域的思想基础：作为有宋一代之学问的金石学，宋人治此学，于搜集、著录、考订、应用各方面无不用力；宋代地理学兴盛，地理考辨之学问也随之而起。宋人编纂地志时，不止于抄录计簿，也不是对山川地势的文学性书写，更非将驳杂的文献数据进行删修润色后加以排比，而是以历史考据的方法，对各类文征进行考订、辨析，并旁考经籍、搜求探访第一手数据，甚至实地考证。比如北宋中期的陈舜俞撰《庐山记》三卷，其缘起竟是不满前人所著的庐山地志粗疏涣散，遂亲自探访，以六十日之力尽南北山水之胜，纠正前人志略中的错误，增加佚文，考订草木石碑，并作俯仰之图，寻山前后之次以冠之。

这种学术精神影响到宋代的景观组诗，也出现了以金石考订、地理考证的思维和方法对所咏景观与地名进行考辨和亲证的情况，一定程度上改变了唐代景观诗或名胜题咏诗侧重咏物抒怀的写法，一变诗歌抒情言志的工具为考证古迹、网罗史地的载体。最典型的当数唐询自序其作《华亭十咏》之缘起、意图及过程：

> 华亭本吴之故地，昔附于姑苏，佩带江湖，南濒大海，观望之美焉。历吴、晋间，名卿继出，风流文物，相传不泯，闾里所记，遂为故事。景祐初元八月，予被诏为县，至部且一年，而图圄多囚系，簿书婴期会，鼂没朝夕，精疲意殆，凡山川风物在境内者，未尝一日而讲求焉。粤今秋，邑人有讼古泖湖者，持旧图经诣庭以自直，因得而究之。

凡经所记土地、人物、神祠、坟垄，所言甚详。行部之余，辄至其地，因里人而咨焉，多得其真。代异时移，喟然兴叹。即采其尤著者为十咏，皆因事纪实，按图可见。将以志昔人之不朽，诚旧俗之所传云尔。①

这段序言清晰地交代了唐询虽早已闻知华亭地方风物形胜之美，任职其地后却因公务缠身，未及游历。偶然在图经的触发下，亲临其地，对图经所载古迹遗址进行探访、考证，并将这些纪实性很强的资料以题注的方式载于《十咏》之中。《华亭十咏》专意挑选了十处最能代表华亭地方文化的人文遗迹进行赋咏，每首诗都加题注，补充所咏胜迹的地理位置、历史掌故等内容。以第一首《顾亭林》的题注为例，其载曰："顾亭林湖在东南三十五里，湖南又有顾亭林，相传陈顾野王居此，因以为名焉。"② 介绍顾亭林的具体方位及得名由来，虽比较简单，但其书写行为所体现的地方观念以及较为自觉的纪实意识，简直是缩小版的"地名百咏"。然《华亭十咏》尚不具备自觉的地方书写意识，其纪实性的内容也比较简略，很难有效承担保存地方历史信息的文本功能，且诗歌内容还是传统怀古咏史诗的路数。所以，如果要将之认为已"文学地志化"，尚不充分。

宋代文学的地志化，其实质是具有自觉意识的对"地方"的文学书写，因此要在"地方观念"出现后才会发生。"唐宋变革"的内容之一，科举的制度化和完善化，使庶民获得出仕除官的均等机会，文化主体遂由贵族士大夫转变为科举士大夫。科举使教育得到普及，促进知识文化的接受阶层扩大，但源源不断加入科举队伍的士人终于超过了文官体制的容纳上限。从北宋中后期开始，随着士人人数的饱和，科举之路空前拥堵，只有比例极小的士人才能向上流动成为士大夫阶层；即使进士中第，但官多阙少，待次时间延长；即便得阙任官，也长期沉沦"选海"，或断续做着在任时间不长的小官；再加上贬谪、奉祠、退居、丁忧等因素，使宋代官员"居官之日少，

---

① （宋）唐询撰：《华亭十咏序》，见《全宋诗》卷272，北京大学出版社1999年版，第3450页。
② （宋）唐询撰：《华亭十咏序》，见《全宋诗》卷272，北京大学出版社1999年版，第3450页。

退闲之日多"。① 而在及第之前，士人的求学应举生活，本就主要是在地方进行。这样，从北宋中后期开始，在地方上就逐渐积累起一定数量的士人，形成"地方精英"，"地方观念"开始萌发。而地名百咏数量的大增，正是从北宋中后期开始的。现今可考的就有杨蟠《钱塘西湖百题》《永嘉百咏》两组，郭祥正《和杨公济钱塘西湖百题》，华镇《会稽览古诗》103 首，仰忻《永嘉百题诗集》以及阮阅《郴江百咏》。在北宋中后期这些地名百咏中，华镇《会稽览古诗》与阮阅《郴江百咏》最具"地志化"的特征，说明北宋中后期正是"地方"观念开始形成的时间点，也是地名百咏开始"地志化"的裂变期。

华镇字安仁，会稽人，神宗元丰二年（1079）进士，生活在北宋后期，以郡人身份创作《会稽览古诗》103 首，今仅存 9 首，乃从方志中辑出。《宝庆会稽续志》卷 5 "人物"有华镇传记，称其"尝为《会稽览古诗》凡百余篇，山川人物，上自虞夏，至于五季，爰暨国朝，苟可传者，皆序而咏歌之。历按史策，旁考传记以及稗官琐语之所载，咸见采摭"。② 可谓博采众书，考据精核，用力颇深。而这组百咏诗"山川人物，上自虞夏，至于五季，爰暨国朝"的内容，已经有了明显的做"地方史"的意图，这是"地方"观念的体现，已表现出强烈、自觉的地方书写意识，其百篇有余的规模也可保证以相对完整的方式来展现地方风貌。"苟可传者，皆序而咏歌之"是从较深入的微观视角，呈现会稽一地的历史、地理、人物、风俗、文化等信息，带有较强的地域采风、补史功能。而"历按史策，旁考传记以及稗官琐语"则确保诗作有较强的纪实性。以上诸种都表明华镇《会稽览古诗》已具有了较为自觉的地志书写目的，不同于之前的地名百咏，只有地志文学的结构和规模，不具备主动的创作动机以及地志文本功能。又顾宏义《宋朝方志考》著录了华镇编纂的地方志《会稽录》一卷，则可合理推断，修撰了方志的华镇，完全可以将地志编纂的目的、方法、功能和注释模

---

① （元）马泽修，袁桷纂：《延祐四明志》卷 14《学校考·本路乡曲义田庄》，宋元方志丛刊本，中华书局 1990 年版，第 6343 页。
② （宋）张淏纂修：《宝庆会稽续志》卷 5，宋元方志丛刊本，中华书局 1990 年版，第 7147 页。

式等,自觉地运用到文学创作之中,从而使《会稽览古诗》"地志化"。

阮阅《郴江百咏》完整保存至今,因此对其"地志化"特征就可实现较为具体详细的分析。"文学地志化"是一个强调创作者动机意识,强调文本的结构和功能的概念。首先作者要对地方文化有主动表述的意图,而作者的创作意图和目的往往在自序中有所交代。阮阅《郴江百咏》原序曰:

> 郴古桂阳郡,陈迹故事尽载图史,亦间见于名人才士歌咏,如杜子美《寄聂令入郴州》、韩退之《郴江》、柳子厚《登北楼》、沈佺期《望仙山》、戴叔伦《过郴州》之类是也。山川寺观之胜,城郭台榭之壮,未经品题者尚多,亦可惜尔。余官于郴三年,常欲补其阙,愧无大笔雅思可为。然因暇日时强作一二小诗,遂积至于百篇,虽不敢比迹前辈,使未尝到湖湘者观之,亦可知郴在荆楚自是一佳郡也。[①]

《郴江百咏》由阮阅自序于宣和五年(1123)二月,则百咏应成于此前的3年间,即阮阅任职郴州期内。郴州在唐代、北宋时期仍属边远之地,是获罪官员编管安置之地。郴州又地处荆湘通往广南的要道,所以贬谪官吏、过往文士皆有诗篇留存。但过往作短暂停留的诗人,咏郴州诗所抒发的多为羁旅之愁、贬谪之怨,缺乏对郴州地方文化主动表述的欲望和意识。阮阅于北宋末年任职郴州,他认为前人虽留下不少篇什,但"山川寺观之胜,城郭台榭之壮,未经品题者尚多,亦可惜尔"。这种自觉的地方书写以及补地方文献之阙的目的,与地方士人将一地的方志、地域诗文总集之未编修视为"阙典"有着相似的心理。而"虽不敢比迹前辈,使未尝到湖湘者观之,亦可知郴在荆楚自是一佳郡也"又有着明确的要为郴州作传的意识。这种主动传播地方文化的意图,正是"文学地志化"的创作者动机。

《郴江百咏》诗歌的编次是按照题材类别排列的,同类型的就编排在一

[①] (宋)阮阅撰:《郴江百咏序》,见《全宋诗》卷1151,北京大学出版社1999年版,第12994页。

起，概括归纳一下，依次是：楼园、亭台、道观、山（包括岩石）、水（包括井泉）、寺庙、古迹（包括桥梁、坟墓、城岗、关岭、故宅、驿铺等）。这种排序方式，既可能受到同时期类编地域诗文总集的影响，也类似于方志"平列门目"的体例和编排方式。《郴江百咏》皆为七言绝句，每首诗下虽无题注对所咏地名的地理方位和历史掌故进行说明，但许多诗歌的头两句往往描写景点的位置、环境，如首句从对面写起，交代方位的：

> 危城雉堞对东山。（《东楼》）
> 危楼百尺对东山。（《西楼》）
> 结茅编竹对高丛。（《灵寿庵》）
> 雕甍画栋对群山。（《真仙亭》）
> 轩户萧条对北垣。（《竹轩》）
> 江岸南峰对石城。（《南塔寺》）①

《郴江百咏》中的很多诗都是以实写甚至以图志的形式和方法，囊括所咏景点周围的景物布局，比如《上仙阁》："曲槛危梯紫翠中，苏仙宅畔古城东。不须更著登山屐，万岫千峰一日穷。"②前两句就介绍了上仙阁的位置及其周围的环境，景观的地理布局。又《俯春亭》："城上危亭可摘云，四边山色翠为邻。下窥城郭无余蕴，草色花光尽是春。"③"城上""四边""下窥"这些表现空间方位的词语将俯春亭的地理属性表述得清晰明白。

《郴江百咏》艺术水平不高，很多诗作都是第一、二句交代位置和环境，视角往往从对面写起，第三、四句用"不但""不如""不可""不用"等否定语气对前事进行判定和追问，结构重复；表现地势高峻就反复用

---

① （宋）阮阅撰：《郴江百咏》，见《全宋诗》卷1151，北京大学出版社1999年版，第12995—13003页。
② （宋）阮阅撰：《郴江百咏》，见《全宋诗》卷1151，北京大学出版社1999年版，第12995页。
③ （宋）阮阅撰：《郴江百咏》，见《全宋诗》卷1151，北京大学出版社1999年版，第12995页。

"危"来形容,语意缺少变化;意象单一,不精心选择,多描述性意象,所以组诗更像导游图而非风景画。地名百咏固有的缺点,即词汇、意象重复度较高,给人千篇一律的感觉,在《郴江百咏》中皆有体现,但地名百咏的价值不在文学性上,而在纪实性上,在其认识价值和社会文化价值上。

二 南宋地名百咏——近世社会下的"文学地志化"

地名百咏是一种文学作品与地理注释相结合的诗歌地理志形式,兼具诗歌与地志功能的文体。但"文学地志化"是一个以作者为中心的概念,强调作者的创作意图。也就是说,"地志化"的文学所兼具的地志书写功能,是创作者主动赋予的,是作者从其主观意识出发,在创作时自觉地使文学带有地理志书功用,而不是从读者的视角出发,由读者读出作品中带有一些地理特征或者地域属性的。① 这就是北宋前期的地名百咏并没有"地志化"的根本原因。这些组诗也有着上百篇的规模,也略作考证,注于诗题之下,似乎也具有地志文学的文本结构,而且题注和诗文中也的确保存了大量的地域文化和史料。但这并不是作者出于主动的创作意图,也没有明确的地方书写意识,所以就不会凸显"地方"之间的区别性和特殊性。

试比较三组吟咏西湖风物景观的西湖百咏诗,分别是北北宋中期杨蟠的《钱塘西湖百题》,郭祥正的《和杨公济钱塘西湖百题》以及南宋末期董嗣杲的《西湖百咏》。通过比较可以看到,相比杨、郭二人,董嗣杲的百咏诗很明显地表现出"地志化"的倾向和特征。

首先,从创作意图来看,董作有自觉的地方书写意识和目的,其《西湖百咏》序于咸淳八年(1272),其中有言:

> 钱塘西湖为东南伟观,穷骚人墨客技不得尽。元祐间,杨、郭二子皆以百绝唱,乃无嗣音者。……予长兹地,与山水为忘年交,凡足迹所

---

① 叶晔:《拐点在宋:从地志的文学化到文学的地志化》,载《文学遗产》2013年第4期。

到，命为题，赋以唐律，几二十余年，仅逮百首。然皆目得意寓，叙实抒写，非但如杨、郭二子披图按志、想象高唐而已。搜索奇胜，难遍以数举，此直据予所见，不以夸奇斗胜为工也。……将使百千年后登览降望于西湖上者，因诗有感焉。①

董嗣杲以郡士的身份，有意识地进行地方文化的建构和地方空间的塑造。他实地探访，务求"叙实抒写"，最大的特征就是极其写实，"不以夸奇斗胜为工"，目的是要"使百千年后登览降望于西湖上者，因诗有感焉"。这种自觉的补地方文献之阙和传播地方文化的动机，正是方志所具有的功能。所以他批评杨蟠、郭祥正百咏诗是"披图按志、想象高唐而已"。其实杨、郭的诗作并不都是"想象高唐"的，郭祥正到过杭州，杨蟠与西湖的渊源更深，他不仅曾任杭州通判，晚年更寓居钱塘湖上。董嗣杲如此批评，是因为二人没有要为西湖作传的明确意识，作品中也没有很直接的"就地论地"，不具有明显的纪实色彩，这其实是董嗣杲以"文学地志化"的要求和观念来看待杨、郭之作。

其次，从具体诗作来看，董作已具有明显的地理志书功能。杨、郭二人的百题诗或怀古咏史，或写景抒怀，显现出来的文学意识很强，诗歌尚多吟咏，注重营造诗境，文学性强；而董诗纪实性强，其吟咏功能逐渐弱化，界定"地方"的实质功能大大增强。以三组诗中都吟咏到的地名《保叔塔》为例：

保叔塔

杨蟠

寂寥千古事，今日有谁登。

落日云间合，空中露几层。②

---

① （宋）董嗣杲撰：《西湖百咏序》，见曾枣庄、刘琳主编《全宋文》卷8259，第356册，上海辞书出版社、安徽教育出版社2006年版，第410页。

② （宋）杨蟠：《保叔塔》，见《全宋诗》卷409，北京大学出版社1999年版，第5045—5046页。

宝叔塔

郭祥正

宝叔存遗塔，影摇湖水光。

层层仙露湿，苔藓自生香。①

保叔塔

董嗣杲

在巨石山上，又名石甑山。《郡国志》云：上有七层古塔，开宝中钱氏建寺。咸平中土僧永保入市募修，当坊俗人呼为保叔，以此名保叔塔。《方舆胜览》载保所塔，非。治平中改崇寿额，僧徒专以年建预修冥会，普结众缘。

咸平曾有募缘僧，遍走街坊负叔称。定力一坚无外想，窣波七级可中兴。

愚夫春日烧冥庵，道者昏时炙梵灯。只怪青龙行雨过，烟云偏护最高层。②

杨诗和郭诗是一般景观诗的写法，对所咏景观是一种泛论，既没有说明保叔塔的得名来由和所包含的典故，所抒之情也只具有"泛指性"。也就是说，这种描述方式可以适用于任何的楼、塔等建筑，把题目换成其他的登高建筑，内容不变，也是没有问题的。这种书写方式并不突出景观的个性和特指性，也不与景观所在的"地方"发生关联，体现不出这是"杭州"的"保叔塔"，仿佛把这座塔放在任何地方，诗作内容同样是适用的。这种"泛指性"使保叔塔只是作为一种"历史性景观"而存在，只存在于历史时空中，不是"地方性景观"，是存在于某个特定地理环境里的。因为景观诗或怀古咏史诗是"以景写心"，不论什么景观，所写之"心"也都更多指向传统的文人价值取向，比如宏大的历史叙事，怀才不遇的文人共同际遇，历

---

① （宋）郭祥正：《宝叔塔》，见《全宋诗》卷778，北京大学出版社1999年版，第9007页。
② （宋）董嗣杲：《保叔塔》，见《全宋诗》卷3571，北京大学出版社1999年版，第42693页。

史的沧海桑田,时空中个体的渺小,等等。

而董诗则完全不同。他不仅以题注的方式将杭州保俶塔的始末、逸闻、掌故、人物交代得十分清楚,资料翔实。更重要的是,诗歌内容与题注内容有很紧密的呼应,不是泛论的咏史抒怀,而是对此地此景的具体描述和表达,指向性明确。题注与诗句相结合,保俶塔的实指性彰显无遗:它只能是"保俶塔"而不可能是"雷峰塔"。它也只能是"杭州"的一处景观,而不是任何其他地方的古迹建筑。这种特指性使得它成为一个"地方性景观",与"地方"紧密联系起来。董诗之所以能这样,是因为他是"以景写地方",突出此地景观与彼地景观的区别。景观的这种"实指性"和"特定性"不仅使董嗣杲《西湖百咏》具有很强的纪实性,而且使杭州西湖具有了与其他"地方"景观相区别的边界性和差异性,这是典型的地志书写方式。

这再一次证明,"文学地志化"现象只能发生在"地方"观念兴起之后。虽然北宋前期的地名百咏比起更早的诗歌已强调了"地"的因素,命题立意也多以"古迹遗址"或"地域景观"为核心,但"地"不等于"地方"。在中国儒家文化的传统中,士大夫"修齐治平"最终指向的是"天下","国"是凌驾于"家"之上的。因此,以往不是没有"家",也不是没有"地方",而是以往的"地方"更多是行政区划的方位名词,是相对于"中央"的政治区域。包弼德曾提出"地方史"① 兴起的观点,认为南宋以降,"地方"观念变成士人思想中一个非常重要的概念。北宋士大夫整体上"国"的观念突出,他们有着明确的国家立场,要把"天下"的责任担在自

---

① 近年来,地方史的研究在美国汉学界兴起,并取得了较大的成就。在地方史的研究中,方志被当作中国"地方史"的出场形式,引起了学者的关注。基于宋元时期地方志的大量出现,中国文人为何热衷书写"地方史"作为一个富有意义的论题被提了出来。有的学者认为,"地方史"的书写正是"精英地方化"、文人"地方化"了的标志。参见 Robert P. Hymes, *Statesmen and Gentlemen: The Elite of fu-chou, chiang-hsi, in Northern and Southern sung*, Cambridge: Cambridge University Press, 1986; Peter K. Bol, The Rise of Local Gazetteer: History, Geography, and Culture in Sourthern Song and Yuan Wuzhou, in *Harvard Journal of Asiatic Studies*, Vol. 61, No. 1, 2001, pp. 37 – 76。译文见 [美] 包弼德《地方史的兴起:宋元婺州的历史、地理和文化》,吴松弟译,中国地理学会历史地理专业委员会编《历史地理》第 21 辑,上海人民出版社 2006 年版,第 432—452 页。

己肩上。而南宋士人的"地方化",不仅仅表现在身居乡里,人在地方,更是心在地方,有着浓郁而突出的"地方"观念,这在南宋是一种较为普遍的思想观念。这样,南宋"地方化"的士人就既不同于传统隐士的身在地方而心在朝堂,也不同于北宋精英士大夫将个体价值放置于国家利益和天下责任的实现上,而是在地方积极参与公共事务建设、地方公益事业甚至地方教化和文化建设。

社会变革也引起了士阶层的分化和文化的下移,江湖文人就是一个向下流动的群体和阶层。他们在心理上、观念上都已逐渐与"天下"和"国"与政治产生了主动的疏离。他们长期游走在地方和江湖,关注日常社会生活价值的实现。所以这种思想观念上的地方化和江湖化,不同于传统隐士"身在江湖而心存魏阙"的价值观。在两宋以前,没有太多的乡土指向,到了宋代尤其是南宋,由于"地方"观念的兴起,人们对于"地方"的理解已经有了边界意识,对不同地方的文化传统也有了更深刻的区别和认知。[①]所以南宋士人特别热衷于以编纂各种地方文献(如方志、地域诗文总集)来对一地的历史和文化进行构建,对地方空间进行塑造,从而建构了各自具有差异化的地域文化。地名百咏也逐渐与方志、地域诗文总集合流,共同承担起了地方书写的功能。

由"国"到"家",由"天下"到"地方",地方化和江湖化了的南宋士人拓展了"地方"的外延。他们把目光从身边的家乡转向了宦游的任所和行旅的山水,在吟咏风土景观的同时,对"地方"进行了详细的记录和空间的定格,这正是在认识不同的"地方"。在南宋士人更为频繁的旅行、游学、游宦、游幕、干谒、交游中,在家乡和他乡的比照中,认识了他者,更认识了自我,强化了边界意识和区别意识,家国观念完成了新的诠释。此时的"国"已不再是天子的国,既不是简单的地理概念,也不是单纯的政治概念,而是文化概念意义上的"国"。正如包弼德所说的那样,"国家首

---

① 叶晔:《拐点在宋:从地志的文学化到文学的地志化》,载《文学遗产》2013年第4期。

先是作为一个地方的集合体而存在着，各地在共同拥有的范围内创造了自己的特性，从而使国家有了具体的表现形式"。①

所以，在南宋"地方"观念不断深化的文化背景下，地名百咏大量涌现，并成为"文学地志化"最典型的文学体类。今天保存比较完整的就有许尚《华亭百咏》、曾极《金陵百咏》、方信孺《南海百咏》、张尧同《嘉禾百咏》以及董嗣杲《西湖百咏》，极具代表性。这些地名百咏的作者虽然不都是吟咏自己家乡的风物，但由于普遍拥有"地方"观念，能自觉以地方书写的意识进行创作。

结 论

宋代地名百咏的"地志化"经历了一个发展演变的过程。因唐宋变革而渐成文化主体的科举士大夫创造了成熟的"士大夫文化"，使北宋前期的地名百咏具有了人文旨趣、历史意识、知识主义等特征，但尚未"地志化"。随着"地方"观念的产生，北宋中后期的一些地名百咏，初步具有了"地志化"的品相。真正的"文学地志化"出现在南宋。在社会变革的作用下，创作者具有了自觉的地志书写意识，实现了地名百咏与地志的互文互动。地名百咏作者的地方化和江湖化，也使地名百咏具有了某些"近世化"的特征，从而衔接了明清时期具有成熟"地志化"属性的风土文学。

---

① ［美］包弼德：《地方史的兴起：宋元婺州的历史、地理和文化》，吴松弟译，中国地理学会历史地理专业委员会编《历史地理》第21辑，上海人民出版社2006年版，第452页。

文人流布、作品流播与文学研究

"乘危远迈,杖策孤征"

——玄奘西行与唐代"丝绸之路"

高建新[*]

东汉(25—220)朝廷对西域的治理经历了"三通三绝",即三次进入西域又三次撤退,反映了经营西域的困难与统一局面的来之不易,业已开拓的"丝绸之路"也因此时通时闭,不能畅行。400年后,唐王朝建立。到了贞观初年,由于国家强大、中西贸易与文化交流需求迫切,"丝绸之路"再次全面贯通而且日见繁荣,唐太宗大败西突厥之后对安国使者说:"'西突厥已降,商旅可行矣',诸胡大悦。"(《新唐书·西域传下》)[①] 玄奘是唐王朝建立之后第一个沿着"丝绸之路"西行取经并取得卓越成就的佛学家、翻译家、旅行家。

一

玄奘,洛阳人,出生贫苦,父母早丧,十三岁出家,成年后游历各地,拜访名师,精研佛经,未至而立之年已名满天下。关于玄奘享年,有数种说

---

[*] 高建新,内蒙古大学文学与新闻传播学院教授。本文为基金项目2020年度教育部哲学社会科学研究重大课题攻关项目——"唐代丝绸之路文学文献整理与研究"(项目编号:20JZD047)阶段性成果。

[①] (宋)欧阳修、宋祁:《新唐书》(册二十),中华书局1975年版,第6244页。

法，本文取六十五岁之说，亦即生于隋文帝开皇二十年（600），卒于唐高宗麟德元年（664）。① 玄奘是一位不满足现状、勇于探求的佛学家。他说：

> 奘桑梓洛阳，少而慕道。两京知法之匠，吴、蜀一艺之僧，无不负笈从之，穷其所解。对扬谈说，亦忝为时宗。欲养己修名，岂劣檀越敦煌耶？然恨佛化，经有不周，义有所缺，故无贪性命，不惮艰危，誓往西方遵求遗法。②

在讲经过程中，玄奘深感佛教各派学说分歧，"经有不周，义有所缺"，无从获解，于是决定西行求法，亲证佛说。《旧唐书·方伎传》："僧玄奘，姓陈氏，洛州偃师人。大业末出家，博涉经论。尝谓翻译者多有讹谬，故就西域，广求异本以参验之。贞观初，随商人往游西域。"③ 玄奘陈表太宗，请允西行求法，但未获批准。因为开国不久，朝廷防范西突厥，边境管理极严，百姓不得随意西行，然而玄奘决心已定，"无贪性命，不惮艰危"，决定私越国境，沿着"丝绸之路"自行前往。贞观三年（629），玄奘二十九岁，开始沿着"丝绸之路"前往天竺的取经之旅。王成祖教授认为，玄奘实际从长安出发是贞观元年（627），贞观三年是从高昌再次出发的时间④。

这是一趟惊心动魄、九死一生的旅程，生命时刻受到威胁甚至丧失。玄奘是从长安出发，经秦州（今甘肃天水）、兰州进入河西走廊到达凉州的，登坛说法一月之后决定前往瓜州（今甘肃安西县东南）。当时的"丝绸之路"分南北两道通往中亚地区：南道由瓜州越敦煌，沿着今天的阿尔金山山脉经鄯善（今新疆若羌）、于阗（今新疆和田），折向西北至莎车，西逾葱岭，进入中央亚细亚；北道从瓜州北进入伊吾（今新疆哈密）、高昌（今

---

① 杨庭福：《玄奘年谱》，上海古籍出版社2011年版，第1页。
② （唐）慧立、彦悰著，孙毓棠、谢方点校：《大慈恩寺三藏法师传》，中华书局1983年版，第15页。按：下引只标出书名、页码。
③ （后晋）刘昫等撰：《旧唐书》（十六），中华书局1975年版，第5108页。
④ 王成祖：《中国地理学史》（上），商务印书馆1982年版，第99页。

新疆吐鲁番),沿天山南道、塔克拉玛干沙漠北缘西行,经龟兹(今新疆库车)由疏勒度葱岭进入中亚,再西南行至罽宾(今克什米尔一带),罽宾的南面就是北印度了①。因往来商旅多选择北道,玄奘于是选择了北道。玄奘"不敢公出,昼伏夜行",好不容易到了瓜州。此时凉州发出公文,要求捕抓准备私自出境的玄奘:"有僧字玄奘欲入西蕃,所在州县宜严候捉。"②

在当地僧人的帮助下,玄奘继续西行,路遇一长一少两位胡人,老者熟悉西行的路况,劝玄奘说:"西路险恶,沙河阻远,鬼魅热风,遇无免者。徒侣众多,犹数迷失。况师单独,如何可行?愿自斟量,勿轻身命。"玄奘回答:"贫道为求大法发趣西方,若不至婆罗门国,终不东归,纵死中途,非所悔也。"③决心已定,绝不退缩。玄奘向玉门关进发,年少的胡人愿意相随,中途却又反悔,玄奘只能孤身前行:

> 自是孑然孤游沙漠矣,唯望骨聚、马粪等渐进。顷间忽有军众数百队满沙碛间,乍行乍息,皆裘褐驼马之像及旌旗槊纛之形,易貌移质,倏忽千变,遥瞻极著,渐近而微。法师初睹,谓为贼众,渐近见灭,乃知妖鬼。④

五烽在玉门关外,每烽之间相距百里,其间没有水草。年轻胡人离去,玄奘只能只身前行,在一望无际的沙漠中寻找骸骨、马粪聚集之处,以此辨识确定道路及其走向。在行进中,沙漠上不时出现海市蜃楼般的幻象,如骑着驼马行进的军队,乍走乍停,形貌游移不定,令人惊恐。玄奘独行80余里,来到了第一烽下,因为是偷越,几乎中箭。玄奘向守卫的校尉王祥表达了西行不可更移的决心:"无贪性命,不惮艰危,誓往西方,遵求遗法。"

---

① 杨庭福:《唐僧取经》,见《古代旅行家的故事》,中华书局1983年版,第67页。
② 《大慈恩寺三藏法师传》,第12页。
③ 《大慈恩寺三藏法师传》,第13页。
④ 《大慈恩寺三藏法师传》,第14页。

"必欲拘留任即刑罚,奘终不东移一步以负先心。"得到补给后继续前行,更为艰难危险的旅程在前面等待着玄奘。

二

玄奘冒着生命危险,绕过玉门关向西,到了莫贺延碛(在今新疆哈密东南)。"长八百余里,古曰沙河,上无飞鸟,下无走兽,复无水草。"① 崔融《拔四镇议》:

> 莫贺延大碛者,伊州在其北,沙州在其南,延袤向二千里,中间水草不生焉。每灾,风横沙石飞吼,行人昼看朽骨以知道路,夜视斗柄以辨方隅。②

伊州,治伊吾(今新疆哈密);沙州,今敦煌。莫贺延碛的具体位置,西北起今天哈密北哈尔里克山南麓,西南至甘肃瓜州县大泉西北,广长约八百里,汉武帝之前属于匈奴呼衍王地。唐在莫贺延碛道"总置十驿",如新井驿(今瓜州县雷墩子)、广显驿(今瓜州县白墩子)、乌山驿(今瓜州县红柳园)、冷泉驿(今哈密市星星峡)、痴崖驿(今哈密市红山墩东)以度越沙漠。③ 仪凤二年(677)高宗命安西都护裴行俭册送波斯王,"途经莫贺延碛,属风沙晦暝,导者益迷"(《旧唐书·裴行俭传》)④。连向导都迷路的地方,可想其道路的崎岖与自然环境的恶劣:

> 是时四顾茫然,人鸟俱绝。夜则妖魑举火,烂若繁星。昼则惊风拥沙,散如时雨。虽遇如是,心无所惧。但苦水尽,渴不能前。是时四夜

---

① 《大慈恩寺三藏法师传》,第16页。
② (清)董诰等:《全唐文》(二),上海古籍出版社1990年版,第978页。
③ 李正宇:《"莫贺延碛道"考》,《敦煌研究》2010年第2期。
④ (后晋)刘昫等撰:《旧唐书》(八),中华书局1975年版,第2802页。

五日无一滴沾喉，口腹干燋，几将殒绝，不复能进。①

绝水四昼夜，玄奘几乎殒命沙漠。又经过两天，玄奘才走出莫贺延碛。行至高昌，玄奘受到了高昌王鞠文泰的热情接待和大力资助，时间在贞观二年（628）。② 玄奘谢绝了挽留，执意西行，出高昌城，进入阿耆尼国（今新疆焉耆西南），经铁门关（今新疆铁门关）西向屈支（今新疆库车），又遇到了巨大的障碍：

> 又前行六百里渡小碛，至跋禄迦国（旧曰姑墨），停一宿。又西北行三百里。渡一碛，至凌山，即葱岭北隅也。其山险峭，峻极于天。自开辟以来，冰雪所聚，积而为凌，春夏不解。凝沍污漫，与云连属。仰之皑然，莫睹其际，其凌峰摧落横路侧者，或高百尺，或广数丈。由是蹊径崎岖，登涉艰阻。加以风雪杂飞，虽复屦重裘，不免寒战。将欲眠食，复无燥处可停，唯知悬釜而炊，席冰而寝。七日之后方始出山。徒侣之中馁冻死者十有三四，牛马逾甚。③

跋禄迦国，旧称姑墨，今新疆阿克苏地区拜城县一带。凌山，今天山穆苏尔岭，一说，凌山即冰山，指今新疆乌什西北的别迭里山口。④ 凌山常年积雪不化，到处是巨大的冰川，即使是鞋套着鞋，衣服套着衣服，仍然不能御寒。山中找不到一处干燥的地方，只能"悬釜而炊，席冰而寝"，七天后方走出凌山，随行者十有三四因冻饿而死，可谓"鬼门关"。翻越凌山，是"丝绸之路"最为危险的路程之一。

翻越凌山之后，经过大清池（今吉尔吉斯斯坦伊塞克湖）、素叶城（即

---

① 《大慈恩寺三藏法师传》，第17页。
② 杨廷福：《玄奘年谱》，上海古籍出版社2011年版，第127页。
③ 《大慈恩寺三藏法师传》，第27页。
④ 高永旺：《大慈恩寺三藏法师传译注》，中华书局2018年版，第88页。

碎叶城，在今吉尔吉斯斯坦托克马克城西南）、昭武九姓七国（康、安、曹、石、米、何等，均在今乌兹别克斯坦境内）、铁门（乌兹别克斯坦南部兹嘎拉山口）、大雪山（今兴都库什山，在今阿富汗北境），《大唐西域记》卷1："东南入大雪山，山谷高深，峰岩危险，风雪相继，盛夏合冻。积雪弥谷，蹊径难涉。山神鬼魅，暴纵妖祟。群盗横行，杀害为务。"① 由大雪山再向南行600余里，出吐火罗境，进入梵衍那国，其境有著名的巴米扬大佛，《大唐西域记》卷1："王城东北山阿，有立佛石像，高百四五十尺，金色晃曜，宝饰焕烂。"②（巴米扬大佛于2001年3月被塔利班炸毁）再向前到今天阿富汗的贝格拉姆、巴基斯坦的白沙瓦城，最终抵达印度的那烂陀寺。《大慈恩寺三藏法师传》卷2："嗟乎，若不为众生求无上正法者，宁有禀父母遗体而游此哉！"③ 如果不是为了信仰和为寻求普度众生的正道，谁肯以受之父母的身体来到如此危险的地方游历呢？

沿着"丝绸之路"北道向西，雪山冰川之外，玄奘遇到的最大威胁就是穿越干旱的沙漠。《大唐西域记》卷1"大沙碛"："从此西北，入大沙碛，绝无水草，途路弥漫，疆境难测，望大山，寻遗骨，以知所指，以记经途。"④ 此，指窣（sū）堵利瑟那国，西域古国，地在今吉尔吉斯斯坦西北。大沙碛，系锡尔河与阿姆河之间的大沙漠。⑤ 沙海无际，前路漫漫，不辨方向，唯以人畜的遗骨为路标。《大唐西域记》的记载与《大慈恩寺三藏法师传》卷2的记载相互映证："又西北入大碛，无水草，望遗骨而进"，⑥ 这是以生命为代价对未知前路的神圣开拓。美国当代汉学家比尔·波特说：古代的"丝绸之路""并不是一条真正意义上的路。实际上，它只是过路商队留下的动物骨骸和粪便所形成的小路。一场沙尘暴过后，小路便消失得无影无

---

① 季羡林等：《大唐西域记校注》（上），中华书局2000年版，第128页。
② 季羡林等：《大唐西域记校注》（上），中华书局2000年版，第130页。
③ 《大慈恩寺三藏法师传》，第33页。
④ 季羡林等：《大唐西域记校注》（上），中华书局2000年版，第87页。
⑤ 杨庭福：《玄奘年谱》，上海古籍出版社2011年版，第133页。
⑥ 《大慈恩寺三藏法师传》，第29页。

踪了，直到下一个商队再踩出另外一条小路。这些小路穿过世界上最荒凉的地方，从一个绿洲到达另一个绿洲"①。

没有比追求信仰和真理更让人无所畏惧了。玄奘只身西行五万余里，历经艰辛，经过西域和中亚地区（吉尔吉斯斯坦、乌兹别克斯坦等地）、阿富汗、巴基斯坦、印度、尼泊尔、孟加拉国、斯里兰卡等地，最终到达印度佛教中心——那烂陀寺。关于玄奘西行线路，王成祖先生所绘《玄奘印度求经线路图之一（627—631）》最为清晰详尽。② 那烂陀，是古代印度佛教最高学府和学术中心，遗址在今印度比哈尔邦巴特那以东88千米的巴罗贡村。敦煌98窟中有一幅描绘那烂陀寺的壁画，③ 有城墙、房舍、寺院、人物，足见其巨大的影响。依靠着无与伦比的强大信仰，玄奘终于完成了西行的伟大旅程，为后人所铭记。

三

出行时艰难危险，归来时一样艰难危险。已在外多年的玄奘归心似箭，谢绝了印度国王戒日王的一再挽留，执意返国。贞观十五年（641），带着戒日王赠送的大象和盘缠，四十二岁的玄奘从钵罗耶伽（中印度古国名）启程，踏上了回国的旅程。玄奘从印度向北走了六天通过大雪山（即兴都库什山），再向北经过活国（故城在今阿富汗东部的昆都士附近）到达了葱岭。《大唐西域记》卷12"葱岭"条说：

> 从此东入葱岭。葱岭者，据赡部洲中，南接大雪山，北至热海、千泉，西至活国，东至乌铩国，东西南北各数千里。崖岭数百重，幽谷

---

① ［美］比尔·波特：《丝绸之路——追溯中华文明史上的辉煌篇章》，马宏伟、吕长清译，四川文艺出版社2017年版，第2页。
② 王成祖：《中国地理学史》（上），商务印书馆1982年版，第97页；又见张芝联、刘学荣主编《世界历史地图集》，中国地图出版社2002年版，第50页。
③ 段文杰、樊锦诗主编：《中国敦煌壁画全集·敦煌五代·宋》（九），天津人民美术出版社2006年版，第1页。

险峻，恒积冰雪，寒风劲烈，多出葱，故谓葱岭，又以山崖葱翠。遂以名焉。①

葱岭，即帕米尔高原。热海，即今吉尔吉斯斯坦境内的伊塞克湖，《大唐西域记·跋禄迦国》（卷1）："山行四百余里至大清池（或名热海，又谓咸海），周千余里，东西长，南北狭。四面负山，众流交凑，色带青黑，味兼咸苦，洪涛浩汗，惊波汩㴒。龙鱼杂处，灵怪间起，所以往来行旅，祷以祈福。水族虽多，莫敢渔捕。"② 乌铩（shā）国，今新疆莎车。《大唐西域记》卷12"波谜罗川"指的也是帕米尔高原：

国境东北，逾山越谷，经危履险，行七百余里，至波谜罗川。东西千余里，南北百余里，狭隘之处不逾十里。据两雪山间，故寒风凄劲，春夏飞雪，昼夜飘风。地碱卤，多砾石，播植不滋，草木稀少，遂致空荒，绝无人止。③

帕米尔高原分为东西两部分：东帕米尔的地形较开阔坦荡，由两条西北—东南方向的积雪的山脉和一组河谷湖盆构成，海拔的绝对高度5000—6000米。相对高度不超过1000—1500米。西帕米尔则由若干条大致平行的东北—西南方向的山脉谷地构成，地形相对落差大，以高山深谷为特征。帕米尔高原位于天山、昆仑山、喀喇昆仑山三大山系交会处，平均海拔在3200—4500米。帕米尔高原属严寒的强烈大陆性高山气候，冬季漫长（10月至翌年4月），1月平均气温为－17.8℃，绝对最低气温为－50℃。帕米尔高原是古"丝绸之路"上最为艰险和神秘的一段，是扼古代新疆通中亚和南亚"丝绸之路"的咽喉要道。

---

① 季羡林等：《大唐西域记校注》（下），中华书局2000年版，第964页。
② 季羡林等：《大唐西域记校注》（上），中华书局2000年版，第69页。
③ 季羡林等：《大唐西域记校注》（下），中华书局2000年版，第981页。

翻过帕米尔高原进入疏勒后向东，玄奘走的是"丝绸之路"南路，经过今天的莎车、叶城、皮山、于田、和田，"从媲摩城东入沙碛，行二百余里，至泥壤城。又从此东入流沙，风动沙流，地无水草，多热毒魑魅之患。无径路，行人往返，望人畜遗骸以为幖帜。硗确难涉，委如前序"。① 媲（pì）摩城，遗址在今新疆策勒县以北；泥壤城，尼雅故城，遗址在今新疆民丰县北的塔克拉玛干沙漠中，是汉代的精绝国所在；流沙，指塔克拉玛干沙漠，东西长达1200千米，是世界最大的流动沙漠；幖帜，标志。硗确（qiāo què），多石而坚硬的路。从尼雅故城向东就是汉代西域古国且末，东西南北都包围在沙漠中，是"丝绸之路"南道的必经之地。《大唐西域记》卷12"大流沙以东行程"条说：

> 从此东行，入大流沙。沙则流漫，聚散随风，人行无迹，遂多迷路。四远茫茫，莫知所指，是以往来者聚遗骸以记之。乏水草，多热风。风起则人畜昏迷，因以成病。时闻歌啸，或闻号哭，视听之间，恍然不知所至，由此屡有丧亡，盖鬼魅之所致也。②

大流沙，指的也是塔克拉玛干沙漠。通过玄奘的描述，我们知道无论走"丝绸之路"的北道还是南道，都要行进在塔克拉玛干沙漠的北缘与南缘，道路异常艰难：一是炎热，沙漠夏季的气温常在40℃以上，如火一样炙烤着行人。二是缺水，几次为了取水，玄奘差点儿丢掉性命。三是没有固定的线路，只能在移动的沙漠中循着人畜的遗骨前行。

"丝绸之路"的危险，不只是自然环境恶劣，还有强盗时常出没，打劫甚至杀害旅人，玄奘西行至焉耆国，经停于阿父师泉，"泉在道南沙崖。崖高数丈，水自半而出"：

---

① 《大慈恩寺三藏法师传》，第124页。
② 季羡林等：《大唐西域记校注》（下），中华书局2000年版，第1030—1031页。

法师与众宿于泉侧。明发，又经银山。山甚高广，皆是银矿，西国银钱所从出也。山西又逢群贼，众与物而去。遂至王城所处川岸而宿。时同侣商胡数十，贪先贸易，夜中私发，前去十余里，遇贼劫杀，无一脱者。比法师等到，见其遗骸，无复财产，深伤叹焉。①

　　银山，即库穆什山，在今新疆托克逊以西，天山南麓，为通往焉耆的必经山隘。玄奘西行，一路强盗不断："东至波罗奢大林中，逢群贼五十余人，法师及伴所将衣资劫夺都尽，仍挥刀驱就道南枯池，欲总屠害"；②"贼遂拥船向岸，令诸人解脱衣服，搜求珍宝"；③"群盗横行，杀害为务"。④17年后玄奘返国，依然有此遭遇："法师在其国停二十余日，复东北行五日，逢群贼，商侣惊怖登山，象被逐溺水死。贼过后，与商人渐进东下，冒寒履岭，行八百余里，出葱岭至乌铩国。"⑤哪里有财富，哪里就会有强盗出没。敦煌莫高窟第45窟南壁有《胡商遇盗图》，⑥一队（画面上是5人）驮着丝绸的胡商，为首者身着浅蓝色长衫，头戴浑脱帽，高鼻深目，商队经过峡谷险路时，被三名持着长刀的强盗抢劫，商人们胆战心惊，露出惶恐、乞求的神色，被迫从马背上卸下货物。壁画反映了"丝绸之路"上的商贸活动时刻都有危险存在。

四

　　活着出去，当然要活着回来。贞观十七年（643），四十四岁的玄奘经阔悉多国（今阿富汗库拉姆河流域南的霍斯特地区）进入帕米尔高原的外

---

① 《大慈恩寺三藏法师传》，第24—25页。
② 《大慈恩寺三藏法师传》，第46页。
③ 《大慈恩寺三藏法师传》，第55页。
④ 季羡林等：《大唐西域记校注》（上），中华书局2000年版，第128页。
⑤ 《大慈恩寺三藏法师传》，第118页。
⑥ 段文杰主编：《中国敦煌壁画全集·敦煌盛唐》（六），天津人民美术出版社2006年版，第67页。

围地区，路遇寒天大雪耽搁月余，后向东溯峡谷而上行七百余里，至波谜罗川（今帕米尔河）：①

> 川东西千余里，南北百余里，在两雪山间，又当葱岭之中，风雪飘飞，春夏不止，以其寒烈，卉木稀少，稼穑不滋，境域萧条，无复人迹。川中有大池，东西三百里，南北五十余里。处赡部洲中，地势高隆，瞻之溿溿，目所不能极。水族之类千品万种，喧声交聒，若百工之肆焉。②

大池，《大唐西域记》卷12称"大龙池"："水乃澄清皎镜，莫测其深，色带青黑，味甚甘美。潜居则鲛、螭、鱼、龙、鼋、鼍、龟、鳖，浮游乃鸳鸯、鸿雁、鴐鹅、鹡、䴈。"③大龙池，即今喀拉库勒湖，也称帕米尔湖，北距今天的喀什市近300千米，位于克孜勒苏柯尔克孜州阿克陶县，是新疆南疆的旅游胜地。玄奘是历史上记录此湖的第一人。湖对面是有"冰山之父"之称的慕士塔格峰，海拔7509米，山顶终年积雪，映衬在蔚蓝色的天宇下分外晶莹皎洁，是真正意义上的湖光山色，奇崛壮美，无以复加。④喀什地区塔什库尔干塔吉克自治县城北有"石头城遗址"，是"丝绸之路"上的重要古城遗址，也是唐代葱岭守捉驻节地、安西都护府最西边的戍守之地。《新唐书·地理志七下》："自疏勒西南入剑末谷、青山岭、青岭、不忍岭，六百里至葱岭守捉，故羯盘陀国，开元中置守捉，安西极边之戍。"⑤遗址内立有"佛寺遗址""玄奘讲经处"刻石，

---

① 闫小芬等：《玄奘集编年校注》，河南大学出版社2012年版，第325页。
② 《大慈恩寺三藏法师传》，第117页。
③ 季羡林等：《大唐西域记校注》（下），中华书局2000年版，第981—982页。
④ 从疏附县的乌帕尔镇出发，沿着314国道一路南行，经过沙山环抱的高原湖泊——白沙湖继续向前，便进入阿克陶县市境，到达海拔3700米的喀拉库勒湖，柯尔克孜语意为黑湖。湖边空气清冽，西风吹来，湖水荡漾，水色青碧如翡翠。因为是高山湖，湖上云气飘浮，时聚时散，乍雨乍晴，风光独绝。笔者2018年7月27日前往游览。
⑤ （宋）欧阳修、宋祁：《新唐书》（四），中华书局1975年版，第1150页。

原有佛寺，玄奘回国时曾在此寺讲经，2001年被国务院公布为全国重点文物保护单位。

贞观十八年（644）年末，四十五岁的玄奘由疏勒到了于阗（今新疆和田）。因为是私自出境，未敢擅自回到长安，作《还至于阗国进表》，先派人上表，自己在当地听候发落，结果获得恩准，太宗有《答玄奘还至于阗国进表诏》，热烈欢迎玄奘归来。玄奘从且末"又东北行千余里，至纳缚波故国，即楼兰地，展转以达沙洲"，① 沙洲，今敦煌西，由此东北上至瓜州进入河西走廊。贞观十九年（645）正月25日，四十六岁的玄奘回到了阔别已久的长安，受到了万人空巷的欢迎："闻者自然奔凑，观礼盈衢，更相登践，欲进不得"；"始自朱雀街内，终届弘福寺门，数十里间，都人士子内外官僚列道两傍，瞻仰而立"②。人们敬仰玄奘的壮举，为他的归来欢呼雀跃。玄奘在表中自述：

> 践流沙之浩浩，陟雪岭之巍巍，铁门巉崄之涂，热海波涛之路。始自长安神邑，终于王舍新城，中间所经五万余里。虽风俗千别，艰危万重，而凭恃天威，所至无鲠，仍蒙厚礼；身不辛苦，心愿获从，遂得观耆阇崛山，礼菩提之树；见不见迹，闻未闻经；穷宇宙之灵奇，尽阴阳之化育；宣皇风之德泽，发殊俗之钦思，历览周游一十七载。③

走的时候是贞观三年，回来已是贞观十九年，这一走就是17年，耗尽了青壮年的岁月。玄奘从青年走到中年，由一般僧人成为大智高僧。大约这一年2月1日前后，玄奘在洛阳谒见唐太宗，太宗遍询西域事迹，"法师既亲游其地，观觇疆邑，耳闻目览，记忆无遗，随问酬对，皆有条理。帝大悦。谓侍臣曰：'昔苻坚称释道安为神器，举朝尊之。朕今观法师，词论典

---

① 杨庭福：《玄奘年谱》，上海古籍出版社2011年版，第220页。
② 《大慈恩寺三藏法师传》，第125、128页。
③ （清）董诰等编：《全唐文》（四），上海古籍出版社1990年版，第4188页。

雅，风节贞峻，非唯不愧古人，亦乃出之更远'";"帝又谓法师曰：佛国遐远，灵迹法教，前史不能委详，师既亲睹，宜修一传，以示未闻"。① 一传，即玄奘随后献上的《大唐西域记》。《大唐西域记》十二卷，采用地方志的编写方法，记述玄奘西游亲历的110个国家及传闻的28个国家、地区、城邦的山川、地邑、物产、气候、习俗等，为太宗开拓西域、治理西域提供了大量第一手资料，太宗说："新撰《西域记》者，当自披览"（《答玄奘法师进西域记书诏》）②，可见重视程度。玄奘也从自己多年的游历中感受到大唐在西域的巨大影响以及风土、习俗对人性、语言的浸染："越自天府，暨诸天竺，幽荒异俗，绝域殊邦，咸承正朔，俱沾声教。赞武功之绩，讽成口实；美文德之盛，郁为称首。""夫人有刚柔异性，言音不同，斯则系风土之气，亦习俗之致也"（《大唐西域记·序论》）③。从长安出发，直至天竺，一路上看到荒远的国家都接受大唐的历法和教化，人们交口称颂大唐的文治武功和强大繁盛。西行各地的人性刚柔不同、语言不同，是与所在的风土习俗有密切关系。

五

英才相互赏识，玄奘的事迹也让太宗感动。太宗《大唐三藏圣教序》颂赞玄奘"乘危远迈，杖策孤征"伟大的行者品质：

> 翘心净土，往游西域，乘危远迈，杖策孤征。积雪晨飞，途间失地；惊砂夕起，空外迷天。万里山川，拨烟霞而进影，百重寒暑，蹑霜雨而前踪。诚重劳轻，求深愿达。周游西宇，十有七年，穷历道邦，询求正教。④

---

① 《大慈恩寺三藏法师传》，第129页。
② （清）董诰等编：《全唐文》（一），上海古籍出版社1990年版，第46页。
③ 季羡林等：《大唐西域记校注》（上），中华书局2000年版，第32、45页。
④ （清）董诰等编：《全唐文》（一），上海古籍出版社1990年版，第36页。

美国学者陆威仪教授说:"佛教起源于印度,经由中亚传入中国,来自中亚的佛教高僧在几个世纪中一直充当中国佛教的导师",① 玄奘的西天取经,改变了这一状况。从玄奘开始,高僧中国化、本土化了,佛教也随之中国化、本土化了,佛经翻译事业蒸蒸日上,继之者无穷。在佛学理论研究方面,中国有了话语权,中国也因此成为仅次于印度的世界佛教中心,这都得益于沿着"丝绸之路"去西方取经的玄奘法师。不仅如此,玄奘还是一位文化使者,"宣国风于殊俗,喻大化于异域",② 不时传递大唐的声威。

在外的 17 年中,玄奘遍学大小乘,带回佛舍利 150 粒、佛像 7 尊、经论 657 部。长安的大慈恩寺是玄奘长期从事译经的场所,他与弟子译出佛典 75 部 1335 卷,寺中巍峨耸立的大雁塔则是永徽三年(652)唐高宗专为玄奘建的译经藏经之所。2014 年 6 月 22 日,在卡塔尔多哈召开的联合国教科文组织第 38 届世界遗产委员会会议上,大雁塔作为中国、哈萨克斯坦和吉尔吉斯斯坦三国联合申遗的"丝绸之路:长安—天山廊道的路网"项目中的一处遗址点成功列入《世界遗产名录》。③

"丝绸之路"虽然艰险异常,却也成就了一代宗师,成就了玄奘一生的事业。玄奘西行求法,"春秋寒暑一十七年,耳目见闻百三十国","名王拜首,胜侣摩肩,万古风猷,一人而已",④ "足所亲践者,一百一十一国"(《南部新书·壬卷》),⑤ 终使"梵语华言,胡汉相宣"(刘轲《大唐三藏大遍觉法师塔铭并序》),⑥ 唐代的中西文化交流,玄奘是头功。不仅早,而且具体深入,持续的时间长。无论是旅行史还是佛教文化交流史,这都是可被铭记的重大事件。"丝绸之路"原本就是用生命和信仰铺就的。在清寒月光的映照下,即使有滑爽无比的丝绸无数,也裹挟不起一代又一代开拓者化石

---

① [美]陆威仪:《世界性帝国:唐朝》,张晓东、冯世明译,中信出版社 2016 年版,第 197 页。
② 季羡林等:《大唐西域记校注》(下),中华书局 2000 年版,第 1040 页。
③ 李韵:《"丝绸之路""大运河"联袂入遗》,《光明日报》2014 年 6 月 27 日。
④ 《大慈恩寺三藏法师传》,第 2 页。
⑤ (宋)钱易:《南部新书》,中华书局 2002 年版,第 152 页。
⑥ (清)董诰等编:《全唐文》(四),上海古籍出版社 1990 年版,第 3405 页。

一样坚硬的尸骨。美国当代学者特丽·威廉斯说:"我信奉采集白骨,因为那是象征人类进步的精神圣约。"① 谁敢踩着白骨探路又甘心自己成为白骨让别人踩着探路,谁就是那个时代最伟大的英雄!

  鲁迅先生说:"我们从古以来,就有埋头苦干的人,有拼命硬干的人,有为民请命的人,有舍身求法的人,……虽是等于为帝王将相作家谱的所谓'正史',也往往掩不住他们的光耀,这就是中国的脊梁"(《中国人失掉自信力了吗》)②。玄奘就是鲁迅先生热情赞颂的"舍身求法的人""是中国的脊梁"。今天西安大雁塔景区正门前有玄奘取经铜像,为万人所膜拜。大雁塔北面的院墙上是中国佛教协会会长赵朴初先生题写的"民族脊梁"四个大字。玄奘的行纪,对唐王朝进一步认识西域及拓展"丝绸之路"意义重大,《大慈恩寺三藏法师传》:"自雪岭已西,印度之境,玉烛和气,物产风俗,八王故迹,四佛遗踪,并博望之所不传,班、马无得而载。"③ 当年张骞不知晓的,班固、司马迁无法记载的,均已在玄奘的行纪之中了。玄奘不仅为中西文化交流做出巨大贡献,而且成为中国历史上著名的学者、旅行家和翻译家,陆威仪教授称玄奘为"唐朝伟大的朝圣者",④ 当之无愧。"丝绸之路"既已通畅,为了信仰,为了探求真知,唐人是敢于付出生命代价的。

---

① [美]特丽·威廉斯:《心灵的慰藉——一部非同寻常的地域与家族史》,程虹译,生活·读书·新知三联书店2010年版,第171页。
② 《鲁迅全集》(第六卷),人民文学出版社2005年版,第122页。
③ 《大慈恩寺三藏法师传》,第129页。
④ [美]陆威仪:《世界性帝国:唐朝》,张晓东、冯世明译,中信出版社2016年版,第198页。

元代诗人的流布与文学格局的新变

张建伟*

元代诗人的流布包括两个方面的内容，一是静态的地理分布，各省诗人的数量能在一定程度上反映当地的文化水平与文学成就。二是诗人的动态分布，即流动，诗人的流动会引发诗歌创作，形成文学中心。这两个方面对于一个时代的文学格局的形成会产生很大影响。

学术界关于元代诗人地理分布的研究呈现出逐渐推进的趋势，曾大兴先生《中国历代文学家之地理分布》采用谭正璧所编《中国文学家大辞典》作统计依据，对中国各个朝代的文学家的地理分布做了统计与分析，为进一步的研究打下了坚实基础。徐永明等利用地理信息定位系统对《全元文》《全元诗》作者的地理分布研究代表着新的方向[①]。邱江宁《元代文坛：多元格局形成与地方力量推助——以江西乡贯为中心》以程钜夫、虞集、吴澄、江西玄教为例，认为江西文人具有多元融合创作理念，在元代文坛影响巨大。她的《论元朝的社会特征与文学格局》对元代的社会特征和文人群体的流动进行研究，认为"中晚期之前的文人群体分布和文学格局体现出

---

* 张建伟，山西大学文学院教授、博士生导师。本文为国家社会科学基金重大项目"历代北疆纪行文学文献的整理与研究"（项目编号：19ZDA281）中期成果。

① 参见徐永明、黄鹏程《〈全元文〉作者地理分布及其原因分析》，《复旦学报》2017年第2期；徐永明、唐云芝《〈全元诗〉作者地理分布的可视化分析》，《浙江大学学报》（人文社会科学版）2019年第1期。

较明显的大一统、多民族、多文明碰撞交流的特征，末期则体现出裂变、东南地域性增强的倾向"①。邱江宁的研究显示出宏阔的视野。张建伟等对内蒙古、福建、山西等地区诗人的地理分布及元代词人的地理分布做了研究②。

元代诗人流动呈现出天下一统之后的繁荣景象，无论是南北，还是东西，都有各族诗人奔波于道路之上。关于元代诗人的流动与文学创作，学术界对诗人南北流动关注较多。黄二宁《元代南人北游述论》把南人北游"分为干谒之游、朝圣之游、治学之游、山水之游等四大类型"③。邱江宁探讨了程钜夫对于南北文学融合的意义④。辛昕以张之翰词为例论述了元初词风的融合⑤。张建伟等以白朴、汪梦斗、大都宋氏兄弟等人为例探讨了元代文人南北流动与创作的关系⑥。任红敏叙述了元代文人的南北流动与南北文风的交流和融合⑦。张勇耀探讨了元初南北诗坛的交流融合对于元代文学的意义⑧。

元人的南北流动中值得注意的是上京纪行诗与安南纪行诗。李军、邱江宁、刘宏英等人对上京纪行诗做了深入研究⑨。张建伟、黄二宁等人对元代的安南纪行诗进行了探讨⑩。邱江宁从丝绸之路的角度论述了元代诗人的纪

---

① 邱江宁：《元代文坛：多元格局形成与地方力量推助——以江西乡贯为中心》，《上海大学学报》（社会科学版）2017 年第 4 期；《论元朝的社会特征与文学格局》，《文学评论》2021 年第 3 期。

② 参见张建伟、宋亚文《金元时期内蒙古的文学地理与文人分布》，《辽宁工程技术大学学报》2016 年第 4 期；张建伟、黄淑蓉《元代福建诗人的地理分布与群体特点》，《集美大学学报》2018 年第 2 期；张建伟、祁国扬《元代山西诗人的地理分布与文学价值》，《中北大学学报》2020 年第 5 期；张建伟、殷昆《元代词人的地理分布与群体特点》，绵阳师范学院学报》2020 年第 10 期。

③ 黄二宁：《元代南人北游述论》，《内蒙古大学学报》2013 年第 5 期。

④ 邱江宁：《程钜夫与元代文坛的南北融合》，《文学遗产》2013 年第 6 期。

⑤ 辛昕：《元初南北词风融合：张之翰论》，《北方论丛》2015 年第 1 期。

⑥ 参见张建伟、张慧《白朴家族与地域文化》，《晋阳学刊》2015 年第 6 期；张建伟、陈慧《论元初汪梦斗的纪行诗》，《晋中学院学报》2018 年第 6 期；张建伟《元代南北文化交融与大都宋氏之文学》，《陕西理工学院学报》2015 年第 1 期。

⑦ 任红敏：《地域文化与元代南北文坛》，《河南师范大学学报》2020 年第 2 期。

⑧ 张勇耀：《元初南北诗坛的交融》，《民族文学研究》2020 年第 1 期。

⑨ 参见李军《论元代的上京纪行诗》，《民族文学研究》2005 年第 2 期；邱江宁《元代上京纪行诗论》，《文学评论》2011 年第 2 期；刘宏英《元代上京纪行诗研究》，中国经济出版社 2016 年版。

⑩ 参见黄二宁《论元代安南纪行诗的书写特征与诗史意义》，《南开学报》2016 年第 5 期；张建伟《从元代安南纪行诗看中越文化交流》，《西南边疆民族研究》第 19 辑，云南大学出版社 2016 年版等。

行诗①，黄二宁探讨了元代海上纪行诗②。

元代文人的东西流动主要是西域人的东迁以及西域纪行诗。关于西域人的东迁主要成果有刘嘉伟《元代多族士人圈的文学活动与元诗风貌》③，邱江宁、周玉洁《13—14世纪西域人的东迁高潮与元代的文化走向》④，等等。李中耀、曾宪森、阎福玲、宋晓云、郭小转等人从不同角度对西域纪行诗做了探讨⑤。

总之，学术界对元代诗人的地理分布与流动已有不少研究，但是，还没有从文学格局的角度对元代诗人的分布与流动作宏观分析。与前代相比，元代诗人的地理分布呈现出什么样的格局？诗人流动对于诗歌版图与文学中心的形成有何作用？这些问题值得深入研究。因此，本文从元代诗人的静态分布、诗人流动引发的诗歌版图的扩大、因流动而形成的文学中心等几个方面，分析元代文学格局相对于宋金而言出现的新变。

一 元代诗人地理分布的统计分析

根据徐永明、唐云芝《〈全元诗〉作者地理分布的可视化分析》，按照现在的行政区划，元代诗人在各省的地理分布情况汇总为表1。

表1　　　　　　　　　　元代诗人地理分布统计

诗人数量	1000人以上	400—999人	100—399人	30—99人	10—29人	9人以下
今省区	浙江	江西、江苏	安徽、河南、福建、山西、山东	河北、上海、湖南、陕西、四川、北京	新疆、广东、湖北、甘肃	广西、辽宁、云南、内蒙古、贵州等

---

① 参见邱江宁《海、陆丝绸之路的拓通与蒙元时期的异域书写》，《文艺研究》2017年第8期；邱江宁《海陆"丝路"的贯通与元代诗文的独特风貌》，《文学评论》2017年第5期等。

② 黄二宁：《论元代海上纪行诗的空间书写》，《福建省社会主义学院学报》2014年第3期。

③ 刘嘉伟：《元代多族士人圈的文学活动与元诗风貌》，人民出版社2016年版。

④ 邱江宁、周玉洁：《13—14世纪西域人的东迁高潮与元代的文化走向》，《东方丛刊》2018年第2期。

⑤ 李中耀：《耶律楚材和他的西域诗》，《西域研究》1994年第4期；曾宪森：《论元代少数民族边塞诗》，《中央民族大学学报》1997年第2期；阎福玲：《耶律铸边塞诗论析》，《河北师院学报》1997年第3期；宋晓云：《蒙元时期丝绸之路汉语言文学研究》，博士学位论文，苏州大学，2004年；郭小转：《多元文化背景中元代边塞诗的发展》（花木兰出版社），博士学位论文，中央民族大学，2010年。

由表 1 可知，元代诗人在各省区的分布大致可分为四个档次，排名前三位的浙江、江西、江苏属于第一集团，之后的安徽、河南等地诗人数量在 100—399 人之间，为第二集团①。第三集团的河北、上海等地诗人数量在 30—99 人之间，诗人数量不足 30 人的为第四集团，新疆、广东、湖北、甘肃诗人数量多于广西、辽宁等地。

浙江以 1014 人遥遥领先，比江西、江苏多出一倍以上，这与南宋迁都杭州有一定的关系。作为相反的例证，河南诗人数量的下降与都城的改变有关。毋庸置疑，王朝都城作为政治文化的中心，会带动当地及周边文化的发展。安徽以 250 人在第二集团具有明显优势，与宋元宣城地域诗歌总集《宛陵群英集》存世具有很大关系，该书保存了宋元时期宣城 129 人的诗歌 746 首，元人 115 人，占了绝大多数。

新疆、辽宁、吉林、西藏是元代诗人版图的新面孔，元代疆域面积远远超过了北宋，尤其体现在北部边疆，新疆、辽宁、吉林都有诗人分布，内蒙古在金代的基础上继续发展，也有诗人分布。这些诗人基本上都是北方各民族，包括契丹、女真、维吾尔等族，他们的祖上因战争、仕宦、商贸等原因迁徙至中原，乃至江南。因此新疆等地是他们的祖籍。此外，贵州、云南诗人也是元代新出现的，说明元代西南地区的文化有了进一步的发展。

元代词人的地理分布呈现出类似的局面，浙江以 37 人依然遥遥领先，之后是江西、河北、江苏，都在 15—20 人之间，再后为山东、山西、河南、安徽、上海、湖南、山西，在 5—10 人之间，新疆、北京、辽宁、福建、湖北为 5 人以下，广西、广东、贵州、甘肃等地没有词人分布②。

曾大兴先生统计元代浙江的文学家数量多达 149 人，在各地区中名列前茅，江西 71 人，居于第二位，江苏 57 人排名第三。北方人数最多的为河

---

① 安徽诗人达到 250 人，与《宛陵群英集》保存了宣城大量诗人诗作有很大关系。
② 参见张建伟、殷昆《元代词人的地理分布与群体特点》，《绵阳师范学院学报》2020 年第 10 期。

北，38人，其次为山东35人，山西25人，北京25人，河南23人①。

元代诗人、词人、重要文学家三个样本的统计说明，元代浙江出产文人最多，其次为江西和江苏。北方的河北、山东、山西、河南、北京、陕西处于中游位置，各地略有差别。

下面我们从纵向上对元代诗人地理分布做一分析。王祥先生将北宋诗人分为四期进行统计分析②，笔者把四期相加，北宋诗人的地理分布呈现出的格局见表2。

表2　　　　　　　　　　北宋诗人地理分布统计

诗人数量	400人以上	200—399人	100—199人	50—99人	49人以下
今省区	福建、浙江	江苏、江西、河南、四川	山东、安徽、河北	湖南、山西、湖北、陕西、广东	甘肃、广西、上海、天津、北京、宁夏、辽宁、海南

根据南北诗人的数量统计，诗人分布的南北比重变化不大，北宋南方诗人占比75.7%，北方诗人占比24.3%③，元代南方诗人占比79.9%，北方诗人占比20.1%，南北差距进一步拉大，南方的优势已经非常明显。曾大兴先生根据《中国文学家大辞典》统计的结果是南北之比为6.9∶3.1，"和金南宋相比，元代南方文学家所占比例虽然下降了4%，但是和辽北宋相比，则上升了10%"。这种差异主要在于统计的样本不同，曾先生的统计包括了元代曲家，元杂剧作家"南北之比为2.2∶7.8"，"北方杂剧作家不仅在数量上远远超过南方杂剧作家，而且在创作水平和影响力方面也远远超过南方杂剧作家"。④

元代词人的地理分布与诗人呈现出不同的趋势，南方占比61.1%，北方占比38.9%。元代南北词人的数量之比为1.6∶1，而宋代南北词人数量

---

① 参见曾大兴《中国历代文学家之地理分布》，第293—310页。
② 王祥：《北宋诗人的地理分布及其文学史意义分析》，《文学遗产》2006年第6期。
③ 徽宗、钦宗时期江西诗人排名第三，数量为80人，比第四的江苏89人少，当为90人，这样才符合排名规则。
④ 参见曾大兴《中国历代文学家之地理分布》，第312、313页。

之比为 5.6∶1①。也即是说,"虽然南方词人在元代仍占绝对优势,但南北词人间的数量之比却呈现出明显的下降态势,说明南北方词人数量间的差距正在逐步减小,即南方词人数量呈现锐减趋势,相反北方词人却呈现上升趋势"。②

三个样本显示的元代南北文学发展趋势出现了差异,诗人分布,南方占据了绝对优势,词人分布虽然南方占优,但是南北差距较宋代有所缩小。杂剧作家,北方占据绝对优势,说明杂剧带有明显的北方文化特色。文学家的分布由于加入了杂剧作家,南北差异比起诗人分布略有缓和。可见,不同样本的统计分析代表了文学发展的不同侧面,能全面说明元代文学发展的地域差异。

元代北方文学的发展不能仅仅局限于数据统计,数据之外的一些内容值得重视,比如在大蒙古国时代,文学发展的新动向表现在三个方面:"第一,蒙古、色目等民族进入中原带来了文学的新活力。第二,文士诗歌创作出现了新的追求,那就是温柔敦厚,元好问为其中的代表人物。第三,文学俗化倾向。处于金元过渡阶段的大蒙古国时代,正是散曲与杂剧步入繁荣的关键期,山西人元好问、白朴等人都属于最早的元曲作家。"③

元代诗人地理分布的原因主要是自然地理、行政区划、经济发展、文化传统、战争、人口迁徙等因素,比如元代福建诗人由东北向西南逐级递减的地理分布,与各地区的地理位置、行政区划与经济发展等因素相关④。

二 元代诗人地理分布的新变

作为统一王朝,元代诗人的地理分布与北宋相比出现了以下一些变化。

---

① 南方 746 人,北方 134 人。参见《宋词作者地域分布》,刘尊明、王兆鹏《唐宋词的定量分析》,北京大学出版社 2012 年版,第 154 页。
② 张建伟、殷昆:《元代词人的地理分布与群体特点》,《绵阳师范学院学报》2020 年第 10 期。
③ 张建伟:《论蒙古时期文士诗歌活动》,《内蒙古大学学报》2015 年第 4 期。
④ 参见张建伟、黄淑蓉《元代福建诗人的地理分布与群体特点》,《集美大学学报》2018 年第 2 期。

第一，浙江诗人数量增长显著，由北宋的470人上涨到1014人，位次由第二上升到首位。由此可见，由于南宋定都杭州，带动了杭州及其周边地区的经济文化发展，浙江文化鼎盛，从南宋一直延续到后世。江西、江苏继续保持优势地位。

这三个省不但诗人数量多，诗人及诗歌活动的影响力也比较大。浙江出现了赵孟頫、戴表元、袁桷等重要诗人[1]，元末杨维桢的"铁崖体"引领了一时风尚，他成为诗坛盟主，金华文人群体在元代文学与学术上占有重要的地位[2]。江西也延续着宋代以来的文化优势，"对于元代文坛多元格局的形成，江西乡贯文人的作用明显"[3]。具体表现在，程钜夫促进了元代社会的南北融合，吴澄主张理学的"宗朱融陆"，江西龙虎山玄教在宗教占有重要位置。程钜夫、虞集等人立足于元代的多元文化融合，推动了元代文坛平易正大风格的形成。江苏各地存在较大差异，苏南远远领先于苏北。吴中地区在元末成为诗人会聚之所，玉山雅集、耕渔轩雅集等吸引了全国各地的诗人。

第二，上海、山西、河北等地诗人数量明显增长。上海诗人数量增长迅速，由7人增长为94人，排名由第十七位上升到第十位。上海又称为松江，虽然之前出现过陆机等著名诗人，其文学的发展主要在元末，崔志伟《元末明初松江文人群体研究》统计，本土文人达到39人，而寓居文人35人中有杨维桢、张雨、陶宗仪、黄公望这样在诗坛、画坛声名卓著的人[4]。

比起宋代，北方的山西、河北等地有所进步，例如山西，元代延续着金代的辉煌，山西在金代文学中占有举足轻重的地位，山西诗人占了《中州集》所收诗人的2/3[5]，山西词人数量在金代词人地理分布中占据第一的

---

[1] 参见刘竞飞《赵孟頫与元代中期诗坛》，中国社会科学出版社2013年版；杨亮《宋末元初四明文士及其诗文研究》，中华书局2009年版。
[2] 参见徐永明《元代至明初婺州作家群研究》，中国社会科学出版社2005年版；罗海燕《金华文派研究》，东方出版中心2015年版。
[3] 邱江宁：《元代文坛：多元格局形成与地方力量推助——以江西乡贯为中心》，《上海大学学报》2017年第4期。
[4] 参见崔志伟《元末明初松江文人群体研究》，上海大学出版社2013年版，第14页。
[5] 参见李正民《金代山西文学论略》，《山西师大学报》2003年第2期。

位置①。元代山西的诗人数量虽然处于全国中游，但是其重要性毋庸置疑。代表性诗人元好问对元代诗坛产生了很大影响，他是元末文士追求独立品格的源头，具有重要价值。大蒙古时代的文学深受元好问的影响，无论是山西的郝经、河汾诸老等人，还是山西之外的王恽、刘秉忠、阎复、杜仁杰等人，都直接或间接地得到元好问的沾溉。查洪德先生认为，"金亡元初的三十年间，元好问是无可争议的文坛领袖"。"元好问以后北方文坛的繁盛，是由他的弟子或他影响下成长起来的一批人创造的。"②

河北地区人才辈出，值得关注的是汉人世侯藁城董氏、真定史氏与顺天张氏，他们"在元初保护并征辟了大量金元文士，并与这些文士进行诗歌赠答活动，他们自身也创作有诗词与元曲。作为文学活动的组织者与参与者，河北汉人世侯延续了金元文学的传承发展，为元初文学作出重要贡献"③。

曾大兴先生《中国历代文学家之地理分布》指出，元代"北方文学家的分布重心，不再是关中、中原地区，而是转移到了黄河以北，即燕赵、河东地区。"④ 元代诗人的地理分布基本上符合这一规律。

第三，福建、四川、河南等地下降明显。北宋福建诗人以 507 人名列第一，到元代只有 137 人，名列第六。四川由 252 人下降为 37 人，排名也由第六降为第十三。河南的情况略有不同，北宋河南诗人 302 人，名列第五，元代为 142 人，虽然位次不变，但诗人数量下降很多。

蒙元攻打四川导致了毁灭性的破坏，大量人口死亡⑤，使四川的经济与文化遭到很大打击。根据吴松弟先生的研究，宋蒙战争中四川人口减少极多，从南宋宁宗嘉定十六年到元世祖至元二十七年（1223—1290）60 多年

---

① 参见张建伟、张景源《论金代词人的地理分布与群体特点》，《地域文化研究》2019 年第 3 期。
② 查洪德：《元代文学通论》，东方出版中心 2019 年版，第 249—250 页。
③ 张建伟：《河北汉人世侯与元初文学》，《河北师范大学学报》2015 年第 3 期。
④ 曾大兴：《中国历代文学家之地理分布》，商务印书馆 2013 年版，第 312 页。
⑤ 参见袁桷《请容居士集》卷 34《史母程氏传》，李军等校点《袁桷集》，吉林文史出版社 2010 年版，第 490 页；虞集《道园学古录》卷 20《史氏程夫人墓志铭》，四部丛刊本。

间，下降了96.1%①。大量衣冠士族被杀、被掳掠与迁徙是导致诗人数量骤减的主要原因。福建文化下滑原因令人费解，其中有战乱的破坏、科举的影响，林拓认为，元代福建学术是"高潮回落后的低沉"②。

河南诗人数量有所下降，原因在于都城的变迁。但河南依然具有鲜明的特色，它位于中原腹地，元代不少西域人寓居于此，呈现出多民族融合的特点。河南诗人中仕宦比例很高，对于元代的政治、学术、文学影响很大。许衡与他的讲友、门人在诗歌上体现出理学诗人独有的特点，郭昂等军将展示了独特的诗歌风格，王恽、姚燧等翰林学士在文坛产生重要影响，许有壬是仕宦显达诗人的代表。河南诗人在元代文学格局中占有重要地位③。

广东、广西、云南等地依然是诗人数量较少的省区，说明这些地区的文化尚待发展。但是，广东的诗歌很快取得突破，"至元末明初，以孙蕡、王佐、黄哲、李德、赵介'南园五先生'为核心的岭南诗派崛起，才彻底改变了此前岭南本土诗人寥若晨星且多以个体形态存在的局面，岭南文学才正式形成了自己的阵营和系统，在全国文化版图中获得了独立地位"④。

曾大兴先生《中国历代文学家之地理分布》认为，"南方文学家的分布重心也在发生若干变化。巴蜀、荆楚、湖湘、赣、闽等文化区在全国所占的比重都在减少，只有吴越文化区文学家的比重在增长"⑤。从诗人的地理分布来看，只有赣，即江西，诗人与文学家的分布存在差异，其他地区两者的分布规律基本一致。

第四，元代值得关注的是新增添的版图：东北、内蒙古和西北。这些地区的诗人为蒙古及色目各族，包括契丹、女真、维吾尔、唐兀、回回等，尤其以西北弟子为多。"通过《全元诗》编定，可知有诗篇流传至今

---

① 参见吴松弟《中国移民史》第4卷《辽宋金元时期》，福建人民出版社1997年版，第663页。
② 林拓：《文化的地理过程分析——福建文化的地域性考察》，上海书店出版社2004年版，第94页。
③ 参见任茹《元代河南诗人研究》，硕士学位论文，山西大学，2021年。
④ 廖可斌：《"南园五先生"及"岭南诗派"的生成》，《中华读书报》2020年1月15日第15版；陈恩维：《文学地理学视野下的明初岭南诗派研究》"序言"，上海古籍出版社2019年版。
⑤ 曾大兴：《中国历代文学家之地理分布》，商务印书馆2013年版，第312页。

的元代诗人，其归属的民族有汉、蒙古、畏兀、唐兀、吐蕃、康里、大食、钦察、回回、拂林、哈剌鲁、乃蛮、阿鲁浑、克列、塔塔儿、雍古、渤海、契丹、喀喇契丹等数十个。"① 其中著名的诗人有耶律楚材、马祖常、萨都剌、泰不华、余阙等。"在元代民族融合的大背景下，'西北子弟'文人群体的出现，使得元代在中国文学史上独领风骚，他们对儒家文化的服膺接受，多元与多种信仰包容并举，在元代游历之风盛行的情况下，展示不同的诗文风貌和特质，呈现元代文坛所独有的突出的特点。西域粗犷、奔放的地域文化特点使元代文学别开生面，这在中国文学史上是前所未有的，西域作家群和汉族作家共同创作了元代诗文的繁荣，形成了元代文化和文学的多元性。"② 蒙古色目诗人，尤其是西域色目诗人群体极大地丰富了中华文学。

曾大兴先生将元代分为燕赵、三晋、齐鲁、中原、赣、吴越六大文化区③，这与元代诗人的地理分布规律基本吻合。杨镰先生列出了江西、福建、鄱阳、睦州、天台、宣城几个地方诗坛④，其中江西、福建的范围较大，算是文学区域，鄱阳等地属于地方性诗歌中心。这些地区具有两个特点，一是诗人数量较多，比如宣城以 124 名诗人排府县一级的第二位，天台位列第六⑤。二是出产了重要诗人，比如鄱阳的李存、祝蕃，天台的曹文炳、曹文晦兄弟等。

元代诗歌与地域文化之间有着密切的关系，查洪德《元代文学通论》第九章曾论述了"经济之士与邢州学派诗文""义理之士与怀卫学派诗文""辞章之士：从东平行台到世祖时期之翰林院"，该书还提及"苏门学派""中州文派""金华之文""庐陵文派"，这些名称无疑都与地域有关。

---

① 杨镰主编：《全元诗》"前言"，中华书局2013年版，第1册，第2页。
② 任红敏：《"西北子弟"与元代文学格局》，《殷都学刊》2017年第4期。
③ 曾大兴：《中国历代文学家之地理分布》，第314页。
④ 杨镰：《元诗史》，人民文学出版社2003年版，第607页。
⑤ 徐永明、唐云芝：《〈全元诗〉作者地理分布的可视化分析》，《浙江大学学报》（人文社会科学版）2019年第1期。

三 元代诗人的流动与诗歌版图的扩大

上文分析了元代诗人地理分布的格局，属于诗人的静态分布，下面讨论诗人的流动。元代文人东西流动、南北流动活跃，既有北方各族的南迁，也有南北文学的交融。

元朝统一南宋之前，南北隔绝100多年，如果从石敬瑭割让燕云十六州算起，已经超过300年了。因此，诗人的南北流动成为元初重要的文学现象。

白朴在宋理宗景定三年起就曾到九江、岳阳等地游览，南宋灭亡后，白朴移家建康，游览过茅山、扬州、杭州等地。南方文化对白朴的创作产生影响，其中突出表现为他的金陵怀古词。白朴词的风格兼具豪放与婉约，与他纵贯南北的经历有关，他可以称得上融合南北文学的先驱[①]。与白朴南下不同，汪元量、汪梦斗等人是带着亡国的屈辱北上大都，汪梦斗的《北游集》是他"奉召前往大都的纪行之作，记载了他由家乡绩溪往返大都途中的所见所闻所感，反映了南方人眼中的北方景象，包括北方风景与习俗、亡国之悲与羁旅之感、古迹咏怀与借古讽今等内容"[②]。作为元代最早由南入北的诗人之一，他的纪行诗词成为南北文化交流与文学融合的先驱。杨镰先生说："在刚刚统一天下时，元代社会的一道风景线，就是南北人员、文化……的交流互动。"[③] 诗人的南北流动构成了元代文学史的重要特点。张勇耀认为，"北上文士如赵复、吴澄、赵孟頫等人与朝廷北方文臣的雅集唱酬，为北方诗坛注入了活力；南下文士如郝经、卢挚、张之翰、魏初、阎复、徐琰等人则更多促进了大元气象的南移，影响了南方的诗风与诗学观念。尤其是元好问影响的南移，对南北诗学观的交流以及元诗格局的形成有着重要意义，对

[①] 参见张建伟、张慧《金元白朴家族与地域文化》，《晋阳学刊》2015年第6期。
[②] 张建伟、陈慧：《论元初汪梦斗的纪行诗》，《晋中学院学报》2018年第6期。
[③] 杨镰：《元诗史》，人民文学出版社2003年版，第327页。

元代中后期诗坛的繁盛有着先导作用"①。

元初白朴、汪梦斗还处于南北文学交流融合的草创阶段，南城（今属江西）人程钜夫前往大都做官及他奉诏江南访贤标志着南北文学交流融合真正拉开了序幕。至元二十四年（1287），赵孟頫、张伯淳等20余人北上大都，成为震动朝野的大事，程钜夫还推荐吴澄、袁桷等人入朝做官。"对于元代文坛来说，只有有了江南被元廷的注意、有了南方文人的大举北进，才可能有四海一统、南北融合的元代文学的真正成熟。"除此以外，他还影响文坛风气，"在程氏四十年的馆阁生涯中，他一直努力以平易正大的作文风格来平衡南北文风差异，倡导新元风气"②。元代中期诗人的流动更为频繁，南北文学的交流融合不断加深。例如，"大都宋本、宋裒兄弟秉燕赵雄浑奇伟之气，诗歌风格矫健，二人随父宦游杭州、江汉等地，又学得南方绮丽之文采。宋氏兄弟兼得南北文学之长，正是元代统一天下之后南北文化交融汇合的产物"③。

除了南北流动，还有东西流动，其范围之广阔也是前所未有的。由西向东的流动主要是色目人的东迁，是在蒙古国时期随着蒙古族的征讨逐渐进行的，虽然没有显著的诗歌创作，东迁却是各个色目家族汉化进程中必不可少的。比如雍古部马祖常家族曾迁居临洮（今属甘肃）④，到元代定居于光州（今河南潢川）。再如高昌廉氏从新疆迁到大都，高昌偰氏则最终占籍溧阳（今属江苏）。由东向西的流动主要是随军出征与仕宦出使，这种流动产生了西域纪行诗。耶律楚材跟随成吉思汗西征，丘处机与弟子不远万里觐见成吉思汗，他们沿途创作了众多诗篇。

元代诗人的南北流动、东西流动引发了在上京、西域、安南等地的诗歌创作，极大地拓展了元代的诗歌版图。

---

① 张勇耀：《元初南北诗坛的交融》，《民族文学研究》2020年第1期。
② 邱江宁：《程钜夫与元代文坛的南北融合》，《文学遗产》2013年第6期。
③ 张建伟：《元代南北文化交融与大都宋氏之文学》，《陕西理工大学学报》2015年第1期。
④ 参见李言《马祖常家世考》，《民族文学研究》2006年第2期。

上京纪行诗在元代极为盛行，有数十名诗人因扈从皇帝或观光而前往上京，创作的上京纪行诗超过千首。"上京纪行诗描写了从大都（今北京）至上都沿途的风光，十八盘岭、居庸关、野狐岭、枪竿岭、龙门、龙虎台等都是诗人经常歌咏的对象。除了自然景观，诗人们还写到了名胜古迹等人文景观，比如李陵台，迺贤、黄溍、柳贯、周伯琦、杨允孚等人都作有诗篇，抒发怀古之幽情"（《论元代的北疆纪行诗》，未刊稿）。此外还有北方的气候、生活习惯等内容。

西域纪行诗主要盛行于蒙古时期，与成吉思汗西征密切相关。代表诗人为耶律楚材、丘处机等人。耶律楚材的西域诗"不但数量颇多，而且艺术内涵颇深，是他平生诗作的冠冕，也是元诗的优秀作品"[1]。他的代表作《西域河中十咏》描绘了河中府（今乌兹别克斯坦撒马尔罕）的物产与风俗，以及自己的生活。该地的奇花异果及其制品葡萄酒、马乳、杷榄、鸡舌肉、马首瓜等都给他留下了深刻的印象。"六月常无雨，三冬却有雷""食翻秤斤卖，金银用麦分""嗽旱河为雨，无衣垄种羊"等现象也令他惊奇不已。

元代后期的西域纪行诗人主要是马祖常，他出使河西作了《庆阳》《河湟书事》等诗。作为西域雍古部人的后裔，西域是祖上生活过的地方，他似乎有着寻根的意味。马祖常的感受不同于中原汉族诗人，"这是没有传统的边塞感的边塞诗"。他的诗歌没有传统边塞诗的征战、思乡等主题，在元代的色目诗人笔下，"传统的边塞已经置换成诗人的家乡"。[2] 这与唐宋时期的边塞诗差异极大，足以体现元代幅员广阔、民族众多的特点。

诗人的创作还远至域外，典型代表为安南纪行诗。安南陈氏王朝在今越南境内，当时为元代的藩属国，元朝使臣出使的记录多达数十次，使臣撰写了很多行记与纪行诗。如果说耶律楚材的西域纪行诗是元代诗歌版图的西极，那么，安南纪行诗就是南极了。"元代的安南纪行诗描绘了安南

---

[1] 杨镰：《元诗史》，第244页。
[2] 杨镰：《元诗史》，第107、108页。

的地形、气候、物产、礼仪、风俗、歌舞、传说等内容，反映了安南的历史文化、元朝与安南的政治关系与文化上的竞争态势。使臣与安南诗人群体的唱和是元朝与安南之间文化交流的见证。"① 安南纪行诗在文学史上具有独特的意义，"安南风物由此第一次成规模地进入中国诗歌。诗人以使臣独有的眼光感受异域奇异的人、事、物，用诗歌记录了他们独特的感受，也展示了使臣出使中的别样情怀。这部分诗歌，是元代诗歌中独特的部分"②。

四 元代诗人的流动与文学中心的形成

诗人的流动不仅催生了大量的纪行诗，还促成了诗歌中心的形成，元代诗坛主要有大都、上都、杭州三大中心。

元代实行两都制，大都作为元代的首都，是全国的政治中心、文化中心。上都是一座草原城市，帝王每年夏天巡幸上都，众多官员扈从，形成了另一个政治中心与文化中心。作为南宋的故都，杭州是第三个文化中心。虽然在政治上杭州不如大都与上都，但是作为文学中心，可以与两都并列为三。

大都文学的馆阁气息最为浓厚，"元代中期京师诗坛的开放性与包容性是熔炼成元诗基本格调的最重要诗学原因"。③ 比如元文宗时期的奎章阁极具代表性，"奎章阁文人圈接过元初以来掀起的复古大旗，以雅正风格为主，文章雍容有气势，文法规矩谨严，力求追摹古作者风气而别于宋末金季萎弱风格"。④ 这种复古雅正审美倾向与创作意旨成为诗坛主流，由宫廷馆阁走向山野乡间，影响直至元末明初。

上都文学展现的是草原文化，上京纪行诗的内容之一就是写上京的

---

① 张建伟：《从元代安南纪行诗看中越文化交流》，《西南边疆民族研究》2016年第1期。
② 黄二宁：《论元代安南纪行诗的书写特征与诗史意义》，《南开学报》2016年第5期。
③ 郭鹏：《论元代中期京师诗学活动对于元诗发展及诗风熔炼的理论意义》，《民族文学研究》2014年第2期。
④ 邱江宁：《奎章阁文人与元代文坛》，《文学评论》2009年第1期。

具有民族特色的朝廷活动与风俗习惯。"以塞上草原开平地区建立的上都为歌咏内容,是元诗乃至整个中国诗史上一个非常独特的现象。"上京纪行诗的内容可分为三个方面:歌颂皇元一统和"劝百而讽一"、描述皇室的娱乐活动、描写上京习俗和风光。游猎、宴飨、音乐歌舞、祭祀等内容带有浓郁的草原文化色彩,上京纪行诗"气象雄浑,是元诗中具有北方民族特色和异域草原特质的诗歌珍品"①。邱江宁认为,上京纪行诗"在改变南宋萎靡诗风、拓展诗歌题材、革新传统诗体等方面有其不容忽视的意义"②。

上都的天马歌咏也是元诗的重要内容,元顺帝至正二年(1342),拂郎国进献的天马到达上都,引发了文人的同题集咏,相关诗文超过 20 篇。"元代天马诗盛行,反映了文人对王朝国力强大、四夷宾服的歌颂,也是元代对外交流繁盛的反映。天马成为丝绸之路的标志,天马诗则是东西方文化交流的见证。"天马诗的繁盛,"与元代疆域广阔、国力强盛密切相关,也和蒙古民族有着密切联系"③。

大都、上都为政治中心,决定了大都、上都的文学活动政治性较强。左东岭先生在《台阁与山林:元明之际文坛的主流话语》一文中指出,台阁文学是贯穿于元明两代的创作类型,元代的台阁文学自有其特点。根据他的说法,我们可以将大都、上都的文学特征归为"台阁文学",将杭州的文学特征归为"山林文学"。台阁文学主要是以散文为主,诏、表较多,政治性较强,主要是为了满足朝廷的要求,而山林文学,主要以诗歌为多,注重个人情感的抒发④。杭州体现的是在野文人的创作特点,体现的是多元风貌。其文学活动政治意味较弱,而情感色彩较重,比如元末的杨维桢发起的"西湖竹枝词"唱和活动。它在元代后期引领文学风尚,具有辐射全国的影

---

① 李军:《论元代的上京纪行诗》,《民族文学研究》2005 年第 2 期。
② 邱江宁:《元代上京纪行诗论》,《文学评论》2011 年第 2 期。
③ 张建伟:《天马西来与元代天马歌咏》,《中原文化研究》2021 年第 2 期。
④ 左东岭:《台阁与山林:元明之际文坛的主流话语》,《首都师范大学学报》2019 年第 5 期。

响力,在南北文学交流融合过程中发挥了重要作用。

元代三大诗歌中心中的大都、杭州符合曾大兴先生总结的文学中心的特点,即京畿之地、富庶之区、文明之邦与开放之域,上都则不同,它属于京畿之地,但却不符合后三点。因此,诗人向上都的流动也和大都、杭州不同,多数为被动的扈从,只有少数诗人是主动的观光。梅新林先生将文人的流动分为向心型、离心型与交互型,向心型是向城市文学轴心,特别是京城的流动。离心型主要是隐逸与流贬引发的①。这是古代文人流动的一般规律,与之相比,元代诗人的流动呈现出一些特殊性。他们流向大都符合向心型流动,典型的是陈孚从家乡临海(今属浙江)前往大都求官,旅途中创作了大量纪行诗,编为《观光稿》。但是元人的离心型流动,尤其是到上都、安南、西域,原因却不只是隐逸或流贬,前往上都多是扈从皇帝,去往安南是出使,奔赴西域则是从军或拜见君主,元代诗人的流动呈现出复杂性与多样性。

余 论

元代诗歌的地理格局对明代产生巨大的影响。王学太先生《以地域分野的明初诗歌派别论》认为,明初诗歌分为越派、吴派、江西派、闽派、五粤派②。这一论断本于胡应麟《诗薮》,不过提法略有不同,比如胡应麟说的岭南诗派换成了五粤派,江右诗派换成了江西派。查洪德先生指出,"所谓明初五派,其实是元末五派。这五派都形成在元末"③。可见明初诗歌格局实际上承自元末。

元代诗人的地理分布格局到了明代既有一定的延续性,也出现了一些变化。延续的方面有南北诗人的比例、吴越赣闽等地的繁盛、松江府文学、岭

---

① 参见梅新林《中国文学地理形态与演变》第四章"文人流向与文学地理",复旦大学出版社 2006 年版。
② 参见王学太《以地域分野的明初诗歌派别论》,《文学遗产》1989 年第 5 期。
③ 查洪德:《元代文学通论》,第 318 页。

南文坛的崛起等。变化体现在燕赵、三晋文坛开始衰落，女性文学家数量的增长等方面①。

元代三个诗歌中心的结局大不相同，北京经过短暂的中断后再次成为都城，依然是政治中心与文化中心。大都随着元王朝的北迁而衰落，杭州尽管不再有元代的繁盛，但是吴、越两地的文化优势一直保持下去。

---

① 曾大兴：《中国历代文学家之地理分布》，第386页。

论运河行旅与"诚斋体"的形成

赵豫云[*]

　　杨万里初学江西诗派和王安石，亦曾效仿晚唐诗作，重修辞、字句、韵律，五十岁任常州知州后，诗风始有自觉且系统的转变，进而摆脱束缚，由师法前人而师法自然、活法为诗、独创"诚斋体"。并非所有万里诗歌皆属"诚斋体"①，一般认为"诚斋体"的典型特征是以自然景物为主要诗材，但又无事不可入诗，口语化且幽默晓畅，构思奇巧且修辞手法多变②。

　　"诚斋体"的形成是渐进的，运河行旅是重要促成因素。为官运河城市、任迎伴金使而经行运河时期，不仅是杨万里诗歌创作的高峰，留存了200余首"运河行旅诗"，而且是"诚斋体"发展的关键阶段。对杨万里诗风的转变，学界已有较多论述，但对"诚斋体"成因的探讨则较少，也少有将其运河行旅与"诚斋体"之形成相关联并做系统探讨的，笔者拟对此再作一定的论述。

一　诗材的扩大和多元

　　杨万里在绍兴壬午（1162）七月之后的诗作始有存稿、结集九部。除

---

* 赵豫云，中国社会科学院大学博士研究生、洛阳师范学院文学院讲师。

① 周启成：《杨万里和诚斋诗》，上海古籍出版社1990年版，第101页认为在杨万里的诗作中，"诚斋体"诗约占一半多。

② 此说亦见程千帆、吴新雷《两宋文学史》，上海古籍出版社1991年版，第331—334页。

《南海集》无运河记载外,均有记运河行旅。杨万里为官寓居、出仕赴任、迎送金使、卸任回乡皆有途经运河或与运河相守。特别是其迎伴金使、两次入淮,有大量运河行旅诗,展现了运河的风光之美和思乡之苦、家国之殇。"运河既是杨万里生活中独特的一部分,也是'诚斋体'诗歌形成中不可缺少的构成要素。"① 运河沿途丰富的景物、民俗等扩大了"诚斋体"诗的表现内容。

(一)"只是征行自有诗"——运河山水与河畔农事

万里从家乡吉水乘舟赴京,是沿赣江北上,转钱塘江至临安(今杭州),并不经运河。但在他入仕后,四通八达的运河则成为他出仕赴任的必经之路。《下横山滩头望金华山》(四首其二)云:"闭门觅句非诗法,只是征行自有诗。"② 杨万里主张抛弃江西诗派的摹拟之法,师法自然,到自然万物中寻找诗材、表达性情。其中的运河山水诗、农事诗真实地记录了运河的秀色风情、诗人的宦途生涯和忧思远志,是"诚斋体"的重要组成部分。

姜夔有评万里诗:"年年花月无闲日,处处山川怕见君。"③ 南宋运河跨越平原和丘陵,连缀了钱塘江、吴淞江、太湖、长江、淮河等水系和诸多山峦,沿途胜景密集。扬州附近长江奔涌不息:"多谢江神风色好,沧波千顷片时间"④(《过扬子江》二首其二)。淮水下游浪涛骇人:"争先打岸终谁胜,淘尽浮沙奈汝何"⑤(《嘲淮浪》)。淮山一般指运河淮河段的盱眙第一山,在淮河畔孤峰独立:"霜风吹船著淮阴,淮山高高淮水深"⑥(《舟中雪作,和沈虞卿寄雪诗韵》)。吴淞江在濒临太湖处与运河交汇。迎接北使南来,途经与运河唇齿相依的太湖:"兀坐船中只欲眠,不如船外看山川"⑦

---

① 陈颖:《杨万里运河行旅诗研究》,硕士学位论文,延边大学,2013 年,"摘要"。
② (宋)杨万里著,辛更儒笺校:《杨万里集笺校》卷 26,中华书局 2007 年版,第 1356 页。
③ (宋)姜夔:《白石道人诗集》卷 1,《送朝天续集归诚斋,时在金陵》。
④ (宋)杨万里著,辛更儒笺校:《杨万里集笺校》卷 27,中华书局 2007 年版,第 1392 页。
⑤ (宋)杨万里著,辛更儒笺校:《杨万里集笺校》卷 27,中华书局 2007 年版,第 1411 页。
⑥ (宋)杨万里著,辛更儒笺校:《杨万里集笺校》卷 27,中华书局 2007 年版,第 1415 页。
⑦ (宋)杨万里著,辛更儒笺校:《杨万里集笺校》卷 28,中华书局 2007 年版,第 1442 页。

（《过太湖石塘》三首其一）。太湖一带的苍郁山川、似镜湖泊装饰了运河。

水源充足时，运河还能补充沿途湖水、灌溉农田，临河城镇便呈现出预示农业丰收的喜人景象。杨万里关心民瘼，有不少表现农村、农民生活的诗篇，颇具思想性和艺术性。运河沿线的常州多稼亭一带是："一眼平畴三十里，际天白水立青秧"（《晓登多稼亭》三首其二）。"春旱愁人是去年，如今说著尚心酸"（《初离常州夜宿小井清晓放船》三首其三）。苏州吴江的平望一带，则是："望中不着一山遮，四顾平田接水涯。""麦苗染不就，茅屋画来真"①（《过平望》）。运河沿岸农民的苦乐酸甜、农田的丰收旱涝，都牵动诗人心弦，可见他漂泊羁旅而不失山水之乐与悯农之心。

（二）运河航运景观和运河民歌、民俗

1. 运河航运景观

"开闸""放闸"是一道奇特的运河风景线。杨万里《清晓洪泽放闸，四绝句》（其四）写洪泽湖放闸时的壮阔场面："雪溅雷奔乍明眼，天跳地趋也惊人。"② 湖水奔腾，如雪迸溅，如雷轰鸣，令人惊叹。"忽然三板两板开，惊雷一声飞雪堆"③（《过奔牛闸》）。记常州府奔牛闸开闸后的巨响，运河水倾泻而下，异常壮观。甚至在他的梦境中也有浮现放闸场景："一事新来偏可意，梦中闻打放船钲"④（《初离常州夜宿小井清晓放船》），是离任常州、急盼返乡时的真情流露。

万里运河行旅诗还有记漕运和得风、阻风、泊船场面的。淳熙六年（1179），常州知州任满后，他沿江南运河南下返里，经无锡、苏州、吴淞江、平望后入吴兴塘（湖州至平望的一段运河），至湖州取道德清，再顺来路归乡。过吴淞江（古称吴江或松江）时："更被纲船碍归舫，一船过尽一

---

① （宋）杨万里著，辛更儒笺校：《杨万里集笺校》卷28，中华书局2007年版，第1445页。
② （宋）杨万里著，辛更儒笺校：《杨万里集笺校》卷27，中华书局2007年版，第1403页。
③ （宋）杨万里著，辛更儒笺校：《杨万里集笺校》卷29，中华书局2007年版，第1500页。
④ （宋）杨万里著，辛更儒笺校：《杨万里集笺校》卷13，中华书局2007年版，第645页。

船来"(《已过吴江阻风上湖口》二首其二),是独特的漕运风情。"明早都梁各分手,顺风便借一帆回"①(《晓出洪泽霜晴风顺》),是于盱眙一带的顺风行船。舟行运河,由于风向不利或泥沙搁浅,阻风和被迫泊船也时常有之。如"到得松江每不欣,何曾晴快遇清真。此行作意追胜境,入夜阻风还闷人"(《月夜阻风泊舟太湖石塘南头》四首其一)等。此外,万里曾在绍熙元年(1190)十一月任江东转运副使,负责漕运,经江南运河去建康(今南京)驻所,在离开杭州途中运河风光尽收眼底,作诗《风定过垂虹亭》《泊姑苏城外,大雪》等。

2. 运河民歌和河工劳作场面

杨万里作诗不乏积极借鉴运河民歌再加以创造的,《朝天续集》收录有描写河工劳动场景的《竹枝歌》(七首),写于其接金使回程中。据其《竹枝歌》自序言,当日五更时至运河沿岸的丹阳县(今属镇江),晚发丹阳馆,沿江南运河南下,目睹了船工紧张的劳作场面。宋代运河行船由于地势落差和水量深浅不一,常需人力或畜力拉纤。时值寒冬,水量锐减,水浅处要靠纤夫牵挽。积雪初融,天气寒冷,斗笠漏雨,草鞋又破,艰苦条件下只能"知侬笠漏芒鞋破,须遣拖泥带水行"②(《竹枝歌》其七),即拖泥带水地拉纤。纤夫的终夕讴吟,劳作时一起用力,一人唱,众人和,打动了诗人,组诗写得活泼、明畅、俚俗。

翁方纲有论:"诚斋之诗,巧处即其俚处"(《石洲诗话》卷四)。万里《竹枝歌》是根据当时流行的运河民歌"竹枝歌"的歌词改写而成的七绝组诗,颂扬了吴地纤夫的豪迈,极富节奏感。并用自嘲笔调写了他任职接伴使的辛苦,以及以达观的态度对待人间苦乐和贫富不公。

3. 运河流域的信仰民俗

杨万里迎接金使,是沿运河北行,到江淮运河北端的楚州(淮安)后,再溯淮而上,至汴河入淮口的盱眙等候。楚州至盱眙这段是淮河风涛

---

① (宋)杨万里著,辛更儒笺校:《杨万里集笺校》卷30,中华书局2007年版,第1506页。
② (宋)杨万里著,辛更儒笺校:《杨万里集笺校》卷28,中华书局2007年版,第1431页。

的险恶处,"上有清汴,下有洪泽,而风浪之险止百里,淮迩岁溺公私之载,不可计"①。

漕运多艰,乃至有沉船风险,运河沿途流行独特的民间信仰。特别是水患多发之地,百姓常虔诚地信仰水神。淮水风高浪急,令人心有余悸。船过楚州"纤曲"且多险的"磨盘河"②后,杨万里写道:"却思两日淮河浪,心悸魂惊尚未平"③(《过磨盘,得风挂帆》)。过淮河段楚州的渎头时他又写道:"似闻海若怒川后,雨师风伯同抽差"(《渎头阻风》)。过山阳驿(今属淮安),舟入港后,本不必再怕淮河之险,然"老夫摇手且低声,惊心犹恐淮神听。急呼津吏催开闸,津吏叉手不敢答"(《至洪泽》)。亦可从侧面感知到舟子、津吏对淮水神(巫支祁)的敬畏。江南诗人难得一见运河淮河段的沿途景观特别是风情民俗,以之入诗,为"诚斋体"增添了一笔浓墨重彩,也对"诚斋体"诗内容的丰富有积极作用。

(三) 运河沿途市镇与馆驿

运河市镇多为水陆交通枢纽,杨万里在赴任和回乡时多次经过。"无锡县西北十八里"(《读史方舆纪要》卷25)处的潘葑是一个横跨运河两岸的大集镇,万里常州任结束后,南下返里,舟过潘葑,写道:"雨中篙师风堕笠,潘葑未到眼先入。岸柳垂头向人揖,一时唤入诚斋集。"④(《晓经潘葑》)可知淳熙年间(1174—1189)的潘葑镇街市云集、人群熙攘,运河两岸垂柳依依,景致迷人。绍熙元年(1190),万里特授直龙图阁、江东转运副使,离杭州,途中写道:"一色河边卖酒家,于中酒客一家多。"⑤(《夜泊平望》二首其二)平望古镇酒肆林立,一片繁华。

---

① (元) 脱脱:《宋史》卷96《河渠志六·东南诸水上》,中华书局1985年版,第2382页。
② (宋) 袁说友《东塘集》卷4有《新河》诗,题下有注:"楚州旧有磨盘河,谓纤曲也。乾道间浚而直之,目曰新河。"
③ (宋) 杨万里著,辛更儒笺校:《杨万里集笺校》卷30,中华书局2007年版,第1526页。
④ (宋) 杨万里著,辛更儒笺校:《杨万里集笺校》卷13,中华书局2007年版,第647—648页。
⑤ (宋) 杨万里著,辛更儒笺校:《杨万里集笺校》卷31,中华书局2007年版,第1583页。

运河沿途驿馆，如常州毗陵驿（荆溪馆）、秀州（嘉兴府）嘉兴馆、镇江丹阳馆等也是杨万里运河旅途中经常歇息之地。《咸淳毗陵志》载："荆溪馆旧名毗陵驿，在天禧桥东，枕漕渠，以通荆溪，故名。南唐徐铉尝有'驿桥风月'之句。高宗皇帝亲征，车驾幸金陵及还行都皆尝次荆溪馆。"① 宋以前荆溪馆又称毗陵驿，是运河沿河驿站，并有驿桥。毗陵驿作为传递和漕运转运中心，举足轻重。万里有诗《明发荆溪馆下》云："莫教物色有欠处，剩与新诗三五句。"

（四）运河民居和运河饮食

太湖和江淮一带的水乡，河湖棋布，居民常以"舟楫为室居"②。运河沿线苏州吴县九里亭的水乡民居："岸岸皆垂柳，门门一钓船。"（《过九里亭》）"江北水城"楚州也如此，枕水而居是常态。"人家四面皆临水，柳树双垂便是门。"（《望楚州新城》）"荻篱纬春胜，茅屋学船篷。"（《过淮阴县》）"茅屋学船篷"十分谐趣，是反说，实际是"船篷似茅屋"，是指运河水乡，渔民以舟楫为家，这种奇特民居与陆上简陋草房相似。近姑苏城，杨万里远望茅庐掩映："水村人远看来短，茅屋檐长反作低。"③（《望姑苏》）写的则是真实的运河畔的水乡茅屋。

诗重在抒情，而非体物。早期诗歌中的饮食主题并不丰富，但"在重视日常生活的宋人笔下发展到顶峰"④。运河行旅中，万里目光下移，喜于观察生活。"诚斋体"依托自然，日常化倾向鲜明。水产、香茗、酒酿等各色饮食纷纷入诗，数量可观，发掘、拓展了饮食诗歌的题材，也体现了"诚斋体"的特点和宋人以俗为雅的诗学观，即将实用性的"体物"提升到

---

① 《咸淳毗陵志》卷5"官寺"，明初刻本。
② 见（宋）苏轼著，（清）王文诰辑注，孔凡礼点校《苏轼诗集·鱼蛮子》，中华书局1982年版，第1124页。
③ （宋）杨万里著，辛更儒笺校：《杨万里集笺校》卷31，中华书局2007年版，第1584页。
④ 陈洪、冯军赫：《论"诚斋体"中的饮食题材》，《吉林师范大学学报》（人文社会科学版）2015年第5期。

诗性的审美高度。

运河沿线河湖众多，渔业繁荣。杨万里于秋冬时节两次往返淮河，盛赞"松江之鲈"等水产。鲈鱼丰产于太湖和松江（今吴淞江的古称，又称吴江）的衔接处，邻运河，其中最优者独产于松江。松江鲈鱼闻名遐迩，范成大《吴郡志》载："鲈鱼，生松江，尤宜鲙。或有游松江就鲙之者"①。万里《鲈鱼》诗云："两年三度过垂虹，每过垂虹每雪中。要与鲈鱼偿旧债，不应张翰独秋风。"垂虹亭在今江苏吴江松陵镇垂虹桥上，始建于宋仁宗庆历八年（1048），是来往运河的必经之处。万里常过垂虹亭并有诗数首赞鲈鱼，《垂虹亭观打鱼斫鲙》："鲈鱼小底最为佳，一白双腮是当家。旋看冰盘堆白雪，急风吹去片银花。"②"斫鲙"即切鱼片，本是普通情景，却被看得津津有味，写得酣畅尽情。

宋代士人较唐人更关注现实生活，极力开拓日常中的诗材。宋代盛行茶道，考究煮茶用水，其中的上品多在运河城市。"清如淮水未为佳，泉进淮山好煮茶。"③（《题盱眙军玻璃泉》）杨万里重视茶艺，极擅品茗论泉，其《酌惠山泉瀹茶》曰："诗人浪语元无据，却道人间第二泉。"惠山泉被列为天下第二泉（相传陆羽评定天下二十水品），又称"二泉"，泉水甘洌，是上好茶水。盱眙第一山"玻璃泉"、惠山"第二泉"等上等水源皆邻运河。万里擅长将凡俗之物升华而入高雅境界，大量创作"饮食诗"正是其诚斋体"以俗为雅"的典型体现。

杨万里于常州任上，"在一年零两个月的时间里，写就诗歌492首，大大超过他《江湖集》年均六十余首的创作量"。④ 其诗歌创作的高潮阶段即《荆溪集》、《西归集》和《朝天续集》，皆在为官常州等运河城市期间。特别是他前后两次经运河入淮、接送金使，使其诗歌在创作数量和质量上，都

---

① （宋）范成大撰，陆振岳点校：《吴郡志》卷29，江苏古籍出版社1999年版，第431页。
② （宋）杨万里著，辛更儒笺校：《杨万里集笺校》卷28，中华书局2007年版，第1440页。
③ （宋）杨万里著，辛更儒笺校：《杨万里集笺校》卷27，中华书局2007年版，第1406页。
④ 莫砺锋：《论杨万里诗风的转变过程》，《求索》2001年第4期。

达到了一生的顶峰。常州是运河上的重要交通枢纽,也是万里运河诗的主要写作源地。

杨万里早期效法的江西诗派创作技术化,以文字为诗,"离间了他们和现实的亲密关系,限止了他们感受的范围,使他们的作品'刻板'、'落套'、'公式化'"①。万里为官38年,或仕宦漂泊于运河城市,或出使经行运河,沿途山川、农田、市镇、馆驿及各色水乡民俗等,都在其笔下得到生动反映。他在《荆溪集》"自序"中说:"万象毕来,献予诗材。"② 运河行旅丰富了"诚斋体"诗的内容,摆脱了对江西诗派的盲从,求助于人的生活空间,在艺术上继承并创造性地发展了吕本中的"活法",渐成其诚斋体风格。

二 诚斋诗风的变化和补充

杨万里共有诗集九部,诗风几近一集一变。《诚斋荆溪集序》中亦有自述:"予之诗,始学江西诸君子,既又学后山五字律,既又学半山老人七字绝句,晚乃学绝句于唐人。"③ 他一生勤于笔耕,吟咏不绝,求索诗艺,形成了极具个性和美学特色的"诚斋体"。"诚斋体"④ 一词首见于《沧浪诗话》,主要是指"以创新求变为目的,以人化自然为对象,以生活艺术化和情趣喜剧化为核心特征的诗风"。⑤ 是其他诗人没有或极少出现的风格。运河行旅不仅扩大了"诚斋体"诗的诗材,也补充、丰富了"诚斋体"诗歌的风格。

(一)含蓄蕴藉、语多讽刺

"诚斋体"的"含蓄蕴藉"诗风是内在情韵的温婉表达、含蓄表露,在

---

① 钱锺书:《宋诗选注》,人民文学出版社1997年版,第161页。
② (宋)杨万里著,辛更儒笺校:《杨万里集笺校》卷80,中华书局2007年版,第3260页。
③ (宋)杨万里著,辛更儒笺校:《杨万里集笺校》卷80,中华书局2007年版,第3260页。
④ (宋)严羽著,郭绍虞校释:《沧浪诗话校释》,人民文学出版社1961年版,第54页。
⑤ 彭庭松:《杨万里与南宋诗坛》,博士学位论文,浙江大学,2005年,第16页。

运河行旅诗中表现突出。杨万里于淳熙十六年（1189）从临安赴淮河迎接金国贺正旦使途中，自镇江过长江时有作：

> 只有清霜冻太空，更无半点荻花风。天开云雾东南碧，日射波涛上下红。
>
> 千载英雄鸿去外，六朝形胜雪晴中。携瓶自汲江心水，要试煎茶第一功。（《过扬子江》二首其一）

此诗为方回、纪昀等论者所称赞，不脱宋调，格高、谨严，与江西体关系颇密，变而不失其正。运河行舟，漫天云雾，落日余晖染红了江涛。诗人追忆过往英雄，顿生沧桑之叹，雪后六朝名胜尽显雄姿，似乎看淡了兴亡。按惯例，金使南来，南宋官员都会于镇江金山绝顶处的吞海亭烹茶相待。①杨万里不得不自汲江水在金山吞海亭烹茶邀功、招待敌使，真是一种讽刺。周汝昌有评："诚斋原句，以表面壮阔超旷之笔而暗寓其忧国忠敌之凤怀，婉而多讽，微而愈显，感慨实深。"②

万里运河诗，不乏曲折多讽、意味深长者。他送伴金使过淮适值寒冬，在盱眙作有《嘲淮风，进退格》：

> 絮帽貂裘莫出船，北窗最紧且深关。颠风无赖知何故？做雪不成空自寒。不去扫清天北雾，只来卷起浪头山。便能吹倒僧伽塔，未直先生一笑看。③

淮河是南宋的军事屏障、国防重地，置身于此，万里心绪难平。淮风虽

---

① （宋）陆游：《入蜀记》卷1，[日]大槻东阳注，何不成舍藏，明治十四季一月七日版，第12页："绝顶有吞海亭，取毛吞巨海之意，登望尤胜，每北使来聘，例延至此亭烹茶。"
② 周汝昌：《杨万里选集》，上海古籍出版社1979年版，第18页。
③ （宋）杨万里著，辛更儒笺校：《杨万里集笺校》卷27，中华书局2007年版，第1410页。

凛冽,但他对淮风却别有期待:"不去扫清天北雾,只来卷起浪头山。"抱怨淮风不去扫清北方的雾气,却来卷起淮水的浪涛。"天北雾"应是暗示北方金人政权,"不去扫清"是要淮风满足人的愿望,委婉地表达了对国家统一的期望和对分裂的无奈。也暗讽软弱的南宋投降派只在朝廷内兴风作浪,而无恢复之志。

"诚斋体"一大特征是其笔下的动植物甚至山水等自然景物都常被人格化,物我合一。寓言诗也是万里运河行旅诗温婉含蓄诗风的一种特殊表现形式。《晚风》写晚风趁日落威减时横行,暗指金人肆无忌惮地欺凌南宋,但又讽刺晚风:"做寒做冷何须怒,来早一霜谁不知。"(《晚风》二首其一)流露出对金人的不屑,貌似强大的金国也不是不能战胜的。"晚风不许鉴清漪,却许重帘到地垂。"(《晚风》二首其二)霸道晚风不许观赏清漪,但对"重帘到地垂"也无可奈何。金人是"晚风",南宋为"重帘"。若南宋变强,又何惧金国?诗人不便直言心中忧虑与愤怒,便借肆虐的晚风以吐胸中块垒。讽刺金人,含蓄地表达忧国情怀。

故国兴亡,感伤于心。杨万里入淮运河行旅诗,诗情由平淡转向深沉。到了淮河这一南北分界线,更触发他对沦丧国土的伤痛,其绝大部分爱国忧时诗篇,"不像陆游那样奔放、直露,而是压抑胸中的万丈狂澜,凝蕴地底的千层熔浆,大多写得深沉愤郁,含蓄不露"。[①] 诚斋体诗歌清新淡雅、想象新颖,幽默轻松中有深沉的道理,具有独特的美学意蕴,亦有运河行旅的影响。

(二)境界阔大、豪迈雄健

南宋偏安,诗人恢复之志渐衰。杨万里作诗更以景物诗居多,取景具体而微,格局偏小,氛围和谐,一般"不感慨国事"[②],显得"对事功淡漠"[③]。但运河行旅,感触现实,改变了他以往的单独吟咏江风山月,开始抒写爱国

---

① 李宜蓬:《杨万里入淮诗的创作成就》,《淮阴师范学院学报》2018年第2期。
② (清)光聪谐《有不为斋随笔》庚卷:"诚斋诗不感慨国事。"
③ (元)脱脱:《宋史·高宗纪六》,中华书局1977年版,第24页。

情怀，取景大气恢宏，格局渐大，诗风也渐趋雄健、阔大。他任接伴金使共两次渡江、入淮，即淳熙十六年（1189）十一月至淮河迎接金使，绍熙元年（1190）正月，复陪送金使北上，至盱眙南返，前后两次渡过长江，到达淮河流域。在其《朝天续集序》中亦自述道："有廷劳使客之命，于是始得观涛江，历怀楚，尽见东南之奇观。"① 笔下风光异于优美的江南，"有了北国的凄冷和辽远，诗境也由纤巧而变为阔大"。"诗旨由自然趋向历史，诗情由平淡趋于深沉。"② 是其诗歌风格的一大转变。

绍熙元年，杨万里被任命为江东转运副使，楼钥在杨临行前的赠诗中，评价他此前一年接伴金使时所作入淮诗的诗风变化时说："蓬莱几清浅，笔力愈雄健。"③（《送杨廷秀秘监赴江东漕》）姜夔也说："笔端洒秋露，去国词愈伟。"④ 清人潘定桂亦有论："试读淮河诸健句，何曾一饭忘金堤。"（《读杨诚斋诗集》九首其二）诗风的巨大变化显然与此前一年他于运河往来接送金使的经历有关。周汝昌也说："诚斋此一行，写出了一连串极有价值的好诗，甚至可以说在全集中也以这时期的这一分集（《朝天续集》）的思想性最集中、最强烈。"⑤

《朝天续集》中"'诚斋体'绝句的风格稳定"⑥。尤袤、范成大称赞杨万里诗"又变"，也许正因《过扬子江》等诗显示了向以杜甫为典范的七律"正格"回归的趋向。《过扬子江》二诗是杨万里诗风转变的标志："予大儿长孺举似于范石湖、尤梁溪二公间，皆以为予诗又变。"⑦ 显露阔大之势，特别是"其二"颔联云："万里银河泻琼海，一双玉塔表金山。"⑧ "万里"

---

① （宋）杨万里著，辛更儒笺校：《杨万里集笺校》卷81，中华书局2007年版，第3274页。
② 李宜蓬：《杨万里入淮诗的创作成就》，《淮阴师范学院学报》2018年第2期。
③ （南宋）楼钥：《攻媿集》卷2，四库全书影印本。
④ 谌之：《杨万里范成大资料汇编》，中华书局1964年版，第11页。
⑤ 周汝昌：《杨万里选集》，上海古籍出版社1979年版，第17页。
⑥ 熊海英：《杨万里诗歌创作进阶与"诚斋体"的成型》，《南昌大学学报》（人文社会科学版）2012年第1期。
⑦ （宋）杨万里著，辛更儒笺校：《杨万里集笺校》卷81，中华书局2007年版，第3274页。
⑧ （宋）杨万里著，辛更儒笺校：《杨万里集笺校》卷27，中华书局2007年版，第1392页。

极言其远,"一双"极言其小,然在万里的衬托下,自然壮阔雄浑,有豪迈之气。

杨万里初到淮河流域,看到龟社诸湖,他感叹湖泊之大:"为爱淮中掌似平,忽逢巨浸却心惊。"①(《过龟社诸湖,进退格。东西长七十里,南北阔五十里》)《前苦寒歌》云:"四大海湖打清淮,三万里风平地来。龟山横身拦不住,潮波怒飞风倒回。"②四大海湖是指宋代淮河流域的洪泽湖、花园湖、七里湖、女山湖,极言其大。四大湖水皆入淮,水势浩渺。"三万里风"形容风之大且来路之广,风吹浪涌,打到龟山,反射回去,仍波涛汹涌。淮南一带的霜华满地,也让他诗兴大发:"淮甸晓来霜似雪,琼田千里玉平铺。"③(《晓霜过宝应县》三首其一)看到盱眙玻璃泉,又赞叹悬崖之高:"仰看绝壁一千丈,削下青琼无点瑕。"④"巨浸""海湖""琼田千里""绝壁千丈"等夸张词语显示出其初次入淮的新奇感受。

周必大评价杨万里诗既有"状物姿态,写人情意,则铺叙纤悉,曲尽其妙"的委曲细腻功力,也有"归千军、倒三峡、穿天心、透月窟"(周必大《跋杨廷秀石人峰长篇》)的雄健奔逸气势。这些"雄健"笔力几乎都集中出现在其运河行旅诗中。杨万里接送金使,渡江入淮,目睹淮河流域的万千气象,增广了人生经历,使其诗歌境界在纤丽精巧的基础上,又多了几分博大雄浑。

(三)凄苦烦愁,忧患郁愤

在苏州吴江的平望镇,诚斋《平望夜景》诗云:"半生堕在红尘中,浮家东吴东复东。楼船夜宿琉璃国,谁言别有水精宫?"夜阑人静,回想宦海奔波,运河夜色虽美,但心中凄苦,又怎能欣赏到传说中的"水精宫"

---

① (宋)杨万里著,辛更儒笺校:《杨万里集笺校》卷27,中华书局2007年版,第1398页。
② (宋)杨万里著,辛更儒笺校:《杨万里集笺校》卷27,中华书局2007年版,第1414页。
③ (宋)杨万里著,辛更儒笺校:《杨万里集笺校》卷27,中华书局2007年版,第1400页。
④ (宋)杨万里著,辛更儒笺校:《杨万里集笺校》卷27,中华书局2007年版,第1406页。

（按：任昉《述异记》有记吴王阖闾构水精宫）呢？"客愁满目政无聊，忽报船经杨子桥。未到江南心已喜，隔江山色碧相招"①（《过杨子桥》），杨子桥与润州（镇江）对岸，在长江北岸，由此南渡，为江滨要津，乡愁、客愁到此才缓。

运河沿途的一草一木都触及诚斋敏感的神经，除了客愁、乡愁，还有对国事的担忧。"六代兴亡何处问，一生奔走几时休？石翁石媪霜前笑，管得南朝陵墓愁！"②（《未到丹徒二十里间，见石翁石婆》）行舟到距丹徒二十里处的古陵墓前，经年微笑的石翁石媪，如今似应愁云不展，实是万里屈辱接伴心情的投射。

杨万里运河行旅，心中郁积了浓烈的爱国情怀。每当满怀抑郁、心绪起伏时，飘落的细雨也带着寒愁如期而至，配合诗人的烦愁，《过望亭六首》组诗曰：

> 窗间雨打泪新斑，破处风来叫得酸。若是诗人都富贵，遣谁忍饿遣谁寒？（其二）
>
> 两岸山林总解行，一层送了一层迎。天公收却春风面，拈出酸寒水墨屏。③（其四）

组诗写于接伴金国使臣的归途，一路沿运河南下，舟行至望亭镇时。望亭镇在今苏州市西北，太湖之滨，界临苏州和无锡。此诗尽见满纸愁苦，雨的样态各异，诗人在绵绵苦雨中感受着"窗间雨打泪新斑，破处风来叫得酸""天公收却春风面，拈出酸寒水墨屏"的心酸，生发"若是诗人都富贵，遣谁忍饿遣谁寒"的感叹。心中哀叹的有花甲之年的旅途奔波，更有对南宋朝廷命运、前途的隐忧。

---

① （宋）杨万里著，辛更儒笺校：《杨万里集笺校》卷30，中华书局2007年版，第1532页。
② （宋）杨万里著，辛更儒笺校：《杨万里集笺校》卷27，中华书局2007年版，第1387页。
③ （宋）杨万里著，辛更儒笺校：《杨万里集笺校》卷28，中华书局2007年版，第1438页。

杨万里的运河游宦和行旅，羁于公事，既有客愁，也有乡愁、国愁。凄苦之风油然而生，尤其是在任接伴金国使臣期间。《朝天续集》中尤多提及"寒"和"冷"字，其中"涉及'寒'字65处、'冷'字16处，'饥'字3处，合起来几占全诗总量的50%，还不算和'冷'、'寒'接近的风、雪、雨、霜、冻等"①。迎伴金使，随着地理位置的变迁，其诗风由自然走向凄苦和悲愤。运河行旅伴生的含蓄、雄健、凄苦诗风，丰富了"诚斋体"诗歌的风格。

尽管诚斋爱国诗显示了向以杜甫为典范的七律"正格"回归的趋向，但其中也不乏诗风显得忧患郁愤的诚斋体诗歌。如他与金使登山饮茶，在见到金山吞海亭已成专为金使烹茶之地时，难掩心中悲愤而写道："大江端的替人羞，金山端的替人愁。"②（《雪霁晓登金山》）将山川拟人化、人格化了，富有谐趣。这些又是"正格"的变体。渡江北上，历史兴亡让他感慨颇深，而到了淮河沿线，其感受更加强烈。《淮河中流肃使客》云："淮水中流各一波，南船小住北船过。生憎两岸旌旗脚，引得霜风分外多。"③ 金与南宋以淮河中流为界，船分南北，甚至连波浪也分了南北。在入淮时，杨万里因感叹历史而郁愤，集中展现了家国一统的愿望。万里入淮诗中，愁苦、愤懑、失落、忧患等情绪始终萦绕于心、漫溢其间，但亦绝无剑拔弩张的表达，字里行间皆是哀婉深沉的爱国情愫和隐忍未发的对敌之恨，这正是"诚斋体"爱国诗的特别之处。

幽默、诙谐、风趣、活泼几乎是"诚斋体"风格的代名词。但杨万里运河行旅诗寓家园沦丧之悲于运河风光的描绘中，尤其是其中的入淮诗，诗境或纤巧或阔大，诗情或平淡或深沉，"表现出的含蓄、雄健、凄苦的风格，对'诚斋体'诗歌风格的形成，具有丰富和补益的作用"④，是较少被

---

① 曾华东：《以史证易——杨万里易学哲学研究》，人民出版社2011年版，第292页。
② （宋）杨万里著，辛更儒笺校：《杨万里集笺校》卷28，中华书局2007年版，第1428页。
③ （宋）杨万里著，辛更儒笺校：《杨万里集笺校》卷27，中华书局2007年版，第1417页。
④ 陈颖：《杨万里运河行旅诗研究》，硕士学位论文，延边大学，2013年。

关注的"诚斋体"诗风格的另一方面。

文化氛围、生活环境、理学思想皆对杨万里诗风有影响。方回说:"杨诚斋诗一官一集,每一集必一变。"① 从其诗集的自序看,万里自认诗风变化共有 4 次:"绍兴三十二年(1162)前属模仿期,学江西派;绍兴三十二年至淳熙四年(1177)是模仿与创新的探索阶段;淳熙丁酉(1177)、戊戌(1178)以后是形成期;绍熙元年(1190)十一月以后为发展变化期。"② 可见其诗风的转变是循序渐进的。万里诗有大量叙述行役和描摹山水、人文景观的,受运河沿线地域文化的影响颇深。运河行旅对杨万里一官一地一诗集特色的形成,对他的诗风变化都有影响。

三 诗艺的锤炼和创新

诗歌创作离不开对前贤诗学经验的总结。《沧浪诗话·诗体》云:"杨诚斋体,其初学半山、后山,最后亦学绝句于唐人。已而尽弃诸家之体,而别出机杼。"③ 严羽将杨万里后期形成的、新鲜活泼的诗体概括为"诚斋体"。杨万里为官运河城市、接伴金使的运河行旅诗也正是他的后期诗作。杨万里对先辈诗歌创作技巧有承袭亦有发挥。运河行旅不仅使其写作速度加快,而且促进了杨万里诗艺在前人基础上的锤炼和创新,对诚斋体的形成有重要影响。

(一)运河行旅、组诗形式锤炼诗艺

宋、金两国会在"正旦、生辰"等固定时间,互派"常使"庆贺,也会因某些突发事件,临时互派"泛使"交涉国事。宋朝使臣在使命完成、归朝后要按规定上交一份出使报告。"馆伴、接伴与夫使虏者皆有语录。"④

---

① (元)方回选评,李庆甲汇评:《瀛奎律髓汇评》,上海古籍出版社 2005 年版,第 44 页。
② 张瑞君:《杨万里诗歌的发展历程》,《太原师范学院学报》2003 年第 3 期。
③ (宋)严羽:《沧浪诗话》,人民文学出版社 1961 年版,第 59 页。
④ (宋)倪思撰,(明)解缙等纂:《永乐大典·〈重明节馆伴语录〉》"序",中华书局 1986 年版,第 4811 页。

使者回朝后，一方面，将出使线路、沿途所见等录为文字，呈给朝廷，所写行记只是程式化的记述和实录。另一方面，南宋使金使臣文学素养高，善文且能诗，与行记相伴而生的纪行组诗则是有"恢复之志"的诗人内心情感的自然流露。

纪行组诗容量大，可系统地反映时空变化和诗人意绪的波动，备受洪皓、范成大等使金文人的青睐。杨万里的运河行旅诗，尤其是他在接伴、送伴金使途中所写诗歌也明显地表现出组诗特色，宛若一幅出使线路图，如他的《过新开湖五首》。新开湖为南宋运河航道所经，是运河的重要水源。组诗描绘了湖中独雁、鸥鸟、鱼儿、野鸭、飞雁的悠然自在与湖边人家的宁静。语言质朴，记录了船过新开湖的过程。赋予这些寻常景物以灵性，平静的新开湖也洋溢出灵动生机。组诗由静到动、由远及近、以动衬静，将略显静谧、寂寥的新开湖写得生动、活泼。

此外，《过宝应县新开湖十首》《晓过丹阳县五首》《竹枝歌七首》《芗林五十咏》《御命郊劳使客，船过崇德县三首》等运河纪行组诗，也都体现了诗人情感的逐次流动和"层次安顿"①的完整性。杨万里以日常景物和平常琐事为切入点，如同日记，锤炼诗艺的同时，也以一个热爱生活的诗人视角，为其运河行旅增添了一抹安逸和平淡。

(二) 取景自然，"活法"为诗

1. 取景自然，各具风貌

杨万里诗歌创作经历了沿袭江西诗论、推崇晚唐和学习半山，跳出前人窠臼、辞谢诸人而师法自然三个过程。他的诚斋体诗、运河行旅诗擅长且大多描写自然景物，即使那些描写社会场景，反映民间疾苦，抒发爱国感情的诗篇，都取景自然、浅近明白、各具风貌。

"许市人家远树前，虎丘山色夕阳边。石桥分水入别港，茅屋垂杨仍钓

---

① （清）仇兆鳌："凡杜诗连叙数首，必有层次安顿。"参见《杜诗详注》（卷二十），中华书局1979年版，第1735页。

船。"(《将近许市望见虎丘》)写的是苏州近郊、运河沿途景色,诗人首先点出许市、虎丘山,接着描摹了纵横的河道、石桥、垂杨和钓船,生动地书写了江南水乡特色。杨万里不仅擅长抓住不同地域的典型景物如桥梁、名胜、古道、物产等取景,而且还常抓住季节特征、年龄特征来取景、写诗。如《宿新市徐公店》:"篱落疏疏一径深,树头花落未成阴。儿童急走追黄蝶,飞入菜花无处寻"里,非常善于利用儿童稚态来点化诗境,格调活泼。"新市"在今浙江省德清县新市镇,水陆环绕,舟车通利,是作者离开临安去建康任所,或从建康返回临安述职的必经之地。"新市"是大运河侧的重要商埠,是宋代酿酒中心,设有酒税官。杨万里迷恋新市西河口所产美酒,曾在宋光宗绍熙三年(1192),自杭州由水路赴任江东转运副使(任所南京)时,特意留住新市,诗当作于此时。途经新市,略作停留,短期借宿,见景生情,有感而发。

2. "活法"为诗,以快见长

杨万里诗歌取景艺术手法高明,重视写生,"活法"为诗,善写快景。"活法"一词最早由吕本中提出,意在"能出于规矩之外,变化不测,而亦不悖于规矩也"(吕本中《夏均父集序》)。刘克庄《江西诗派小序》"总序"云:"诚斋出,真得所谓活法、所谓流转圆美如弹丸者。"[1] 钱锺书《宋诗选注》中也认为"活法"虽是江西诗派吕本中提出的口号,但独有诚斋诗既不破坏规矩,又能够变化不测,给读者以圆转而不费力之印象,是规律和自由的统一。

"活法"是诚斋体的精髓,其立足点是师法自然,且又有一种独特眼光。诚斋体善于捕捉稍纵即逝的画面和情趣,用幽默诙谐、平易浅近的语言表达出来。钱锺书《谈艺录》亦言:"诚斋擅写生……如摄影之快镜,兔起鹘落,鸢飞鱼跃,稍纵即逝,而及其未逝,转瞬即改,而及其未改,眼明手捷,踪矢蹑风,此诚斋之所独也。"[2] 诚斋诗善于捕捉偶然和瞬间察觉的景

---

[1] 湛之:《杨万里范成大资料汇编》,中华书局1964年版,第8页。
[2] 钱锺书:《谈艺录》,中华书局1984年版,第118页。

致,善于表现瞬间的印象和感受。诚斋之快以快景见长,如作于运河沿途的《过新开湖》:"一鸥得得隔湖来,瞥见鱼儿眼顿开。只为水深难立脚,翩然飞下却飞回。"抓住鸥鸟捕鱼的刹那间动作,突出其矫健,诗歌也显得鲜活。杨万里记录下他觉得有趣的场景,又捕捉到许多别人极易忽视的快照,使画面极具动态美。

取景于自然万物,善写快景,以表现其中的勃勃生机和作者心中的人生体验,追求语言形式外的某种意味,这是诚斋体的独到之处,也源于其理学思想的渗透。运河行旅,无论写景、写物,杨万里都能抓住瞬间的画面和变化,将其记录成为永恒,让读者领略到生命的绽放。

(三) 诗艺由白描趋向丰富

万里入淮诗"诗艺由白描而对比,是其诗歌创作的一个重大转变"。[①]杨万里运河行旅诗经常使用对比,包括今昔对比、南北对比等。《过瓜洲镇》开篇云:"夜愁风浪不成眠,晓渡清平却宴然。"是将清晨宴然与夜深不寐对比。结尾说:"南北休兵三十载,桑畴麦垄正连天",又隐含30年的今昔对比。说明杨万里尽管渴望统一、回忆征战,但对当下的安宁生活也很心安。舟过淮安,其《雪小霁顺风过谢阳湖》诗将风雪前后在运河上的感受和体验相互对比,刻画全面。

"诚斋体诗'活法'精神之下的奇异美质,具体表现在题材上以'新'求奇异、手法上以'快'求奇异以及结构上以'曲'求奇异等三个方面。"[②]周汝昌对"活法"也曾阐释说:"诚斋的'活法',除了包括着新、奇、快、风趣、幽默几层意义之外,还有一点,就是层次曲折,变化无穷。"[③] 万里诗构思新巧,语意颇多转换,其中的对比转换,出人意料、别开生面。如

---

① 李宜蓬:《杨万里入淮诗的创作成就》,《淮阴师范学院学报》2018年第2期。
② 于东新、曾米鲁:《杨万里诗:"诚斋体"的诚斋气象》,《内蒙古农业大学学报》2006年第4期。
③ 周汝昌:《杨万里选集》,上海古籍出版社1979年版,第1页。

《题盱眙军玻璃泉》以"清如淮水"开篇，却立即转说"未为佳"。先扬后抑又是为了引出"泉迸淮山好煮茶"，这就把玻璃泉的好处在对比和转换中凸显出来。

此外，运河行旅中，杨万里对自然景物体察精细，构思新奇，语言流利，擅长使用拟人修辞。具有融通雅俗、乐易诙谐、自然天成、轻快灵动等鲜明艺术特征的"诚斋体"诗大量出现，"诚斋体"特质淋漓尽致地表现出来。《淮河舟中晓起看雪》（其一），颇具想象力地写风雪："三日颠风刮地来，不成一雪肯空回"，将狂风大雪说成是天公刻意的结果。《淮河舟中晓起看雪》（其二）云："爱水舞来飞就影，怯风斜去却回身。"① 构思巧妙，也将自然拟人化了。

淳熙六年，杨万里移官广东，任提举广东常平茶盐，经江南运河南下，临行前在常州写有"水将树影乱揉碎，月与日光相对明"（《暮雨既霁，将儿辈登多稼亭》）的新奇诗句。"常州尽处是望亭，已离常州第四程。柳线绊船知不住，却教飞絮送侬行。"②（《舟过望亭》）将柳絮人格化以表达离开常州任时的不舍之情。

运河沿途的横山位于今苏州市西南郊，惠山在今无锡市，皆临近运河。"三日横山反覆看，殷勤送我惠山前。常州更在横山外，只望横山已杳然。"③（《出惠山遥望横山》）也将惠山、横山拟人化了。

（四）语言幽默诙谐、口语化

形成诚斋体的要素，一是把作者的主观情感最大化地投射在客观事物上，二是诗歌语言有意追求明白晓畅，接近白话诗。"清新自然、言浅意长的杨诚斋体，两个最为独特有趣的特征当是'谐'与'俗'。"④ 杨万里乐

---

① （宋）杨万里著，辛更儒笺校：《杨万里集笺校》卷27，中华书局2007年版，第1415页。
② （宋）杨万里著，辛更儒笺校：《杨万里集笺校》卷13，中华书局2007年版，第649页。
③ （宋）杨万里著，辛更儒笺校：《杨万里集笺校》卷13，中华书局2007年版，第649页。
④ 蔡少阳：《"谐"与"俗"的协奏——关于诚斋体的闲话》，《名作欣赏》2007年第6期。

观开朗，诗风风趣幽默且口语化，笔下的人和物有鲜活的生命气息。

万里诗以自然美取胜，雅俗共赏。在平常中发现幽默和乐趣，使生活艺术化，甚至揭示某些生活哲理。元代李治说："杨诚斋诗，句句如理。"与他受理学、禅学的影响分不开。幽默诙谐是"诚斋体"的一大特色，甚至"不笑不足以为诚斋之诗"。①"这源于诗人的理学思想以及其起起落落的官场生涯。即使在落魄的困境面前，他也不忘调侃与戏谑，总能达观地看世界，有着超脱自然的心态。"②

万里运河诗典故用得浅切，白话俚语巧妙妥帖，流转圆活，幽默诙谐。如《姑苏馆夜雪》云："谁信雪花能样巧，等它人睡不教知。"姑苏馆是绍兴年间接待金国使者往来的"国宾馆"，馆内突降大雪，令人惊奇。《嘲淮风进退格》云："颠风无赖知何故，做雪不成空自寒。"笔调活泼爽利。"诚斋体"诗自由抒写，诗境新鲜有趣，粗语说得细，俗语说得俊，笔端有口，得心应手。不再是纯正意义的古典诗歌，陈衍、胡适、胡云翼等批评家已称之为"白话诗"。

杨万里在平江府（苏州）所写的《泊平江百花洲》："莫怨孤舟无定处，此身自是一孤舟。"不要笑话孤舟漂泊不定，没有归宿，自己又何尝不是漂泊无归处的一叶"孤舟"？用调侃方式表现了他的孤独与无助，显露"诚斋体"诙谐、活泼、多用口语的特质。且在平常现象中发现深刻哲理、调侃嬉笑来解读人生，平中见奇。令读者苦笑，尽显超脱豁达和所谓"理趣"。同样，《高邮野望二首》（其一）云："树外天容仍淡白，不愁树影不分明。"万里总以诙谐的目光，以探求的态度，对万事万物饱含热爱和同情，给人一种乐观感受。这类诗作在不经意间隐约体现一种理趣，在调侃中使人受到教益。作者随触而发，在适当情境中巧生联想，揭示某些生活哲理，将

---

① （清）吕留良、吴之振、吴自牧：《宋诗钞》卷71《诚斋诗钞》"序"，商务印书馆1935年版。
② 熊海英：《杨万里诗歌创作进阶与"诚斋体"的成型》，《南昌大学学报》（人文社会科学版）2012年第1期。

哲理诗幽默化。总体来看，"诚斋体"诗有别于宋诗的主理和唐诗的主情，而以"趣"为诗歌审美核心。

从杨万里的个体诗风特质萌芽到"诚斋体"定型的过程也是寻找新的审美范畴、新的语言，逐渐摆脱定式和成法，对古典诗歌既有的单元化秩序解构的过程，由自发到转变再到自觉。他学习江西诗派、王安石和晚唐诗，只是借径，并未奉之为圭臬。在运河行旅中，在大量的诗艺实践基础上，杨万里深入思考诗歌本质，提出诗"味"说，主张"兴"诗法。"诚斋体"诗的表达越来越流畅妥帖，最后很好地达到了语言、修辞手法与风格美感的平衡。

结　语

运河不仅促进了沿岸城市的发展，而且推动着文学艺术的繁荣。杨万里曾为官、寓居多个运河城市，其行旅诗存量最多的《江湖集》、《朝天集》和《朝天续集》，是他任职杭州时所作，在常州任上又作《荆溪集》。自此具有融通雅俗、乐易诙谐、轻快灵动、自然天成等鲜明艺术特征的"诚斋体"诗开始大量出现。论者一般也都接受其自我总结，认为"'诚斋体'形成于南宋淳熙四年之后，即《荆溪集》创作时期"。[①]

"诚斋体"打破了古典诗歌确立的俗雅界限，贯通雅俗。杨万里一生结缘运河，"诚斋体"的"活法"特色很重要的表现就是语言上的俚俗化、口语化。"诚斋体"特质由萌发到成"体"，求"变"几乎伴随其全部创作过程。"'诚斋体'是在不断探索、不断否定、不断修正之后成型的，诗人并不曾将其视为封闭、凝固的模式。"[②] 杨万里也比姜夔等人更善于博采众长、融会贯通，其艺术思维的更新和诗歌风格的创变更加自觉。影响杨诗创作的思想渊源是理学的"格物致知"和禅宗的参悟精神。杨诗的文学渊源乃是

[①] 程千帆、吴新雷：《两宋文学史》，上海古籍出版社1991年版，第325页。
[②] 熊海英：《杨万里诗歌创作进阶与"诚斋体"的成型》，《南昌大学学报》（人文社会科学版）2012年第1期。

源出江西，由后山五律，经王安石并上溯晚唐，取晚唐绝句之"味"疗救江西诗病。他对李白、杜甫、江西诗派、晚唐诗人等均有借鉴，终能"胸襟透脱"、取法自然、活法为诗。这其中既有雅文学自身的要求，也受俚俗文学的影响。而运河文化本质上也是一种市民文化、通俗文化和融会文化、革新文化。杨万里的诗歌创作与运河密不可分，运河激发了灵感，运河行旅提供了更多诗材，增进了诗人的创作。运河还丰富了他的诗风，提高了诗艺。运河文化在一定程度上影响和促进了"诚斋体"的形成。

欧阳修作品在高丽王朝的传播与影响

刘 震[*]

欧阳修,生于1007年,卒于1072年,北宋政治家、文学家、唐宋八大家之一,是宋代文学史上最早开创一代文风的文坛领袖。他不但在中国历史上影响巨大,而且对中国周边其他汉字文化圈国家也影响深远,而历史上的高丽王朝便是其中之一。下面我们就来考察一下欧阳修作品传入高丽王朝的时间及传播情况,并分别从诗文与诗话、诗论、词作及史书几个方面来探讨其对高丽王朝文学、史著等各方面的影响。

一 诗文与诗话

高丽王朝时期文人李仁老的《破闲集》中有如下记载:

> 欧、王、苏、黄并驱一时,诗声最著,而欧阳诸子诸集,盛行于东方。①

这段记载表明了欧阳修及其诗文作品在高丽王朝时期的传播情况。首

---

[*] 刘震,江西省社会科学院助理研究员。本文为江西省社会科学基金青年项目"欧阳修在韩国的接受研究"(项目编号:21WX28)阶段性成果。

① [高丽] 李仁老:《破闲集》,《韩国文集丛刊》本,第10册,第127页。

先，高丽王朝时期的文人有对欧阳修集的评价。例如崔滋在《补闲集》中记载李奎报的言论写到"惜余初见欧阳公集，爱其富，再见得其佳处，至于三拱手叹服"①。李仁老卒于1220年，李奎报卒于1241年，崔滋卒于1260年，这表明欧阳修的诗文于1220年之前已经传入了高丽王朝。其次，还有直接引用其诗句的情况。例如林椿《西河集》中有一绝句如下：

田家甚孰麦初稠，缘树初闻黄粟留。似识洛阳花下客，殷勤百转未曾休。②

此绝句中的"似识洛阳花下客"明显是化用了欧阳修《戏答元珍》中的"曾是洛阳花下客"。除此之外，在诗话方面也能体现出欧阳修对高丽王朝时期文人的影响。下面来探讨一下其《六一诗话》对高丽王朝时期文人诗话创作的影响。

欧阳修的《六一诗话》是中国诗话史上的第一部诗话，具有开创之功。③它不但在中国影响巨大，而且对高丽王朝的文人创作也产生了深远的影响，促成了其诗话创作的繁荣。

首先，在创作心态上，欧阳修在《六一诗话》的卷首即写到"居士退居汝阴，而集以资闲谈也"，这表明了欧阳修创作诗话的心态是"以资闲谈"④。而高丽王朝的著名代表诗话就叫《破闲集》、《补闲集》及《栎翁稗说》，这可以明显看出高丽文人的创作心态是欧阳修"以资闲谈"心态的延

---

① ［高丽］崔滋：《补闲集》，《修正增补韩国诗话丛编》本，第5册，太学社1996年版，第107页。
② ［朝鲜］曹申：《謏闻琐录》，《修正增补韩国诗话丛编》本，第5册，太学社1996年版，第603页。
③ 诗话的起源可以追溯到钟嵘的《诗品》，甚至于《诗经》中的某些诗句，但严格地讲，诗话的成立只能以欧阳修的《六一诗话》的出现为标志。参考张伯伟《中国诗学研究》，辽海出版社1998年版，第65页。
④ 通过其诗话的内容可知其特点是信手拈来、随意长短、不拘一格，毫无刻意谋篇布局之意。参考欧阳修、释惠洪著，黄进德批注《六一诗话 冷斋夜话》，凤凰出版社2009年版，"前言"部分。

续。有相关记载如下:

> 李学士仁老,略集成编,名曰破闲。……或至于浮屠儿女辈,有一二事可以资于谈笑者。①
>
> 本以驱除闲闷,信笔而为之者,何怪夫其有戏论也。……且不如是,不名为稗说也。②

根据《破闲集》中的"破闲"、《补闲集》中的"可以资于谈笑"、《栋翁稗说》中的"以驱除闲闷"等可知,这些都与欧阳修"以资闲谈"的心态一致。而后世的诗话也多以"杂记""杂识""漫笔""琐录""排语"等命名,这也表明了欧阳修"以资闲谈"诗话创作心态的深远影响。

其次,在创作内容上,《六一诗话》中虽然也有诗评,但多数是逸闻逸事。因此,可以说《六一诗话》的主要内容为逸闻逸事。而高丽王朝时期诗话的创作内容也受到了欧阳修《六一诗话》的影响,呈现出以逸闻逸事为主的样态。

再次,在诗风追求上,欧阳修《六一诗话》推崇的是平易自然的诗风,并以此作为诗评的标准。而这种标准也是高丽王朝时期诗评的标准。究其原因,当然有宋代文化的整体影响,但在诗话方面,欧阳修《六一诗话》的影响是显而易见的。

二 诗论

(一)"用事"

欧阳修在其《六一诗话》中提到"盖其雄文博学,笔力有余,故

---

① [高丽]崔滋:《补闲集》,《修正增补韩国诗话丛编》本,第1册,太学社1996年版,第79页。
② [高丽]李齐贤:《栋翁稗说》,《修正增补韩国诗话丛编》本,第1册,太学社1996年版,第129页。

无施而不可，非如前世号诗人者，区区于风云草木之类，为许洞所困者也"①。这是欧阳修对于用事风格的认可。而这种用事的风格也得到了高丽王朝时期诗人的认同。对此，韩国学者赵钟业有如下论断：

> 用事者何？使用故事、故语、故意之谓也。……既有用事，则必修辞追之，不然则为盗故也。是则用事手段，不重在内容而重在形式之修辞手段也。高丽中叶诗风，因于宋诗苏黄之影响，但特趋向于山谷换骨夺胎论者较多，其中宗主乃李仁老也。②

而李仁老在《破闲集》中谈"用事"时说："李商隐用事险僻，号西昆体，此皆文章一病。近者苏黄崛起，虽追尚其法，而造语益工，了无斧凿之痕，可谓青于蓝矣。"③ 由此可知，李仁老虽然提倡"用事"，但推崇"了无斧凿之痕"的用事。同时，崔滋在《补闲集》中也说："蔡拾遗宝文名重一时，观其诗，遒丽无雕琢之痕。"④ 由此可见，欧阳修所认可的用事风格也被高丽王朝的文人们接受。

(二)"意新语工"

欧阳修在其《六一诗话》中最先提出"意新语工"⑤的主张，这表明欧阳修认为写诗要追求新意。而高丽王朝时期的诗人作诗时也注重追求新意。例如李奎报曾说："吾不袭古人语，创出新意。"⑥ 他在《答全履之论文书》中有如下记载：

---

① （清）何文焕：《历代诗话》，中华书局1981年版，第270页。
② ［韩］赵钟业：《中韩日诗话比较研究》，学海出版社1984年版，第387页。
③ 蔡镇楚编：《域外诗话珍本丛书》第8册，北京图书馆出版社2006年版，第36页。
④ 蔡镇楚编：《域外诗话珍本丛书》第8册，北京图书馆出版社2006年版，第84页。
⑤ （清）何文焕：《历代诗话》，中华书局1981年版，第267页。
⑥ 蔡镇楚编：《域外诗话珍本丛书》第8册，北京图书馆出版社2006年版，第126页。

> 至宋又有王安石、司马光、欧阳修、苏子美、梅圣俞、黄鲁直、苏子瞻兄弟之辈，亦无不撑雷裂月，震耀一代，其效韩式皇甫氏乎？效刘柳元白乎？吾未见其刲剥屠割之迹也。然各成一家，梨橘异味，无有不可于口者。夫编集之渐增，盖欲有补于后学，若皆相袭，是沓本也，徒耗费楮墨为耳。吾子所以贵新意者，盖此也。①

这段记载表明了李奎报重视新意的原因。除李奎报之外，李仁老也在《破闲集》中提到："昔山谷论诗，以谓不易古人之意，而造其语，谓之换骨。规模古人之意，而形容之，谓之夺胎。此虽与夫活剥生吞者，相去如天渊，然未免剽掠潜窃以为之工，岂所谓出新意于古人所不到者之为妙哉！"②这段话在论及黄庭坚的"换骨夺胎"时，表明了李仁老对新意的推崇。

此外，李齐贤在《栎翁稗说》中提出了"随人作计终后人，自成一家乃逼真"③的观点。而安轴则在其《白文宝按部上谣》诗序中对没有新意的作品提出了"然阅前代之作，皆蹈袭陈言，而不能表出新意，故皆不足观也"④的批判主张。

以上这些例证都表明欧阳修首先提出的"意新语工"主张在高丽王朝时期的文人群体中得到了全面接受。

（三）"诗穷而后工"

"诗穷而后工"是欧阳修在《梅圣俞诗集序》中提出来的一个文学批评观点，详文如下：

> 予闻世谓诗人少达而多穷，夫岂然哉？盖世所传诗者，多出于古

---

① ［高丽］李奎报：《东国李相国全集》卷26，《韩国文集丛刊》第1册。
② 蔡镇楚编：《域外诗话珍本丛书》第8册，北京图书馆出版社2006年版，第126页。
③ 蔡镇楚编：《域外诗话珍本丛书》第11册，北京图书馆出版社2006年版，第37页。
④ ［高丽］安轴：《谨斋先生集》卷2，《韩国文集丛刊》第2册。

穷人之辞也。……盖愈穷则愈工。然则非诗之能穷人，殆穷者而后工也。……世徒喜其工，不知其穷之久而将老也！可不惜哉！①

欧阳修的这篇序文历来受人推崇，就是因为作者提出了"穷而后工"的诗论。吴楚材等在《古文观止》中说："'穷而后工'四字，是欧公独创之言，实为千古不易之论。"② 其实在欧阳修之前就已经有很多人提出过类似的观点了。比如宋玉的"贫士失职而志不平"③ 以及韩愈的"夫和平之音淡薄，而愁思之声要妙；欢愉之辞难工，而穷苦之言易好也"④ 等。这些都阐发了与欧阳修"穷而后工"类似的观点。但是如果从诗论的角度来看的话，那么"'穷而后工'四字，是欧公独创之言"的说法则是完全成立的。

欧阳修的"诗穷而后工"是在北宋党争的情况下提出来的。欧阳修非常推崇梅尧臣，但他一生坎坷。这是梅尧臣在党争中的处境所导致的。⑤

在欧阳修的"诗穷而后工"之后，也出现了许多与之相关的观点⑥，但欧阳修"逆境造就文学"的观点仍是主流。而在高丽王朝时期，也已经出现了对欧阳修这一观点的相关讨论。高丽王朝时期的李牧隐就讨论过欧阳修的这一观点。他在其诗《有感》中写道：

非诗能穷人，穷者诗乃工。我道异今世，苦意搜鸿蒙。冰雪砭肌

---

① 曾枣庄、刘琳主编：《全宋文（全360册）》第34册，上海辞书出版社、安徽教育出版社2006年版，第52—53页。
② 古诗文网，https://so.gushiwen.cn/shiwenv_f936cad449ad.aspx，2021年7月3日引用。
③ 林家骊译注：《楚辞》，中华书局2015年版，第191页。
④ 马其昶校注，马茂元整理：《韩昌黎文集校注》卷4，上海古籍出版社1986年版，第262—263页。
⑤ "梅尧臣既不满意吕夷简等旧派人物的所作所为，也与范仲淹等新风气中人物在思想观念和行为方式上有分歧，这种处于新旧两党夹缝之间的尴尬位置，决定了他既不能为旧派所用，也难以为新派所接纳，其穷困不遇，实在是势所必然的"［巩本栋：《"诗穷而后工"的历史考察》，《中山大学学报》（社会科学版）2008年第4期］。
⑥ 例如南宋周必大、清初吴兆骞对"诗穷而后工"的反对，苏轼的"人以诗而穷"，以及陈师道的"诗能达人"等都是与之相关的观点。参考王艳《欧阳修作品在朝鲜半岛的流传与接受》，硕士学位论文，南京大学，2015年，第24页。

骨，欢然心自融。始信古人语，秀句在羁穷。和平丽白日，惨刻生悲风。触目情自动，庶以求厥中。厥中难造次，君子当用功。①

此诗首句即写"非诗能穷人，穷者诗乃工"，这说明他也认为穷者之诗歌才能工整。同时，他还写到"始信古人语，秀句在羁穷"，此处的古人很可能就是指的欧阳修。但是，最后他又写到"厥中难造次，君子当用功"，这表明他认为在"穷"的基础上还要用功才能写出好的作品。而这一观点与欧阳修的观点基本一致。

而高丽王朝中后期的林椿，其坎坷的一生正诠释了"穷而后工"的真意。《西河集·重刊序》中有如下记载：

> 若高丽林西河先生，虽曰穷于诗者，亦以诗有大名于世，谓之非穷也亦宜。先生为文章，雄博宏肆。在当时，与李眉叟吴濮阳埒美而齐誉。天之生先生固不偶然。若将使摛藻天庭，黼黻王猷，大鸣国家之盛。而不幸遭值家难窜身荒陬，流离困厄，抑郁而不扬。贫寒枯槁如孟东野，不得一第如李德仁，不挂朝籍如玉溪生。卒之无年夭殒，又有似乎李长吉，噫先生一人之身。而兼此数子者之冤，此生人之至戚，千古之最穷。②

上文就高丽王朝中后期文人林椿一生的"穷而后工"进行了论述，他本人在高丽中期武臣执政的情况下遭遇政治迫害，一生穷困。他曾在《上按部学士启》中引用欧阳修的"身穷而诗始工"，并在《书怀》中写道："诗人自古以诗穷，顾我为诗亦未工。何事年来穷到骨，长饥却似杜陵翁。"③ 这些都表明了他对"穷而后工"的思考。

而与林椿同为"海左七贤"的吴世才也因平生困厄却擅长诗文而为人

---

① [高丽] 李牧隐：《私淑斋集》，《韩国文集丛刊》本，第12册，第116页。
② [高丽] 林西河：《西河集》，《韩国文集丛刊》本，第1册，第203页。
③ [高丽] 林椿：《西河先生集》卷2，《韩国文集丛刊》第1册。

所称道。李奎报在《吴先生德全哀词序》中评价吴世才说"为诗文,得韩杜体,虽牛童走卒,无有不知名者"①,而李牧隐在《有感》中感叹的"非诗能穷人,穷者诗乃工"②正好又诠释了吴世才的人生。

以上例证表明高丽王朝时期文人们对欧阳修"诗穷而后工"说的接受主要体现在对其诗论的沿说方面。

三 词作

《高丽史》卷71《乐志二》中有如下记载:

> 文宗二十七年二月乙亥,教坊奏女弟子真卿等十三人所传《踏莎行》歌舞,请用于燃灯会。制从之。③

这里的真卿等女弟子是北宋派到高丽教习歌舞的人员,高丽文宗二十七年即宋神宗熙宁六年。这是目前发现的高丽王朝历史上最早的关于词的记载。《踏莎行》始见于晏殊的《珠玉集》和欧阳修的《近体乐府》。此时,距离欧阳修去世只有一年。因此,可以推断欧阳修词作最早可能在宋神宗熙宁年间就已经传入了高丽王朝。而根据吴熊和先生的考察,欧阳修的《洛阳春》确实是在熙宁、元丰年间随着宋与高丽王朝的音乐交流而传入高丽王朝的。④

(一)高丽王朝宣宗词与欧阳修词

高丽王朝的宣宗王运(1049—1094),史称"博览经史,尤工制述"⑤。

---

① [高丽]李奎报:《东国李相国全集》卷37,《韩国文集丛刊》第1册。
② [高丽]李穑:《牧隐诗稿》卷8,《韩国文集丛刊》第4册。
③ [朝鲜]郑麟趾:《高丽史》卷71。参考한국사데이터베이스http://db.history.go.kr/。
④ 吴熊和:《高丽唐乐与北宋词曲》,《吴熊和词学论集》本,杭州大学出版社1999年版,第44页。
⑤ [朝鲜]郑麟趾:《高丽史·世家》卷10。参考한국사데이터베이스http://db.history.go.kr/。

他不仅擅长古风长篇等诗歌体裁,高丽王朝的第一首词作也是出自他之手。《高丽史》卷10《宣宗世家》中记载:

> 丁丑,以天元节宴辽使于乾德殿,王制贺圣朝词曰:"露冷风高秋夜清,月华明。披香殿里欲三更,沸歌声。扰扰人生都似幻,莫贪荣。好将美醁满金觥,畅欢情。"

此时为宣宗六年,当宋哲宗元祐四年、辽道宗大安五年,即公元1089年。《贺圣朝》始见于冯延巳的《阳春集》,《钦定词谱》中以冯延巳《贺圣朝·金丝帐暖牙床稳》为正体,其中记载:

> 贺圣朝:双调四十七字,前段五句三仄韵,后段六句两仄韵。冯延巳:金丝帐暖牙床稳,怀香方寸。轻颦轻笑,汗珠微透,柳沾花润。云鬟斜坠,春应未已,不胜娇困。半欹犀枕,乱缠珠被,转羞人问。①

将两阕词对比可知,高丽王朝宣宗的《贺圣朝·露冷风高秋夜清》与冯延巳《贺圣朝·金丝帐暖牙床稳》的"双调四十七字,前段五句三仄韵,后段六句两仄韵"完全不同。而根据《钦定词谱》可知,《贺圣朝·露冷风高秋夜清》的词律实为《添声杨柳枝》②,以顾敻的《添声杨柳枝·秋夜香闺思寂寥》(双调四十字,前段四句平韵,后段四句两仄韵、两平韵)为正体,以贺铸的《添声杨柳枝·蜀锦尘香生袜罗》(双调四十字,前段四句平韵,后段四句三平韵)为又一体。详细如下:

> 秋夜香闺思寂寥,漏迢迢。鸳帷罗幌麝烟销,烛光摇。正忆玉郎游荡去,无寻处。更闻帘外雨潇潇,滴芭蕉。(《添声杨柳枝·秋夜香闺

---

① (清)王奕清等编著:《钦定词谱》,中国书店2009年版,第103页。
② (清)王奕清等编著:《钦定词谱》,中国书店2009年版,第56页。

思寂寥》)

  蜀锦尘香生袜罗，小婆娑。个侬无赖动人多，是横波。楼角云开风卷幕，月侵河。纤纤持酒艳声歌，奈情何。(《添声杨柳枝·蜀锦尘香生袜罗》)①

  通过对比可知，高丽王朝宣宗的《贺圣朝·露冷风高秋夜清》（双调四十字，前段四句平韵，后段四句三平韵）实与贺铸的《添声杨柳枝·蜀锦尘香生袜罗》为一体。由此可知，高丽王朝宣宗的这阕《贺圣朝·露冷风高秋夜清》确实用的是《添声杨柳枝》的词调②。

  对此，有人倾向于将《高丽史》中记载的"贺圣朝"当作词序③。但其实这阕《贺圣朝·露冷风高秋夜清》中并没有庆贺、颂圣的意思，而其中的很多词句也确实不宜"颂圣"④。

  既然高丽王朝宣宗的这阕《贺圣朝·露冷风高秋夜清》并无颂圣之意，那"贺圣朝"的词牌又是怎么出现的呢？其实《添声杨柳枝》这个词牌还有很多其他的别称或简称。比如贺铸的《添声杨柳枝》还被称为《太平时》或被改名为《艳歌声》等；陆游的词中亦称《添声杨柳枝》为《太平时》；晁补之、葛长庚等人的词中则简称为《杨柳枝》。清代沈雄的《古今词话》中有如下记载：

  太平时（杨柳枝 贺圣朝）贺方回衍杜牧之"秋尽江南草未凋"诗，陈子高衍王之涣"李夫人病已秋"诗，以七字现成句而和以三字

---

① （清）王奕清等编著：《钦定词谱》，中国书店2009年版，第56页。
② 《历代韩国词总集》中此词被题为《添声杨柳枝·贺圣朝词》。[韩] 柳己洙：《历代韩国词总集》，韩信大学出版部2006年版，第17页。
③ "这首词既然是用来'贺圣朝'的，没有颂祷之意、喜庆之情诗不行的。"李宝龙：《韩国高丽词文学研究》，人民出版社2011年版，第82页。
④ "细绎宣宗词的内容、用语等，实际上并不能看出有颂圣谀辽之意，至少，'扰扰人生都似幻'是不宜作为善颂善祷之语看待的。"陶然：《论欧阳修词与早期高丽词关系》，《第十五届中国韩国学国际研讨会论文集·语言文学卷》，浙江大学韩国研究所会议论文集，2014年，第500页。

为调。《花间集》，起于张泌、顾敻，换头句仍押仄韵。六一词犹押平韵，一名《添声杨柳枝》。①

由此可知，欧阳修词作中的《添声杨柳枝》则被称为《贺圣朝影》。现将高丽王朝宣宗的《贺圣朝·露冷风高秋夜清》与欧阳修的《贺圣朝影》誊抄如下：

> 露冷风高秋夜清，月华明。披香殿里欲三更，沸歌声。扰扰人生都似幻，莫贪荣。好将美醑满金觥，畅欢情。（《贺圣朝·露冷风高秋夜清》）
> 白雪梨花红粉桃，露华高。垂杨慢舞绿丝绦，草如袍。风过小池轻浪起，似江皋。千金莫惜买香醪，且陶陶。（《贺圣朝影》）

对比可知，这两阕词均为双调四十字，前段四句平韵，后段四句三平韵，完全一致。因此，高丽王朝宣宗的《贺圣朝》实为对欧阳修《贺圣朝影》词牌缩略之后的简称，而非如"贺圣朝"三字表面所反映的那样为"颂圣"词序。

下面详细分析一下高丽王朝宣宗的《贺圣朝·露冷风高秋夜清》与欧阳修《贺圣朝影》的联系。首先，《钦定词谱》中对于《添声杨柳枝》有如下记载：

> 此调有唐宋两体，唐词换韵句押仄韵，宋词换韵句即押平韵。②

由此可知，高丽王朝宣宗的《贺圣朝》属于宋词，即当时传入高丽的是宋体《添声杨柳枝》。而根据"六一词犹押平韵，一名《添声杨柳枝》"可知，宋体《添声杨柳枝》是欧阳修的首创，且相对于其他几位词人而言，

---

① （清）沈雄：《古今词话》，《词话丛编》本，中华书局1986年版，第899页。
② （清）王奕清等编著：《钦定词谱》，中国书店2009年版，第56页。

欧词的影响也更大。再有，以《贺圣朝影》为词牌名的《添声杨柳枝》词作首见于欧阳修，而在两宋词中也仅有两阕，另一阕为无名氏作所①。最后，比较欧阳修的《贺圣朝影》与贺铸的《艳歌声》可知，欧词前半阕第三句的"垂杨慢舞绿丝绦"中"慢"字为仄声②，贺词前半阕第三句的"个侬无赖动人多"中"无"字为平声，而宣宗词前半阕第三句的"披香殿里欲三更"中"殿"字为仄声。由此可知，宣宗词与欧词的词律更为契合。

综上所述，根据词牌名与词律等方面的对比可知，高丽王朝宣宗的《贺圣朝·露冷风高秋夜清》应该是沿用欧阳修的《贺圣朝影》写就的。而《高丽史》中也有类似的记载：

癸丑立春，百官朝于乾德殿，赐春幡子，仍赋迎春词二首。（睿宗五年十二月）③

壬午，宴群臣于乾德殿，赋万年词，宣示左右。（睿宗十年三月）④

据此可以推断，前文提到的"迎春词"与"万年词"，应该就是《迎春乐》与《万年欢》的简称⑤。因此，《贺圣朝影》很有可能被高丽使臣简称为《贺圣朝》。

（二）高丽王朝金克己词与欧阳修词

高丽王朝末期词家金克己，号老峰，庆州人，曾任义州防御判官、直翰

---

① "一为《花草粹编》卷一所收'雪满长安酒价高'一阕，《全宋词据以录为无名氏词》。"（陶然：《论欧阳修词与早期高丽词关系》，《第十五届中国韩国学国际研讨会论文集·语言文学卷》，浙江大学韩国研究所会议论文集，2014年，第501页）

② "按欧阳修词前段第三句'垂杨慢舞绿丝绦'慢字可仄。"（清）王奕清等编著：《钦定词谱》，中国书店2009年版，第56页。

③ ［朝鲜］郑麟趾：《高丽史·世家》卷第一三。参考 한국사데이터베이스 http：//db. history. go. kr/。

④ ［朝鲜］郑麟趾：《高丽史·世家》卷第一四。参考 한국사데이터베이스 http：//db. history. go. kr/。

⑤ 参考陶然《论欧阳修词与早期高丽词关系》，《第十五届中国韩国学国际研讨会论文集·语言文学卷》，浙江大学韩国研究所会议论文集，2014年，第502页。

林院。根据柳己洙考证,金克己约生于高丽王朝毅宗四年、宋绍兴二十年,约卒于高丽王朝神宗七年、宋嘉泰四年。其于高丽王朝神宗六年出使金国,卒于返回途中。有关他的生平可以参看俞升旦的《金居士集序》①。金克己共有词作四阕,分别是《忆江南》、《采桑子》、《锦堂春》及《玉楼春》。下面对金克己词与欧阳修词的联系进行一番考察。

首先,看一下《忆江南》。《忆江南》本为《望江南》,《钦定词谱》中有如下记载:

《忆江南》,单调二十七字,五句三平韵,白居易。……又一体,双调五十四字,前后段各五句三平韵,欧阳修。②

由此可知,《钦定词谱》中以白居易的《忆江南》为单调的正体,以欧阳修的《望江南》为双调的正体。下面将金克己词与欧阳修词对比如下:

江南乐,灵岳莫高焉。幽谷虎曾跑石去,古湫龙亦抱珠眠。月夜降群山。高下极,一握去青天。松寺晚钟传绝壑,柳村寒杵隔孤烟。鸟道上钩连。(金克己《忆江南》)

江南蝶,斜日一双双。身似何郎全傅粉,心如韩寿爱偷香。天赋与轻狂。微雨后,薄翅腻烟光。才伴游蜂来小院,又随飞絮过东墙。长是为花忙。(欧阳修《望江南》)

对比可知,金克己词也是双调五十四字,前后段各五句三平韵,与欧阳修词相同。《钦定词谱》中记载《忆江南》"至宋词始为双调"③。北宋词人

---

① 参考陶然《论欧阳修词与早期高丽词关系》,《第十五届中国韩国学国际研讨会论文集·语言文学卷》,浙江大学韩国研究所会议论文集,2014年,第502页。
② (清)王奕清等编著:《钦定词谱》,中国书店2009年版,第12页。
③ (清)王奕清等编著:《钦定词谱》,中国书店2009年版,第12页。

中有双调《望江南》词作者甚多，欧阳修之外还有张先、苏轼等名家。例如张先的《望江南·青楼宴》和苏轼的《望江南·春未老》《望江南·春已老》等都是名作。不过，张先的《望江南·青楼宴》作于熙宁六年①，苏轼的《望江南·春未老》《望江南·春已老》作于熙宁九年②，都在欧阳修去世之后。由此可知，在北宋词人中欧阳修最早作双调《忆江南》，即《望江南》。因此，可以说金克己的《忆江南》沿用了欧阳修《望江南》的词律。

除了《忆江南》，金克己还有《采桑子》词如下：

鳌头转处黄金阙，偶落人间。凤辇追欢。一眼琼田万顷宽。长风忽起吹高浪，翻涌银山。日已三竿。晓气凄微送嫩寒。

北宋张先、晏殊、欧阳修均有词作《采桑子》，其中以欧阳修颍州所作十二阕最为著名。陶然认为"其中'一眼琼田万顷宽'与欧词'一片琼田'（其八）'十顷波平'（其九）之语，又'长风忽起吹高浪'与欧词'水阔风高'（其二）之语，又'凤辇追欢'与欧词'飞盖相追'（其五）之语，又'晓气凄微'与欧词'烟雨微微'（其七）之语，似均有一定承袭的可能"③。如果此推论成立，则金克己的《采桑子》应该是受到了欧阳修《采桑子》的影响。

此外，金克己还有《锦堂春》一阕如下：

翠黛迥浮暮岭，清眸轻剪秋波。珠帘十里笙歌地，飘梗幸闲过。潘岳乍烦掷果，谢鲲宁避投梭。凉烟细雨西楼上，争奈别愁何。④

---

① 参见吴熊和、沈松勤《张先集编年校注》，浙江古籍出版社1996年版，第47页。
② 参见薛瑞生《东坡词编年笺证》，三秦出版社1998年版，第157页。
③ 陶然：《论欧阳修词与早期高丽词关系》，《第十五届中国韩国学国际研讨会论文集·语言文学卷》，浙江大学韩国研究所会议论文集，2014年，第503页。
④ ［高丽］金克己：《锦堂春》。参考한국사데이터베이스 http://db.history.go.kr/。

《钦定词谱》中记载：

> （《乌夜啼》）此调五字起者，或名《圣无忧》，六字起者，或名《锦堂春》，宋人俱填《锦堂春》体。①

《锦堂春》原为《乌夜啼》，宋代词人在四十七字《乌夜啼》的首句添加一字为六字，改为《锦堂春》。而根据"此词前段起句五字，欧阳修《圣无忧》词"②可知《乌夜啼》又被称为《圣无忧》，欧阳修有三阕，其中两阕首句为五字，一阕首句为六字。因此，欧阳修应该是宋人中最早作《圣无忧》的词人。而金克己此阕词上下半阕的第三句为六字，据此可知金克己的《锦堂春》也沿用了欧阳修《圣无忧》的词律。

最后，金克己还有一阕《玉楼春》如下：

> 家园寂寞春将半，随分春光犹烂漫。烟浓柳弱短长垂，雨歇花繁红紫间。禁中忆昔同游玩，涕泪交零肠欲断。唯将尺素写幽怀，忘却疏狂诗酒伴。

《玉楼春》是宋词中的常见词牌，有研究者认为"金氏此词用语与欧词的风格也颇为相近"③，那么金克己的《玉楼春》应该也与欧阳修的词作有一定的联系。

通过以上论述，我们知道高丽王朝的第一首词，即宣宗的《贺圣朝》就沿用了欧阳修《贺圣朝影》的词律。因此，宣宗作词的元祐四年前，欧阳修的词作或作品集就已经传入了高丽王朝。再结合《高丽史》的记载，

---

① （清）王奕清等编著：《钦定词谱》，中国书店2009年版，第102页。
② （清）王奕清等编著：《钦定词谱》，中国书店2009年版，第102页。
③ 陶然：《论欧阳修词与早期高丽词关系》，《第十五届中国韩国学国际研讨会论文集·语言文学卷》，浙江大学韩国研究所会议论文集，2014年，第504页。

我们可以推断欧阳修词作应该是在宋神宗熙宁六年到宋哲宗元祐四年，即1073年到1089年之间传入高丽王朝的。而欧阳修词作在传入高丽王朝之后，既得到了统治阶级的认可与沿用，也被高丽王朝的文人政客学习和模仿，这表明欧阳修词作在高丽王朝不仅得到了广泛的传播，还产生了深远的影响。

四 史书

高丽时期金富轼的《三国史记》中引用了欧阳修《新五代史·梁本纪》的《史论》，其文如下：

> 论曰：欧阳子之论曰："……圣人于春秋，皆不绝其为君，各传其实，而使后世信之。则四君之罪，不可得而掩耳，则人之为恶，庶乎其息矣。"……今皆书其实，亦春秋之志也。①

《三国史记》成书于1145年，因此可以推断《新五代史》最晚于1145年以前就已经传入了高丽王朝。除《新五代史》之外，欧阳修与宋祁等人合著的《新唐书》也在《三国史记》中被多次引用，由此可知《新唐书》也在1145年之前就已经传入了高丽王朝。除《三国史记》之外，《高丽史》中也有引用《新五代史·唐本纪》卷6（明宗）中的内容，其文如下：

> 史臣金良镜赞曰："……欧阳公记此言曰：'凡为国家者，可不戒哉？有是哉！斯言也。'"②

上文中金良镜引用了欧阳修《新五代史》中的内容，金良镜卒于高丽

---

① ［高丽］金富轼著，孙文范等校勘：《三国史记》，吉林文史出版社2003年版，第148页。
② ［朝鲜］郑麟趾：《高丽史·世家》卷19。参考한국사데이터베이스 http://db.history.go.kr/。

王朝高宗二十二年，即 1235 年，这也可以再次证明欧阳修的《新五代史》在高丽时期就已经传入了高丽王朝。

下面我们来看一下欧阳修所撰史书对高丽王朝时期所修史书《三国史记》的影响。

欧阳修史书最大的特点是运用"春秋笔法"。北宋陈师锡《五代史记序》中有如下记载：

> 五代距今百有余年，故老遗俗，往往垂绝，无能道说者。史官秉笔之士，或文采不足以耀无穷，道学不足以继述作，使五十有余年间，废兴存亡之迹，奸臣贼子之罪、忠臣义士之节不传于后世，来者无所考焉。惟庐陵欧阳公，慨然以自任，盖潜心累年而后成书，其事迹实录，详于旧记，而褒贬义例，仰师《春秋》，由迁、固而来，未之有也。至于论朋党宦女，忠孝两全，义子降服，岂小补哉，岂小补哉！①

由此可知，欧阳修撰写《新五代史》的主要原因有以下两点：第一，五代之后不过 100 多年，就出现了"故老遗俗，往往垂绝，无能道说者"的现象；第二，由于史官能力的不足，导致"五十有余年间，废兴存亡之迹，奸臣贼子之罪、忠臣义士之节不传于后世，来者无所考焉"。除此之外，《新五代史》很重视野史、笔记、小说中的素材，使人物传记部分更加充实。②

而通过考察可知，高丽王朝时期的金富轼在撰写《三国史记》时的指导思想也是以"春秋笔法"来安邦定国。

金富轼在其《进〈三国史记〉表》中有如下记载：

> 以谓今之学士大夫，其于五经诸子之书、秦汉历代之史，或有淹通

---

① 《语文迷》，http://www.yuwenmi.com/guoxue/xinwudaishi/12295.html，2021 年 7 月 3 日引用。
② 参见王艳《欧阳修作品在朝鲜半岛的流传与接受》，硕士学位论文，南京大学，2015 年，第 9 页。

而详说之者，至于吾邦之事，却茫然，不知其始末，甚可叹也！况惟新罗氏、高句丽氏、百济氏，开基鼎峙，能以礼通于中国。故范晔汉书，宋祁唐书，皆有列传，而详内略外，不以具载。又其古记，文字芜拙，事迹阙亡。是以君后之善恶，臣子之忠邪，邦业之安危，人民之理乱，皆不得发露，以垂劝戒。宜得三长之才，克成一家之史，贻之万世，炳若日星。①

根据上文，我们可以得知金富轼编写《三国史记》的原因主要有以下两点：第一，如今的学士大夫们对于"吾邦之事"甚为不知；第二，因为"古记，文字芜拙，事迹阙亡"，所以"君后之善恶，臣子之忠邪，邦业之安危，人民之理乱，皆不得发露，以垂劝戒"。因此，他认为要用正统的历史观来揭示君后的善恶、臣子的忠邪、邦业的安危及人民的理乱，从而避免混乱的局面，达到辨明正统的效果。这可以说是金富轼编写《三国史记》的指导思想。

在辨明正统思想的影响下，欧阳修效仿《春秋》，"以治法而正乱君"②，从而"正名以定分，求情而责实，别是非，明善恶"③。清代赵翼在《廿二史札记》中说"不阅薛史，不知欧史之简严也"④。由此可知，《新五代史》不但叙事中寓褒贬，而且行文也极简严。

无独有偶，《三国史记》在叙事上也有类似的特点，正如其书中记录的那样，"今皆书其实，亦春秋之志也"⑤。由此可见，欧阳修《新五代史》对金富轼《三国史记》的影响。

此外，根据黄一权的考证，欧阳修的《集古录跋尾》与《居士集》在1220年以前已经传入高丽王朝，他的《归田录》在1254年以前已经传入高

---

① [高丽] 金富轼著，孙文范等校勘：《三国史记》，吉林文史出版社2003年版，卷首。
② （宋）欧阳修撰：《新五代史》，中华书局1974年版，第701页。
③ （宋）欧阳修著，李逸安点校：《欧阳修全集》卷18，中华书局2001年版，第307页。
④ （清）赵翼：《廿二史札记》，中华书局2002年版，第321页。
⑤ [高丽] 金富轼著，孙文范等校勘：《三国史记》，吉林文史出版社2003年版，第148页。

丽王朝,而南宋周必大在 1196 年完成的《欧阳文忠公集》也于 1214 年以前就已经传入高丽王朝。①

结 论

通过以上分析可知,早在北宋时期欧阳修及其作品已经传入高丽王朝,得到了广泛传播,并对当时的高丽王朝产生了深远影响。具体可以分为以下几个方面。

第一,在诗文与诗话方面,欧阳修的诗文于 1220 年之前已经传入高丽王朝。高丽王朝时期不但出现了对欧阳修集的评价,而且还出现了直接引用其诗句的情况。特别是欧阳修《六一诗话》中"以资闲谈"的创作心态、逸闻逸事的创作内容及平易自然的诗风追求,都对高丽王朝以《破闲集》《补闲集》《栎翁稗说》等为代表的诗话创作及诗评标准产生了深远影响。

第二,在诗论方面,欧阳修《六一诗话》中所认同的"用事"风格与其中所提倡的"意新语工"主张被高丽王朝以李仁老、崔滋、李奎报、李齐贤及安轴等为代表的文人接受与推崇。而欧阳修在《梅圣俞诗集序》中提出的"诗穷而后工"更是在高丽王朝时期引发了文人们的广泛讨论。特别是以李牧隐"非诗能穷人,穷者诗乃工"为代表的论断,及高丽文人们对以林椿与吴世才为代表的高丽文人生平遭遇的探讨,都表明了欧阳修的"诗穷而后工"在高丽王朝的沿说与影响。

第三,在词作方面,欧阳修词作于 1089 年之前已经传入高丽王朝,并被高丽王朝宣宗王运沿用,他根据欧阳修《贺圣朝影》的词律,写就了高丽王朝的第一首词作《贺圣朝》。此外,高丽王朝末期词家金克己的词作《忆江南》沿用了欧阳修《望江南》的词律,他的《锦堂春》则沿用了欧阳修《圣无忧》的词律,而他的《采桑子》《玉楼春》也可能不同程度地

---

① 参考〔韩〕黄一权《欧阳修著作初传韩国的时间及其刊行、流布的状况》,《复旦学报》(社会科学版) 2000 年第 2 期。

受到了欧阳修词作的影响。这表明欧阳修词作在传入高丽王朝之后，不但得到了统治阶级的认可与沿用，还被高丽王朝的文人、政客借鉴和模仿，不仅得到了广泛的传播，还产生了深远的影响。

第四，在史书方面，根据《三国史记》的记载可知，欧阳修的《新五代史》与《新唐书》最晚于1145年以前就已经传入高丽王朝。其中，《新五代史》的部分内容不但被高丽史臣引用，而且其"春秋笔法"也为高丽史臣的史书撰写提供了参考，并被金富轼编写的《三国史记》沿用。

硕博论坛

古希腊神话的地理叙事

丁 萌[*]

神话繁育着"诗性智慧"[①]之根,被维柯视作无法用现代语言阐明的诗思凝结物,[②]是人类最原始也是最本真的生存思考与生命表达。神话不仅构建与保存了想象自留地的精神大厦,也呼应了历史阶段的现实需要与人文关怀,因此对古希腊神话研究,也成为学界经典且恒久的领域之一。国内外研究成果基本围绕以下五大板块展开:(一)基于梳理、汇总的整编研究。规整神谱,厘清神缘关系,汇总与神话相关的故事、传说,如赫西俄德的《工作与时日·神谱》[③],最早呈现了完整的神谱。后世集大成者为德国浪漫主义诗人施瓦布,编有《希腊神话与传说》[④]。(二)基于定性、归纳的提炼研究。聚焦神话本质,阐述发生机制,提炼主题与艺术特征,最终向神话诗学迈进。如自然学派、人类学派等不同理论视域中的神话本质论[⑤],神话中战争与漂泊主题向母题的演进,神人同形同性、哲理性与故事性并存的艺术特征,以及结合后现代诗学予以理论上的淬炼。(三)基于影响、传播的

---

[*] 丁萌,华中师范大学文学院博士研究生。
[①] [意] 维柯:《新科学》(上),朱光潜译,商务印书馆2017年版,第181页。
[②] 详情请参考 [意] 维柯《新科学》(上),朱光潜译,商务印书馆2017年版,第二章。
[③] [古希腊] 赫西俄德:《工作与时日·神谱》,张竹明、蒋平译,商务印书馆2009年版。
[④] [德] 古斯塔夫·施瓦布:《希腊神话与传说》,楚图南译,人民文学出版社2008年版。
[⑤] 详尽理论流派与研究方法可参考杨利慧《神话与神话学》,北京师范大学出版社2009年版。

辐射研究。就影响而言，如欧洲两次思想解放运动以复归古希腊人文理想为精神内核。就传播而言，古希腊神话对世界文学产生了重要影响，在中国现代文学启蒙中发挥了重要作用，《二十世纪中国民间文学学术史》开篇就阐明了西方神话对文学运动的破冰意义："现代民间文艺学的第一页。"①（四）基于对比、互视的比较研究。聚焦以古希腊神话为代表的"西方"与以中国古典神话为代表的本我之间的比较，呈现不同文化传统间的碰撞、交流与融合。如形象比较《人神对立与人神对话——中西文化差异的神话根源》②，观念比较《中西神话中神的形象与"天人观"差异》③。（五）基于跨界、转换的再生研究。就跨界而言，如与图像学、精神分析学、语言学、人类学等学科的互鉴④。就转换而言，探寻神话资源向实体产业的转换路径，如以古希腊神话为底本的影视作品《普罗米修斯》、以神祇形象为载体的动漫及周边。《希腊神话资源的产业化探究》⑤ 探究了神话市场化的营销方式。统观国内外古希腊神话的研究，始终坚守两大方向：坚守神话本体以不偏，坚守开源放流以不古。

　　本文试从文学地理学批评中的关键术语——"地理叙事"入镜。文学地理学作为中国学者自主提出、搭建的批评话语体系，在曾大兴、杨义、陶礼天、邹建军与梅新林教授等先锋者的理论架构下实现了"正名立帜"。近几年研究队伍不断壮大，以文学地理学批评见文成著的势头呈鱼龙潜跃之势，点燃了文学研究方法论、文学批评实践与学术生态等诸多层面的星星之火，将以往处于风吹草低见牛羊下的地理关注，涌向星垂平野阔、蓦然回首"地理"就在灯火阑珊处的本体关注。本文所提地理叙事是在西方叙事学基

---

① 刘锡诚：《二十世纪中国民间文学学术史》，中国文联出版社2014年版，第17页。
② 方军：《人神对立与人神对话——中西文化差异的神话根源》，《中南民族大学学报》（人文社会科学版）2005年第2期。
③ 董新祥：《中西神话中神的形象与"天人观"差异》，《山东社会科学》2007年第9期。
④ 分别参考《古希腊瓶画中神话故事母题的图像化现象研究》《梦的解析》《语言疾病与太阳学说遮蔽下的缪勒神话研究》《仪式谱系：文学人类学的一个视野——酒神及其祭祀仪式的发生学原理》。
⑤ 杨贤稳：《希腊神话资源的产业化探究》，《海外英语》2019年第16期。

础之上结合中国文学传统，由邹建军教授提出的文本批评术语："所谓'地理叙事'，就是在特定的文学作品中，以地理景观、地理空间等地理因素作为表情达意的主要工具、艺术传达的重要方式，在文学作品的艺术传达上产生了创造性的意义。"① 杜雪琴将此概念继续延伸："'地理叙事'是文学地理学批评理论里的一个重要概念，它是指在文学作品里存在的多种多样的叙事方式中，以地名、地标、地理方位，更重要的是以地理景观、地理意象、地理圈、地理空间建构的方式进行的艺术传达以及所产生的艺术形态。"② 颜红菲《地理叙事在文学作品中的变迁及其意义》③ 一文是对该术语文本效力的典型试炼。三者均立足于文本，将其理解为以地理层级系统作为核心架构的叙事形态或艺术传达方式。但地理叙事中的"地理"与"叙事"，在面对不同文本、文类时，术语指涉的问题域可能发生变化，效力也要重新检视。如地理叙事中的"地理"不仅囿于文本内，就古希腊神话而言，自身所容纳的哲学追问、美学精神绝非仅以"地理文本论"能囊括。同样，就"叙事"而言，其正身源自俄国形式主义，结构主义叙事学是在封闭文本系统内的纵横捭阖。④ 一旦"地理"跳出文本中心论，"叙事"也就不能仅理解为文本内的话语传达方式，势必要从文本话语为何物，转向话语的生成方式、话语的间性联系上去。故本文以古希腊神话为底本，结合"地理"与"叙事"的适度跨界，从时间、空间与地域三个角度出发，相应将"地理叙事"置于哲学本体、地理空间与地域美学视域中，阐明"地理"在古希腊神话文本内外作为架构基石的重要作用，以及"叙事"在文本外间性联系的必要性，以期实现对古希腊神话研究的当代造血，亦是对文学地理学批评的探索与反思。

一　地母之元的本体阐释

从时间上看，希腊神话产生于希腊哲学之前。如果继续向前推溯，引向

---

① 邹建军：《江山之助》，中央编译出版社2014年版，第102页。
② 杜雪琴：《易卜生戏剧地理空间研究》，武汉大学出版社2015年版，第40—41页。
③ 颜红菲：《地理叙事在文学作品中的变迁及其意义》，《江汉论坛》2013年第3期。
④ 与叙事相关的理论可参考申丹《叙事学》，载《外国文学》2003年第3期。

神话起源的问题，就回到了哲学的首要论域——宇宙论说。古希腊神话为宇宙起源提供了一个不甚强力的依据，那就是诸神创世。但泛灵论的困扰使赫西俄德无法将宇宙中心一分为多，最终引出"chaos"（混沌神）的概念作结。但诸神创世与混沌又有何关联？直到地母的出现，才提供了比较有说服力的答案，神谱也由此生根繁衍，最终形成稳定的三代神系。地母于此也成为神谱中的母体，哲学意义上的"本体"。虽本体论属哲学稍为成熟的提法，但在神祇中心时代，古希腊神话中的"混沌"与"地母"是前哲学时期的概念形态，其意义与本体无异。

（一）神定论：希腊前哲学期的神话本体与大地母体

古希腊神话存在鲜明的神定论。神定论在古希腊哲学产生前，以本体高位盘踞世界何为的终极答案。至古希腊哲学诞生，最早的朴素唯物主义将具体物质作为世界本原，亚里士多德以"始基"这一概念来阐述本体的决定性意义："一个东西，如果一切存在物都由它构成，最初都从其中产生，最后又都复归于它，在他们看来，那就是存在物的元素和始基……因为一定有某种本体存在，或者是一种，或因为一定有某种本体存在，或者是一种，或者多于一种。"[1] 亚里士多德谨慎地规避了一元论，恰与古希腊神话的泛灵论色彩呼应，但赫西俄德在《工作与时日·神谱》中最终完成了由概念到形象的僭越："混沌"自孕"地母"，"地母"孕育乌拉诺斯，继而三代神系逐步成型。"最先产生的确实是卡俄斯（混沌），其次便产生该亚——宽胸的大地，所有的一切［以冰雪覆盖的奥林波斯山峰为家的神灵］的永远牢靠的根基。"[2] 卡俄斯（混沌）成为各民族神话的概念起点，被誉为原始之神。在古希腊神话中，卡俄斯孕育出了大地母神、地狱神与爱神，但地狱神、爱神与神谱中的三代神系并无直接关联。与神谱产生直接联系的是大地母亲：地母该亚体内

---

[1] 《古希腊罗马哲学》，北京大学哲学系外国哲学史教研室编译，商务印书馆1982年版，第4页。
[2] ［古希腊］赫西俄德：《工作与时日·神谱》，张竹明、蒋平译，商务印书馆2009年版，第30—31页。

孕育了第一代天神乌拉诺斯，依次接续第二代天神克洛诺斯，最终形成以宙斯为代表的第三代新神系。由此，在神位本体的原始时代，大地母亲"该亚"成为神位本体中的联结共同体："希腊众神和凡人拥有共同的母亲——地神该亚。"① 在泛灵论系统中溯源立名，地母成为古希腊神谱中的母体与本体。而"地母"正是"地理"一词在神祇时代的抽象概念，还未形成具体的地理概念。

（二）决定论：地理本体的语境效力试炼

如果神位本体成为决定一切的逻辑，那么与"地理"相关的概念也应来自"地母"，"地母"是"地理"的哲学容器，地母本体可看作"地理本体"的上层概念。当我们从本体论出发审视地理，便披上了"地理决定论"的外衣，因为地母是决定一切的源头与中心。这与文学地理学久为避讳的地理决定论正好逆向而行。曾大兴先生强调文学地理学研究并非基于地理环境决定论，曾提到过这一误区："文学地理学的研究可能会陷入'地理环境决定论'。"② 地理决定论兴起于法国人文地理学派，后来在法国历史年鉴学派代表人物布罗代尔手中摆上争议的案台。孟德斯鸠在《论法的精神》中演绎了一种匪夷所思的抽离式决定论："所以人们在寒冷气候下，便有较充沛的精力……较为直爽，较少猜疑、策略与诡计……如果把一个人放在闷热的地方，由于上述的原因，他便要感到心神非常萎靡……炎热国家的人民，就象老头子一样怯懦；寒冷国家的人民，则象青年人一样勇敢。"③ 他将气候、地域从历史中剥离，视作决定民族精神的关键因素，这种观念不断为后世所矫正。抛除极端案例，地理决定论仅是绝对主义观点么？邹建军先生表达了对地理决定论的辩证审视："不论是在西方的历史上，还是在中国的历史上，'地理环境决定论'和'反地理环境决定论'两种思想观点一直相持不

---

① ［法］裘利亚·西萨、马塞尔·德蒂安：《古希腊众神的生活》，郑元华译，上海人民出版社2008年版，第6页。
② 曾大兴：《文学地理学概论》，商务印书馆2017年版，第5页。
③ ［法］孟德斯鸠：《论法的精神》上册，张雁深译，商务印书馆1995年版，第227—228页。

下，甚至存在严重的矛盾。因此，我们在从事文学地理学学科建设的时候，有必要重提这个问题，并进行更加细致和深入的讨论。"① 笔者也认为不应对地理决定论嗤之以鼻，须具体问题具体分析，而古希腊神话恰为此问题提供了逆向答案：当我们回归古希腊神话产生的时代背景，即神本论语境中，那么神就是决定一切的逻辑，于此强调地理决定论无可厚非。但需要注意的是，我们并非站在人文地理学自觉的人地关系语境中，更谈不上否认地理与环境的良性互动。这就为我们重新审视"地理"一词的术语范围、适用效力提供了新的思考，使我们对地理能否成为决定性的存在提供了曲线答案。

二 地理空间的权力话语

从空间上看，俄林波斯山是古希腊神话的中心空间："众神生活在奥林匹斯山（Olympus）之巅。那是一座高而陡峭的山峰，没有人能够爬上去，在那善良的宫殿里看见神。"② 天空、海洋与冥府分由宙斯、波塞冬与哈德斯三兄弟统治。其余诸神龙盘虎踞，环绕爱琴海与地中海分列不同岛屿以建圣地，出现了诸多携带神迹的地名、景观、山谷、海峡，形成了秩序分明的神话地图。就古希腊神话的空间构成而言：一方面遵循方位逻辑，比如天空、大地与海洋、冥府与塔尔塔洛斯的垂直分布，神殿、庙宇与大地的水平分布。而更重要的一方面，是遵循"空间—中心—权力"的秩序逻辑。以宙斯为代表的权力中心保证了秩序稳定性，这与城邦肇始以及城邦向封建国家过渡过程中所呼吁的权力统治不谋而合，故我们可从空间的地理布局上窥探背后的权力话语。

（一）俄林波斯山——权力中心

从地理位置来看，俄林波斯山属俄林波斯山脉的一部分，围绕爱琴海落

---

① 邹建军：《"地理环境制约论"的提出与文学地理学研究——以中国民间文学作品的产生为例》，《歌海》2021年第3期。
② [美] 英格丽·多莱尔、爱德加·帕林·多莱尔：《多莱尔的希腊神话书》，熊裕译，北京联合出版公司2021年版，第1页。

成,位于色萨利和马其顿边界,是希腊半岛的最高峰,且四季如春,景色撩人,与神话中的描写基本重合:"最高的山峰是位于色萨利的奥林匹斯山(Olympus,9750英尺[2972米]),山脉曾遍布落叶林及常绿林"① "山顶终年积雪,云雾缭绕,因此有'巍峨的俄林波斯圣山'之称……俄林波斯山上空是广阔无际、绿缈无底的蓝天,就从这蓝天上泻下金色的光芒。在宙斯统治的王国里既不下雨,也不下雪,这里永远是明媚宜人的夏天。"② 宙斯主神地位的确立,使俄林波斯山成为最令人神敬畏的神性空间。荷马在介绍神祇出场时,描述为从俄林波斯山上降临的、令人恐惧的诸神:"他这样向神祈祷,福波斯·阿波罗听见了,他心里发怒,从奥林波斯岭上下降。"③ "女神从奥林波斯山下降,有如狡诈的克罗诺斯之子放出流星,作为对航海的水手或作战的大军的预兆,发出朵朵炫目的闪光,非常明亮,帕拉斯·雅典娜女神也这样降到地上。"④ 俄林波斯山就是主宰万物命运的权力空间,所以战争失利或英雄深陷困境之际,都会迸发出向俄林波斯山汲取救援的呼号,比如《伊利亚特》描绘两军开战前的祈祷:"阿特柔斯的儿子们,戴胫甲的阿开奥斯将士,愿居住奥林波斯山的天神们允许你们毁灭普里阿摩斯的都城,平安回家。"⑤ 故在古希腊神话系统里,俄林波斯山既处地理位置的制高点,亦属权力空间的等级秩序象征。

(二) 峡沟与悬谷——审判空间

神王如何巩固权力?一方面以权威崇拜作为庇佑;另一方面也以审判惩

---

① [英]莱斯莉·阿德金斯、罗伊·阿德金斯:《探寻古希腊文明》,张强译,商务印书馆2010年版,第233页。
② 晏立农、马淑琴:《古希腊罗马神话鉴赏辞典》,吉林人民出版社2006年版,第164页。
③ [古希腊]荷马:《伊利亚特》,罗念生译,《罗念生全集》第五卷,上海人民出版社2004年版,第6—7页。
④ [古希腊]荷马:《伊利亚特》,罗念生译,《罗念生全集》第五卷,上海人民出版社2004年版,第88页。
⑤ [古希腊]荷马:《伊利亚特》,罗念生译,《罗念生全集》第五卷,上海人民出版社2004年版,第5—6页。

罚强化恐惧，夯实臣服心理，表现为俄林波斯山外的特定空间，在垂直分布上越是远离居"上"的神宇空间，越能体现权力"下"压的审判惩罚，如泰坦神族所遭遇的峡沟驱逐与普罗米修斯所遭遇的悬谷惩罚。

泰坦巨神是大地母亲孕育的第一批孩子，第一代泰坦神共六位，该亚与乌拉诺斯对六位泰坦神的巨硕身形无比骄傲。但从第二代独眼巨神起，至第三代百臂巨神，畸形的身躯引起乌拉诺斯不适，便将独眼巨神与百臂巨神驱逐至塔尔塔洛斯——最深最黑暗的深渊。宙斯针对泰坦叛军毅然延续乌拉诺斯的政策，永久锁入塔尔塔洛斯，塔尔塔洛斯则成为被驱逐的流放空间。神王的权力不容挑战，普罗米修斯被惩则因撼动了宙斯权威。普罗米修斯不忍人类受苦，盗取圣火为人类驱走黑夜的冰寒，但人类却因火的出现开始学会思考，并有意在祭祀活动中欺诈宙斯，令宙斯尤为恼怒，所以"普罗米修斯被永不断裂的锁链缚住，锁在高加索的山顶。每天都有一只老鹰从天上扑下来啄食他的肝脏"①，以高加索山为代表的悬崖深谷亦成为宙斯惩罚逾权者的审判空间。

在古希腊神话系统中神即第一逻辑，相应在空间拟形上受神权逻辑映射，便依附性地呈现刑场空间中的权力审判。这里的神宇空间与古希腊以柏拉图与亚里士多德为代表的物性空间观不同，不是把空间当作不具备任何属性的客观容器，而是理解为神与人、神与世界权力关系的抽象表达，空间则迈向"关系"中的空间。这一观点最早源自莱布尼茨。不过莱布尼茨所指的空间关系主要源自其神学立场，他认为空间不能独立。如果空间是独立的存在，就意味着上帝非最高逻辑，所以只能在上帝与世界的关系中讨论空间。同样，在古希腊神话中，空间亦是神与世界的关系表达，第一逻辑依旧是神，绝非如列斐伏尔从本体论审视空间一般"逾矩"。由此降维审视古希腊的地理空间，放诸神本创世的关系中讨论，空间受神本权力映射，神圣空间与审判空间都是神话呈现神与世界关系的神化形态。这也提醒我们对文学

---

① ［美］英格丽·多莱尔、爱德加·帕林·多莱尔：《多莱尔的希腊神话书》，熊裕译，北京联合出版公司2021年版，第64页。

地理学批评中"空间"一词的认知，不能仅从共时与客体的角度出发，还要考虑空间的流动及空间所处的关系场，即从时间与历史的角度考量空间的产生及反作用。列斐伏尔的空间生产理论充分考虑到了空间背后的各种对抗力量，空间成为资本关系的修罗场①。福柯则更将空间背后的权力话语当作施加控制的主要手段②。二人的空间论对于我们思考古希腊神话中地理空间背后的权力及关系提供了诸多借鉴。

三 海洋性格的美学义典

从地域上看，古希腊独特的海洋环境对神话的产生与内在精神起到了决定性作用。在中希神话比较中，我们总以海洋文明与陆地文明作比，但很容易陷入二元对立模式。比较的意义不仅在于双向互视后回归彼此的根性认同，更在于追求世界文学的共同体价值。故我们不应停留在二元对立的对比思维中，否则永远都存在着海洋文明与陆地文明的对峙。海洋文明就不存在陆地文明的品格么？古希腊神话不仅以高扬的浪漫精神获得了"光荣属于古希腊"③的桂冠，还以内敛的理性思考丰富了神话的哲理色彩；古希腊神话不仅以激扬的战斗姿态捍卫自由，还以中庸的调和精神平衡斗争。故如果以海洋作为探寻古希腊神话地域美学的根基，称其为海洋性格更为合适，这种性格可理解为浪漫与理性的汇聚，斗争与调和的交融。

（一）外秀内隐：浪漫之名与理性之心

浪漫是古希腊神话的代名词，是古希腊神话的精神内核之一，体现在神祇形象的性情流露上，更体现在对秩序与规则的超越上。

首先是以同形同性袒露真实性情。同形，指普罗米修斯依据神的形象造

---

① 列斐伏尔的空间理论可参考路程《列斐伏尔的空间理论研究》，博士学位论文，复旦大学，2014年。
② 福柯及20世纪以来的其余空间理论可参考刘进《20世纪中后期以来的西方空间理论与文学观念》，载《文艺理论研究》2007年第6期。
③ [美]爱伦·坡：《爱伦·坡诗选》，曹明伦译，外语教学与研究出版社2013年版，第140页。

人，所以形貌、形体相似；同性，是古希腊诸神如人类一样具有七情六欲，表现为向俗世之"下"的降格靠拢。这一点与中国神话中的诸神形象迥然不同，以家国、人民为本位的神，没有俗世的欲望，表现为向"上"的升格仰望。其次，这种超越还表现为突破常规的超越性，比如伦理。古希腊神话久被误认为乱伦的神话。在世界初分、秩序未定之时，神祇的延续方式并不具备伦理审判的道德语境。如果真要进行伦理审判，神话自身亦有"法"。在古希腊时期，宗教与法律几乎同体，法律内核是"神法"：俄狄浦斯不能改变弑父娶母的命运，但最终以自毁双目、自我放逐的方式去赎罪。罪由"法"定，但不是实体法，而是以神律为核心的自然法。城邦出现后，神法与新生的"城邦法"之间产生冲突，《安提戈涅》展现了这一冲突。安提戈涅违背以克瑞翁为代表的城邦法，遵循自然法埋葬波吕尼刻斯。自然法居上，但不能为现代国家的开启铺路，故克瑞翁蔑视神法。城邦法居其下，但却满足权力巩固的需要。安提戈涅这一形象便具备了调和神法与人法冲突的功能，索福克勒斯以安提戈涅的决绝与城邦民众的支持，向我们传递了这样的观点："古希腊早期民主政治的发展繁荣为法治提供了广阔的空间，人们尊重自由和法律，而法律并不是专制者个人的意志，而是全体城邦民意的反映。当然，古希腊的法治又是合乎神意的善法之治，不能与现代的法治观念同一而语。"[1] 我们不应站在违背实体法的角度给古希腊神话贴上"乱伦"的标签，反而体现出古希腊神话在伦理场域的两种逻辑：一是创世期的自衍性；二是治世期的规约性。由此来看古希腊神话的浪漫精神，不仅指形象、性情的浪漫，更指向突破常规的超越性。而这种突破常规的超越性，更揭开了古希腊神话的另一精神内核——理性。

如果浪漫精神主外，成浪漫之名，那么主内的便是理性精神，遂成其心。这种理性精神表现为对"度"的思考上，在此试举两个方面：第一，专制与民主的联袂。宙斯向来以暴君形象面世："权力的运用中充

---

[1] 陈岚、邢菲娅：《从〈安提戈涅〉看中西法律文化》，《江汉论坛》2006 年第 7 期。

满了暴行——怒火，威胁责打、威胁将众神从奥林帕斯山顶推下，摔得粉身碎骨。"① 但宙斯身上也时刻闪耀着民主智慧。希腊联军远征特洛伊时，诸神各站一方，在宙斯的介入下彼此牵制，不致局面失衡。宙斯也深知专制亦需有度，以避免诸神之战的再次发生，故宙斯权衡再三，并没有救出爱子萨耳裴冬，萨耳裴冬不幸战死。第二，自由与有限的思考。自由必须适度，否则就会如法厄同的太阳神车一样酿成悲剧。自由也要突破"有限"，比如对既定命运的反抗。俄狄浦斯无法逃离弑父娶母的命运，但他没有选择逆来顺受，而是以救赎担当与命运之神抗争。

古希腊神话的精神内核是浪漫与理性的糅合，浪漫在其外、显其秀，理性是在其内、主其隐，化用《文心雕龙·隐秀》一篇对隐、秀的内外诠说："隐也者，文外之重旨者也；秀也者，篇中之独拔者也。"② 虽与《隐秀》篇所论文意关系不相一致，但隐秀的区分与融合，同样可借比神话浪漫与理性精神的交融。

(二) 争经合纬：斗争精神与调和精神

创世神话中诸神之战、斩妖除魔为常见母题，充斥着战斗精神。在古希腊神话中，战斗不仅指外在冲突型战斗，也涵指内部管理冲突与主体意志冲突，表现为外对内的斗争与对己对他的斗争，昭显了不灭不休的斗争精神。首先，论对外与对内的斗争。对外，以宙斯与泰坦巨神的战争为典型。泰坦神族战败后该亚没有放弃，又制造出了堤丰与厄喀德那两只可怕的怪物，最终还是被宙斯击败，宙斯对该亚后代的战斗是为了维护作为新神王的权威。对内，是指宙斯扫除外部威胁、基本巩固神位后，对内依旧以权力斗争为巩固手段。他不允许其他神祇比自己强大、威望高，对普罗欧米修斯乃至亲人

---

① ［法］裘利亚·西萨、马塞尔·德蒂安：《古希腊众神的生活》，郑元华译，上海人民出版社 2007 年版，第 9 页。
② （南朝梁）刘勰著，黄叔琳注，李详补注，杨明照校注拾遗：《增订文心雕龙校注》中册，中华书局 2012 年版，第 491 页。

都是如此。普罗米修斯上文已提及，同样，哪怕是自己的父亲、兄弟，宙斯在权力的独享上也分厘不让。古希腊神话三代神系更迭，均以弑父为循环；波塞冬不顾宙斯禁令欲干涉特洛伊战争，但宙斯从赫拉的迷惑中醒来时，波塞冬不得不终止行动，否则就会受到惩罚。其次，再论对己与对他的斗争。俄狄浦斯的赎罪是对己的斗争，对自己命运的斗争。命运是人的另一自我，无法摆脱，这个"自我"伴随人也压制人，但俄狄浦斯的生命意志却体现出了与命运斗争的另一种形态——内敛的、绝不放弃的对己斗争。而对他的斗争的"他"，主要表现为对神与俗世的斗争。普罗米修斯的盗火拉开了神人斗争的帷幕。人类掌握火的使用后，开始在祭祀活动中隐瞒与欺骗宙斯，诸神与人类世界展开斗争。随着民主政治与古希腊哲学的发展，古希腊神话的信仰崇拜逐步失去群众基础，人类开始在神定论面前寻求作为人的独立性，三大悲剧诗人的剧作就是展现这种独立性的斗争过程。如果埃斯库罗斯笔下的普罗米修斯还不敢对命运妄加反抗，那么索福克勒斯笔下的俄狄浦斯已经开始将命运予以精神消解，而欧里庇得斯《美狄亚》则战胜了神的审判。由此，古希腊神话中的斗争精神既是对内也是对外，既是对自己也是对他人，所以斗争精神成为把握古希腊神话的经线，而纬线便是以平衡、调和精神来托底。

调和精神以加缪的"地中海美学"来阐释。在地中海的潮起潮落中，"他接受一种建立在古希腊文化基础之上的'有节制的哲学'。提出人类应该设立一个更为均衡的、具有相对性的目标，其关键就是节制、中道、均衡"[1]，这种"节制"的哲学是洞穿古希腊神话的一把钥匙。"面对这种被诸神看成是最可怕的惩罚、永无希望的苦役，西绪福斯却坚定不移地走向不知尽头的痛苦和磨难，他清晰地意识到自己的命运，但他的努力却并不停歇。在一次又一次推石上山的过程中，西绪福斯知道自己是命运的主人，自己无休止的重复进行的动作本身就是对诸神的蔑视，就构成了对荒诞的反抗。"[2] 加缪从

---

[1] 喻涛：《地中海的阳光——论加缪的均衡思想》，硕士学位论文，西南大学，2007 年，第 14 页。
[2] 赵艳花：《阿尔贝·加缪哲学与美学思想的均衡特征》，《天中学刊》2012 年第 4 期。

西绪福斯对荒诞命运的精神抵抗出发，将苦难与消解苦难趋于平衡，以此阐释这种节制哲学。在古希腊神话中，这种"节制"内化为调和精神，比如敬神与渎神的调和。《俄狄浦斯王》中歌队多次对"渎神"者予以警诫："（第二曲首节）如果有人不畏正义之神，不敬神象，言行上傲慢，如果他贪图不正当的利益，作出不敬神的事，愚蠢地玷污圣物，愿厄运为了这不吉利的傲慢行为把他捉住。"① 在古希腊神话中，对神的态度存在两种极端：一种是原始神话的神祇崇拜；一种是民主启蒙的精神反抗。两者的遇合及斗争关系成为古希腊神话包括戏剧的核心素材，敬神与渎神也成为平衡关系中的重要一组。借用《文心雕龙·情采》对"情经辞纬"②的概说，斗争精神就是把握古希腊神话的经线，调和精神则是把握古希腊神话的纬线，相辅相织。

浪漫精神与理性精神、斗争精神与调和精神互为参照，如同海洋潮起潮落，有疾风骤雨，亦有风平浪静，是对古希腊神话"海洋性格"的融合阐释。海洋是古希腊得天独厚的地域环境，是地理在地域上的外部形体，是地理在地域美学上的内在风格。亦从地域与地域美学上看"叙事"：在文本内部，"叙"聚焦叙述章法，比如海洋性格的"圆"叙述，在浪漫与理性、斗争与调和中呈现圆融叙述，而非仅执此一端。而"事"则是古希腊神话的重要坐标之一，是波塞冬的领地，是战争的修罗场，是神话系统不可缺少的内部组成。在文本外部，当"叙""事"结合，则引向对所"叙"之"事"的生成思考，则不得不回到古希腊独特的海洋环境，由此形成了海洋文明及包孕其中的神话精神。

结　语

笔者以"地理叙事"的角度进入古希腊神话，从时间、空间与地域三

---

① ［古希腊］索福克勒斯：《索福克勒斯悲剧五种》，罗念生译，上海人民出版社2016年版，第95页。
② （南朝梁）刘勰著，黄叔琳注，李详补注，杨明照校注拾遗：《增订文心雕龙校注》中册，中华书局2012年版，第411—412页。

个角度，重新挖掘与探索了古希腊神话在文本内外的地理发生与呈现。同时以古希腊神话作为检验"地理叙事"批评效力的尝试。"地理"的跨界视域兼容哲学思考与美学寻踪，是对聚焦文本内部与静态地理分布这两种固化模式的反思。在文学地理学批评中，空间研究是基础，而对于理论的顶层设计却稍有滞后，对于作家群、区域史、地图学、地理诗学的研究还未完全系统化。本文对"地理叙事"的跨界思考，仅是理论探索中的冰山一角，且"叙事"是由西方叙事学而来，本文对叙事学中的叙述行为、叙述话语的理解稍有"跨界"。不过，当我们以古希腊神话为研究对象，"地理叙事"一词的批评效力就要重新审视：因为"地理"不能被文本劫持，也包含地理本体的哲学思考与地理美学的意蕴生成，所以对"叙事"本身的理解也不能仅停留在西方叙事学所框定的封闭系统。叙事在文本内部是话语生成的动作、方式与载体，同样，叙事在文本外部也是地理话语在哲学、美学与历史等间性视域中的话语生产。故"地理叙事"的批评效力亦要随具体研究对象而不断调整。文学地理学批评在中外文学史研究中所发挥的作用有目共睹，古希腊神话也只是小试牛刀，却为我们重新审视古希腊神话发挥了重要作用。只有真正了解地理，才能洞穿生存的本质。只有经历文学地理学批评的跨界探索，才能为建成一门学科而付诸实践。正如"地理"与"叙事"在跨界视域中所收获的丰富含义一般，相信文学地理学也能在坚守本体不偏、阐释不古的基础上走向世界、建立真正的"中国话语"。

弹性、延展与异变

——论郭璞《游仙诗》创构神仙世界的时空特征

詹晓悦*

郭璞（276—324）是中国诗歌史上第一个倾力创作游仙诗的诗人[①]，今存《游仙诗》十四首（含残篇）及残句若干[②]。郭璞为自己创构一个既有现实成分又能承载精神意义的神仙世界之"显象"，"构成了对一个'真我'的保存"[③]。借鉴结构主义的审美经验，在研究中以时间、空间维度思考郭璞《游仙诗》所创构的神仙世界，对我们全面、深刻地了解郭璞其人及魏晋时期的游仙文学是有重要作用的。

一 时空载体：承载神仙世界的仙境系统

郭璞《游仙诗》中神仙世界之"显象"，有其依托的时空载体，可根据诗中出现的仙境景象、仙人身份及修仙活动等，分为传统的旧仙境系统与新

---

* 詹晓悦，暨南大学文学院硕士研究生。

① 连镇标：《郭璞研究》，上海三联书店2002年版，第201页。

② 本文所引郭璞诗歌、《郭弘农集题辞》，皆按（晋）郭璞著，聂恩彦校注《郭弘农集》，三晋出版社2018年版。该版以明代张溥《汉魏六朝百三名家集》明末钦刻版的《郭弘农集》为底本，并参照其他版本、辑本、类书和有关著作进行校注，增加了题解。其中郭璞《游仙诗》第十一首至第十四首为残篇，下文不再赘述。

③ 王锺陵：《中国中古诗歌史——四百年民族心灵的展示》，人民出版社2005年版，第327页。

仙境系统。①

(一) 传统的旧仙境系统

传统的旧仙境分为三种：天宫系统、远古昆仑仙山系统、东方海域仙岛系统。这些神仙世界来源于古代先民对自然地理现象的想象和阐释。

农业文明日出而作，日落而息，天上星辰的运动都有可能影响人类社会的命运，对天的自然崇拜也诱发了先民对天界形貌的想象：在屈原《离骚》中，他幻想出了一个超越现实的天宫，另有汉乐府《艳歌》，以"今日乐上乐。相从步云衢"② 为开头，描绘一幅天宫群仙游乐图。郭璞的诗句向我们展示了天宫的广阔自由。在天宫之中，可手握上古羲和的鞭辔，踢开天门，驾驭飞龙，乘着雷电，追逐光芒，随着风在天中飞翔：

……登仙抚龙驷，迅驾乘奔雷。鳞裳逐电曜，云盖随风回。手顿羲和辔，足蹈阊阖开……（《游仙诗》其九）

昆仑山则被古人塑造成有神仙居住的"帝下之都"③，郭璞以前的游仙诗，多侧重修炼者登至昆仑，遇西王母的游仙历程，如曹操《陌上桑》的"济天汉，至昆仑。见西王母谒东君"④、嵇康《重作四言诗七首》（其七）的"……受道王母，遂升紫庭，逍遥天衢，千载长生，歌以言之，徘徊于层城"⑤。郭璞《游仙诗》则侧重对昆仑仙山系统中仙草灵树的描写，如：

---

① 本节内容根据曹道衡、连镇标观点进行归纳和补充。详见曹道衡《郭璞和〈游仙诗〉》，《社会科学战线》1983年第1期；《郭璞研究》，第217—222页。
② 逯钦立辑校：《先秦汉魏晋南北朝诗》，中华书局1983年版，第289页。
③ （晋）郭璞注，（清）郝懿行笺疏，沈海波校点：《山海经》，上海古籍出版社2015年版，第293页。
④ （三国魏）曹操：《曹操集》，中华书局1974年版，第8页。
⑤ （三国魏）嵇康著，戴明扬校注：《嵇康集校注》卷1，人民文学出版社1962年版，第51—52页。

璇台冠昆岭，西海滨招摇。琼林笼藻映，碧树疏英翘。丹泉漂朱沫，黑水鼓玄涛。寻仙万余日，今乃见子乔。振发晞翠霞，解褐被绛绡。总辔临少广，盘虬舞云轺。永偕帝乡侣，千岁共逍遥。（《游仙诗》其十）

"圆丘""钟山""昆岭"均属于昆仑仙山系统。郭璞注意到昆仑山中的奇草、灵液、丹泉等具有延年益寿、养气的特异功能，以现实自然植物为基础，对神仙世界的景色内容进行了想象补充，强调神仙世界中仙草奇树的奇特，体现了对传统仙话系统的发展。

昆仑山位于黄河的源头，人们对其产生神仙信仰。同样，古人面对滔滔黄河不断注入而不见海水涨溢的地理现象，自然会对东方海域产生好奇。汉武帝时期《象载瑜》的"登蓬莱。结无极"[1]便表达了人们对蓬莱的向往，魏晋时期，许多游仙诗细化了蓬莱仙境的描写，如曹植《平陵东》"乘飞龙，与仙期，东上蓬莱采灵芝，灵芝采之可服食"[2]，提到可飞跃至蓬莱仙岛进行修仙，延长寿命。郭璞《游仙诗》（其八）里"旸谷吐灵曜，扶桑森万丈。朱霞升东山，朝日何晃朗"便是描写东方海域仙岛上光芒万丈的日出[3]，他更以丰富的想象力集中展现其中的"列仙之趣"[4]：

　　杂县寓鲁门，风暖将为灾。吞舟涌海底，高浪驾蓬莱。神仙排云出，但见金银台。陵阳挹丹溜，容成挥玉杯。姮娥扬妙音，洪崖颔其

---

[1]《先秦汉魏晋南北朝诗》，第154页。
[2]（三国魏）曹植著，赵幼文校注：《曹植集校注》，人民文学出版社1984年版，第400页。
[3] 据刘黎明考证，《山海经·海外东经》所记载的"汤谷上有扶桑……在黑齿北，居水中……"黑齿国是古代日本的方国，在中国东方海外，由此可推断诗中"旸谷"（汤谷）地理方位应属东方海域仙岛系统。详见刘黎明《〈山海经〉里的"黑齿国"与日本古俗》，《文史杂志》1993年第5期。
[4] 钟嵘评价郭璞《游仙诗》"宪章潘岳，文体相晖，彪炳可玩。始变中原平淡之体，故称中兴第一。《翰林》以为诗首。但《游仙》之作，辞多慷慨，乖远玄宗。而云'奈何虎豹姿'；又云'辑翼栖榛梗'，乃是坎壈咏怀，非列仙之趣"。钟嵘认为郭璞《游仙诗》表面虽表现列仙之趣，而背后却是坎壈咏怀，此处引"列仙之趣"，是分析郭璞在游仙空间形式中也表达了列仙之趣。详见（南朝梁）钟嵘著，曹旭集注《诗品集注》，上海古籍出版社1994年版，第701页。

颐。升降随长烟，飘飖戏九垓。奇龄迈五龙，千岁方婴孩。燕昭无灵气，汉武非仙才。(《游仙诗》其六)

"吞舟涌海底，高浪驾蓬莱"把通向蓬莱波涛汹涌的道路形象生动地展现出来，而后众神仙腾云驾雾，"金银台"浮现，洋溢着世俗宴饮的欢乐。郭璞先营造众仙出场前夺人心魄的神秘氛围，再写众仙嬉戏的热闹场面，两者共同彰显神仙世界的魅力。

(二) 新仙境系统

李丰楙曾言："郭璞游仙诗在游仙诗史上有一种变创的意义，不是六朝文评家易于明察的。这种意义就是魏晋'新仙说'的运用，将当时新兴的仙隐与隐逸思想结合，成为游仙诗的新内容，开出一'新仙境说'。"[1] 与传统的游仙诗不同，郭璞《游仙诗》具体描写了新仙境系统，且涉及该新仙境的《游仙诗》数量约占现存总数的三分之一：有第一、二、三、八、九、十一首及残句"放浪林泽外，被发师岩穴。仿佛若士姿，梦想游列缺""安见山林士，拥膝对岩蹲"等诗句。历来《游仙诗》第一首被认为是点明主旨的序诗，在序诗中，展现的并非传统旧仙境，而是隐逸在人间的山林：

京华游侠窟，山林隐遁栖。朱门何足荣？未若托蓬莱。临源挹清波，陵冈掇丹荑。灵溪可潜盘，安事登云梯。漆园有傲吏，莱氏有逸妻。进则保龙见，退为触藩羝。高蹈风尘外，长揖谢夷齐。(《游仙诗》其一)

郭璞提到的人间山林仙境，强调人与自然的密切互动。诗中描写修炼者临近溪源舀起清澈水波，在山岗上摘下红色荑草，于山陵高处间放纵自己的

---

[1] 魏子云主编，台湾十八院校百位教授合著：《中国文学讲话》第5册，贵州教育出版社2014年版，第176页。

情绪，咀嚼花蕊，戏水飞泉。在魏晋时期，人们认为隐士隐逸纵情于山水间可以遏制世俗欲望，"涤除玄览，守雌抱一，专气致柔，镇以恬素"①，但这种隐逸是为了能够进行方术修炼，最终成仙。修炼者欲前往神仙世界，须在人间山林仙境系统中完成修炼，这暗示人间山林仙境系统是介于现实凡间与神仙世界之间的"准仙境"，具有空间过渡功能。

郭璞笔下的神仙世界之"显象"给予后世读者无限的遐想，通过阐明四个神仙世界载体，有助于我们厘清其时空表征，为理解郭璞创构神仙世界时的文化思维奠定基础。

二 弹性时间：拓宽神仙世界的时间限度

一些人类学、神话学、语言学的研究成果表明，原始人时间观念的发生晚于空间定向观念的发生，时间摸不着，而空间往往有视觉表象作为感知的基础。② 在以往关于郭璞《游仙诗》神仙世界的讨论中，时间往往被忽略。因此在探讨郭璞《游仙诗》的神仙世界时空特征时，我们有必要探讨其中的时间特征。

（一）时间线索的"断裂"处理

现实时间流动是一种自然物理现象。然而在神仙世界中，修炼者不会老去，时间停止流动，时间线索仿佛"断裂"了。早期的游仙文学里，便出现因为现实时间流逝，转而寻找使人不死世界的描写。"日月忽其不淹兮，春与秋其代序。惟草木之零落兮，恐美人之迟暮。"③ 日月轮转，春秋代换，万物生命无法追回，只能走向死亡，由此人产生了追求长生的愿望。

通过比较可发现，西汉游仙诗如《练时日》《华烨烨》《象载瑜》等，

---

① （晋）葛洪著，王明注：《抱朴子内篇校释》，中华书局1985年版，第111页。
② 赵奎英：《中国古代时间意识的空间化及其对艺术的影响》，《文史哲》2000年第4期。
③ （宋）朱熹撰，蒋立甫校点：《楚辞集注》，上海古籍出版社、安徽教育出版社2001年版，第8页。

其意在于联结神仙世界中的仙人与现实凡间中的圣主，以显天子治理之功，祈祷仙人保佑国泰民安，实现长乐未央的美梦。东汉末年开始，对现实时空里生死迁逝的感伤至少弥漫了三个世纪的时间，动乱纷争逐渐消解了汉代以来大一统整体时空观；特别是士大夫之间，还建立起一种不同于汉代的时空观念。[①] 由于战争带来朝不保夕的生命体验，士人无法在有限生命中实现理想，作者他们开始在诗中点明：对现实时间流逝的恐惧与悲伤，是修炼者寻找神仙世界的心理动力。在游仙过程中，现实凡间中流逝的时间好似"断裂"了，时间停止流动，人达到不死的境界，但强调时间停止流动并非该时期作者的写作重点。如曹氏父子三人的游仙诗，在诗歌开头多以"游""驾""上""登""步""揽""驱"等动词，直接引出修炼者游览仙境时的描写，涉及时间流逝的描写片段只在少数。阮籍游仙诗对时间问题的讨论比重，较曹氏父子三人高，在《咏怀诗》涉及游仙的部分，他感叹现实时间有限，人生譬如朝露，由此意图进入神仙世界，诗歌通过对比，暗示神仙世界的时间停止流动了；但其游仙诗仍侧重对神仙世界中空间景象的塑造。

汉末以后游仙诗的变化，都意味着游仙诗的作者开始注意时间维度线索的"断裂"对神仙世界的构建作用。但这种时间意识并未在西晋时期的游仙诗中得到明显的延续，而是到了两晋之际郭璞的《游仙诗》中，才重新受到关注。

（二）时间空间化特征

郭璞《游仙诗》中对时间问题的探讨，首先建立在我国对时间线索物态化处理的传统观念上。时间不可触摸，但可通过日月星辰、花草树木等自然地理景象的变化来感受，因此，我们可从《游仙诗》中的物体变化来区分两个世界。郭璞将时间流逝的变化寄托在"蜉蝣""潜颖""陵苕"等遵循生死规律的生物上，当这些生物走向衰老死亡，意味着时间在向前线性流

[①] 王锺陵：《我国中古时期的时空观》，《河北大学学报》1990 年第 4 期。

动，不可追回。不同于现实凡间，神仙世界里"奇龄迈五龙，千岁方婴孩""寻仙万余日""千岁共逍遥""终年不华皓"，物体的状态超越了现实时空中"时与事并"① 的规律。修炼者突破了现实井然有序的时空格局，进入神仙世界，原本现实中线性向前发展的时间线索"断裂"了。郭璞《游仙诗》继承了以往游仙诗对时间问题的关注意识，但郭璞对时间问题的关注，不仅在于对时间线索的"断裂"处理，更体现在他思考如何拓宽时间的限度。他结合魏晋咏怀诗抒发的感伤情绪和传统游仙诗中的方术修炼书写，以神仙世界时间的无穷性来摆脱现实束缚。而其神仙世界时间的无穷性，便是以时间空间化所体现的——神仙世界的时间失去单向线性发展的可能，呈空间性域状分布，像容器一般可以"弹性"向无限发展，这样一来，相较于现实时空，神仙世界中的时间是静止的。

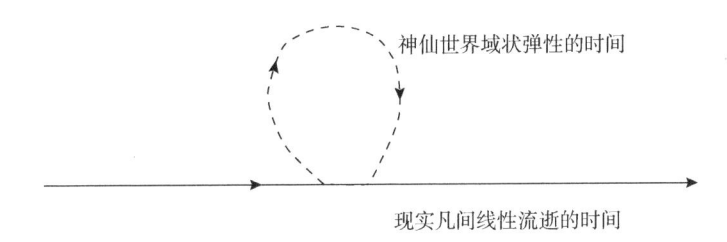

图 1　郭璞《游仙诗》现实凡间与神仙世界时间流动情况

如图 1，首先，修炼者在人间山林仙境系统里进行学道修炼，使时间线性发展的现实时空出现了物理原点，修炼者方能进入传统的旧仙境。神仙世界的时间发展并非线性向前，而是像容器般呈空间性无限扩张，富有弹性，这样一来，其相对于现实凡间是停滞的。我们难以找到衡量神仙世界的时间尺度，神仙世界中的时距好似被模糊化了，但我们可以根据修炼者主体的游历过程来判断。如第六首，根据修炼者提供的视角（修炼者看到"奇龄迈五龙，千岁方婴孩"）、活动（修炼者寻仙到达仙境的"吞舟涌海底，高浪

---

① 指借助某种带有标识性的参照物的变化来感知时间流逝的观念，详见李桂奎《传统时间文化与中国古代小说的叙事特征》，《中国文学研究》2009 年第 1 期。

驾蓬莱")来感受时间的无限。这种由人类心灵决定的时间特征，体现了魏晋时期人类精神的觉醒，也展现了人类面对现实生命局限而做出的哲学探索。除了郭璞主观上超越现实时间的意图，这种现象也与诗歌的抒情性有关。诗歌偏向于诉说情绪，多以人的视角、情感展开。但小说作为叙事文体，需要交代与事件相关联的时间，如刘义庆《幽明录·柏枕幻梦》，同样讲述了一个游历虚拟时空的故事，主角汤林梦醒后，故事明确交代"谓枕内历年载，而实俄顷之间"。① 梦中数年，现实不过须臾，突出人生一切成空的悲凉。对于侧重抒情功能的《游仙诗》，郭璞是不太需要交代游仙过程中的具体时距的，这也造成了神仙世界中时距的模糊，但我们依然能通过修炼者视角来感受其时间限度的无限。

其次，神仙世界作为虚拟时空，具有相对独立性。在第三首，修炼者在游仙后发出疑问："借问蜉蝣辈，宁知龟鹤年。"可见在神仙世界中，修炼者追求长生不死的理想，现实中的芸芸众生依然受制于生死规律。神仙世界虽建立在现实凡间的物理原点上后发展，但它并不影响现实凡间时间的线性流动，也不受现实凡间时间线性流动影响，达到了空间化的永恒，这是一种归于"太虚""太空"的状态，人与天地同一，生命不受日月轮换影响，与山川同在。②

郭璞对两个世界时间问题的关注，一是源于对生命的感叹，一方面是站在生死易变的角度，感叹生命的长度无法延续，以至于无法增加生命的厚度；另一方面则基于漫长的历史时空，感叹芸芸众生的渺小脆弱。这与他所处的时代有关：郭璞身处纷乱时局之中，各个政治集团为了自身利益，对文人进行残害，这对郭璞的生存安全感产生巨大影响。二是两晋之际，全国暴发了许多自然灾害，但司马氏政治集团的赈灾措施非常少，且不成系统。③ 在纷乱黑暗的时代里，百姓命如草芥，郭璞作为其中的一员，也有深切体会，

---

① （南朝宋）刘义庆撰，郑晚晴辑注：《幽明录》，文化艺术出版社1988年版，第4页。
② 赵奎英：《中国古代时间意识的空间化及其对艺术的影响》，《文史哲》2000年第4期。
③ 以郭璞在世的咸宁二年至太宁二年（276—324）为例，全国各地发生水灾36次，旱灾29次，蝗灾15次，饥荒23次，疫情19次，地震37次，雨雹26次，霜冻18次。数据统计引自张美莉《魏晋时期自然灾害初步研究》，硕士学位论文，郑州大学，2005年，第11—19页。

这种社会心理驱使他寻找拓展生命限度的方法，从而在诗歌中构建能使人长生不死的时空。于是在《游仙诗》神仙世界中，可以看到"安期炼五石""采药游名山，将以救年颓。呼吸玉滋液，妙气盈胸怀"等诗句。神仙世界时间限度无限拓宽背后，隐藏着的是郭璞更为巨大的、对纷乱时代中弱小生命被肆意践踏的恐惧。

朝代更迭频繁，政治动乱、自然灾害促使汉代以来大一统时空观的消解和魏晋士人个性精神的觉醒。郭璞在创建神仙世界时，继承了传统游仙诗对时间线索"断裂"处理的写作思路，更思考如何在神仙世界中拓展时间的限度：通过方术修炼，以现实线性发展的时间线上某一物理原点作为入口，从而进入一个时间空间化的神仙世界，对个体生命限度进行拓宽，以抵御现实人世的无常。

三 延展空间：扩大神仙世界的空间外延

郭璞《游仙诗》神仙世界中，空间作为主要构成部分，承担着读者大部分的感知内容。诗歌中四个神仙世界的载体以空间形式被读者感知，而这四个载体在文本内并非独立存在，有些共存于同一首诗中。这是因为郭璞《游仙诗》中，存在着人间山林仙境系统这一处于现实凡间与传统旧仙境之间的"准仙境"。在"准仙境"中完成方术修炼后肉身不腐，精神超脱，方能飞升抵达旧仙境，成为真正的神仙。

首先，这种无意识的划分源自历史遗留下来的对天人关系的认识，它为郭璞《游仙诗》中神仙世界的空间等级划分提供了可能性。山东临沂金雀山九号汉墓出土的帛画就为这种早期空间观念提供了艺术参照。在这幅展现"引魂升天"的帛画中，最上方的日（金乌）月（蟾蜍）代表天宫，中间是各有等级秩序的人间现实空间，下方是水族，具象的山将天上神仙世界与现实世界间隔起来。[①] 这表明在我们祖先的观念中，天与地是连成一体的，

---

① 临沂金雀山汉墓发掘组：《山东临沂金雀山九号汉墓发掘简报》，《文物》1977年第11期。

现世与超世是不可分割、浑成一体的。但是人有成仙的途径，可以通过昆仑山升往天宫，成为仙人，汉代游仙诗《董逃行》便是描写求仙者如何在昆仑山取得神药的。原始游仙文学的空间观念里，凡间与传统旧仙境存在一个过渡的空间；从现实凡间到达传统旧仙境的路程艰难险阻，需要通过修炼者不断询问访求，才能够到达。

这种天人合一的宇宙观念为之后包括郭璞《游仙诗》在内的游仙文学提供了基础的宇宙模型。东汉末年，儒学危机进一步加深，传统的儒家伦理道德对知识分子的影响减弱，人们需要重新寻找新的精神寄托——时人通过宗教方式，把摆脱现实苦难的诉求寄托在另一个不存在的世界。到了魏晋，社会动乱，士人面临着残酷的政权纷争，同时玄学兴盛，提倡复归自然，在这样的社会背景下，一部分士人隐逸林泉，服膺于老庄"任自然"的隐士哲学，谈玄论道，追求自由的境界。但对郭璞来说，人间山林仙境系统不是他的最终归宿，只是他登往传说中旧仙境的暂时栖息地。人间山林仙境系统的过渡性质，在于可以开启时间域状弹性发展的神仙世界，"永偕帝乡侣，千岁共逍遥"。这种职能的划定，为郭璞自身得道成仙，产生遨游神仙世界时空的宗教存思提供心理上的可能性，也体现了后世对于时空观念中现世与超世、此岸与彼岸两部分生活没有明显界限的一种反思。

修炼者从人间山林仙境系统中修仙成功，飞升所遇到的三个传统旧仙境也是具有等级性的。《游仙诗》（其九）的视角便暗示了其等级："……登仙抚龙驷，迅驾乘奔雷。……东海犹蹄涔，昆仑若蚁堆。遐邈冥茫中，俯视令人哀。"起初，修炼者在人间山林仙境系统中修炼方术，产生宗教存思，飞跃至天宫。在天宫俯视下方，海上的东方海域仙岛与昆仑仙山不过是积水牛蹄印和蚂蚁堆。这种视角的转换说明在三个旧仙境系统中，天宫系统最为高级，代表修炼者修炼的终极目标。第三首中"中有冥寂士，静啸抚清弦"也提示仙境系统中天宫最为高级。冥寂士[①]，意为清静无为，"冥寂"二字

[①] 冥寂士，李善在注中理解为"玄默"，详见（南朝梁）萧统编，（唐）李善注《文选》，中华书局1977年版，第306页。

出自《三洞经教部·三洞序》："《洞神》之教，以教主神宝君为迹，以冥寂玄通元无上玉虚之气为本也。"[①]，赵沛霖结合《云笈七签》的内容认为诗中修炼者通过人间山林仙境的方术修炼，以升入天宫系统的太清境为目标。[②] 而从第九首的视角转换来看，东方海域仙岛系统和远古昆仑仙山系统等级虽高于人间山林仙境系统，但次于终极目标天宫系统。

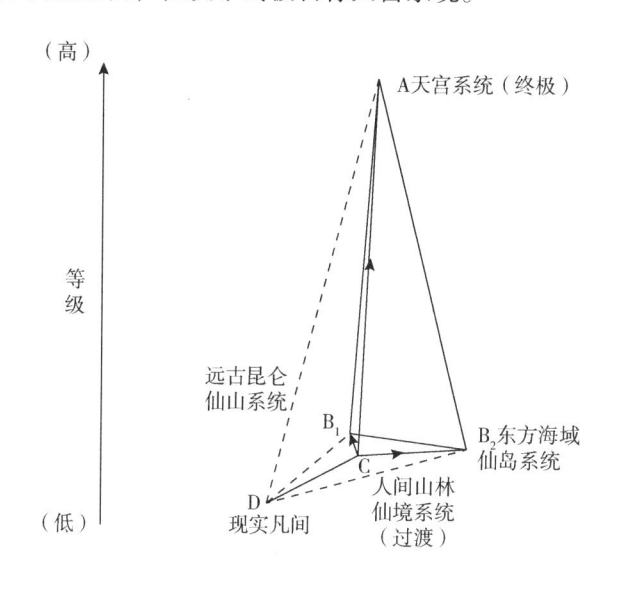

图2　郭璞《游仙诗》空间等级秩序模型

图2所示，现实凡间D点为等级最低的空间，以D为基点，越往上，空间等级越高。实线表示诗中的游仙路径，箭头表示游仙方向。C点是高于凡间的人间山林仙境系统，为一级仙境，代表现实凡间和神仙世界的过渡仙境，东方海域仙岛系统B_2是二级仙境，远古昆仑仙山系统B_1为"帝下之都"，相较于B_2点等级较高，是三级仙境，最高级天宫系统A是修炼者的最终目标。其中，棱锥A—B_1B_2C表示诗中神仙世界，面AB_1B_2表示传统旧仙境。由此，郭璞笔下《游仙诗》神仙世界的空间向无限延展开来。

---

① （宋）张君房辑：《云笈七签》，齐鲁书社1988年版，第25页。
② 赵沛霖：《郭璞诗赋研究》，中国社会科学出版社2015年版，第92页。

四 时空异变：创构神仙世界的精神动力

郭璞《游仙诗》中，神仙世界的时间线索呈空间性域状弹性发展，时间好似停止流动了。同时，空间不断延展演化成四个具有等级性的载体，形成了一个异变的虚拟时空。那么，背后是何种精神动力主导郭璞去创构这样的神仙世界呢？

首先，道教长生的生命目标推动了郭璞创构神仙世界时，拓宽时间限度。郭璞生活的时代，道教、佛教喧嚣尘世，儒家礼法对人们的束缚有所松懈，一些上层统治者喜爱以占卜的方式问询未来的命运、行事的福祸。郭璞虽然儒道双修，但他常常以方士的面目示人。《晋书·郭璞传》记载他不仅早年接触过占卜筮术，而且技术灵验高明，在两晋之际大放异彩。郭璞在占卜五行的同时，思想也在向神仙道教靠拢。在人间山林仙境中，修炼者通过道教的方术修炼，实现仙化、飞跃至旧仙境，拓宽个体生命的局限，出现道教修炼方式主要分两种。一是精神的超脱，如在《游仙诗》第二首，主角鬼谷子在青溪山行"坐忘"之功。"'坐'谓本心不起，本心不被外念惹动，内不接物，外不逐物，摄澄一切烦恼、物欲……依靠自性的内向克制，产生'静定'，一种'定力'"，这种"静定"并非庄子所说的虚静状态，而是静中有动，动中有静[①]，"云生梁栋间，风出窗户里"的云雾缭绕，清风习习，外在山林中的"动"与他内心的悠然平静境界合一，体现人对自我机体精神控制的能力。这种以精神超脱达到了"道家道教徒修炼所臻的极限"[②]，是"宗教心理的最佳状态"。除了坐忘，在人间山林仙境中，修炼者还以"啸"和"抚琴"的方式发出超越现实凡间的声音，与传统旧仙境取得心灵感应，产生道教存思，从而游历神仙世界。二是通过调节体内阴阳之气来延长肉体生存的时间，在郭璞《游仙诗》中，有采食草药、呼吸养生、服炼

[①] 王卡：《道教三百题》，上海古籍出版社2000年版，第306页。
[②] 王卡：《道教三百题》，上海古籍出版社2000年版，第306页。

津液三种。郭璞认为人间山林仙境中的植物与传统旧仙境中的一样，具有延年益寿功能，因而修炼者会"嚼蕊"，第九首"采药游名山，将以救年颓"更是道出山林植物平衡人体气息的重要性。呼吸养生，即吐出体内的浊气，吸入人间山林中的清气，以此来维持体内阴阳两气平衡，如"吐纳致真和""一朝忽灵蜕"，通过吐纳真气，成功进入仙境。"玉滋液"则能促进阴阳两气的平衡，"呼吸玉滋液，妙气盈胸怀"。郭璞通过字句锤炼的惨淡经营赋予了方术修炼活动时的潇洒与诗意，将修炼者吸收山林日月精华的快感，简洁凝练地表现出来。

在郭璞《游仙诗》当中，神仙世界的时间呈空间性域状发展，修炼者通过道教方术修炼的方式，飞跃至神仙世界任意遨游，不受现实时间流逝的限制，在仙境中永葆青春。在郭璞的时空意识里，现实线性发展着的时间"断裂"并不意味着时间不重要，相反，他以修炼者的视角、相关活动表明神仙世界中时间的无限性，即是承认了时间对个人生命的重要价值。

其次，道家超越现实的逍遥心态，推动了他追求玄远的生活空间。郭璞生活在两晋之交，是老庄思想深深影响士人灵魂的时代。道家虚冲退静的处世精神，迎合了一大批上层士大夫偏安一隅、远离政权争斗的心理需要。同时期的一些风流名士还谈玄论道，辩事物之体用本末，这种现象给予了道家学说更为广阔的生存土壤。在这种文化的影响下，郭璞也"纵情任独往"，想要隐逸山林，发出"朱门何足荣，未若托蓬莱"的感叹；又《答贾九州愁诗》："未若遗荣，闷情丘壑。逍游永年，抽簪收发。"在郭璞的观念里，身处乱世而不得重用的地位，与其执着于世俗表象深受痛苦，不如舍弃一切之"用"，散发赤脚放浪形骸于山林之间，追逐事物根本之"体"。在这种社会氛围下，他转而对理想空间进行建构，融入"道"的因素，追求玄远无穷——游仙空间便被浑化，不断延展成一个无限大的空间，区别于现实的渺小地带。

最后，儒家关怀苍生的现实精神，使郭璞意图创构一个"保持真我"的理想世界，追求时空之无限。郭璞的父亲郭瑗官至建平太守，因为家学渊源，他从小接受传统的儒家教育，《晋书》也记载他爱好经学。在政治上，郭璞始终抱着一位儒家知识分子的使命去关怀苍生、关心现实，但他始终不被重用。《游仙诗》（其五）是其"坎壈咏怀，非列仙之趣"表现得最为明显的一首：

逸翮思拂霄，迅足羡远游。清源无增澜，安得运吞舟。珪璋虽特达，明月难暗投。潜颖怨清阳，陵苕哀素秋。悲来恻丹心，零泪缘缨流。

强健善飞之鸟、迅猛奔远之马、吞舟遨游之鱼，其实都是郭璞的自比。鸟儿、骏马、大鱼想要一展其能，都需要蓝天、宽路、深水作为施展能力的平台。在这诗中，郭璞直指不公平的门阀制度。魏晋时期的门阀制度实质上是皇权与世族共享政权的产物，像郭璞这样的下层文士，更具体来说是地位更低的下层方士，是没有机会得到重用的。殷祐、王导、王敦等人招引他，看重的只是其占卜的技能；而郭璞竭尽心力效忠的东晋朝廷，却无仁君。他说鸟儿无法冲上云霄，骏马羡慕游历远方，大鱼无法在水中潜游，是在悲叹自己在政治上缺乏真正能够施展才能的平台。最后两句中"悲""恻""零泪"等带有情绪的字眼，将郭璞的怀才不遇之悲进行深化，使读者能够体会到郭璞笔下对命运不公的悲痛。

正是传统儒家的教育，让他拥有一个正统儒家知识分子追求仁爱的责任与情怀，对昏庸统治者与黑暗时代感到悲痛，让他有了"寻我青云友，永与时人绝"的决心与勇气，让他去寻找自己的理想世界。郭璞在《游仙诗》也隐含了他对当时国运衰微的忧虑，可以看出他关心现实的精神。第六首首二句中，援引《国语》中的典故起兴，表面上描写海上奇异景观，实则用典嘲笑统治者昏庸不明。接着，郭璞在中间塑造了自由快乐的神仙世界，极力渲染仙境中的悠然自得，最后两句用典结束全诗：一用燕昭王之典故：燕昭王曾向臣子甘需讨教成仙之道，甘需说，成仙之人需要祛除欲望嗜爱，燕昭王却终日沉湎酒色美味，怎能成仙呢；二引《汉武内传》中汉武帝与西王母相会的故事，以西王母的身份，说明汉武帝表面好道，实际上也有自己的不正当欲望，不是能够成仙之人，讽刺批判之意味可见一斑。东晋皇帝为了维系脆弱的新生王朝，不得不依赖南下的北方门阀豪族和南方土著士族的支持，与他们分享政权。现实统治者昏庸无能，打着"清明之政"的口号，行背道而驰之事，这样的统治者是无法为百姓打造美好光明的现实世界的。同时，失去了百姓支持力量的国家，其命运也会十分渺茫。因此，在该诗的神仙世界中，郭璞除了表达对自由快乐生活的向往，也有对国运衰微的隐忧，这种张势的儒家精神体现出他对外在环境的反思。

明代张溥在《郭弘农集题辞》说："景纯则非无术以处敦者也，令桓彝不窥裸袒，生命不尽日中，勤王之师，义当先驱，其取敦也，犹庐江主人家婢尔。"郭璞通晓卜筮之事，他真的没有能力对付王敦吗？他是想通过传统儒家士人的身份出谋划策去实现政治理想，这是符合正统观念的，然而现实却无法为他提供这样的平台。因此，郭璞《游仙诗》表面上强调以道教的方术修炼联结现实凡间和神仙世界，同时受到道家追求广袤自由人生境界的思维方式的影响，但这背后，是郭璞更为直接、热烈的儒家知识分子情怀。正是这种情怀，使郭璞能够站在广阔的时空观里，体验生命短暂而卑微的悲哀，感叹国运衰微、不可逆转的苍茫人世。复杂的社会文化推动了郭璞构建异变的时空，拓展的时间限度，延展空间限度，把自己的理想生活寄托在神仙世界里。

郭璞《游仙诗》以"超现实的意象系统和非常规的结构模式，并因此而较少理性的桎梏，传达出诗人心灵深处的希冀、欲念和情感"[①]，这恰恰是当时文人心态的缩影。郭璞以神仙世界之"显象"来兴寄情感，以游仙生活来弥补现实的缺失。这个神仙世界依赖郭璞《游仙诗》的文本而存在，因寄托郭璞的情感而驻足停留，作为郭璞所造之"象"，意义又向丰富敞开，经久不朽，在诗歌篇章中实现了时间永恒、空间无限的理想。郭璞在现

---

① 朱立新：《游仙诗的意象组合与结构模式》，《上海师范大学学报》1998年第3期。

实地理环境的基础上,经主观情感的改造创造出诗化的第二自然,表达"物我统一的期待"①:以方术修炼为途径,寻求长生,追求时间的无限性;以道家玄远为境界,寻求玄远,追求空间的无限性,从而形成异变的时空。但归根到底,是来源于儒家知识分子的情怀,使郭璞在《游仙诗》的神仙世界寄寓了发展自我的可能性,表达求仙成功后实现生命不朽的积极精神。

---

① 詹福瑞、赵树功:《论"寄"的审美特征——关于一个古典美学重要范畴的文化考察》,《文学评论》2006年第1期。

会议综述

不立樊墙天广大,议论精微穷理窟:
文学地理学研究迈向新境界

——"中国文学地理学会第十一届年会暨第六届硕博论坛"综述

黎 清[*]

2021年7月23日,"中国文学地理学会第十一届年会暨第六届硕博论坛"在山西大学召开。本次年会由中国文学地理学会、山西大学、江西省社会科学院、湖北大学与广州大学联合主办,山西大学文学院、江西省社会科学院文学研究所、湖北大学文学院和广州大学岭南文化艺术研究院共同承办。来自全国30个省、自治区、直辖市70多所高校及科研机构的100余位专家学者及硕士、博士研究生参加了会议。

此前,中国文学地理学会共举办过10次年会,硕博论坛也已召开了5次,极大地助推了中国文学地理学的研究,储备了大量青年学术力量,积淀了深厚的学术成果。从本届年会提交的会议论文和会场互动交流情况来看,与以往相比,本届年会呈现出一些可喜的新趋势,这一现象的出现,是学术积累的必然结果,更是中国文学地理学学科自觉与学科发展的必然。它预示着中国文学地理学的研究迈向了一个新的境界。在新的起点上,中国文学地理学将再次扬帆起航!

---

[*] 黎清,江西省社会科学院文学研究所副研究员。

一 理论探索渐趋精细

中国文学地理学自成立起，便注重对相关理论的探讨，为文学地理学的学科建设与研究提供理论滋养。在过去的十年中，曾大兴、陶礼天、邹建军、杨义和梅新林等先生在理论探讨方面贡献良多，曾大兴教授还出版有《文学地理学研究》《文学地理学概论》，为文学地理学搭建了宏观的理论框架。

然而文学地理学经过十年的发展，对相关理论的探讨，亟待由宏观向更加微观、更为精细的方向掘进。令人惊喜的是，本次年会在这方面做出了积极的探索。曾大兴会长在《文学地理学对地理学的贡献》中认为，地理环境影响文学的途径是"文学家的生命意识"，而"无论是自然地理环境对文学的影响，还是人文地理环境对文学的影响，总要通过文学家的生命意识这一途径才能实现"，触发文学家生命意识的重要媒介则是"地理物象与地理事象"。对于地理环境影响文学的机制问题，曾大兴教授认为，主要是"应物斯感"与"缘事而发"。如此，便解决了文学地理学中最核心亦即最为本质的问题，地理如何影响文学？文中，曾大兴教授从途径和机制两个方面，对此进行了理论性的探讨。

在本次年会上，还提出了一个颇具理论增长点的文学地理学概念——"文学微地理"。陶礼天副会长在《微地理与文学微地理及文学空间若干问题新思考》中认为，微地理主要就是指一个相对具体而微小的"地理场"，它主要包括"场地（有时可用"场所"这个概念）、场景与场合"这三个概念，通过这三个概念，"指示三个方面的研究而形成整体的文学微地理研究"。对于文学微地理研究，陶礼天教授充满期待，他希望，"微地理"这个概念能够成为文学地理学未来研究的核心概念和基本理论范畴，文学微地理的研究能够成为文学地理学研究的一个新的中心、一种新的方法和途径，并为解决文学空间问题做出创新性、原发性的新探讨。作为呼应，王玉林在《永嘉：文化地理符号与清代谢灵运诗歌的经典化》中认为，从文学地理批评的角度看,永嘉山水既是谢灵运进行诗歌创作的具体情境,又是其山水诗的表现对象,其构成了一个相对具体而微的"地理场"。这可以看作陶礼天教授文学微地理研究的一个具体实践。另外,侯晓晨在《论唐传奇微观地理空间叙事》中,还提出"微观地理空间"这一概念,其是指"由标示里坊街巷等较小范围的地名建构的地理空间"。当然,正如作者所说,"微观地理空间"虽然字面上与"微地理"有相似之处,但在内涵和外延上均不相同。总而言之,微地理与文学微地理,作为文学地理学研究的核心概念,仍需进行系统而深入的探讨和研究,以拓展文学地理学研究的理论范畴,为文学地理学研究贡献新的理论增长点。

在其他理论研究方面,一些学者亦进行了积极探索。如殷虹刚在《试论中国文学地理学研究的五个学术发展空间》中认为,文学地理的研究将在以文系地研究、20世纪初文学地理学研究成果挖掘、中国古代典籍中文学地理学思想的整理、"空间的文学"与"文学的空间"融合研究、跨学科借鉴和传统资源的深度提炼五个方面,会有较大的学术发展空间,并能促进相关理论的创新。秦蓁在《社会变革视野下的南宋文学地志化——地名百咏自觉的地志书写》中提到"文学地志化",认为"凡具有较为自觉的地理书写功能,带有较强的地域采风、补史功能的文学作品或文学行为",都可纳入"文学地志化"的讨论范畴。"文学地志化"是在社会变革的背景下,文学与地志的双向互动和相互渗透,真正的"文学地志化"出现在南宋。其中,"地名百咏"则是一种文学作品与地理注释相结合的诗歌地理志形式,其与地域诗文总集一道,共同对"地方"进行书写。文中提到的"文学地志化""诗歌地理志",均值得文学地理学研究者进行深入探讨。徐汉晖在《故事、地理场所与文学地标的互文性作用》中则探讨了故事、地理场所与文学地标三者之间的互文性关系。

在理论探讨中,硕士、博士研究生也不遑多让,表现出年轻学人应有的锐气。华中师范大学博士生丁萌在《古希腊神话的地理叙事》中,对邹建军教授提出的"地理叙事"概念做了进一步的阐述,认为"地理"与"叙事"可容纳更为丰富的含义。"地理"不仅立根于文本，也可进行跨界视域融合，从哲学本体论、美学形态论与文学地图论三维透视来重审对"地理"概念的理解，将"地理"由文本内引向文本外，由静态的完成式书写引向动态的建构式书写；而"叙事"也不仅立根于文本艺术传达方式及其形态，亦可从文本语境的话语生成、历史语境的间性联系入手，将"叙事"理解为话语方式与对历史的文本呼应。这样便打破了过去研究中只聚焦文本内部的地理书写与只聚焦静态的地理要素提炼的模式，为文学地理学的研究赋予更多可能。广西大学硕士生李思哲在《论早期西方马克思主义思想对文学地理学理论的启示——以卢卡奇、葛兰西为中心》中，对空间运动的内在机制进行了探讨，认为空间运动实际是由社会生产机制所决定的，由此产生的审美性空间经验并不能脱离社会历史的制约，地理空间是现象学、社会学、人类学、经济学、伦理价值学的复合体。重庆师范大学硕士生张玉在《传奇体小说地理启动叙事研究》中，通过对1925篇传奇体小说的统计，总结出其叙事启动方式基本可归纳为地理、人物和时间三类，并提出"地理启动叙事"的概念。三位年轻学人的探讨，体现出较强的跨界性和融合性，这或许代表了未来文学地理学研究的发展趋势。

二 研究视野更加宏阔

学术视野的宽度，决定着学科发展的高度。在新的学术语境下，学术研究必须具有更加宏阔的视野。学术视野的宽广与宏阔，在本次年会中表现得更为明显。

首先，从研究人员的构成来看。中国文学地理学的研究队伍最早主要是古代文学研究者，以及部分现当代文学、文艺学和少量外国文学与地理学研究者，经过十年的发展，如今从事文学地理学研究的人员构成有所变化：虽然古代文学研究者仍占多数，但现当代文学、文艺学与外国文学的研究者也逐渐增多；今年年会中还出现多篇影视研究者的论文，如黄晔、杨阳的《新媒体时代的古代作家行迹研究——以电视纪录片〈李白在安陆〉解说词为例》、丁雅莉的《文学地理学视域下的贾樟柯电影中的山西城镇空间》和南效男的《信仰的力量——电影〈冈仁波齐〉的藏地宗教书写》。越来越多不同学科背景的研究者加入,一方面反映了文学地理学的普适性及其学术魅力;另一方面也为文学地理学的进一步发展提供了新的学术视野和理论支持。

其次,从国际视野来看。一是具有中外比较视野,如王伊然的《论莎士比亚戏剧的地理空间与人文空间——兼论汤显祖戏剧的叙事空间》,对莎士比亚戏剧与汤显祖戏剧中的叙事空间进行了对比,认为莎士比亚戏剧中的叙事空间主要是市民化的,而汤显祖戏剧中的叙事空间主要是梦幻场景;其他还有严艳的《地域流动与文化书写:越南使臣北使"题诗"论略》、龙汝佳的《哈代〈德伯家的苔丝〉与沈从文〈边城〉乡土色彩之比较》、郑佳荣的《元朝对外出使诗歌中异域自然地理的书写——以安南、高丽、日本为中心》等。二是对西方理论的借鉴,如武君的《记忆中的元上都:〈滦京杂咏〉〈元宫词百章〉对元上都的三重书写》,借鉴西方文化记忆理论,认为《滦京杂咏》和《元宫词百章》对元上都的文学书写,从记忆到记忆文本,记忆主体经历了在场—不在场—再在场的转变,记忆客体也经历了唤回—重构—理解的过程;黄海燕的《〈浮生外记〉中的三个空间意象研究》,借鉴西方空间叙事学与跨文化交流的相关理论,以解读作家对中西文化关系的思考以及悲剧意识;其他更多的是对空间研究和叙事学研究的借鉴,如曾小月的《论〈饥饿的女儿〉中的"长江"叙事及其美学价值》、陈才忆的《柯尔律治〈老水手行〉的文学空间》、蔡燕的《街:作为唐宋城市转型空间意象的文学书写》、刘蕙嘉的《杨映川儿童文学创作的地理空间叙事研究》、彭淑慧的《空间诗学视阈下唐代文人江行诗研究》、李岚的《文学地理视域下小说空间叙事表达:论〈红楼梦〉虚实空间的叙事功能》等。中国文学地理学虽然"其理论体系和知识体系是中国式的,用来表达这个理论体系和知识体系的概念体系也是中国式的"(见曾大兴《中国文学地理研究与学科建设》),但并不拒斥西方文学地理学研究的某些智慧,而是通过借鉴、吸纳，将其转化与融入中国理论话语体系之中，以构建中国文学地理学的中国式话语体系。

最后，跨学科交叉融合研究。通过不同学科之间的交叉融合，往往能产生新的理论和视域，从而推动学术的发展。文学地理学本身即是文学与地理学交叉融合而产生的新学科，注重学科之间的相互交叉与融合，是其与生俱来的品格。在年会论文中，便有多篇这样的论文，如田峰的《政治地理学视野下唐代诗歌中西域地名意象的生成》，便从政治地理学的角度研究唐代诗歌中西域地名意象的生成问题，认为这对于认识唐代边塞诗的独特价值具有重要意义；张慧敏的《重访"商州"：贾平凹商州系列作品中的地方性问题之考察》与谢尚发的《理解贾平凹的商州：风格化、地方志或"深描"》，二文均从文化人类学的角度，主要是借鉴美国文化人类学家格尔茨《地方性知识》和《文化的解释》中的相关理论，对贾平凹商州的系列作品展开研究；而贾淯博在《唐园林诗中动物景观的空间美学意义——兼试论拓扑（地势）心理学在文学研究中的可能》中认为，关注人"心理生活空间"的拓扑心理学"尤其适合园林文学的研究"，无论是环境美学、景观美学或是建筑空间、视知觉艺术都与拓扑心理学有着千丝万缕的联系，拓扑心理学与文学的交叉"是存在着潜在惊喜的"。多学科的互动与交叉融合，确实能给文学地理学的研究带来无限惊喜，这需要我们不断地进行深入探究。

三　学科建设更为自觉

学科建设的自觉与学科的发展，一般体现在对学科的不断反思和总结中。中国文学地理学会自成立之日起，便自觉地将"建立一门与文学史学科双峰并峙的文学地理学科"作为自己的重要目标（见曾大兴《建设与"文学史学"双峰并峙的"文学地理学"》）。经过学会同人十年的努力，中国文学地理学蓬勃发展，呈现出旺盛的学术生命力，并一步步朝着建立学科的方向迈进。年会中，对于文学地理学的学科建设，亦有学者对此展开讨论，进行反思、归纳和总结。

邹建军副会长在《文学地理学学科体系的建构途径》中指出了文学地理学学科体系建构的几个重要途径：一是从作家个案性方面探索文学和地理之间的关系，其中包括作家的地理思想、地理观念、地理意识、地理基因、地理视角等；二是从作品的个案性方面探索文学和地理之间的关系，包括作品中存在的地理形象、地理影像、地理景观、地理意象、地理空间、地理叙事等；三是从学科的先在性方面探索文学和地理之间关系的已有认知，包括批评家们对于文地关系的已有论述，这是学科理论建立的雄厚基础；四是从学科的逻辑性方面探索学科理论的内在逻辑，地理是客观的先在，文学是主观的后在，两者之间的中介则是人类及作为人类精英的作家，这就是其内在的逻辑框架；五是以文学系统各要素来探索地理的意义和价值，文学的发生、文学的产生、文学的起源、文学的生产、文学的接受、文学的传播、文学的翻译、文学的改编、文学的研究等，都存在一个地理和地方的问题；六是从其他学科的已有发展来探索文学地理学的学科体系，如文学心理学、文学美学、文学人类学、文学社会学、文学史学等；七是充分发挥新兴学科的理论优势，大胆的假设和小心的求证相结合，以现代的研究方法，在注重实证研究、文本研究、田野研究、史料梳理的基础上，发挥理论想象力、理论概括力、理论观照力，争取在关键理论上有大的突破。

李剑清教授在《文本细勘与地理坐标：文学地理学的外部研究到内部研究转变——以〈山海经〉与现代考古学叙述坐标的"互文性释读"为例》中强调，文学地理学的外部研究转向内部研究，需要研究理念的转变。文学地理学的内部研究需要探索一种文本细勘与地理坐标的"互文性释读"方法。他还认为，"互文性释读"法将成为文学地理学的"现地实踏研究法"的有益补充，能更好地解决隐藏在文学文本世界以及掩埋在历史地层下的地理景观背后的文化记忆。

杨雄东、梁冬丽在《十年来文学地理学人才培养的实践》中，通过大量统计，对文学地理学十年来的人才培养实践进行了论述，认为"学术研究、理论建构与人才培养应该是文学地理学科建设的三大支柱，缺一不可"。文学地理学学科的理论建构,"应该包括人才理论建构",而且学术研究成果应该转化到人才培养的教学实践中,才可能以人才养学科理论并使学术研究走向深入。他们还提到,年会、年刊和硕博论坛在培养人才方面发挥了重要作用,同时学校教育也已初见成效。他们建议要"记录、总结人才培养的实践经验,充实人才队伍,壮大、强大文学地理学的新生力量","开发课程,研发教材,完善学校人才培养体制"。对于编写文学地理学教材的问题,邹建军副会长在《文学地理学学科体系的建构途径》中也说,要从地理角度和地理方法出发,"写出一部新的文学理论教材"。费孝通先生在《从实际出发规划社会学学科建设》中曾设想过要建立一门学科,"至少要包括五个部门:学会、研究机关、学系、图书资料中心、出版刊物",而"要开课,要办系,就得要教师,要教材"(见费孝通《费孝通文集》第8卷),也谈到人才培养与教材编写对学科建设的重要性。总之,大家对人才培养以及文学地理学教材的重视,反映出文学地理学学科建设的自觉意识已经越来越强烈,值得予以关注。

更难能可贵的是,对于文学地理学的学科建设,一直不断有人进行反思,指出其不足,揭示其发展方向。当然,大家都欢迎并乐见这种反思,积极对待一切善意的意见和建议。保持科学、合理的批评,是一切事物得以自新与发展的重要途径。年会中,殷虹刚在《试论中国文学地理学研究的五个学术发展空间》中就提到,"中国文学地理学理论创新不足,首先与目前国内文学地理学研究群体中缺乏跨学科人才有关",并建议要在"文学地理学研究队伍中出现越来越多的跨学科人才"。丁萌在《古希腊神话的地理叙事》中也说,文学地理学批评对于理论的顶层设计"稍有滞后",主要集中在曾大兴、杨义、陶礼天、梅新林与邹建军教授的理论探索上,而"对于作家层、区域史、地图学、地理诗学的研究还未完全系统化"。她还认为,"只有经历文学地理学批评的跨界探索,才能为建成一学科而付诸实践",而且"这是给予青年学者的重大使命与任务"。这些意见与建议都是积极与善意的,将有助于文学地理学学科体系的完善与文学地理学的更好发展。

四　传统研究继续推进

在开拓与创新、总结与反思的同时，传统的实证研究也在有条不紊地展开。首先是地域文学的研究。因为年会在山西举办，所以关于山西的研究比较多，如陆路的《汉晋北朝河东诗考述》、智宇晖的《河东道尚武精神的地域特征及对唐代边塞诗的影响》、顾文若的《论金代山西地区文学家族兴盛的原因》、郭磊的《元代右榜进士偰玉立的河东山西宦迹与文学》、蔺文龙《论清代山西阳城诗人群的文学生态与文化品格》、张瑞杰的《论清代山西诗歌整体地域性特征》、乔林晓的《"河汾"八景地名文化蕴涵探寻》等；关于少数民族地区的有高人雄的《元代偰氏文化家族形成与北庭人文环境的内在联系》、刘洁的《试论满蒙联姻传说中的文学景观》、孔占芳的《青藏高原藏族文学地理书写的价值研究》、叶继群的《论新疆文学中的天地人文》等；关于商州的有任梦池、田娜的《邵雍的商州诗探析》，张慧敏的《重访"商州"：贾平凹商州系列作品中的地方性问题之考察》，谢尚发的《理解贾平凹的商州：风格化、地方志或"深描"》，等等；关于岭南地区的有侯艳的《唐宋诗歌中的庾岭梅花》，刘庆华的《广州荔枝湾文学景观研究》，龙其林的《海洋文明与近代粤港澳大湾区报刊的域外游记创作》，巫小黎的《李金髪诗歌的古典传统与岭南地理》，王正刚、江朝辉的《粤西古代"八景"景观类型及文化内涵》，方丽萍的《陈宏谋的广西籍里及边疆气质》，等等；关于西南地区的有杨宗红的《文体、知识、信仰：西南宣讲小说及其劝善唱叙》、王万洪的《〈文心雕龙〉巴蜀文学名家述略》等；关于江浙地区的有吴昌林的《浅析吴中山水对〈姑苏杂咏〉的影响》、顾宝林的《欧阳修扬州地域的诗歌书写与创作企向》、林晓娜的《论宋代四明文学景观中的"众乐"书写》、刘亮的《李绅三人越州时间及诗歌创作考》等；关于湖南、江西的有彭敏的《地域文化形象的构建——元结与潇湘摩崖石刻》、吴金梅的《"边城"中的温暖与苍凉——沈从文湘西人事间的人文情怀》、王胜奇的《文学地域视野下的南宋江西文人交游特点分析》等；此外,王德领的《边缘人的北京——简论徐则臣小说中的"底层北京"》与马志英的《文学地理学视域下的清代皋兰诗人马世焘诗歌主题论析》,则主要论及北京和甘肃。当然,地域文学并不总是静态式的研究,越来越多地呈现出动态研究态势。如高建新的《"乘危远迈,杖策孤征"——玄奘西行与唐代"丝绸之路"》、张建伟的《元代诗人的流布与文学格局的新变》、胡海义的《白蛇传说的地域流变与中国古代通俗小说的地理演进》、杨挺的《此生定向江湖老,默数淮中十往来——苏轼宦途中的"南迁北归"及其命运书写的地理分期》、陈鹏程的《先秦河流书写及其文学史价值》、严艳的《地域流动与文学书写:越南使臣北使"题诗"论略》、杨博的《社会史视野下的"长安道上"再审视:以1924年鲁迅等人旅陕行记为中心》、刘双琴的《宋代女性作家题壁创作论析》等。

其次是文学景观的研究。文学景观是文学地理学研究的重要组成部分,在前面已略有论列,除此之外还有:张祖立的《论当代工业文学的景观描写》、刘宁的《革命与现代性:近代中国西北内陆城市空间及文化景观初探》、任雪娇的《从段义孚思想看人与地理景观的关系及其感知阐释》、宋艳淋的《〈西湖佳话〉的西湖景观书写研究》、闫耀恒的《宋诗中的襄阳文学景观书写》、郭浩源的《唐代下第别诗中的地理书写——兼论地理感知与文学景观的关系》、吴春怡的《唐诗中白帝城文学景观研究》、成亚妮的《文学景观的历史变迁与文本生成——以黄鹤楼为例》、吕婷的《试论宋词的庭院文学景观》等。

再次是文学空间的研究。空间理论主要源于西方,但被中国学者吸纳用于文学地理学的研究,并成为文学地理学研究的一个重要方向。关于文学空间的研究,主要有庄文泉的《劳伦斯城市行迹对其建构城市空间之关系探究》、黄海燕的《〈浮生外记〉中的三个空间意象研究》、蔡燕的《街:作为唐宋城市转型空间意象的文学书写》、彭淑慧的《空间诗学视阈下唐代文人江行诗研究》、董佳楠的《空间的变化与政治的惩罚——湖湘之贬对唐代文学开拓的意义》、王航航的《吴师道北山游记创作、交游与诗性空间》、李岚的《文学地理视域下小说空间叙事表达：论〈红楼梦〉虚实空间的叙事功能》、夏润的《论苏轼的雪堂空间》、侯雨含的《权力与身体：〈欢喜冤家〉的空间解读》、周宇飞的《柳宗元〈永州八记〉中的空间矩阵结构》、王梦珺的《〈黑暗传〉中的"门"意象及其空间美学蕴涵》、王冠含的《历史真实与神秘自然：解读〈迷谷〉中的多维地理空间》、冯归的《勃兰兑斯的文学空间学思想——以〈十九世纪文学主流·流亡文学〉为例》、杨紫晗的《新世纪华文诗歌中的地理空间建构——以澳大利亚华文诗歌创作为例》、王啟泽的《〈盐色〉对"盐道三部曲"文学地理空间构建的完成——以文学家地理经验对其文学创作的影响为中心》、刘蕙嘉的《杨映川儿童文学创作的地理空间叙事研究》等。从以上研究论文来看，文学景观与空间研究，是硕士、博士研究生选题比较多的两个方向。

最后是采用文学地理学的方法解读文学作品。文学地理学的本质指向是文学，其最终目的就是更好地解读或创作文学作品。在提交的论文中，有些便是通过文学地理学的方法来解读、阐释文学作品的，如王建国的《曹丕〈柳赋〉创作背景及时地考辨》、周文业的《〈三国演义〉名人墓地》、莫其康的《兴化芦荡即是拟想的梁山泊——关于〈水浒传〉地理背景兼及创作意图的探讨》、王柳芳的《论张衡〈二京赋〉的矛盾与冲突》、曾令霞《粤剧西征、史戏同构、大河叙事——兼论长篇小说〈西江英雄传〉的文学地理学特质》、郭景华的《文学地理学视域中的新世纪湘西历史叙事——从〈巫师简史〉、〈铁血湘西〉到〈湘西秘史〉》、王谦的《"双城记"与"两都赋"：张恨水笔下北京与南京的时空体》、于飞的《〈静安八咏诗集〉的文学地理书写》、康书雅的《以一种新的文学地理方法去分析两晋之际郭璞的〈盐池赋〉》、赵丽莉的《皖北的灾害地理环境与〈大地〉中王龙的"发财梦"》等。

传统实证研究的继续推进，不仅检验着相关理论的适用性，而且还为文学地理学的理论总结提供素材，是文学地理学研究的基础性工作，其应与理论探索与学科建设并驾齐驱，共同推进文学地理学学科的发展。

五 硕博群体不断扩大

青年是未来的希望所在,对于文学地理学的发展来说亦是如此,正如夏汉宁副会长所说"青年爱,希望在"。自 2016 年中国文学地理学会第六届年会召开首次硕博论坛以来,参加的硕士、博士研究生人数逐渐增多,本届年会提交的论文就有近 90 篇,参会人数也将近 100 人。因硕士、博士研究生参会论文和人数都达新高,以至于优秀硕博学位论文的评审从下午一直开到晚上,后来的理事会还特意商定明年年会将用一天时间来召开硕博论坛。硕士、博士研究生不仅参会积极性高,在一些理论研究和实证研究中也有非凡表现。有些已经毕业了的硕士、博士研究生已逐渐成长为青年学者,成为文学地理学研究的一支重要力量。

在会议中,经过严格的匿名评审,产生了 25 篇优秀硕博学位论文。其中,一等奖 4 位:南开大学博士生马颖杰,论文为《赠别类诗文中的人员流动与地域互动——以作于元代杭州的赠别诗文为例探讨》;华中师范大学博士生丁萌,论文为《古希腊神话的地理叙事》;暨南大学硕士生詹晓悦,论文为《弹性、延展与异变——论郭璞〈游仙诗〉创构神仙世界的时空特征》;山西大学硕士生张志杰,论文为《〈天下同文集〉文人地理分布与元代南北文学交融》。

二等奖 8 位:首都师范大学博士生王玉林,论文为《永嘉:文化地理符号与清代谢灵运诗歌的经典化》;湖北大学博士生李立人,论文为《汪梦斗北游述考》;西北大学博士生王静,论文为《隐逸之风盛于南——论元代隐逸诗人群体的地域性》;中南民族大学博士生蒋士美,论文为《麦卡勒斯小说的地理叙事及其审美价值》;北京语言大学博士生吕婷,论文为《试论宋词的庭院文学景观》;广西民族大学博士生胡茵,论文为《双城故事:让·艾什诺兹〈格林威治子午线〉的文学地理解读》;重庆师范大学硕士生张玉,论文为《传奇体小说地理启动叙事研究》;中国传媒大学硕士生董佳楠,论文为《空间的变化与政治的惩罚——湖湘之贬对唐代文学开拓的意义》。

三等奖 13 位：华中师范大学博士生王冠含，论文为《历史真实与神秘自然：解读〈迷谷〉中的多维地理空间》；山东大学博士生韩芳，论文为《洛阳红向西垂发——边陲牡丹欣赏与文士的仕宦心态》；西北大学博士生刘珊珊，论文为《试论唐人感知中的"滨海地域"》；上海大学博士生张嫒颖，论文为《文学地理视域下的王鏊、王铨兄弟唱和研究——以复旦大学馆藏清抄本〈梦草集〉为中心》；广西师范大学硕士生李岚，论文为《文学地理视域下小说空间叙事表达：论〈红楼梦〉虚实空间的叙事功能》；三峡大学硕士生方鸣宇，论文为《茨威格小说创作中的维也纳城市书写》；暨南大学硕士生谭智，论文为《陆游诗词中的青城山书写》；广西大学硕士生李思哲，论文为《论早期西方马克思主义思想对文学地理学理论的启示——以卢卡奇、葛兰西为中心》；陕西理工大学硕士生王啟泽，论文为《〈盐色〉对"盐道三部曲"文学地理空间构建的完成——以文学家地理经验对其文学创作的影响为中心》；湖北大学硕士生汤崇蓉，论文为《论清代律赋中江南景观的文学书写及赋旨阐发——以〈历代律赋校注〉为中心》；宝鸡文理学院硕士生丁雅莉，论文为《文学地理学视域下的贾樟柯电影中的山西城镇空间》；重庆师范大学硕士生彭淑慧，论文为《空间诗学视阈下唐代文人江行诗研究》；绍兴文理学院硕士生刘喻枫，论文为《陆游的楚地诗篇——以陆游入蜀及东归为核心的考察》。最后，华中师范大学博士生丁萌、暨南大学硕士生詹晓悦作为获奖代表在大会上发言。

经过两天会期紧张的学术讨论和思想碰撞，中国文学地理学会第十一届年会暨第六届硕博论坛圆满结束，取得了丰硕的成果。夏汉宁副会长在会议总结中讲到，本届年会是一届内容充实、讨论活跃、收获丰富的大会，具有"多、广、精"三个特点，会议主办方的精心组织，提高了本届年会的学术传播质量。

本届年会是在中国文学地理学发展十年之后的首次年会，具有特殊的意义。新的起点，预示着新的征程与新的收获，文学地理学正以更大的包容性、更宽阔的视野、更精微的学术研究，迈向新的、更高的境界！

走向成熟的文学地理学

——"中国文学地理学会十周年·江西高端论坛"综述

刘双琴　刘　震[*]

"文学地理学"作为一种学术意识和研究方法,始于中国的先秦时期。"文学地理学"作为一个名词,最早由德国学者康德提出。这个名词在中国使用,则始于梁启超。自孟德斯鸠以来,国外也有文学地理学的研究,但它一直是一种方法,或者一个角度,并非一个学科。把"文学地理学"作为一个学科来建设,是中国学者的首创,肇始于20世纪90年代。

2011年11月11日至14日,"首届中国文学地理学暨宋代文学地理研讨会"在江西南昌召开,60多位与会专家一致联名倡议成立"中国文学地理学会"。这是文学地理学学术史上一个具有里程碑意义的事件,它标志着文学地理学这个新兴学科经过多年的探索,终于得到学术界同行的正式认可,并从此进入一个更为自觉的发展阶段。

经过近十年的发展,中国的文学地理学研究与学科建设主要取得了三个方面的成绩:一是初步建立了一个逻辑自洽的学科理论体系,二是产生了大量的实证研究成果和引人注目的理论研究成果,三是培养了一大批中青年学者。在今天的中国,只要是有文学研究的地方,就有从事文学地理学研究的

---

[*] 刘双琴,江西省社会科学院文学研究所副研究员;刘震,江西省社会科学院文学研究所助理研究员。

学者。文学地理学作为一个新兴学科,已经覆盖中国古代文学、中国现当代文学、文艺学、比较文学与世界文学、民族文学、民间文学等众多的学科领域。

为总结十年来中国文学地理学研究与学科建设所取得的成绩,设计未来的发展目标和路径,2021年5月21—23日,由中国文学地理学会、华东交通大学、江西省社会科学院联合主办的"中国文学地理学会十周年·江西高端论坛"在南昌召开,来自全国各地的近50位专家就文学地理学的有关问题展开了热烈的讨论。会议产生了不少新的思想、观点和意见。现予综述,以飨读者,同时期待学术界建设性的意见和建议。

一 文学地理学学科理论体系初步建立

中国文学地理学近十年来的最大成绩之一,就是初步建立了文学地理学的学科理论体系。广州大学曾大兴教授认为,中国的文学地理学学者借鉴地理学的"人地关系"理论,探讨和明确了文学地理学的研究对象、学科定位、价值、意义、研究内容、研究方法与批评原则,建立了一套属于自己的学科理论体系、概念体系和话语体系,使之成为一个得到广泛认可与尊重的独立学科。文学地理学学科理论体系的建立深受地理学的影响,同时也对地理学的发展做出了重要贡献,这也是文学地理学十年来所取得的重要成绩。文学地理学对地理学的贡献是多方面的,这里仅举两例:第一,提出和解决了地理环境影响文学的途径和机制问题,这就是:地理环境通过"地理物象"和"地理事象"影响"文学家的生命意识","文学家的生命意识"通过"文学家的气质、人格等"影响文学作品的创作。地理环境影响文学的机制,就是"应物斯感"和"缘事而发"。第二,把"文学地理景观"(简称文学景观)作为重要的研究内容。尽管英国地理学家迈克·克朗曾提出"文学地理景观"这一概念,但包括迈克·克朗在内的所有地理学家都未曾对这一概念的内涵和外延予以界定,而中国的文学地理学学者不仅界定了"文学地理景观"的内涵和外延,还确立了"文学地理景观"的识别标准,充分探讨了"文学地理景观"的多重价值与多重意义。在此基础上，中国的文学地理学学者又对大量的"文学地理景观"作了深入的考察和研究，这些考察和研究不仅为传统的文学研究开辟了一个全新的领域，丰富了文学地理学的研究内容，其成果还被文化地理学、旅游地理学等学科借鉴，进而引起整个地理学界的关注和重视。

文学地理学学科理论体系在中国已经初步建立，这一看法得到与会者的一致认可。成都理工大学外国语学院教授刘永志认为，综观国内外过去十年的文学地理学研究，我们欣喜地看到，中国的文学地理学学者在曾大兴、杨义、邹建军、陶礼天等学者的带领下，立足中国深厚的传统文化思想和诗学理论，创立了一套逻辑自洽的文学地理学学科理论体系，解决了一系列西方文学理论没有解决的重大问题。中国的文学地理学研究显著地区别于国外的文学地理学和文学空间研究。中国学者们创立的地理空间、地理基因、地理叙事、地理景观、文学区等话语体系和学术研究领域，原创性地建构了一个崭新的中国本土文学理论。江西师范大学杜华平教授也指出，在过去的十余年间，中国文学地理学研究在理论建构、学术史梳理、个案研究、具体问题的探讨等四个方面都取得了极为丰硕的成果，已初步建立了具有中国特色的文学地理学理论框架。

二 理论研究和实证研究成果大量涌现

经过十年的发展，中国的文学地理学在理论研究、实证研究以及应用研究等各方面都取得了不俗的成绩。

文学地理学的发展首先体现在一大批理论研究成果的问世。十年来，理论研究方面的代表性成果有曾大兴的《文学地理学研究》（商务印书馆2012年版）、《气候、物候与文学——以文学家生命意识为路径》（商务印书馆2016年版）、《文学地理学概论》（商务印书馆2017年版），杨义的《文学地理学会通》（中国社会科学出版社2013年版），梅新林、葛永海的《文学地理学原理》（中国社会科学出版社2017年版），邹建军的《江山之助：邹建军教授讲文学地理学》（中央编译出版社2014年版），郭方云的《文学地图学》（商务印书馆2020年版）以及李仲凡、陈一军、费团结的《文学地理学专题研究》（中国社会科学出版社2021年版），等等。在这次会议上，三峡大学杜雪琴教授就文学地理学的理论建设进行梳理，并以关键词的形式对中国文学地理学者的有关理论予以提炼，包括杨义的"会通"理论，梅新林的"还原"理论，曾大兴的"地理物象""地理事象""瓜藤结构""文学景观""文学区""有限还原"理论，邹建军的"地理感知""地理基因""地理叙事"理论，杜华平的"地理空间批评"理论，等等，她认为，这些都是中国文学地理学的重要理论支撑。

在本次会议上，又出现不少新的理论研究成果。首都师范大学陶礼天教授提出了"微地理"与"文学微地理研究"理论。在他看来，微地理指一个相对具体而微小的"地理场"，包括场地（场所）、场景与场合三个概念，指向三个方面的研究，从而形成整体的文学微地理研究。场地（场所）是具体而微的地理空间，它也具有"地域性"；场景是具体微小的地理场地或场所的景观；场合包含了特定场地与场所中人际关系构成的社会人文空间。微地理既是作者的具体创作情境，也是表现在作品中的"文学地理"。作品中的"微地理"书写是一种艺术空间书写，也是文学微地理研究的对象、中心与出发点。广西大学李志艳教授就文学地理学的一般系统论提出新的构想，认为文学地理学二级学科建设思想有三个主要的特征：其一是紧扣人—地及其关系，将此思想延及文学地理学学科建设的各个领域；其二是以文学地理学为研究视角，对文学的基本问题如文学发生学、文学本质论、文学创作论、文体学、文学传播学、文学史等形成一些反思，提出一些新的理论见解；其三是文学地理学的研究也能为其他学科提供相应的启示，并能回应、思考一些当代学术前沿的、具体的研究问题。

除了理论上的建树，近十年来在文学地理学的实证研究方面也是成绩斐然。例如曾大兴的《中国历代文学家之地理分布》（商务印书馆2013年修订版）、《岭南文化的真相——岭南文化与文学地理之考察》（社会科学文献出版社2017年版)，吴蔚的《唐代诗歌与东都洛阳》(北京教育出版社2011年版)，张伟然的《中古文学的地理意象》(中华书局2014年版)，汪文学的《边省地域与文学生产——文学地理学视野下的黔中古近代文学生产和传播研究》(上海古籍出版社2016年版)，徐玉如的《文学地理学视野下的沂蒙文学研究》(山东人民出版社2017年版)，延娟芹的《地域文化背景下的秦文学研究》(上海古籍出版社2018年版)，杨宗红的《明清白话短篇小说的文学地理学研究》(中华书局2019年版)，陈恩维的《文学地理学视野下的明初岭南诗派研究》(上海古籍出版社2019年版)，胡海义的《明末清初西湖小说研究》(人民文学出版社2019年版)，朱长英的《文学地理学视域下的两宋词坛研究》(知识产权出版社2020年版)，高建新的《骏马追风舞——唐诗与北方游牧文化》(人民出版社2020年版)，等等，都是功力深厚的实证研究成果。

本次会议在南昌召开，江西文学地理研究成为会议关注的焦点之一。作为中国文学地理学会的发起单位之一，江西省社会科学院以夏汉宁研究员为首的研究团队围绕宋代江西文学地理展开了深入研究，推出了一系列有分量的实证研究成果，包括夏汉宁、黎清、刘双琴等人的《宋代江西文学家考录》(中山大学出版社2011年版)、《宋代江西文学家地图》(江西美术出版社2014年版)、《北宋江西籍进士考录》(江西教育出版社2016年版)、《南宋江西籍进士考录》(江西教育出版社2017年版)、《宋代江西籍进士地图》(江西美术出版社2018年版)，彭民权的《江西文人群与宋代文学观念的演变》(中山大学出版社2011年版》)，刘双琴的《六一词接受史研究》(中山大学出版社2011年版)，黎清的《宋代江西文学家族研究》(中山大学出版社2013年版)等学术专著。这些成果以扎实的文献基础、严谨的实证研究方法为国内学术界的文学地理学研究提供了重要参考。此外，华东交通大学吴昌林教授对地理交通与宋代江西文学的分析、井冈山大学顾宝林教授等人对古代庐陵地域作家与文学的关注、南昌大学邹艳副教授关于月泉吟社的研究、豫章师范学院王柳芳副教授对城市视角下宋代文学的探索、江西省社会科学院刘震博士对欧阳修作品在韩国的传播与翻译的梳理,都反映出江西学界在文学地理学实证研究方面的努力与成就。正如江西省社会科学院副研究员黎清所说,近十年来,江西文学地理研究经历了从以地域文学为对象的"自在"研究到以文学地理学为旗帜的"自觉"探索的学术转向。

令人欣喜的是,近十年来,不仅在古代文学领域,在中国现当代文学、文艺学、比较文学与世界文学、民族文学等领域也涌现出大批有分量的实证研究成果。这些研究成果可以以徐汉晖的《中国现代文学的地理维度研究》(人民出版社 2020 年版)一书为代表。湖北大学刘川鄂教授称其为"一部系统研究中国现代文学与地理之关联的论著"。作者曾在第一届文学地理学硕博论坛上荣获论文一等奖,这本书则是他的博士学位论文。该书以人地关系为研究基点,摒弃传统的以线性时间梳理文学史的方法,采用"地理学"的眼光和空间范式解读中国现代作家和作品,深入剖析中国现代文学之经济地理、地理生态、地理空间、地理景观等诸多宏观与微观问题,是文学地理学在现当代文学领域的积极探索与有益尝试。此外,还有孙胜杰的《"黄河"对话"长江"——地域文化与 20 世纪中国文学中的河流书写》(江西人民出版社 2019 年版)、刘婧和周毅的《张中信大巴山文学地理书写研究》(宁夏人民出版社 2020 年版)等,也是用文学地理学的理论和方法研究现当代文学的佳作。而马志英的《地域·民族·文学——明清云南回族文学研究》(社会科学文献出版社 2019 年版)、高人雄的《多民族文化背景下的北周文学研究》(上海古籍出版社 2020 年版),则是运用文学地理学的理论和方法研究民族文学的佳作。

在本次会议上,北京联合大学王德领教授对新时期以来北京文学地理空间变迁的探索,大连大学张祖立教授对东北地域文化精神与东北作家文学创作关系的剖析,都是文学地理学在现当代文学领域的颇有价值的研究实践。而井冈山大学陈红霞副教授对美国华裔作家谭恩美长篇小说地理诗学的观照,则进一步丰富了比较文学与世界文学的文学地理研究。

文学地理学在中国之所以能引起如此广泛的关注,还有一个很重要的原因，就是立足本土，服务社会。作为一个产生于中国本土的、"接地气"的新兴学科，文学地理学具有天然的现实品格。随着自身理论的不断发展，以及相关研究方法的日渐丰富，文学地理学的应用研究开始出现可喜的局面。曾大兴教授的《中华名楼》（中国财政经济出版社2019年版）一书，就是运用文学地理学的理论和方法研究中华名楼这一类的文学景观，借以服务当地文化旅游的一种成功尝试。王兆鹏教授主持的"唐宋文学编年系地信息平台"则是近年来问世的文学地理学应用研究的重要成果。在本次会议上，浙江省社会科学院的何勇强教授对"浙江四条诗路文化带".建设的提出过程予以梳理，指出浙江省人民政府发布的《浙江诗路文化带发展规划》源自文学地理学上的"浙东唐诗之路"概念，而这一方案的发布及其实施又反过来影响了"诗路"相关学术问题的研究。湖北科技学院张琼副教授就国家乡村振兴战略背景下，文学地理学对地方文化书写的重要作用提出独到见解。这些都是文学地理学在应用研究方面的重要成果。

三　大批青年学者茁壮成长

作为一个新兴学科，人才培养是关键。近十年来中国文学地理学发展的又一突出成效就是青年学者的茁壮成长。文学地理学科最早的倡导者是杨义、曾大兴、陶礼天、夏汉宁、邹建军、梅新林等老一辈学者，随着文学地理学的发展，越来越多的青年学者加入研究队伍。夏汉宁研究员指出，文学地理学主要在理论、方法、思维与情感四个方面影响青年学者的学术视野与学术思维，并通过中国文学地理学年会暨硕博论坛这一开放性的平台，以及《文学地理学》年刊这一持续稳定的载体，对青年学者产生直接影响。

关于文学地理学对青年学者的影响，广西师范大学梁冬丽教授做了详细统计与分析。她通过数据对比，认为文学地理学对青年学者的影响具体表现在：（一）出席中国文学地理学会年会的青年学者数量占与会学者数量的一半；（二）硕博研究生的学位论文选题与文学地理学相关者日益增多；（三）日本、韩国等国的青年学者也颇受影响；（四）获得高水平科研项目立项的青年学者人数不断增多;(五)青年学者出版(发表)的文学地理学研究成果占相关成果的1/3以上;(六)许多中文专业大学生的毕业论文以文学地理学为选题,文学地理学开始进入中学生的视野。

一个学科有没有光明的发展前景,取决于青年学者对它的态度。青年学者是文学地理学的未来和希望,对青年学者的培养是文学地理学者义不容辞的责任。注重文学地理学教学、重视文学地理教育实践,正是高校加强创新人才培养、推动新文科建设的重要途径。在本次会议上,湖南师范大学胡海义教授就文学地理学与大学生社会实践教学改革的经验作了介绍,韩山师范学院张福清教授就其指导大学生从事文学地理学研究的经历谈了自己的体会和思考。这些都是文学地理学在人才培养实践中的可喜尝试。

关于文学地理学未来的发展目标和路径,与会专家也提出了诸多富有建设性的意见。曾大兴教授指出,应进一步打造四个品牌,即中国文学地理学会年会、《文学地理学》年刊、文学地理学硕博论坛、文学地理学前沿论坛。在此基础上,应充分展开文学地理学的"点""线""面"研究。"点"是指具体的作家生长地、作品产生地、文学活动场景和文学景观;"线"是指文学长廊,例如长江、黄河、珠江、淮河、大运河这样的长河,以及"浙东唐诗之路"、梅岭古道、商於古道、丝绸之路这样的古驿道。还有京汉铁路这样的具有上百年历史的铁路沿线,也产生了不少优秀的现当代文学作品,值得很好地关注和研究;"面"是指文学区,例如巴蜀文学区、荆楚文学区、江南文学区、中原文学区、秦陇文学区等。"点""线""面"研究是文学地理学的特色所在,魅力所在,应扎实有效地推进,但不搞"大跃进",不追求科研GDP,要拿出更多的经得起历史检验和读者挑剔的厚重成果。夏汉宁研究员表示,将继续深化江西文学地理的实证研究,为文学地理学的可持续发展提供扎实的文献基础。杜华平教授强调,文学地理学研究要继续坚持中国特色,重视自身特殊的地理资源以及独特的理论资源,继续加强理论思考与实证研究。同时,既要突出地理和空间的视角,又要不忘历史和时间的视角。西北民族大学高人雄教授指出,文学地理学在西域文学研究中具有广阔的拓展空间，面对西域文学的复杂性与多样性，文学地理学是最行之有效的研究方法，要进一步用文学地理学的研究理论、方法加强对西域民族文学的研究。刘永志教授强调要持续加强文学地理学的基础理论研究，大力支持中国文学地理学的国际翻译传播研究，助力文学数字地图重点实验室建设，并最终实现文学地理学的学科建设目标。

与会专家还从学科交融、学术对话等各个层面对文学地理学的发展提出建议。广东外语外贸大学陈恩维教授指出，中国的文学地理学学者来自古代文学、现当代文学、民间文学、文艺学、比较文学与世界文学以及历史地理学、文化地理学等各个学科领域，各自的知识结构、专业特点以及文学地理学的学科建设目标，要求我们必须加强相互之间的对话与交流。与此同时，我们还要加强同国外的文学地理学者、地理批评学者的对话与交流。中央财经大学戴俊骋副教授指出，未来文学地理学的发展还须进一步打破学科边界，鼓励文学地理学学者更多参与到文学景观开发利用、城市品牌建设、地方感建构等实践层面中来，推进建设"文＋理＋工"的文学地理学学科交叉融合平台。华中师范大学邹建军教授认为，中外、东西文学地理学之间的关系构成了一个特定的比较诗学领域，两者既彼此影响，又相互平行，要在全面整理研究的基础上，追求共同地理诗学的建构。杜雪琴教授认为，文学地理学批评应继续发展实证研究，深化文本研究，拓展关键词研究，完善学科理论体系，以比较诗学方式寻求共同诗学。陕西理工大学王建科教授、江西科技师范大学郑苏淮教授、上海大学夏明宇副教授分别从文体之学、网络世代、数字化思潮的视角提出，文体差异、空间越界、视野拓展所带来的种种复杂文学生态将进一步推动文学地理学向多学科渗透。

综观中国文学地理学过去十年的发展，可谓理论建设蓬勃兴起，实证研究不断丰富，应用研究形势喜人，青年学者茁壮成长，文学地理学逻辑自洽的学科理论体系初步建立。这一切，预示着文学地理学的学科建设正逐步走向成熟，即将迈入新的发展阶段。